U0163774

金 學 叢 書

第一輯 6

吳 敢

胡衍南 霍現俊

主編

《金瓶梅》敍事藝術

鄭媛元 著

臺灣 學生書局 印行

鄭媛元

1978 年生。政治大學中國文學系碩士，目前就讀於政治大學中國文學系博士班。研究領域為明末文化與小說。

本書簡介

本書結合評點及敘事學，整合《金瓶梅》的敘事原則，分析特定敘事筆法反覆出現之用意，有系統地探究《金瓶梅》的藝術成就。在此一論述架構下，「文章章法」並非僵化的批評術語，而是作者、評點者及讀者理解小說和現實世界的共通原則。《金瓶梅》所以有別於其他小說，在於以長篇小說的體制，深入挖掘社會黑暗、心性放縱等議題。因此，雖然它沿用舊有的講述格套，但各敘事要素間，已然出現新的張力。是以，除文獻與文化研究外，分析敘事筆法，實為理解此書再現藝術真實之樞紐：不僅能探知讀者如何出入小說內外，以及評點者如何以評論章法為名，避開此書誨淫的道德危機；也能見出讀者及書中人物如何相互窺視。此皆引發讀者思索人生哲理之契機。

金學叢書第一輯序

2012 年 8 月下旬，「2012 臺灣《金瓶梅》國際學術研討會」在臺北、嘉義、臺南三個場地隆重召開，大會同時紀念辭世七年、在海峽兩岸備受推崇的「金學」先驅魏子雲先生。

會議落幕之後，臺灣學生書局基於「辨彰學術，考鏡源流」的信念，認為很有必要出版一套「金學叢書」，將 1980 年以後逐漸豐饒起來的《金瓶梅》成果一次性展現出來，於是找了胡衍南商議此事。經過協商，臺灣學生書局接受胡衍南的兩點提議：一，此一事業理當結合海峽兩岸金學專家共同合作；二，為了紀念魏子雲先生，擬將先生在臺灣學生書局的版權書，搭配臺灣近來年輕研究者的金學著作，先以「金學叢書」第一輯的名義出版，藉此向先生獻上敬禮。因此，2013 年 5 月「第九屆（五蓮）國際《金瓶梅》學術研討會」期間，霍現俊答應共襄盛舉；同年 7 月，胡衍南代表書局親赴徐州邀請吳敢加入主編行列，確定此套叢書由吳敢、胡衍南、霍現俊共同主編。在此同時，胡衍南開始蒐集「金學叢書」第一輯的書稿，吳敢、霍現俊逐步展開「金學叢書」第二輯的規劃。

不同於「金學叢書」第二輯，主要為中國大陸 20 世紀 80 年代以來學人的《金瓶梅》研究精選集；「金學叢書」第一輯由魏子雲領軍，麾下俱是臺灣年輕學者專書性質的金學著作。

第一輯共收十六本書，魏子雲在臺灣學生書局的三本版權書《小說金瓶梅》、《金瓶梅原貌探索》、《金瓶梅的幽隱探照》，足以反映魏先生治學精神及金學見解；且因魏先生後人及學生刻正籌劃全集出版，本套叢書也就不另外爭取先生其他專著。至於其他青年學者專書，如果把金學事業分成文獻研究、文本研究、文化研究，文獻研究明顯最為匱乏，事實上臺灣除魏子雲外興趣多不在作者、成書、版本等考證方面。叢書中具綜述性質的李梁淑《金瓶梅詮評史研究》權屈於此。

文本研究稍好，其中又以借鑒西方敘事學理論者較有成績，鄭媛元《金瓶梅敘事藝術》可視為全面性初探，林偉淑《金瓶梅的時間敘事與空間隱喻》意在時空設計的隱喻性格，李志宏《金瓶梅演義——儒學視野下的寓言闡釋》則從敘事特色探討「奇書體」小說之政治寄託。此外，關於《金瓶梅》詩詞的研究也頗見特色，傅想容《金瓶梅詞話

之詩詞研究》、林玉惠《崇禎本金瓶梅回首詩詞功能研究》，一從詞話本、一據崇禎本，前者宏大、後者聚焦，都是考慮詩詞在小說中的美學任務。另外值得一提的是曾鈺婷《說圖──崇禎本金瓶梅繡像研究》，近年頗時興圖像與文字的辯證研究，此書透過對小說插圖的考察，從側面支持了崇禎本《金瓶梅》的文人化、藝術化傾向。

　　至於文化研究，不可免地都集中在性／別文化研究，此係因為臺灣極易取得未經刪節的全本《金瓶梅》，加上 20 世紀 90 年代中期以來對性／別議題特別熱衷，故影響了《金瓶梅》文化研究的「挑食」傾向。收在叢書中的此類著作，有胡衍南《金瓶梅飲食男女》、李欣倫《金瓶梅之身體感知與性別辯證：一個漢字閱讀觀點的建構》、李曉萍《金瓶梅鞋腳情色與文化研究》、張金蘭《金瓶梅女性服飾文化研究》、沈心潔《金瓶梅詞話女性身體書寫析論──以西門慶妻妾為論述中心》等五部，其中胡衍南、張金蘭的著作都曾公開出版，此次收入叢書都作了程度不一的增添及修改。尤需一提的是，臺灣近年來對於小說的續書研究很感興趣，特別是從解構主義的後設立場重新反思續衍現象，嚴格來講也是一種文化批評，叢書中鄭淑梅《後設現象：金瓶梅續書書寫研究》即為個中佳作。

　　「金學叢書」第一輯集結近年臺灣青年學者《金瓶梅》研究專著，有意宣示「哲人日已遠，典型在宿昔」──魏子雲先生逝世十週年前夕，金學事業薪火相傳，生生不息。綜上所述，本輯作者胡衍南、李志宏的著述較為金學界所熟識，其他多數則嶄露頭角，正見其成長茁壯。相較之下，稍晚亦將問世之「金學叢書」第二輯，收入了徐朔方、甯宗一、劉輝、王汝梅、黃霖、吳敢、周中明、張遠芬、周鈞韜等三十一位名家之《金瓶梅》研究精選集，收錄純熟之作，代表當代金學最高成就，敬請拭目以待。

　　　　　　　　　　　　　　　　　吳敢、胡衍南、霍現俊（胡衍南執筆）
　　　　　　　　　　　　　　　　　2014 年元旦

《金瓶梅》敘事藝術

目　次

第一章　緒　論

　　本書的寫作目的是以小說評點、敘事學等相關研究方法，分析《金瓶梅》在敘事藝術上的表現。[1]也就是說，本書將藉由探討《金瓶梅》敘事手法及閱讀體驗間如何交相影響，釐清《金瓶梅》之藝術價值。

　　本書的問題意識，源於歷來金學研究析論《金瓶梅》的藝術成就時，大多著眼於反映現實社會，揭露人性黑暗的思想特徵；然而，《金瓶梅》以何種方式組織現實，方能觸動人心？運用特定的敘事技巧，實為《金瓶梅》重現藝術真實的重要機制。更進一步可追問的是，當作者重複使用某些敘事技巧時，是否別有深意？某些特定的敘事技巧，是不是作者及讀者認識現實及虛構世界的共通原則？為了更有系統地闡釋上述問題，本書將援引評點及敘事學理論，析論《金瓶梅》的敘事特徵。

　　評點、經典敘事學、認知敘事學三者，共同構成本書的論述架構。引用敘事學並非強加西方觀點於傳統小說之上，而是希望更進一步地探索推動詮釋規則的共通原理。綜合敘事學目前的研究結果可以說，敘事藝術的表現機制，指的是小說敘述方式如何策動讀者的心智認知，使讀者加入小說世界，以自己的身心經驗與知識框架重構故事世界的過程。所以，本書論及的《金瓶梅》敘事特徵，無論是敘事結構、敘事時空或敘事視角，都有雙重性質：它們一方面指涉作者運用於文本之中，驅動讀者心智運作、聯想的條件；另一方面也涵蓋讀者藉由物質世界的認知基礎詮釋文本的過程；二者相互作用，方能成就文本的藝術表現。這些敘事特徵，不只是就文學作品歸納出來的批評規則，也是作者及讀者的心智、身體和外在世界互動的文字記錄。它們有某些普世適用的認識基礎（人類心智及身體的共通物質條件），但也當然會涉及特定的文化成規（不同的認識論與世界觀）。

1　亦即本書較偏重《金瓶梅》自身的「文學特質」，將成書時的文化、社會背景置於輔助詮釋的地位。關於如何兼顧文學作品自身的特性及其與文化間的關係，巴赫金（M. M. Bakhtin）的理念可以進一步闡釋本書的問題意識：他認為，不能將文學作品直接等同於意識型態、社會經濟問題；但是文學與意識型態環境又有一定的聯繫：語言、形式、結構並不能獨立存在，而必須與內容、意義結合在一起。因此應該建立文學與語境文化和歷史的廣泛聯繫，也同時詮釋語言、文本與語言、文本之外的事物間的聯繫。參見沈華柱，《對話的妙悟——巴赫金語言哲學思想研究》（上海：上海三聯書店，2005），頁 128-132。

在此一論述架構下，所謂「文章章法」，就不是僵化的批評術語，評點文字也不只可以視作為讀者點明、歸納小說章法的閱讀指引：因為當評點者意圖運用各種譬喻向讀者解釋這些表述方式，甚至只是批註簡短的感嘆時，他們已然留下自身參與故事世界的足跡，以及和文本交流的歷程；這些都是詮釋《金瓶梅》敘事藝術的有力註腳。本書將由這個角度出發，重新審思《金瓶梅》中敘事者、評點者、讀者、故事世界、敘事情境等敘事要素間的關係，及其共同構成的審美效果。

第一節　金學研究之學術史反思及研究動機與目的

目前《金瓶梅》的研究取徑，可大致分為文獻學與文化研究、小說思想及藝術研究兩個研究方向；本書研究重心在後者，故僅於下文略述前者之研究概況，本節第一、二小節方分作「思想主旨研究」及「小說藝術研究」兩項，詳細述評後者之學術史脈絡。在重新思索《金瓶梅》學術史之後，第二節將著眼於敘事藝術研究現況之考察；第三節則接續一、二節之分析，提出本書之研究方法、範疇、可能的囿限，並說明章節如何安排。對研究方向的分類，並非將金學研究粗糙地劃分為所謂的「外部研究」及「內部研究」，因為二者之間經常可以相互佐證；如此區別只是為了突顯研究者側重面向之不同。

《金瓶梅》文獻學研究涉及的領域極廣，無論是作者、成書年代、版本，或者小說的內容，都有許多尚待深究的問題：《金瓶梅》作者的確實身分，尚無定論；成書時間大約在萬曆年間，但確切的年代仍有爭議[2]；在版本方面，目前所知有詞話本、繡像本及張竹坡評《第一奇書》本三種主要的刻本；但刻本出現前抄本的流傳情形，以及詞話本、

---

[2] 目前所知，《金瓶梅》的編作者是蘭陵笑笑生，但蘭陵笑笑生究竟是誰，學界已經有超過五十種的說法（包括姓名不確定者）。主要可分為「文人獨創」及「集體創作一人寫定」二說。主張「文人獨創」說者，認為《金瓶梅》的藝術結構獨特而完整，思想一以貫之，而且藝術手法精細，因此是「大名士」的「大手筆」之作。他們重新審視明清人的傳聞後，廣稽嘉靖、隆慶、萬曆朝史書、筆記及相關人士文集，提出王世貞、李開先、賈三近、屠隆等可能的人選。主張「集體創作一人寫定」說者，則將小說中大量采錄抄襲他人作品的情形，與歷代累積型小說及其後文人獨撰的小說比較，認為《金瓶梅》更像前者。有的論者綜合上述二說，認為《金瓶梅》是一部從藝人集體創作向完全獨立的文人創作發展的過渡型作品。參見許建平，《金學考論》（石家庄：河北教育出版社，1999），頁 353-359。又，吳敢已詳列關於作者的五十三種說法，詳見〈二十世紀《金瓶梅》研究回顧與思考（中）〉，《棗莊師專學報》2000 年第六期，2000 年 12 月，頁 7-11。另外，《金瓶梅》成書的年代雖然有「嘉靖說」、「隆慶說」，但以「萬曆說」為大宗。關於成書年代的推論及研究綜述，詳見《金學考論》，頁 359-361；黃霖，《金瓶梅講演錄》（桂林：廣西師範大學出版社，2008），頁 15-96。

繡像本二者的關係，論爭亦多。[3]上述論題的爭議，主要肇因於缺乏進一步佐證的史料，既無直接證據，遂使各說只能止於推論而已。雖迄今無法釐清作者的身分及版本流傳的關係，但此類考證研究，是金學之大宗，其研究成果殆可確定《金瓶梅》成書的年代。

除了文獻學研究之外，關注《金瓶梅》如何反映特定文化背景的研究方法，還有語言研究、文化研究及索隱式的解讀。由於《金瓶梅》（尤其是詞話本）中大量使用方言、俗語、詞曲，因此解釋這些語言的意義，亦為《金瓶梅》研究中重要的一環，有助於正確解讀文本[4]；近年來亦有論者關注《金瓶梅》的語法，開拓了新的研究方向。[5]就小說內容而言，雖然《金瓶梅》中的故事背景是北宋末年，實際上描寫的是明末社會的生活情景，包括市民生活、商業活動、以及政治關係。此一特徵，除了引起索隱派學者的注意，衍生出許多具有政治意義的解釋外[6]，也使研究者將考察《金瓶梅》書中的器用、政治狀態、社會階層、宗教、以及性行為等文化現象，納入金學研究的範疇之中。[7]無論是

3　大多數論者認為詞話本出現後，方有文人改定的繡像本，可參見黃霖，《金瓶梅講演錄》，頁43-52；然而亦有論者以為目前所見的詞話本為參見繡像本校訂的後出版本，另有目前所見兩種本子共同依據的原本，參見梅節，〈《金瓶梅》詞話本與說散本關係校核〉，收入《瓶梅閒筆硯──梅節金學文存》（北京：北京圖書館出版社，2008），頁25-59。應以前者之說較為可信。關於《金瓶梅》目前所見版本的特徵，詳見本書附錄。

4　專著如傅憎享，《金瓶梅隱語揭秘》（天津：百花文藝出版社，1993）、章一鳴，《金瓶梅詞話和明代口語辭彙語法研究》（上海：上海古籍出版社，1997）、曹之羲編著，《金瓶梅詩諺考釋》（蘭州：甘肅教育出版社，2003）、曹煒，《金瓶梅文學語言研究》（廣州：暨南大學出版社，2004）、褚半農，《金瓶梅中的上海方言研究》（上海：上海古籍出版社，2005）、劉敬林，《金瓶梅方俗難詞辨釋》（北京：線裝書局，2008）等，皆屬此類。

5　專著如鄭劍平，《金瓶梅語法研究》（成都：巴蜀書社，2003）、許仰民，《金瓶梅詞話語法研究》（北京：中華書局，2006）等。

6　如沈德符認為《金瓶梅》是「嘉靖大名士手筆，指斥時事，如蔡京父子則指分宜，林靈素則指陶仲文，朱勔則指陸炳，其他各有所屬云」，見沈德符，《萬曆野獲編》卷二十五（北京：中華書局，1997），頁652；但魏子雲則認為《金瓶梅》是影射明萬曆時神宗寵幸鄭貴妃與其子福王常洵之事。參見魏子雲，《金瓶梅的問世與演變》（臺北：時報文化出版公司，1980），頁81-138；〈詞曰、四貪詞、眼兒媚〉，收入氏著，《金瓶梅原貌探索》（臺北：臺灣學生書局，1985），頁17-34；〈金瓶梅（詞話）的政治諷諭〉，收入氏著，《小說金瓶梅》（臺北：臺灣學生書局，1988），頁49-54。陳詔曾於〈《金瓶梅》指斥嘉靖時事考〉、〈《金瓶梅》冒犯皇帝考〉二文中，據小說文本及史料補充沈德符之說，反駁魏子雲的看法。見陳詔，《金瓶梅小考》（上海：上海書店出版社，1999），頁1-29。另如霍現俊則認為，《金瓶梅》寫的是正德、嘉靖朝之時事，西門慶是明武宗的原型，但作者的用意是借明武宗罵明世宗。見霍現俊，《金瓶梅發微》（北京：中國社會科學出版社，2002），頁1-158。

7　如陳東有，《金瓶梅文化研究》（臺北：貫雅文化事業公司，1992）、尹恭弘，《金瓶梅與晚明文化──金瓶梅作為笑書的文化考察》（北京：華文出版社，1997）、孟慶田，《紅樓夢和金瓶梅中

索隱或者文化研究，都以考證其成書的年代為基礎，結合文本與史料，進一步詮釋《金瓶梅》之涵意。雖然索隱研究的方式，易流於牽強附會，有許多可議之處[8]；但索隱研究與文化研究相同，都提供了許多可資參考的史料，有助於瞭解《金瓶梅》成書之際的時代背景，及其對《金瓶梅》取材內容的影響。

文獻學與文化研究的貢獻，是建立《金瓶梅》與時代環境的聯繫，使研究者在解釋文本之際，能夠深入瞭解文化背景對其思維模式的影響。然而，若過於強調《金瓶梅》具有反映當時社會、文化的價值，易流於將《金瓶梅》之內容視為史料，較難突顯「小說」此一文學載體虛實相間的特性及其藝術技巧。相較之下，著眼於思想與主旨者，能以較為宏觀的角度探索全書，勾勒出《金瓶梅》的整體思維；而側重小說藝術者，則能發明小說之美學特徵，二者皆以深入探索小說之內容為要，也較接近本書的寫作目的。以下將分述金學研究中關於二者之學術史脈絡，並提出反思。

一、思想與主旨研究之反思

歷來的《金瓶梅》評論中，有為數眾多的篇章，探討它的思想或主旨，並多以其為反映世情人生的作品。此類研究方法最值得深入思考之處在於，研究者判斷小說意圖表達的思想內涵時，大部分是根據小說整體所敘述的「故事」而非「敘事話語」；亦即如果改變故事的載體，仍然可以得到類似的結論。由於此類研究數量繁多，成果各異，本節不再一一贅述，僅列舉其中兩項最主要的論爭。[9]

的建築》（青島：青島出版社，2001）、蔡國梁，《金瓶梅社會風俗》（天津：百花文藝出版社，2002）、胡衍南，《飲食情色金瓶梅》（臺北：里仁書局，2004）、孟暉，〈潘金蓮與鬏髻〉、〈被底的香球〉，收入《潘金蓮的髮型》（南京：江蘇人民出版社，2005）、陳東有，〈《金瓶梅》的平民文化內涵〉，收入陳東有主編，《現實與虛構：文學與社會、民俗研究》（南昌：江西人民出版社，2006）、侯會，《食貨金瓶梅：從吃飯穿衣看晚明人性》（桂林：廣西師範大學出版社，2007）、黃吉昌，《金瓶梅新論》（北京：中國社會科學出版社，2007）等。

8 如劉輝批評魏子雲之說，即認為影射、索隱一類的研究方式，價值不高：「小說是藝術創作，允許作者虛構。它既不是歷史著作，也不是寫實性的報告文學。這是三尺童子皆知的常識。如果拿典型概括後的藝術形象，和真實人物作簡單的比附，或者確指小說中的人物形象就是影射某人，用這種方法探求作品的『隱喻』，不可避免地帶有強烈的主觀隨意性，其結果也必然是穿鑿附會，漏洞百出，而無法自圓其說。」見劉輝，《金瓶梅論集》（臺北：貫雅文化事業公司，1992），頁131。

9 許建平曾經統計，金學研究篇章中關於思想或主旨者，除了明清以來的「政治寓意」、「諷勸」、「復仇」苦孝、「寫實」、「世情」諸說外，近來有魏子雲的「影射」說和「性惡」說；芮效衛（按：David Roy）的「荀子性惡」說；鄭培凱的「戒勸諷喻」說；黃霖的「暴露」說；孫述宇的「貪、嗔、痴」說；侯健的「變形」說；盧興基的「商人悲劇」說；田秉鍔的「精神危機」說；朱邦國的「人性復歸」說；池本義男的「人格自由」說；張兵、李永昶、劉連庚的「人欲張揚」說；王志武

　　金學中關於思想的論爭，其一意在辨明《金瓶梅》是否為「淫書」，是明末至今的重要議題；其二則著重於《金瓶梅》「反映現實」的價值，主要論著的發表時間，集中於五四以降至九〇年代初期。就前者而言，無論證實《金瓶梅》為淫書，或為其平反，其實都是將小說中所謂的淫穢描寫視為論述的中心，並以此為論證《金瓶梅》藝術價值的重要前提：如果它是淫書，有傷風俗，則幾可不必繼續討論其藝術價值；反面而言，某些論者剖析它的藝術成就，也是為了證明「《金瓶梅》非淫書」，討論其敘事技巧或小說美學其實只是一種論證的手段。關注《金瓶梅》反映現實之價值者，則在某種程度上將《金瓶梅》視為史料，將小說敘述背後的現實，視為小說本身的藝術成就；在特定時期中研究者對「現實主義」具有政治意味的理解，也大幅影響其判斷及研究成果。丁乃非已梳理二十世紀以來對《金瓶梅》「是否為淫書」的論辯及思索[10]，關於現實主義在中國如何被理解，及其在金學學術史上的影響，則可參見本書附錄二[11]，本章僅述其大要。

　　自五四以降，「具備現實主義特徵與否」，逐漸成為金學研究者評斷《金瓶梅》藝術價值的根據，甚而形成論爭。表面上此類評論皆以現實主義為論斷標準，但實際上則因文藝思潮或政治方針的改變，處於不同時期的研究者，對現實主義的內涵，各有不同的理解，並非單純將其認作「反映生活本來面目的藝術觀點或創作方法」。[12]以現實主

　　的「自由悲劇」說；許建平的「探討人生」說；王彪的「文化悲涼」說；甯宗一的「黑色小說」說等。見氏著，《金學考論》，頁368。其中如「性惡」說與「荀子性惡」說，「諷勸」與「戒勸諷喻」說，內容可謂十分接近；又如「世情」說包含範圍甚廣，諸如「貪、嗔、痴」說、「暴露」說、「探討人生」說、「文化悲涼」說等，又均能與之相發明。因此許建平於後文亦云：「二十世紀末的二十年……人們已從主題研究的迷霧中清醒過來，解脫了出來，不願再做那些因偉大作品主題的多義性和研究者視角的多變性而造成的仁者見仁，智者見智，最終很難全面準確地把握作者創作主旨的事。」見《金學考論》，頁376。黃霖對此一眾說紛紜的研究現象則有較為正面的看法，他認為「這些見解中，有的較多地傳承了前人的說法，但更多的是滲入了新的理論方法和時代亦是，從社會學、美學、人學、文化學、心理學、宗教學等多角度、多層次地探討了作者的創作主旨與作品的主題，顯現了一種多元交匯、百花競豔的狀態。」見《金瓶梅講演錄》，頁363。

10　詳見 Ding Nai-fei（丁乃非），"Jin-ology," in *Obscene Things: The Sexual Politics in Jin Ping Mei* (Durham: Duke University Press, 2002) 3-45。如何看待《金瓶梅》中關於性行為的描寫，與評論者身處的文化環境密切相關；文中丁氏以性別的角度，剖析了自魯迅、胡適以來建立的閱讀範式。

11　黃霖已指出「在鄭、吳（按：指鄭振鐸及吳晗）當時，用現實主義來評價《金瓶梅》已成時尚」，見黃霖，《金瓶梅講演錄》，頁353。事實上此一現象不只存在於「鄭、吳當時」，還以不同的論爭方式持續至文革結束之後。詳見本書附錄二。

12　陳順馨認為：「假如我們把它（按：現實主義）理解為反映生活的本來面目的藝術觀點或創作方法的話，那麼，中國古代文學也可以說有現實主義的傳統。如果我們把它理解為由這樣的藝術觀點或創作方法所形成的文藝思潮的話，那麼，它就是指針對十九世紀西歐資本主義發展帶來人的異化這

義評價《金瓶梅》，其成果取決於論者對現實主義的認知。而現實主義的內涵，在五四以降的中國文藝界，一直處於變動的狀態；在某些特定的時期，對其詮釋不同，也會被判斷為政治立場上的對立。由於上述背景，此一評價方法極易受到意識型態的影響及干涉，甚而會使評論《金瓶梅》之舉，成為政治表態的途徑之一；不同的情節及事件，也容易因為化約的價值判斷，簡化為同樣意義的例證，無法突出個別情節或事件在藝術表現上的不同作用。藉由本書附錄二的梳理，可以瞭解現實主義對金學研究的影響，並對前人研究做出較為客觀的判斷：就學術史的角度而言，此類研究屬於特定思想背景下的產物，與其他研究方法相較，本無孰優孰劣的分別；然分析現實主義之不同詮釋造成的影響可知，若欲以某種「主義」一以貫之地解釋思想或主旨，就很可能會以詮釋者的立場評斷藝術價值，容易失之於以偏概全；《金瓶梅》的思想及主旨需要更細密的論證，方能呈現文本複雜多樣的面貌。

二、小說藝術研究之反思

如果將《金瓶梅》與其他小說相比較，藉以審視《金瓶梅》之小說觀在小說史上的意義，依研究現況，可分為「美學觀念的轉變」及「題材選擇的轉變」兩種主要的討論範疇，二者皆以《金瓶梅》的取材內容，判斷其藝術價值。「美學觀念的轉變」，即「由寫生活之美轉而為寫生活之醜，由寫人性之善變為寫人性之醜惡」；「題材選擇的轉變」，即「由寫非現實生活題材轉為由現實生活入篇；由寫英雄人物轉入寫凡人庸人；由直接寫天下國家的政治鬥爭發展為專注家庭生活」。[13] 以「寫人性之醜惡」或「寫現實生活」等特徵肯定《金瓶梅》的藝術價值時，判斷的基礎便取決於《金瓶梅》中描述之情節或事件的性質。瞭解取材內容與其他小說的區別，固有助於證成《金瓶梅》的藝術價值；

個問題而形成的三大文學思潮之一。」參見氏著，《社會主義現實主義理論在中國的接受與轉換》（合肥：安徽教育出版社，2000），頁15。實際上即便將範圍縮小為「西歐文藝思潮」，在五四以降的中國知識分子之間，還是存在不同的理解。

13　參見《金學考論》，頁373。黃霖則稱後者為「創作思維從『借史演義』到『寄意時俗』」，參見《金瓶梅講演錄》，頁276-287。採取此一研究方法之論文如吳紅，胡邦煒，《金瓶梅的思想藝術》（成都：巴蜀書社，1987）中的第六章〈《金瓶梅》對中國小說藝術的創新和貢獻〉，頁221-241；孟昭璉，〈《金瓶梅》對中國小說思想的變革〉，收入劉輝、杜維沫編，《金瓶梅研究集》（濟南：齊魯書社，1988），頁120-132；田秉鍔，〈《金瓶梅》的藝術視角〉，收入吉林大學中國文化研究所編，《金瓶梅藝術世界》（長春：吉林大學出版社，1991），頁194-206；曹煒、甯宗一，《金瓶梅的藝術世界》（臺北：文史哲出版社，2002）中的第二章〈時代呼喚小說觀念的變革〉，頁19-36、第三章〈《金瓶梅》：一部處於文體轉型期的小說〉，頁37-54、第四章〈笑笑生對中國小說美學的貢獻〉，頁55-72等。

但由於小說並非直接記錄生活，而是以藝術筆法刻畫生活的不同面向，因此作品的不同風貌，取決於作家創作時反映現實和表現現實所運用的各種方法。[14]從這個角度而言，小說的內容和形式，是不可分割的：以何種方式敘述事件，不只會決定產生何種審美效果，也會決定事件呈現的樣貌與深度；因此，在分析小說選擇何種寫作題材，藉以判斷其藝術成就之際，更應注意「小說」此一寫作形式及藝術筆法造成的影響。

　　是以若欲較全面地探討《金瓶梅》的藝術成就，除了分析小說敘述之情節或事件的性質，以判斷作者的思想、創作主旨及小說觀外，亦應具體分析藝術筆法在小說中產生的效應。目前分析《金瓶梅》之藝術筆法的研究論著中，以人物論為最主要的論述型態。人物論採取的分析方法，即歸納小說中用以塑造某一人物的事件或語言，以判斷、評論小說人物的性格，或者說明此一小說人物在小說史上具有何種典型意義。近年來的人物論研究，多著意於探討小說人物的立體面貌，避免片面的評斷；此類論著說明了《金瓶梅》中的小說人物具有複雜的性格，並非某種抽象概念的形象化，亦即張竹坡所謂「於一個人心中，討出一個人的情理，則一個人的傳得矣」。[15]以人物論的方式探討《金瓶梅》之藝術表現的研究者，多著眼於作者是否能夠成功地掌握合於情理的原則，塑造出典型的小說人物，因此多採取分別論述人物的方式寫作。此法雖然能夠具體分析各個人物的特性，或者歸結出塑造人物個性的方法，卻不易論及其他情節或事件的敘事技巧，以及人與人之互動關係。[16]由於《金瓶梅》中，人物間的權力關係並非固定不動，而處於不停流動、改變的狀態，因此才會有人情冷暖的對比；前人所謂《金瓶梅》是「一部

14　參見周振甫，《周振甫著作別集：小說例話》（南京：江蘇教育出版社，2005），頁 110。

15　張竹坡，〈批評《第一奇書》讀法〉四十三，見《第一奇書》康熙乙亥年張竹坡評在茲堂本《金瓶梅》影本（臺北：里仁書局，1980），[讀法]頁 31。以下簡稱此文為〈讀法〉，並於引文後直接註明頁數，不另加註。

16　專著如孟超，《金瓶梅人物論》（北京：光明日報出版社，1986）；孔繁華，《金瓶梅的女性世界》（鄭州：中州古籍出版社，1991）；程自信，《金瓶梅人物新論》（合肥：黃山書社，2001）等，全書內容即為分章評述《金瓶梅》中的主要人物。孫述宇，《金瓶梅的藝術》（臺北：時報文化出版公司，1981）；沈天佑，《紅樓夢金瓶梅縱橫談》（北京：北京大學出版社，1990）；分析《金瓶梅》藝術表現的方法，主要亦以人物論為主，以思想主旨、美學價值為輔。此外吳紅、胡邦煒，《金瓶梅的思想和藝術》（成都：巴蜀書社，1987）；鄭慶山，《金瓶梅論稿》（瀋陽：遼寧人民出版社，1987）；黃霖，《金瓶梅考論》（瀋陽：遼寧人民出版社，1988）；周中明，《金瓶梅藝術論》（臺北：貫雅文化事業公司，1990）；李時人，《金瓶梅新論》（上海：學林出版社，1991）；張亞敏，《金瓶梅的藝術美》（北京：教育科學出版社，1992）；葉桂桐，《論金瓶梅》（鄭州：中州古籍出版社，2005）；黃霖，《黃霖說金瓶梅》（北京：中華書局，2005）；黃吉昌，《金瓶梅新論》（北京：中國社會科學出版社，2007）；孫志剛，《金瓶梅敘事形態研究》（北京：中國社會科學出版社，2013）等，亦皆有一章以上的篇幅，以人物論的方法，探討《金瓶梅》的藝術價值。

炎涼景況」[17]，即肇因於此。張竹坡更由此延伸出觀照全書運用藝術技巧的原則：以「冷」、「熱」不同的文字作為對比，將「冷」、「熱」之間的差異，視為作者在敘事藝術上的表現。

本書研究的重點在於《金瓶梅》的敘事藝術。如前所述，《金瓶梅》的文本研究中，敘事藝術的深入分析尚有開拓空間。前人研究著作處理的多為《金瓶梅》藉其取材內容表現出何種思想主旨，或者《金瓶梅》如何藉其故事情節塑造出人物形象；然而決定取材內容或者故事情節如何呈現者，實為敘事技巧。如果《金瓶梅》呈現出何種思想主旨及人物形象是以文本的情節、事件為證據，經過歸納、推論之後得到的結果，則敘事技巧一環，便是《金瓶梅》中用以組織、塑造出情節、事件的方法，能夠具體地說明作者如何呈現該情節或該事件中人物間的關係，以達成傳達作者之思想主旨，及在讀者心中留下具典型意義之人物形象的目的。是以作者如何運用敘事技巧，是分析《金瓶梅》之情節事件與《金瓶梅》思想主旨、人物典型之關係的關鍵，也是前人較少處理的部分。因此本書將在前人研究成果的基礎上，具體分析《金瓶梅》之敘事技巧與小說整體構思的關係。

第二節　研究現況考察

目前探討《金瓶梅》敘事藝術的研究論著，多為單篇論文，或研究論著中的某個章節。研究的內容主要可以分為兩類：一、研究《金瓶梅》的結構；二、研究《金瓶梅》的修辭。以下將分別說明上述論著的研究成果。

一、《金瓶梅》結構之研究

在中國的小說評點中，「結構」有兩個意涵：一指小說的整體構思，二指小說作者組織情節時運用的各種方法。以下將分就前述二者，梳理前人研究《金瓶梅》結構之論著。

(一)探討《金瓶梅》的整體構思

《金瓶梅》最重要的總體構思，即為「冷熱」的映照。此說最早由繡像本的無名評點者提出[18]，爾後張竹坡亦以此說為分析《金瓶梅》的原則。[19]俞為民在〈張竹坡的《金

17　繡像本第一回眉批：「一部炎涼景況，盡此數語中。」見蘭陵笑笑生著，齊煙、汝梅點校：《新刻繡像批評金瓶梅》（臺北：曉園出版社，1990），頁1。

18　即前文所引之「一部炎涼景況，盡此數語中」。

瓶梅》結構論〉中，便據此認為《金瓶梅》作者設計的整體結構以「冷熱」為綱，既表現情理[20]，也使整體結構有條不紊。而「冷熱」與《金瓶梅》中的空間結構有密切的關係：繡像本《金瓶梅》第一回以西門慶在玉皇廟「熱結十兄弟」起，此後發生的故事主要以西門家的宅院花園為場景，最後一回則以普靜在永福寺薦拔亡魂終，首尾呼應，「熱起冷結」。據此，部分學者由空間切入，解釋《金瓶梅》的整體結構。如楊義便認為，這種以一宅院、二寺廟安排的空間設計，蘊藏著小說的哲學層次和敘事的核心。[21]《金瓶梅》的空間安排，除了呈現作者的哲思外，也配合小說敘事的實際需要，凸顯人物活動與故事發展，並具有相對集中、穩定、小而密集的特點。這種空間設計，用意不僅在於構築小說的背景[22]，更是為了寫出西門慶妻妾的權力關係及其與西門慶的親疏。[23]浦安迪（Andrew H. Plaks）認為，《金瓶梅》中西門宅圍牆外的世界，也具有結構上的意義，因為此一背景描寫使西門府和廣大的世界間，形成意味深長的對比。[24]

19　張竹坡謂「《金瓶》以『冷熱』二字開講，抑孰不知此二字為一部之金鑰乎？」又云「夫一部《金瓶梅》，總是『冷熱』二字。」見張竹坡，〈冷熱金針〉，《第一奇書》，[冷熱金針]1；蘭陵笑笑生著，王汝梅、李昭恂、于鳳樹點校，《張竹坡批評金瓶梅》（濟南：齊魯書社，1991），第七回回評，頁113。按：張竹坡評本有兩個系統，一有回前評，一無回前評。王汝梅等點校之《張竹坡批評金瓶梅》中，收錄了各本的附錄及總評、回評；《第一奇書》康熙乙亥年張竹坡評在茲堂本《金瓶梅》影本，則是無回評系統的版本。本文引用張竹坡評本時以《第一奇書》影本為主，該影本所缺之處，則參照《張竹坡批評金瓶梅》（以下簡稱「張批本」）。後文凡引二書，皆直接標明版本及頁數，不另作註。

20　參見俞為民，〈張竹坡的《金瓶梅》結構論〉收入中國金瓶梅學會編，《金瓶梅研究》第二輯（南京：江蘇古籍出版社，1991），頁218-221。

21　楊義認為，此一敘事結構溝通了生死幽明、方內方外、人欲和天數，把酒色財氣薰天的市井社會籠罩在帶宗教色彩的空幻哲理中，因此某種充滿生存危機感和宗教虛幻感的「道」，成了滲透於全書敘事結構的精神內核。參見楊義，《中國古典小說史論》（北京：中國社會科學出版社，2004），頁481-482。

22　張竹坡對空間的看法，著眼於提供活動之舞臺，提高敘事之動感：「猶欲耍獅子先立一場，而唱戲先設一臺，然後好看書內有名人數進進出出，穿穿走走，做這些故事也。」見張竹坡，〈雜錄小引〉，《第一奇書》，[雜錄小引]1。

23　參見許建平，《金學考論》，頁292-293。此說亦可以張竹坡的說法補充。張竹坡認為：「讀《金瓶》，須看其大間架處。其大間架處，則分金、瓶、梅在前院一處。金、梅合而瓶兒孤，前院近而金、瓶妒，月娘遠而敬濟得以下手也。」見〈讀法〉十二，《第一奇書》，[讀法]頁5。

24　參見 Andrew H. Plaks, *The Four Masterworks of the Ming Novel: Ssu ta ch'i-shu* (New Jersey: Princeton University Press, 1987) 78-79。另外，方明光認為《金瓶梅》在時間上「由幾次元宵節串起來」，空間上則主要安排在「西門慶性活動的三處地方」。因此當西門慶於書中的四次元宵節在三個空間裡走動時，便使時空相融相匯，渾然一體。方文又認為《金瓶梅》的整體構思是「以人物為中心的結構之網」，而時空的交錯只是此一結構之網的特性之一。故本文仍將方文對《金瓶梅》之整體構思

　　由於《金瓶梅》敘及小說中各個人物、各種關係時，是以西門慶為中心，再向外延伸，如網絡般開展小說的敘事；因此周中明、許建平等探討《金瓶梅》整體構思的論者，認為這種以人為中心的結構方式，能夠深入刻畫人物的性格與人物之間的關係，是《金瓶梅》結構上的重要特色。[25]此外如方明光、張錦池、李時人等，皆認為《金瓶梅》在整體結構方面最主要的特色，就是以人物的命運為結構的中心，構築出小說中複雜而不可分割的敘事網絡。

　　此外，浦安迪分析《金瓶梅》一百回的特殊設計時，則認為《金瓶梅》和「四大奇書」其他三本相同，都是以十回為一個單位，每十回演繹一個事件，並且將特別重要的或有預示意義的故事情節穿插在每個十回的第九與第十回之間。整體而言，前二十回寫西門慶私宅以外之事，中間六十回作者減緩敘事步調，集中寫私宅之內的事件；後二十回又寫宅外的現實世界，此一敘述程式具有對稱感。[26]

的判斷，置入「以人物為中心」一說中。參見方明光，〈別開生面的結構藝術〉，《紅樓夢金瓶梅比較論稿》（武漢：湖北教育出版社，2003），頁37-42。

[25] 參見周中明，《金瓶梅藝術論》，頁288-312。許建平的立論基礎與周氏類似，認為《金瓶梅》的整體結構建立在小說人物的活動之上。全書以西門慶為中心，西門慶與三群人物（家庭群體、市民群體、官場群體）的往來，構成貫通全書的三條情節線索（性愛生活線索、商業活動線索、官場活動線索），展示情場、商場、官場的社會生活面；這三條線索亦非各自獨立，由西門慶串聯起三者的關係。最後所有的人際關係，由普靜薦拔群冤結，因此全都被納入因果報應的宗教框架之內。許建平，《金學考論》，頁285-290。許文並未深入探討此一結構有何種美學效應，但陳平原〈中國小說中的文人敘事——明清章回小說研究（上）〉一文，可以補充說明其效用。陳文指出，《金瓶梅》以「家庭」作為小說結構的中心，能夠「公私兼構」，亦即以家族之興衰，窺探人性與人心，展現與之息息相關的世態風情；而且此種結構，能使小說具有整體感，使小說既可由此輻射開去，擴展到整個社會生活的各個層面，也可收將回來，由軍國要聞一轉而為家庭瑣事。在這個結構之下，無論是文化寓意或是敘事角度，「家」與「國」都可自由轉換。參見陳平原，〈中國小說中的文人敘事——明清章回小說研究（上）〉，《鄭州大學學報（哲社版）》1996年第五期，頁9-17。此說雖與前述諸文以為《金瓶梅》之結構中心為西門慶略有不同，但文中所指之「結構」，亦以人物活動為中心，可與前述諸說相互發明。

[26] 例如第十九回寫瓶兒嫁入西門府，第二十九回寫吳神仙貴賤相人，第三十九回寫月娘聽僧尼說經，四十九回寫西門慶獲春藥，五十九回寫官哥慘死等，是明伏後文之「業果」的「種因」之筆；又以四十九回西門慶獲春藥將全書分為上下兩部分。而在七十九回西門慶死後，又繼續以十回為一個單元的節奏寫家族的離散。西門慶在七十九回死亡，則符合浦氏以為明清文人小說之高潮出現在全書三分之二或四分之三之處的論點。參見 Andrew H. Plaks, *The Four Masterworks of the Ming Novel: Ssu ta ch'i-shu*, 72-75. 此說可與方明光之論述相參照：方氏認為，《金瓶梅》前二十回及最後二十回較為疏朗，中間六十回較為繁複細密；這是因為作者在主要人物西門慶退場之後，編織故事、結構篇章的激情和心智便開始衰退。因此《金瓶梅》兩頭密而中間疏，亦符合長篇寫作的特點和作者的創作心態。參見方明光，〈別開生面的結構藝術〉，《紅樓夢金瓶梅比較論稿》，頁42-44。

綜上所述可知，以「整體構思」的原則探討《金瓶梅》之結構的論著，或就《金瓶梅》中「冷熱」的寓意論之，或就《金瓶梅》的空間構思論之，或就小說人物的命運論之，或就小說回數上之特徵論之。[27]此一研究方法，是提挈《金瓶梅》全書結構的重大原則，以期凸顯《金瓶梅》敘事的結構特徵。

(二)探討《金瓶梅》中組織情節的方法

最早論及《金瓶梅》中組織情節的方法者，當屬繡像本的無名評點者對《金瓶梅》的評點。黃霖是較早注意到繡像本評點的學者，他在〈《新刻繡像批評金瓶梅》評點初探〉一文中，便論及繡像本對《金瓶梅》「創作之法」之評論；另如浦安迪亦於〈瑕中之瑜──論崇禎本《金瓶梅》的評注〉中，歸納繡像本評點中的敘事技巧。[28]張竹坡的《金瓶梅》評點，除了接續繡像本評點的某些觀點（如冷熱、太史公筆法）外，也提出對《金瓶梅》敘事技巧更細膩的觀察[29]，以此欣賞作者文心之細，文章之妙。由於評點中屢屢提及「結構之法」，故前人研究《金瓶梅》中組織情節的方法，便多以評點為主要討論的範圍。在分類歸納評點術語後可知，前人論述時著重討論三個面向：預言、伏脈與餘波、重複與對比。以下分述之。

《金瓶梅》中常穿插對結局的預言，藉以串連起複雜的情節，此即敘事學中所謂的「預敘」。《金瓶梅》藉由占卜、敘述者道出、人物自道等方式，預示小說的結局，具有重複敘述及鋪墊下文的效果。[30]楊義則認為，這種以預言點出結局的方式，不僅在敘事時間上是預言，也是以預言的方式，指向蘊藏在全書結構深處的「道」，於預言及其兌現之間對人生進行「不可勸誡的勸誡」[31]，並形成小說中「結構之道」與「結構之技」互為表裡，不可分割的關係。周中明則闡釋預言為「讖語」，屬於「心理夢幻」的「伏脈

27　另如孫述宇則認為，《金瓶梅》的結構建立在「諷刺」之上：「論《金瓶梅》的諷刺藝術，最後還要說到世間事物外表與內裡的分歧。《金瓶梅》作者感到無限興趣的是這種分歧，……小說的結構經常都藉用這個觀念來營造。西門慶一樣一樣得來的東西，後來一樣一樣失去，方式差不多相同。」見《金瓶梅的藝術》，頁48。由於孫氏僅簡略描述此一概念，並未深入闡述諷刺與結構的關係，故僅列此備考。

28　參見黃霖，《金瓶梅考論》，頁299-300；浦安迪，〈瑕中之瑜──論崇禎本《金瓶梅》的評注〉，收入徐朔方編，沈亨壽等譯，《金瓶梅西方論文集》（上海：上海古籍出版社，1987），頁302-303、314。

29　如入筍、二事作對、曲筆、化筆、不寫之寫、犯筆、夾敘、脫卸等。參見〈讀法〉，《第一奇書》，[讀法]頁3-44。

30　參見王平，〈《金瓶梅》敘事的「時間倒錯」及其意義〉，《北方論叢》2002年第四期，頁85-86。此亦即郭玉雯所論之「預言暗示法」，參見郭玉雯，〈《紅樓夢》與《金瓶梅》的藝術筆法〉，《文史哲學報》第五十期（1999年6月），頁26-30。

31　參見楊義，《中國古典小說史論》，頁483。

千里」。[32]

「伏脈」與「餘波」的運用，是《金瓶梅》中用以組織情節的主要方法，能夠使小說前後貫通，銜接自然。此法以俞為民所述最為清楚。他認為張竹坡所謂「一百回共成一傳，而千百人總合一傳」的特性，是指《金瓶梅》在故事情節推進的過程中，不斷添進新的情節（亦即「入筍法」），引出新的人物和事件，不同人物和不同情節之間相互勾連纏繞，交錯推進，形成「千針萬線同出一絲」的網狀結構；此外，在引進新情節的同時，作者又不斷將已經寫完的人物和事件拋棄，形成有起有結的效果（亦即「脫卸法」）。作者往往兼用二法：對於原有的人物和情節來說是「脫卸」，對後面的人物和情節來說則是「入筍」。如此既能保持「各人自有一傳」的完整性，又能在整體上組成完整的「一傳」。[33]他如鄭慶山所論之「插敘、夾敘」[34]，羅德榮所論之「趂窩和泥」[35]，周中明所論之「時空交錯」[36]，許建平所論之「一回多線交叉並進」[37]，方明光所論之「多針多線，齊頭並進；明針暗線，參差錯落」[38]，楊義所論之「多夾層的敘事方式」等[39]，皆說明《金瓶梅》中擅以伏脈與餘波組織情節的特性。

「重複」與「對比」則是在《金瓶梅》中可以相互參照的敘事方法。「重複」指《金瓶梅》中經常重複敘及某些人事物，亦即運用「草蛇灰線」此一敘事技巧：「借助某一具體事物前後多次出現，來貫串情節，加強情節之間的聯絡照應」。[40]葉朗所論《金瓶

32　參見周中明，《金瓶梅藝術論》，頁 336-339。

33　參見俞為民，〈張竹坡的《金瓶梅》結構論〉，頁 221-223。

34　參見鄭慶山，〈金瓶梅的藝術技巧〉，《金瓶梅論稿》，頁 222。

35　參見羅德榮，〈張竹坡寫實理論的美學貢獻〉，《天津社會科學》1995 年第六期（1995 年），頁 94-95。

36　周氏云：「《金瓶梅》不是完全以時間為結構的單位，使故事情節直線發展，而是在同一時間內，向空間延伸，使故事情節縱橫交叉，經緯交織，曲線演進」；又云此法：「不是為了作家故意追求情節的曲折和結構的鋪張，而是反映了人情事理之必然。」參見周中明，《金瓶梅藝術論》，頁 332-334。

37　許氏云：「由於作者採用了『草蛇灰線』、『入筍法』、『穿插法』、『一筆並寫兩面』等編排故事的手法，從而使三條線索（按：即情場、官場、商場）的敘述不再是『花開兩朵，各表一枝』，敘完一組事再接續另一事的頂針續麻式的直線連接，而是一回多線交叉並進，……《金瓶梅》不僅首用網狀敘事結構，而且其針線之細密也前無古人，後少來者。」見《金學考論》，頁 298。

38　參見方明光，〈別開生面的結構藝術〉，《紅樓夢金瓶梅比較論稿》，頁 33-37。

39　參見楊義，《中國古典小說史論》，頁 486。

40　見俞為民，〈張竹坡的《金瓶梅》結構論〉，頁 224-225。雖然俞氏並未以「草蛇灰線」名之，並將「草蛇灰線」視為「情節之間的埋伏照應」（按：此一解釋與「伏脈」相同）；但由周振甫分析《水滸傳》、《紅樓夢》中運用「草蛇灰線」的敘述（參見《小說例話》，頁 131-133、150-151）可知，運用某一具體事物前後貫串的敘事技巧，亦為「草蛇灰線」。

梅》中「小道具」產生的效果，亦與此相同：他認為重複出現的「小道具」，能夠加強主角和主線，保持小說結構的統一和緊湊。[41]葉朗也論及，透過同樣一個小道具在不同時間的出現，能夠襯托人事的變遷，使讀者對書中人物的心情有更深切的感受[42]，此一論點與周中明所謂「烘托式的伏脈千里」接近。[43]如果進一步探討這種重複描寫的對象本身有何象徵意義，這些事物的作用，便不僅限於聯絡情節，加強主線，而會在重複敘述之中產生特定意象。浦安迪、楊義皆以此一角度論述重複之於《金瓶梅》的作用。[44]

　　歸納前人研究成果可知，《金瓶梅》中以重複描寫某些人事物的方式，強調情節之間的呼應，以達成使小說結構緊密的效果；小說中人事的變遷，也會使某些人事物於一再重複的敘述中，出現特定的意象。而在變遷中出現的重複，就不僅是單純的重複，而具有對比的意味。「對比」一詞，指將相同或相反的情節組織在一起，遙遙相對，相互映襯，能夠使小說人物形象鮮明，加強讀者的印象，也是《金瓶梅》作者常用的結構方法。俞為民沿用張竹坡的說法，稱此為「遙對章法」。[45]此法亦即郭玉雯所論之「兩山對峙」[46]、鄭慶山所論之「對襯性的結構」[47]、周中明所論之「悲喜冷熱，鮮明對照」。[48]

41　葉氏云：「照他（張竹坡）看來，小說中有一類故事情節是次要的，是屬於注釋性的文字。這種注釋性的文字不能不寫。但是寫出來又有可能沖淡小說的主角，中斷小說的主線。這是一個難題。解決這個難題最輕快的辦法，就是創造一個小道具──例如西門慶手中那把紅骨細灑金金釘鉸川扇兒。這種小道具，能夠在讀者心理上突出、加強主角和主線，使注釋性的文字迅速退向客位，從而保證小說整個結構的統一和緊湊。」見氏著，《中國小說美學》（臺北：里仁書局，1987），頁229。

42　參見葉朗，《中國小說美學》，頁227。

43　葉朗及周中明所舉的例子，都是李瓶兒在官哥死後，看見原本官哥生時薛內相為了賀喜所贈的博浪鼓，更加悲傷。周中明認為此處表現出「吉凶相倚，前後烘托」的效果，而且「不僅使人感到在藝術結構上伏線穿插的巧妙，突出了李瓶兒對喪子的悲痛和西門慶對李瓶兒的關切之情，而且在思想內容上以『壽星』與短命相反襯，令人由不得思緒縈懷，感慨繫之。」見周中明，《金瓶梅藝術論》，頁337。

44　參見 Andrew H. Plaks, *The Four Masterworks of the Ming Novel: Ssu ta ch'i-shu*, 98-120。此說亦可參考柯麗德（Katherine Carlitz）對二十七回的論述，參見 Katherine Carlitz, *The Rhetoric of Chin p'ing mei* (Bloomington: Indiana University Press, 1986) 77-87。楊義則以「重複中的反重複」說明這種效果。他認為《金瓶梅》中重複描寫的是空間，因此當空間位置重複，而時間推移使人文景觀發生今非昔比的深刻變化時，不但能使章節之間相互呼應，結構嚴密，更會予人「逝者如斯夫」的蒼涼感，也就是人事已非的「反重複」。參見楊義，《中國古典小說史論》，頁486。

45　俞為民認為，《金瓶梅》中運用對比的方式有三：1.每一回都有兩事相對；2.將不同人物身上發生的相類似情節串聯在一起，形成對比；3.以相類似的情節相互照應，加強前後聯繫。由於張竹坡認為《金瓶梅》以「冷」、「熱」為構思的基礎，因此書中常以具有「冷」、「熱」兩種不同性質之事作為對比。參見俞為民，〈張竹坡的《金瓶梅》結構論〉，頁225-226。

46　參見郭玉雯，〈《紅樓夢》與《金瓶梅》的藝術筆法〉，頁11-15。

二、《金瓶梅》修辭之研究

前人探討《金瓶梅》之修辭方式時，或注重該修辭方式是否能夠生動地呈現被描繪的對象，或注重該修辭方式是否具有「表面上描述某一人事物，實際上另有所指」的效果。因此，依研究現況，本文歸納《金瓶梅》之修辭方式為兩類：一、直述其事；二、言此意彼。

張竹坡在評點中已經指出，《金瓶梅》擅以「白描」的方式直述其事[49]；學者亦多就此特點探討《金瓶梅》之修辭。所謂「白描」，即用最少的筆墨，勾出事物的動態和風貌，藉此引發、規定讀者的聯想，使讀者能夠感受事物內在的性格和神韻[50]，亦使小說之修辭產生張竹坡所謂「化工」、「如畫」、「描魂追影」、「毛髮皆動」、「逼真」的效果[51]；魯迅稱之為「刻露而盡相」。[52]黃霖、周中明、葉朗、鄭慶山等，皆論及此一敘事技巧。

根據前人研究，《金瓶梅》的修辭具「言此意彼」之效者，多半都含有諷刺的意味。例如孫述宇即指出，《金瓶梅》中用人名的諧音諷刺人物性格，並且著意描寫世間事物外表與內部的分歧。[53]《金瓶梅》中也藉由描寫書中人物唱曲的情節，援引現成的詞曲；但其作用經常不是單純的唱曲，而是或用以描寫人物心理，或暗示結局，或製造意象。例如芮效衛即歸納書中援引詞曲之處，認為潘金蓮的唱詞，顯示出她以詞曲呈現出的流行文化塑造自我形象，但是此一形象又與她在書中的整體形象有所出入；因此可知詞曲在《金瓶梅》中並非多餘，反而能表現人物複雜的面向，這是傳統小說人物的刻板印象所不能涵蓋的；另外，這些詞曲為當時的讀者所熟悉，因此可以喚起讀者豐富的聯想及共同的理解。[54]田曉菲則認為，《金瓶梅》賦予抒情的詞曲以敘事的語境，將詩詞曲中

---

47 參見鄭慶山，〈《金瓶梅》的藝術技巧〉，《金瓶梅論稿》，頁 221-222。

48 參見周中明，《金瓶梅藝術論》，頁 339-341。

49 因此張竹坡云：「讀《金瓶》，當看其白描處。子弟能看其白描處，必能自做出異樣省力巧妙文字來也。」見〈讀法〉六十四，《第一奇書》，[讀法]頁 43。「白描」此一寫作技巧的概念在張竹坡的評點中發展得較為完整，不僅包括描寫的手法和技巧，而且包括了描寫的目的和效果。參見葉朗，《中國小說美學》，頁 231、234-235。

50 參見葉朗，《中國小說美學》，頁 234-235。

51 參見石麟，〈張竹坡批評《金瓶梅》寫作技巧探勝〉，《湖北師範學院學報（哲學社會科學版）》2002 年第一期，頁 8。

52 見魯迅，《中國小說史略》，收入《魯迅全集》（北京：人民文學出版社，2005），頁 187。

53 參見孫述宇，《金瓶梅的藝術》，頁 28-32、48-56。

54 參見 David T. Roy, "The Use of Songs as a Means of Self-Expression and Self-Characterization in the *Chin P'ing Mei,*" *Chinese Literature: Essays, Articles, Reviews* 20 (Dec. 1998): 125-126。

短暫的瞬間和具體的人物結合，鑲嵌在一個流動的上下文裡，因此顯得格外生動；將敘事與詩詞兩相對照時表裡不一的情形，也會使小說充滿諷刺的張力。[55]《金瓶梅》借用的文學體裁不僅限於詞曲，還包括小說、雜劇等。楊義將《金瓶梅》具有諷刺意味地借用其他文體，稱為「文人小說對傳統文學的多層次戲擬（parody）」。例如《金瓶梅》對《水滸傳》的改寫，便以諷刺的方式，轉化了《水滸傳》原有的意義。[56]

綜上所述可知，前人探討《金瓶梅》結構時，於整體構思方面，多認為《金瓶梅》採取「冷熱映照」及「以人物為中心」之法；探討組織情節的方法時，則多注意《金瓶梅》中「伏脈與餘波」以及「重複與對比」的運用，並且多以《金瓶梅》之評點（尤其是張竹坡評點）為基礎展開論述，較少論及《金瓶梅》之敘述視角。另外，由於詞話本及繡像本第一回並不相同（《第一奇書》本同繡像本），僅繡像本以「西門慶於玉皇廟熱結十兄弟」以及「武二郎冷遇親哥嫂」開始，因此凡探討結構時涉及「冷熱」或者「時空」之構思者，則皆以繡像本（或《第一奇書》本）為討論對象；但由於此類論述忽略版本間文字的差異，便易以偏概全。在修辭方面，多關注《金瓶梅》中「白描」及「諷刺」的特色；以揭示《金瓶梅》中「運用何種敘事技巧」為論述主旨，故多著重探討在單一情節中運用某一敘事技巧，能夠產生何種藝術效果。此一論述方式雖然能夠突出該敘事技巧的特點，但由於論述之例證僅限於某些情節，故無法藉此得知《金瓶梅》於整體架構或行文脈絡中採用此一敘事技巧的原因或功能。另外，由於探討《金瓶梅》敘事藝術的論著，多以張竹坡之評點為主要參考資料，因此著重探討的面向亦多與張評接近。[57]

探討《金瓶梅》之思想主旨以及人物的論述，多偏重書中情節、內容之性質述評其藝術價值，較少析論藝術手法產生的作用；而探討《金瓶梅》敘事藝術之論著，則注重個別敘事技巧產生的效果，僅以某些例證說明該敘事技巧的內涵為何，較少探討這些敘事技巧與小說整體構思的關係。然而正如赫曼（David Herman）所論，話語形態（modality）會影響情感表達的整體表述能力（assertability），因為它承載的不只是事實狀態的客觀形式，還呈現出發聲者情感表達內容的主體態度及組織安排；敘事性的細節亦非文本中相

55 參見田曉菲，《秋水堂論金瓶梅》（天津：天津人民出版社，2005），頁 27、122。
56 參見楊義，《中國小說史論》，頁 460-464。
57 繡像本在《金瓶梅》三個版本系統中研究較晚開始，原因在於，詞話本處於初始流傳的重要位置，關於作者、成書年代、成書過程等問題，引起眾多研究者的濃厚興趣；張竹坡評本則因其刊行後即成為《金瓶梅》的通行本，影響深遠而備受青睞。雖已有不少學者著力探索其版本、評點的問題，但尚有許多有待開展的研究途徑。另外，繡像本各版本間關係複雜，它們又分散於中國、日本各國的圖書館善本室中，不易比勘，也使繡像本的研究相形薄弱。參見楊彬，《崇禎本〈金瓶梅〉研究》（北京：文物出版社，2011），6-10；黃霖，《金瓶梅講演錄》，頁 52。

對於「核心」（core）敘事成分的周邊要素，而體現了作者／讀者的「觀看」（viewing）及「體驗」（experiencing），是講述及詮釋故事的基礎認知因素。[58]因此敘事藝術及思想價值實為一體兩面，不僅不能二分，更應關注其相互指涉之細密機制。楊義於《中國小說史論》之分析中，已自戲擬、結構、意象等敘事技巧的層面，探討《金瓶梅》呈現出的思想基調；然由於篇幅所限，無法詳細分析全書。田曉菲《秋水堂論金瓶梅》一書，亦於二者的結合多所發揮，然該書採取回評的寫作型態，內容兼及評論與情感抒發，故較不易有系統地呈現二者之間的關係。為了補足歷來重視「《金瓶梅》之思想主旨與藝術價值的關連」此一研究方法可能產生的缺失，並重新思索《金瓶梅》評點之內涵[59]，本書將以文本之細部解讀為基礎，有系統地探討《金瓶梅》中敘事技巧與小說整體構思之關係。[60]

---

[58] David Herman, *Story Logic: Problems and Possibilities of Narrative* (Lincoln: University of Nebraska Press, 2002) 270, 304.

[59] 清末以來對評點的負面評價，也是《金瓶梅》研究者較少探討評本所論各種敘事技巧的原因。葉朗在《中國小說美學·導論》中有〈對中國小說美學的研究為什麼會成為空白〉一節，詳述自清末張之洞起至「當時」（1987）貶抑評點的現象，主要因為論者認為評點「陳腐」、「八股氣」。這是一篇重尋評點之價值與貢獻的翻案文章，由文末可知，時至 1987 年，小說評點研究仍方興未艾。參見氏著，《中國小說美學》，18-22。僅有部分學位論文以此為研究中心；九〇年代以後，評點研究才逐漸受到重視，專書陸續出版。如林崗，《明清之際小說評點學之研究》（北京：北京大學出版社，1999）、譚帆，《中國小說評點研究》（上海：華東師範大學出版社，2001）等。關於《金瓶梅》之評點研究專著，則有朴炫玶，《張竹坡評點《金瓶梅》之小說理論》（國立政治大學中國文學研究所碩士論文，1994）。近來亦有學者試圖系統化地整理評點中的共通的術語及概念，採取以評點用語牽涉之比喻分類析論的方式，可參見張世君，《明清小說評點敘事概念研究》（北京：中國社會科學出版社，2007）。然而不同類型的比喻，可能意圖表示同一概念，將它們依照比喻類型分類，便看不出它們共同要表達的概念；再者，不同評點家對比喻的運用也不盡相同，需要更細密的梳理。評點依存文本而生，因此雖然有不同小說共用的評點語言，但各書亦有其自身特點，不見得能納入一個共通的體系之中；如此亦無法突顯小說間的個別差異。另外，針對《金瓶梅》而言，此書分析時採用的版本為秦修容彙整的會評本，是有刪節的本子，未收所有批語，亦未詳細分析崇本批語，多以張竹坡批語為主，這也是許多論著共有的問題。故關於《金瓶梅》的評點，尚需更細緻的析論。

[60] 孫志剛《金瓶梅敘事形態》一書亦提出應以「從整體出發」的觀點，研究《金瓶梅》的整體樣式，包括作家敘事意圖、敘事結構、敘事視角、敘事風格等等。雖然這個概念部分切合本書的研究範疇，但並未深入探討《金瓶梅》的敘事技巧與意識型態、思想價值等之間的關連，此即本書著眼之處。

第三節　方法論及研究範疇

　　在前人研究的基礎上，本書探討《金瓶梅》敘事藝術之研究方法，側重兩個方面：其一為在前人論述之取材範圍與研究方法的基礎上再作思索，除擴大取材範圍外，亦將兼採中西之研究方法，注意版本間的差異，以期較為全面地分析文本。其二，是以新的詮釋角度，開發前人論述中較少著墨之處。因此本書將結合《金瓶梅》評點及西方敘事學理論，探討《金瓶梅》中的敘事手法。[61]

　　本書將由兩個層次分析《金瓶梅》：一為「析論敘事話語」，一為「重構故事世界」。這涉及經典敘事學與後經典敘事學關注的不同問題：近年來，後經典敘事研究擴充了經典敘事研究的範疇[62]，除了結合敘事學以外的學門，後經典敘事理論納入了認知科學的觀點，這使文本接受者閱讀／詮釋時的心智歷程，成為敘事學者關注的議題，改變了結構主義敘事學者以文本為中心的論述角度。經典敘事學（亦即結構主義敘事學）可謂「析論

---

[61] 近來有學者結合中西小說理論，意欲有系統地陳述中國小說的特徵，建構出中國的小說理論，其中亦有分析《金瓶梅》的專章。可參見 Gu Ming Dong（顧明棟）, *Chinese Theories of Fiction* (Albany: State University of New York Press, 2006)。作者將中國「小說」的概念與西方的 "fiction" 相較，援引西方小說理論，證明《金瓶梅》是一部富有自覺創造意識的小說；並以張竹坡評點的看法為主，歸納出傳統小說的創作及閱讀成規與西方小說理論間的異同。作者的研究目的，在於找出不同文化中小說的共同特質，藉此將中國小說置入整個世界的小說史之中。此一研究方法雖然能突顯出評點對「小說」這種文體的獨到意見，並使讀者能比對傳統小說與其他文化中類似文體的敘事特徵，但直接比對二者，容易忽略中西文學作品及文學理論產生的背景，產生以西方理論推斷中國小說創作成因的現象。由於作者關注的對象是小說理論，對小說的詮釋面向也容易被評點所限制，並未深入剖析文本，開發新的詮釋途徑，這正是本書在結合中西理論之後，將會進一步開展的工作。

[62] 敘事理論近年來的研究趨勢，可視為自經典研究（classical）過渡至後經典研究（postclassical）：就文學及語言學方面而言，經典研究源自於俄國形式主義文學理論，1960 年代則由結構主義敘事學者擴充，並於 1980 年代早期，由巴爾（Mieke Bal）、查特曼（Seymour Chatman）、馬汀（Wallace Martin）、普林斯（Gerald Prince）、雷蒙·凱南（Shlomith Rimmon-Kenan）等人系統化。另外一個分支，是盎格魯美洲（Anglo-American）學者以小說敘事為基礎的研究，它先受結構主義敘事學影響，爾後也回頭影響結構主義敘事學的發展。後經典研究則建立在經典研究的基礎之上，但增補巴特（Roland Barthes）、熱奈特（Gérard Genette）、格雷馬斯（A. J. Greimas）及托多洛夫（Tzvetan Todorov）等形式主義全盛期學者在故事分析之概念及方法上的不足之處。後經典研究自性別理論、哲學倫理學、後索緒爾語言學（post-Saussurean linguistics）、語言哲學、認知科學、媒體比較研究及批評理論等領域擷取靈感，與經典研究及後結構主義敘事理論兼容並蓄。上述敘事理論概念轉變之具體內容，可參見 David Herman, "Major Trends in Recent Scholarship on Narrative," in *Basic Elements of Narrative* (Chichester: Wiley-Blackwell Publishing, 2009) 26-32。在經典研究的架構上增補新觀點，不將新舊二者視為非此即彼的選擇，也是本書應用敘事理論的基本態度。另外，本章不再贅述敘事學研究之發展軌跡，僅說明此一學術脈絡中與本書研究範疇直接相關的概念。

敘事話語」之學：在它對文學的析論中，區分「故事」（story）與「敘事話語」（narrative discourse）是極為重要的理論基礎。這是許多敘事學分析方法的前提：論者得以藉由辨明故事及敘事話語間敘事時間、敘事視角等之差異，析論作者對文本匠心獨具的組織安排，及其特殊的美學效應。然而，在後經典敘事學中，以認知科學的觀點，分析敘事話語如何呈現故事，並非全然在回溯作者意圖，而是探索「重構故事世界」的歷程。認知敘事學者關心的問題諸如：何種認知歷程支持敘事理解，使讀者、觀者、聽者得以建構故事世界的心智模式？他們如何運用特定媒介的線索，根據敘事話語的時序去建立事件（events）或事件的原型（fabula）（亦即事件何時發生，以什麼順序發生）？等等。在此一分析方法中，文本詮釋者閱讀時的心智模式，扮演極為關鍵的角色：他們藉由理解敘事規約，重新建構了在敘事中被編碼（encoded）的故事世界，更藉由想像，進駐故事世界，與故事中的參與者（participients，與「小說人物」characters 類似）共享心智活動與感官體驗。[63]雖然沒有任何對認知敘事學的理解基礎，梁啟超的評論，已經很生動地描述了自現實世界轉換至故事世界的歷程：

> 抑小說之支配人道也，復有四種力：一曰熏。……人之讀一小說也，不知不覺之間，而眼識謂之迷漾，而腦筋為之搖颺，而神經為之營注。……二曰浸。……浸也者，入而與之俱化者也。人之讀一小說也，往往既終卷後數日或數旬而終不能釋然。……三曰刺。刺也者，刺激之義也。熏浸之力利用漸，刺之力利用頓；熏浸之力在使感受者不覺，刺之力在使感受者驟覺。刺也者，能使人於一剎那傾忽起異感，而不能自制者也。……凡讀小說者，必常若自化其身焉，入於書中，而為其書之主人翁。……雖讀者自辯其無是心焉，吾不信也。夫既化其身以入書中矣，則當其讀此書時，此身已非我有，截然去此界以入於彼界，……文字移人，至此而極。[64]

小說的局外人（亦即讀者）是透過「眼識迷漾」、「腦筋搖颺」、「神經營注」的身體感

---

63 赫曼說明了敘事學由分析「故事」（story）轉而分析「故事世界」（storyworld）的觀點轉變。「故事世界」一詞，貼切地描述了詮釋者重構文本的歷程：詮釋者閱讀時，必須將自己的立足點（deictic center）由現實世界轉換至故事世界之中，不僅藉重構「發生何事」理解敘事，也以整合的角度，根據文本中的環境脈絡（surrounding context，也可以稱之為敘事生態學（ecology of narrative））去理解狀態、事件及參與者的行動，而非零散地在故事時間表上拼湊各個事件。參見 David Herman, *Story Logic: Problems and Possibilities of Narrative*, 5-17。
64 梁啟超，〈論小說與群治之關係〉，收入《晚清小說期刊：新小說》（上海：上海書店，1980）卷一，第一號，頁 3-4。

知，才能在不知不覺中，浸入小說為局內人；但在其中，又會因文字情節而受到刺激，忽起異感。如此一來便已「去此界以入於彼界」，由現實進入小說世界。讀者進入小說世界之後，以文字為媒介，「自化其身」，引入自己既有的知識與心智反應，重新理解、詮釋小說的情境；在這個過程中，與感官認知相關的直接體悟，最能發揮「熏」、「浸」之效。是以，同時分析敘事話語及詮釋者認知故事世界的心智歷程，能使敘事分析不只可以具體描述語言轉化為美感經驗的過程，也描述了詮釋者如何「自語言看見（圖像）」65，為文本詮釋增添更多合於感官直覺的理解。

　　無論由「析論敘事話語」或「重構故事世界」的角度析論作品，評點都有其特殊的地位：就「析論敘事話語」而言，評點文字不僅總結了評點者對小說的審美經驗，也是分析創作者運用何種藝術規律的主要途徑66，是瞭解小說如何組織時有力的借鑑；評點者在閱讀過程中的感官體驗及感悟式的寫作風格，則是他們「重構故事世界」時的忠實記錄，他們對「作文之法」（可視為一種敘事規約）的詮釋，也有助於理解敘事技巧如何影響讀者及文本間的交流。67根據上述概念可知，兼取「析論敘事話語」及「重構故事世

65　閱讀與概念結構間的轉換，會歷經初步素描（primal sketch）－2 1/2D 素描（加入視角、方向及距離的訊息）－3D 素描（辨認物體）（以上為視覺系統）－音韻（phonology）－語法（syntax）（以上為語言系統）一系列的資訊處理歷程，概念系統不只由下向上接收資訊，也由上向下引發視覺想像，這使讀者能藉由語言、閱讀「看見」小說世界的景象。參見 Manfred Jahn, "Windows of Focalization: Deconstructing and Reconstructing a Narratological Concept," *Style* Vol.30:2 (Summer 1996): 255-256。

66　「評點」此一批評型態興起於南宋，至晚明之際已行之有年；參見譚帆，《中國小說評點研究》，頁 7-11。吳承學，〈現存評點第一書——論《古文關鍵》的編選、評點及其影響〉，收入章培恆、王靖宇編，《中國文學評點研究論集》（上海：上海古籍出版社，2002），頁 225-235。以晚明之際文人對八股文熟悉的程度而言，《金瓶梅》寫作時運用的藝術技巧，極可能受評點所謂「作文之法」影響，這點在張竹坡的評論文字中也可以得到印證。如 Rolston 所云，評點者為了吸引讀者的注意，會向讀者展示某些被輕易放過的事物讀起來有何言外之意，讀者也會由評點中學得讀出言外之意的閱讀方式。當這些讀者成為作者時，他們也傾向以象徵、比喻的方式寫出言外之意。參見 David L. Rolston, *Traditional Chinese Fiction and Fiction Commentary: Reading between the Lines* (California: Stanford University Press, 1997) 1。由此可見，「作者－評點者（讀者）－其他讀者（閱讀評點的讀者）」之間的互動關係，並非單純的閱讀，還包括了藝術規律的提醒（評點者對讀者的耳提面命），以及再次實際運用這些規律（將評點者的「指導」轉化為創作時的依據）等複雜的狀況。

67　認知敘事學家探討的重點之一，在於敘事如何激發思維，或文本中有哪些認知提示來引導讀者的敘事理解，促使讀者採用特定的認知策略。文本提示是作者依據或參照文類規約和認知框架所創作的產物，文類規約是文類文本特徵（作者的創作）和文類認知框架（讀者的闡釋）交互作用的結果，文類認知框架又有賴於文類文本特徵和文類規約的作用。認知敘事學家也關注敘事如何再現人物對事情的感知和體驗，如何直接或間接描述人物的內心世界，同時關注讀者如何藉文本提示（包括人物行動）來推斷和理解這些心理活動。此外，是否熟悉某一文類的敘事規約直接左右讀者的敘事認

界」兩種分析方法，能同時論及作者及詮釋者的創造過程；就本書的論述重心而言，結合二者及傳統評點的特質，能使評點文字不只是對作者創作原則之提點，還能有效闡釋這兩種敘事學中的核心概念，有助於更深一層地理解文本。此一分析方法，構成本書各章節探討問題的基礎：第二章〈金瓶梅敘事結構〉的重點在於「析論敘事話語」，分析《金瓶梅》如何藉由組織、安排段落事件，創造結構上的美感；第三章〈金瓶梅敘事與時空〉由「重構故事世界」的角度出發，探討《金瓶梅》的敘事筆法，如何引領詮釋者建構故事世界與小說時空；第四章〈金瓶梅敘事視角〉則同時涉及上述兩個問題：就作者的角度而言，以不同的敘事視角講述事件，能構成具有特殊觀點的敘事話語；就評點者的角度而言，評點文字記錄了他們閱讀小說時如何轉換「局內人」及「局外人」的身分，此即他們穿梭故事及現實之間的痕跡，也呈現出他們如何界定閱讀性質及窺視故事世界，並藉想像去理解和詮釋文本。

以評點為分析的重要材料時，必須考慮評點中術語繁多，內涵亦互有異同的現象；以之直接作為學術研究上實際分析小說的工具，易流於欠缺系統。[68]再者，評點雖然貼近文本，但散見全書各處的寫作體裁，也使評點的論述較為缺乏條理。前人研究雖已引用評點中的看法，但易為評點劃定的探討範圍所圍。[69]由於西方敘事學對於敘事技巧的關注，已發展為可操作的理論體系；因此，在「析論敘事話語」方面，為更有效地運用評點中各種「作文之法」，實際評析《金瓶梅》的藝術表現，本書以西方敘事學為整理、探討評點「作文諸法」的架構，有限度地引用敘事學中的概念，作為整理、補充評點諸法的基礎。近年來已有以西方敘事學角度分析《金瓶梅》敘事藝術的著作[70]，然多以《金

知能力。參見申丹，王麗亞，《西方敘事學：經典與後經典》（北京：北京大學出版社，2010），頁 222-225。就這個角度而言，評點者不但是有血有肉的讀者，也是提出閱讀規約的文類認知者，藉由分析他們的閱讀活動，可以有效地得知「重構故事世界」時的解碼過程。

68 浦安迪部分研究的重心，即是有系統地梳理小說評點的各種術語，是目前研究評點「作文之法」的重要著作；然而浦氏研究的目的，在於建構評點展現的思維模式及批評理念，因此其著作多為概念性的介紹，以其自身對評點諸法的整理與理解，勾勒評點批評範疇之梗概；落實至具體的小說批評時，浦氏較為關注的仍是小說背後的思想體系，而非寫作技巧。關於浦氏的研究成果，詳細篇目將於後文引用時一一列舉。

69 需要說明的是，本文雖以評點為論述方法之借鑑，但並非以分析評點者的思想為主，著重的是文本本身的藝術表現與評點者之間的交流。研究評點者對小說的審美情懷，是探討評點內涵的另一種途徑，側重面向與本文不同。已有論者就此著眼，剖析《金瓶梅》的接受歷程，可參見楊彬，《崇禎本〈金瓶梅〉研究》，頁 143-218。

70 如孟進厚，〈談《金瓶梅》的敘事技巧〉，《棗莊師專學報》1998 年第二期，頁 10-15；王平，〈《金瓶梅》敘事的時間倒錯及其意義〉，《北方論叢》2002 年第四期，頁 83-87；張軍，沈怡，〈《金瓶梅》與《紅樓夢》的時空敘事藝術比較〉，《重慶大學學報》2002 年第三期，頁 30-33。王平的

瓶梅》中的敘事時間為主要探討的對象。其實在中國的小說評點中,已經相當注意敘事
視角此一西方敘事學提出之概念的運用,因此會有「從……眼中看出,故妙」或者「從……
口中說出」的評語;《金瓶梅》亦經常以視角的改變,造成不同的敘事效果,然論及者
較少。[71]是以本書第四章中對視角的判斷,既參照西方敘事學理論,亦兼顧評點。本書
研究方法兼取中西,目的在於力求尊重傳統,更以新的角度詮釋傳統。

依循上述各章節的分析需求,以及中國小說之特質,本書不以某一特定理論為分析
根據,而將酌情引用不同論者的看法。第二章及第四章援引的敘事理論,以熱奈特(Gérard
Genette)對敘事話語的分析為基礎,並引用其他敘事學者對此一分析架構之反思與重構,
藉此探討《金瓶梅》中敘事時間及敘事視角的問題。在歸納《金瓶梅》敘事視角時可以
發現,「偷窺」是書中經常運用的一種視角。因此第四章亦將參照關於偷窺(voyeurism)
以及凝視(gaze)的論述,探討作者運用此一敘事技巧的目的與效果。第三章則借用巴赫
金「時空體」(chronotopes)的概念,及其他論者由此延伸探討的觀點,並參酌近來敘事
學者結合敘事理論及認知科學的研究,一方面析論評點中關於細節的筆法,一方面重新
思考浦安迪針對「四大奇書」所提出的「形象迭用」(figural recurrence)現象,描述《金
瓶梅》時空環境的特徵。

在此需要進一步說明幾個敘事理論中值得注意的問題。首先是熱奈特敘事理論的特
性與囿限:他由敘事次序(order)、時間距離(duration)、頻率(frequency)、語式(mood)、
語態(voice)等層面,分析小說話語「再現」故事時運用的敘事技巧;其中某些概念可
以和評點者論及的作文之法相互發明,也有助於條理分明地呈現小說評點的內容。[72]雖

著作中亦有散見於各章節中對《金瓶梅》之分析,與本書論述範疇較為相關的部分,可參見王平,
《中國古代小說敘事研究》(石家莊:河北人民出版社,2001),頁 111-114、156-159、190-195、
212、215-216、219-220。王氏雖亦以敘事理論分析傳統小說,但較注重不同時代小說之「同」,
以及傳統小說中有何類似敘事理論之組成要素;本書則更關切此類要素間的關係,以及它們與評點
文字有何可以相互呼應之處。

71 如郭玉雯論及《金瓶梅》中有「觀點移動法」此一敘事技巧。參見郭玉雯,〈《紅樓夢》與《金瓶
梅》的藝術筆法〉,頁 35-36。

72 本書並未完全依照熱奈特的分析架構析論《金瓶梅》,原因在於,參照評點後可以發現,以評點既
有的概念分析某些敘事特徵,會比直接運用敘事理論來得妥貼。例如敘事理論中皆將「聚焦」
(focalization)的概念,歸入敘事視角的探討中;然而聚焦同時描述了兩個對象:其一為觀看/描
述者,其二為被觀看/被描述者,本書第四章僅討論前者。至於後者,涉及如何將敘事場景由被聚
焦者 A 轉換至被聚焦者 B,在敘事理論中亦為敘事視角探討的一環,加恩(Manfred Jahn)便以「視
窗轉換」(window shifting)描述此一歷程,參見 Manfred Jahn, "More Aspects of Focalization:
Refinements and Applications," in John Pier ed., *GRAAT 21: Recent Trends in Narratological Research*
(1999): 101-104。然而在評點中,敘事場景的轉換,則常以「綴合」的概念表現,這更適切地說明

然熱奈特的理論便於操作，符合結構主義者意欲科學或客觀地解析敘事體的企圖，也有利於系統化地陳述小說敘事的特性，切合本書意欲處理的題材；然而，在九〇年代以後的敘事學者眼中，此一分析方法屬於文本中心模式，亦即相對之下，熱奈特對讀者闡釋敘事之語境的分析較為薄弱，而敘事形式及敘事闡釋語境之間複雜的交互作用，正是近十年來敘事學者所關注的問題。[73]熱奈特的研究架構雖為敘事理論之先驅，極具啟發性，但近二十年來，敘事學者亦不斷修正、擴充其論述。因此，依據析論時的實際需求，本書將適度引用其他敘事學者的相關看法，以拓展詮釋的廣度與深度。此外，雖然認知科學為敘事學提供了新的解析角度，但亦有其侷限：完全以認知科學為分析文學作品的基礎，僅關注讀者在閱讀中建構的心智圖像，容易忽略文學語言（尤其是詩意語言）及特定表述媒介的美感效用[74]，這正是中西傳統文學研究中特意著重的部分；評點者對敘事技巧的高度關注，也顯示中國傳統小說有其特殊的寫作及賞析規律，值得更進一步探究及瞭解。

　　除了各有其關注的核心議題，還需建立各章節間的內在聯繫（章節架構之關連，可參見本章附表）[75]，以及探索它們之間如何相互影響；這意味著各章節是不能獨立分析的敘事

了傳統小說段落接續的特質。又如熱奈特以講述中的「重複」及「概述」解釋敘事頻率，但《金瓶梅》中的重複常有其特別意涵，不僅可能構成前後文的對照，也可能以重複表現其哲學思維，不能僅以講述頻率視之；王平便以熱奈特的架構，討論中國傳統小說的敘事頻率，但他也意識到這其中的扞格之處：「……《金瓶梅》中的單一性敘述和重複性敘述比《三國演義》和《水滸傳》都大大增多，但其綜合性敘述卻明顯減少。有些發生多次的事在一次講述完畢之後，並不意味著以後就不再提及。……因此可以說《金瓶梅》中的綜合性敘述較為特殊，這也是《金瓶梅》敘事細緻甚至有些瑣碎的表現。」見王平，《中國古代小說敘事研究》，頁219-220。故本書將其列入「對比」、「照應」及「敘事的壓縮」等項中析論，以求更精準地分析這些概念。

73　David Herman ed., *Narratologies* (Columbus: Ohio University Press, 1999) 7-9.

74　關於敘事學研究中「認知科學轉向」之評論，可參見 Sylvie Patron, "Describing the Circle of Narrative Theory: A Review Essay," *Style* Vol. 39:4 (Winter 2005): 479-488。

75　關於附表，有些需要說明的部分：第二章分析的內容，包括事件在文本中出現的次序有何意義、相鄰的事件如何綴合、不相鄰的事件如何藉呼應構成上下貫通之感。圖中依序出現的a、b、c、d、e、f等事件，即小說敘事之次序；而兩個事件間的箭號，則表示其綴合關係。就事件的呼應而言，文本提供足夠的暗示，使讀者在閱讀中可以即刻領會段落間對比、照應的情形，因此附表中事件b、d的關係以實線表示；但伏脈則相反：在事件d中埋下的暗示不會被發現，需讀至事件f時，讀者方能憶起敘事者講述事件d時提供的線索，因此d及f間以虛線表示。第三章則探討各事件的時空框架：時空環境之塑造，端賴文本藉敘事技巧予詮釋者之暗示，與詮釋者借重心智歷程與感官體驗產生的想像；因此事件的長度與密度，除了取決於文本段落的相對大小，也意指文本對詮釋者構成的心理時間距離，這構成敘事時空的延展或壓縮，是以附表的事件d及事件f，便以面積大小表現延展和壓縮間的對比。第四章分析故事世界以何種觀點被呈現，這不僅牽涉敘事者（可能是說書人

要素，必須組織其關連，方能理解小說整體的敘事效果。再者，雖然本書將配合各章節不同的析論重點，選取適當的分析實例，但分析時亦將注意各例與文本整體脈絡之關連，並同時論及相關的敘事技巧，不將分析實例視為單一敘事技巧的例證。本書論述的起點，是評點者所謂的段落，他們常將小說分段，便於說明段落起結之妙；這是組織小說的基本單位，也可稱作事件（events）。第二章探討《金瓶梅》之結構，旨在分析段落間的關係。與事件相關的情境脈絡，則構成時空環境之特徵，此為第三章〈《金瓶梅》敘事與時空〉探討的議題。敘事時空的樣貌，取決於講述的角度，亦即第四章〈《金瓶梅》敘事視角〉的分析重點。

　　另外，前人分析《金瓶梅》之敘事藝術時，多將《金瓶梅詞話》及《新刻繡像批評金瓶梅》二者等同視之；然二者無論結構、引詞、或者敘事文字，都有所出入；例如《新刻繡像金瓶梅》將小說中大多數詞曲刪除、改換的情形，已經改動了小說某些部分的敘事效果。[76]因此本書探討的範圍，將兼及《金瓶梅》的三種版本，以及繡像本之無名評點者、張竹坡以及文龍三人對《金瓶梅》之評點；引用文本時亦將比對版本間的差異，並判斷此一差異是否影響小說敘事藝術。

或小說人物）與敘事接受者（可能是聽眾或小說人物）構成的敘事情境，也與敘事者及評點者的意識型態有關。因此，關於敘事視角，附表中有三種不同的示意方式：其一代表小說世界之外的評點者／讀者之觀看角度，其二則表示小說世界內說書人之觀看角度，其三則是小說人物轉述／偷窺事件的觀看角度。

76　David T. Roy 認為，繡像本的改訂者並不瞭解作者借用其他文學材料時，能夠產生諷刺小說人物的效果，才會刪除《金瓶梅詞話》中的詞曲。參見 "The Use of Songs as a Means of Self-Expression and Self-Characterization in the *Chin P'ing Mei*," 102。田曉菲則謂這些詞曲為明代讀者所熟悉，因此不需要全文錄出，讀者也能領會詞曲之意，全部存錄反而有蛇足之嫌。參見《秋水堂論金瓶梅》，頁11。田曉菲認為詞話本及繡像本二者具有「極為不同的意識型態與美學原則」，因此《秋水堂論金瓶梅》一書，便著眼於比較、分析兩種文本之間的差異。參見《秋水堂論金瓶梅》，[前言]頁4-12。

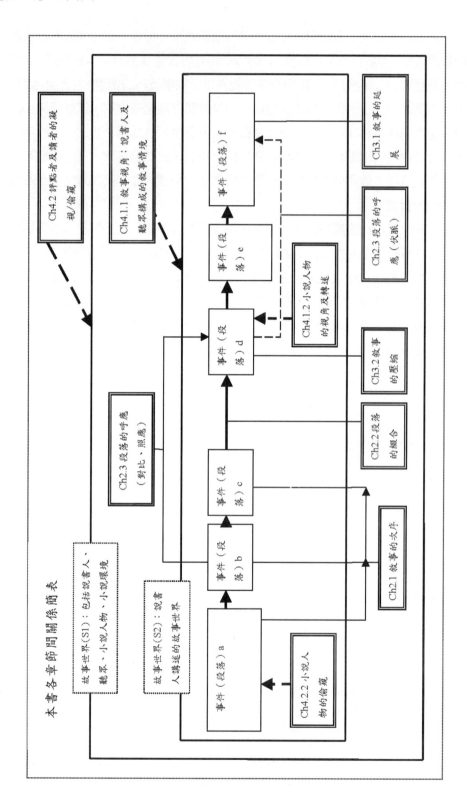

本書各章節間關係簡表

第二章 《金瓶梅》敘事結構

　　本章將以中國傳統的小說評點為主，並參酌西方敘事理論，析論《金瓶梅》的敘事
結構：亦即書中各個段落如何組織、安排。[1]

　　小說評點所謂的「結構」，與西方文學理論中論及的 "structure"（亦譯為「結構」）
雖然有部分概念類似，但關注的面向並不完全相同：前者著重以小說的篇法、章法，說
明文字組織的情形；後者則是以結構主義（structuralism）的理念，闡釋敘事體（narrative 或
récit）的特性。[2]正如浦安迪所言，與整體敘事作品的統整性相較，傳統評點更注重分析
敘事文本中每個小段落間交織（interweaving）或接榫（dovetailing）的情形，也就是分析小
說的紋理（texture）。[3]而西方對敘事結構（narrative structure）之析論，雖然派別甚多，但都
是將敘事本身視為一種自成體系的結構，並以結構主義的基本理念，去分析其中的所有

1　小說評點者論及「結構」者如：「凡作一部大書，如匠石之營宮室，必先具結構于胸中，孰為廳堂，
　　孰為臥室，孰為書齋、灶廄，一一布置停當，然後可以興工。」（《儒林外史》第三十三回回評，
　　見《古本小說集成》（上海：上海古籍出版社，1990）第二十一冊，臥閒草堂原刊本影本，頁1130）。
　　又如：「讀三國者，讀至此卷而知文之彼此相伏，前後相因，殆合十數卷只如一篇只如一句也……
　　文如常山蛇然，擊首則尾應，擊尾則首應，擊中則首尾皆應，豈非結構之至妙者哉？」（毛宗崗，
　　《三國演義》九十四回回評；參見陳曦鐘，宋祥瑞，魯玉川輯校，《三國演義會評本》（北京：北
　　京大學出版社，1986），頁1145。以下引用本書批語時簡稱《三國》，並直接標明頁數、評點者，
　　不另作註。）、「將正伏者，先反伏之……而此卷則猶反伏之者也。觀天地古今自然之文，可以悟
　　作文者結構之法矣」（毛宗崗，《三國》九十二回回評，頁1122）「《三國》一書，有首尾大照
　　應，中間大關鎖處。……照應既在首尾，而中間百餘回之內若無有與前後相關合者，則不成章法
　　矣。……凡若此者，皆天造地設，以成全篇之結構也」（〈讀三國志法〉，《三國》，頁18）、
　　「……蘊齋天才豪放，別開生面，於一氣排纂中，回環起伏，虛實相生。稗史家無此才力，駢儷家
　　無此結構，洵千古言情之傑作也。」（吳展成，〈燕山外史序〉，《燕山外史》（臺北：文景出版
　　社，1973），頁2）「讀前文阮小七廟門遇厲成一段，正疑何故此處必要插入厲成，讀此乃知遙遙
　　為樂教師上登雲山地耳，結構之妙如此。」（《水滸後傳》第三回回評，見《古本小說集成》第二
　　百七十冊，紹裕堂刊本影本，頁97-98）等，以上皆用「結構」一詞比喻作者對文章段落的構思、
　　經營。

2　參見高辛勇，《形名學與敘事理論》（臺北：聯經出版事業公司，1977），頁118-119、132-133。

3　Andrew H. Plaks, "Chinese Narrative Theory," in Andrew H. Plaks ed., *Chinese Narrative: Critical and
　　Theoretical Essays* (New Jersey: Princeton University Press, 1977) 331-334; "Terminology," 88.

要素。這種分析方法注重敘事體中各種成分（如作者、讀者、敘事者、事件、行動等）的個別特徵，以及它們之間的關係，分析的目的則是力求全面瞭解敘事行為的特性，也就是敘事體的「深層結構」。[4]小說結構雖有紋理及深層結構之別，但二者之間相互交織、影響，不可劃分為二，是以實際分析作品時，僅能選取不同的側重面向，不能將二者涇渭分明地割裂；本章將著重於分析「紋理」造成的美學效果。近代學者分析中國傳統小說結構時，多側重深層結構，甚而更進一步將深層結構置於文化思維的脈絡中探索，成果頗豐。[5]與此一分析方法相較，評點者對結構的討論，偏向解讀文本的細部，析論具體而細緻，可以由此窺知小說作者的藝術技巧。但評點中術語甚多，各術語間指涉的內涵時或有重疊；為有系統地探討《金瓶梅》結構組織的原則，本章將援引西方敘事結構分析中的相關概念作為輔助說明，以釐清評點所論各種「作文之法」的意涵。

評點者借用本為建築術語的「結構」一詞，偏重比喻作者如同建造房屋一般組合其寫作材料；並於闡述小說作法之際，引導讀者「拆房屋」，也就是指示讀者小說組合的方法，並解構眼前的小說。由這個比喻可以看出，探究小說的組織原則，同時涉及作者

4　查特曼（Seymour Chatman）對「敘事結構」中涵蓋的各種要素闡述甚詳。他由皮亞傑（Jean Piaget）對結構的定義出發（亦即具備完整性（wholeness）、轉化（transformation，意指由深層意義至淺層意義的轉化）、自我調節（self-regulation）三種特質），說明敘事也如同數學、人類學、心理學一般，是自成體系的結構。作者、敘事者、讀者、敘事話語、故事等，都是構成整個敘事結構的要素。參見 Seymour Chatman, *Story and Discourse: Narrative Structure in Fiction and Film* (Ithaca: Cornell University Press, 1978) 20-21, 31-34, 267。

5　最著名的例子是浦安迪對四大奇書的分析。以《金瓶梅》為例，他認為小說在安排回數與內容的關係時，有固定的規律；作者也會刻意將小說中的各種人物、事件對比、並列，形成閱讀時迴返往復的感受。這些都是四大奇書共有的特徵，可以視為文人小說（literati novel）刻意為之的安排。參見 Andrew H. Plaks, *The Four Masterworks of the Ming Novel: Ssu ta ch'i-shu*, 72-131. 另如艾梅蘭（Maram Epstein）則延續、擴充浦安迪的研究觀點，將「陰陽」與「理學」、「性別」等概念相結合。她的研究取徑是先確定「陰陽二分」的思維模式，然後以陰陽解釋「理學」（陽）和「情」（陰）間的消長。除了小說人物有陰陽之分外（這種區分不見得等同於小說人物的生理性別，而有各種不同的流動狀態），小說章回的安排，也依照陰陽八卦排列，這是小說結構的主要成因。參見 Maram Epstein, *Competing Discourses: Orthodoxy, Authenticity, and Engendered Meanings in Late Imperial Chinese Fiction* (Massachusetts: Harvard University Asia Center, 2001) 1-9, 307-308。巴赫金的理念，可以更清楚地闡釋本章探討內容與前人研究成果的分別。他認為，審美客體材料實體的結構形式可以分為兩類，一為「建構形式」，一為「布局形式」，二者完全屬於不同的層面，不可混淆。建構形式結合了認識價值、倫理價值，而布局形式則意指材料的組織；前者指向審美客體的內容，後者則指向被視為「材料」的語言作品整體。也就是說，形式依靠材料得以實現，但它卻指向審美客體的內容。參見沈華柱，《對話的妙悟——巴赫金語言哲學思想研究》，頁 124-125。浦氏、艾氏的研究即偏重於「建構形式」，本章則偏重於「布局形式」，然二者實相互影響，不可分割。

的作文之法，以及評點者的詮釋理念。張竹坡對《金瓶梅》的評論，正是以建築作為比喻，闡釋作文及閱讀之關係[6]：

> ……故作文如蓋造房屋，要使梁柱筍眼都合得無一縫可見。而讀人的文字，卻要如拆房屋，使某梁某柱的筍皆一一散開在我眼中也。（張批本，頁40）

由引文可知，張竹坡認為，只要瞭解作者組合材料的方法，就能掌握小說的整體結構。值得注意的是，當評點者將小說視為由許多構造成分組成的文本建築，不但可以建構，亦可以拆解時，就已經指出，評點中所析論的小說結構，不只是作者單向創作的產物，還需藉由評點者的閱讀及詮釋，方能理解小說中各個事件的相互關係，構成事件間的敘事動力（narrative dynamics）。亦即，若缺乏讀者對情節的主動參與、組織及詮釋，小說本身就僅僅是連續事件的組合及呈現。[7]因此，雖然評點者認為自己對結構的分析，意在向其他讀者揭示「作者」如何處理各種細節，讓小說中各個段落能布置停當或首尾相應；但在評點者析論各段文字間銜接和綴合的原則及其藝術效果的同時，「探求作者本意」不再是評點文字的唯一目的，經由劃分、重組、聯想小說各個段落，評點者已然建構出自身的解讀原則，以及極具個人特質的文本詮釋。[8]由此可知，析論作文之法的用意，不僅在於歸納作者組織段落的方法，更能使讀者在分析文本結構的過程中，體會小說的言外之意。

6　浦安迪認為，小說評點中結構之謂，涉及與建築相應的一套隱喻體系，評點者經常以此詮釋作品成形的經過。雖然金聖嘆、毛宗崗、張竹坡等人提出的「章法」一詞，較「結構組織」更能闡明創作時的安排經營之意，但是有為數眾多的討論，都藉著強調「建築的構造法」一類隱喻，解釋敘事的概念。引用此一概念，是為了說明如何連接、聚合種種組合成分，以塑造全然整合的「文本建築」（textual edifice）。參見 Andrew H. Plaks, "Terminology," in David L. Rolston ed., *How to Read the Chinese Novel* (Princeton, N.J.: Princeton University Press, 1993) 85-87。評點者視小說文本為一個「整體」的概念，使他們認為小說的各個成分並非獨立存在，而是可以相互指涉，前後呼應；這正是評點者不斷思索各段落有何關連，以及段落間的類比關係有何言外之意的基礎。張竹坡已十分具體地表明了此一美學概念：「……我喜其文之洋洋一百回，而千針萬線，同出一絲，又千曲萬折，不露一線。」見〈竹坡閒話〉，張批本，頁 10。又「一百回是一回，必須放開眼光作一回讀，乃知其起盡處。」見〈讀法〉三十八，《第一奇書》，[讀法]頁 29。

7　關於敘事動力與讀者間的關係，可參見 Peter Brooks, "Narrative Desire," in Brian Richardson ed., *Narrative Dynamics* (Columbus: Ohio State University Press, 2002) 131-133。

8　張竹坡的言論，可以作為評點者將詮釋化為創作的註腳：「邇來為窮愁所迫，炎涼所激，於難消遣時，恨不自撰一部世情書，以排遣悶懷。幾欲下筆，而前後結構，甚費經營，乃擱筆曰：我且將他人炎涼之書，其所以前後經營者，細細算出，一者可以消我悶懷，二者算出古人之書，亦可算我今又經營一書。我雖為有所作，而我所以持往作書之法，不盡備於是乎！然則我自做我之《金瓶梅》，我何暇與人批《金瓶梅》也哉！」見〈竹坡閒話〉，張批本，頁 11。

為便於論述，本章將就評點中涉及「敘事的次序」、「段落的綴合」和「敘事的呼應」者，來析論《金瓶梅》之結構藝術。這些敘事特徵最終追求的美學效果，都是前後貫通、首尾相應，將多如牛毛的敘事線索有條不紊地整合在一起。敘事的次序一節，分析作者重新安排事件次序，將原本順時發生的「故事」組織為「敘事話語」的技巧及其美學效應；段落的綴合一節，探討作者以何種技巧銜接敘事次序前後相連的各個事件；段落的呼應一節，則分析作者如何運用前後對照的敘事方法，暗示讀者在閱讀的歷程中聯想前後文，藉此串連敘事次序不相連接的各個事件，以領略其前後連貫的整體感。

第一節　敘事的次序[9]

本節將析論《金瓶梅》中敘事次序的組織安排有何意義，亦即讀者如何藉由建構事件的時間序列，理解文本意涵；此一分析兼及敘事話語和故事。早期敘事學中對敘事次序（order）的析論，指的是去比較被安排在敘事話語（narrative discourse）[10]及故事（story）二個不同敘事層次中的事件（events）或時序段落（temporal sections）。[11]熱奈特認為，被講述的故事中，包括許多事件及牽涉到這些事件的實體（entities），無論是事件發生或實體活動，都有時間上的先後順序。但是在敘事者講述故事之際，故事中各個事件的先後順序，很可能會被重新安排或調動，形成新的「被講述的次序」。透過不同敘事次序的安

---

[9] 在此需要說明的是，選擇以敘事時間上較好的次序安排小說敘事的序列，只是組織小說的方法之一。其餘諸如空間、主題、地理背景等，都可能是構成小說敘事序列「之所以如此安排」的理由。參見 Gérard Genette, *Narrative Discourse* (Ithaca: Cornell University Press, 1980) 84-85。本章將先析論敘事時間，關於《金瓶梅》敘事中的時空問題，則將於後文詳細探討。

[10] 敘事話語涵括的範圍較廣，除了指事件的時間次序外，也包括事件被敘述的方式。由於中西語法的差異，影響小說表達的方式甚深，因此本文採用定義較為寬泛的「敘事話語」及「故事」。這兩個概念的闡釋，可以參見 H. Porter Abbott, *The Cambridge Introduction to Narrative* (Cambridge: Cambridge University Press, 2002) 13-20。

[11] 關於段落或事件，評點者也很注意它們的區分；如何區分出某個事件，或者說從何處開始，到何處結束才算是「一段」，在評點者眼中，和篇幅並沒有絕對的關係：這些段落可能大至將全書分作「上下半截」，或者小至以某些事件、插曲為單位，將某些文字分作一個「事節」、「段落」、「段」、「公案」等，甚至以某些人物為主，分出其「小傳」或「行狀」，全然取決於評點者。對他們而言，分出小說中的各段文字，是提點讀者注意不同段落如何組合的前置作業；雖然「將小說文字分出段落」乍看之下是種機械化的分析方法，但有時可以藉此看出評點者對小說如何構成具有透徹的洞察力。參見 Andrew Plaks, "Terminology," 88-89。「分出段落」可謂分析小說「較細的結構層次」的一種方法；作者安排這些段落的主要依據，則與文化思維相關。由於本文以分析《金瓶梅》之敘事技巧為主，探討《金瓶梅》中如何區分各個段落並非分析主軸，故僅將其作為輔助說明。

排，便能塑造不同的美學感受。[12]普遍而言，他的論述掌握了大部分敘事作品的特徵：亦即作品如何提示接受者，使接受者在閱讀時建立時間組織的模式[13]；然而，將文本的敘事層次分作敘事話語及故事，並不代表二者之間具有清晰可辨的界線，或探究文本時應當分而論之。辨別二者，有利於理解不同的敘事模式，但重要的並非探討二者之間如何區分，或僅將論述範圍限制於二者之中的任何一個，而是分析依隨此一區辨而產生的詮釋活動：就敘事時間而言，無論敘事話語中事件與事件間的連結，或敘事話語與故事間的相互指涉，都必須依賴讀者建構它們之間的關係。在中國傳統小說中，這意指評點者建立其詮釋原則，藉以區分、結合、類比敘事段落的歷程。[14]

依照敘事話語與故事的時序關係，可以分做「順時」及「錯時」（anachrony）兩類：評點中與「順時」相關的敘事技巧是「輪敘」，與「錯時」相關的則是「追敘」及「預敘」。熱奈特對敘事話語及故事的區別有其前提，亦即認為故事如同生活一般，是「順時」發生的。因此，如果敘事話語和故事一樣，也按照事件發生的順序敘事，二者之間就沒有次序的差別，亦即沒有時間順逆的改動；但如果敘事話語改動了事件的次序，敘事話語及故事間就會出現熱奈特所謂的「錯時」：亦即對於故事而言，敘事話語講述的可能不是此刻應該出現的事件，而是其之前或之後的事件；熱奈特將敘事話語中順時敘事的部分，稱為「第一敘事」（first narrative）。[15]也就是說，第一敘事與故事間，並沒有

---

12 Gérard Genette, *Narrative Discourse*, 35.

13 有些作品無法區辨故事與敘事話語間清楚的界線，它們具有多線同時發展的因果關係，藉由「模糊時間性」（fuzzy temporality）呈現特殊的敘事效果，這種表達方式本身，可能就承載了作者意欲傳達的言外之意。參見 David Herman, *Story Logic: Problems and Possibilities of Narrative*, 210-237。雖然不能武斷地以為所有敘事作品都可以分作故事與敘事話語兩個層面，或者先入為主地將這種區分當作解讀敘事作品的當然途徑，但還是可以參酌近來對此一理論的修正，視此為啟發詮釋靈感的方式之一，這也是本書寫作時採取的基本態度。

14 布魯克斯（Peter Brooks）認為，結構主義者過於強調故事組成的成分，容易忽略讀者詮釋在連接各個成分時產生的作用，以及敘事活動所產生的敘事動力。他提出「情節」（plot）的概念，同時指稱故事成分及其次序：與其稱之為「情節」，不如稱之為「藉由文本及時間順序組織情節之行為」，這意指讀者經由敘事話語及故事之區別（按：布氏文中所論為 syuzhet / fabula 之分，由於英語中尚未有一致的譯名，他認為應譯作 plot/story，本書則取熱奈特著作之英譯，即 discourse/story）所誘發的詮釋活動。參見 Peter Brooks, "Narrative Desire," 130-131。雖然布魯克斯此論，用意為導正結構主義者過於偏重「故事」之論述傾向，但他重視敘事話語及故事之相互關係，以及關注讀者如何建構意義的觀點，與評點者的閱讀與詮釋活動若合符節，亦可作為本節分析評點文字之借鑑。

15 熱奈特認為，建構錯時之際，錯時相較於被插入、嵌合的敘事片段，是比較次要的，因此可以將藉以定義錯時的這個「被插入的敘事片段」（按：也就是「非錯時的片段」：因為只有相較於這個片段，「錯時」才會成立）稱為「第一敘事」。Gérard Genette, *Narrative Discourse*, 48-49.

錯時的情形；而產生錯時之處，通常都會截斷第一敘事。[16]本節討論的敘事次序，包括一部分順時敘述的第一敘事：亦即《金瓶梅》敘及同時發生之事時所運用的「輪敘」技巧[17]；之後討論錯時的部分：錯時的型態可以分為兩種，亦即「追敘」（analepses）與「預敘」（prolepses）。區別這兩種敘事方式的方法，是選擇第一敘事中敘及的某一事件為比較基準：「追敘」敘述的是在該事件發生前已經發生的事件，「預敘」則敘述在該事件之後將會發生的事件。以下將以此為出發點，進一步分析《金瓶梅》中敘事次序諸法之運用。

一、輪敘

「輪敘法」指的是當小說必須敘及許多同時發生的線索時，先敘完某一件事，再回頭敘述另一件事，最後將幾條線索匯合的敘事方法[18]，可以呈現出「共時異態」的情景[19]，使敘事脈絡清楚，層次分明。當敘事者要跳開第一敘事，另起頭緒輪敘他事時，會以「且說」、「卻說」、「且表」、「卻表」、「只表」、「單表」、「話分兩頭」等為開端，敘述另一條線索；要結束輪敘之事，回到第一敘事時，也會以上述套語（除了「話分兩頭」以外）為發語詞，重新接上第一敘事。[20]這正是敘事者引導讀者改變立足點，從此一時地

16　雖然第一敘事在敘事次序上與故事相同，但在敘事節奏、敘事語言、敘事頻率方面，還是經過敘事者的重新安排；所以第一敘事仍舊屬於敘事話語，而不能等同於故事。

17　如果將敘事序列視為閱讀敘事作品時，每個事件「在讀者面前出現」的順序，就必須討論所有事件在敘事作品中之所以被安排在某個位置的原因。因此熱奈特甚而認為，所謂敘事次序的分析，應該只討論錯時的部分。參見 Gérard Genette, *Narrative Discourse*, 35。為了集中論述焦點，本節並不探討所有的順時敘事，僅討論最能表現《金瓶梅》敘事特徵的「輪敘」。至於其餘順時的部分（例如在敘事中順手安排的伏筆，熱奈特亦將其視為敘事次序中「預敘」的一種，但在傳統小說中，「伏筆」對「照應對比」產生的影響，較敘事次序重要），則留待後文探討。

18　「輪敘法」一詞，見於范勝田主編，《小說例話》（杭州：浙江古籍出版社，1989），頁193-196。

19　楊義認為，《金瓶梅》在處理同一時間點上發生的不同事件時，作者會運用「共時異態」的敘事方法，使人事線索相互纏繞。相較於戰爭傳奇和英雄傳奇，這種敘事方法更接近生活原本的樣貌；參見《中國古典小說史論》，頁486。此處所謂的「共時異態」，其實就是運用輪敘法所產生的敘事效果。張竹坡所謂「夾敘他事」或者「文章雙寫之能」，也都在描述這種情況；參見〈讀法〉四十四，《第一奇書》，[讀法]頁31、第四十五回回評，張批本，頁656。雖然都是按下前文，先敘另一條線索，但輪敘法和「橫雲斷山（嶺）」法（見《小說例話》，頁85-86）類似而又不同：輪敘法是為了依序敘述幾條不同的線索，所以會將各個線索敘述至一個段落方停下；橫雲斷山（嶺）法則是為了調節敘事節奏而隔斷較長的敘事，或製造懸念，或省去不必要的筆墨，因此會截斷正在進行的敘述。

20　此類用法在《金瓶梅》中數量眾多，為免繁冗，本文不一一列舉。需要說明的是，只要是跳開第一敘事，無論輪敘或下一節論及的追敘，敘事者都是以上述幾個套語為發語詞；但敘事者預敘時，就

轉換至彼一時地的記號。在《金瓶梅》中，輪敘不只是使敘事井井有條的敘事技巧，作者更藉此塑造出對比及調節敘事節奏的效果。

　　雖然「且說」、「卻說」等套語，是作者標明輪敘起迄的痕跡；但重新銜接輪敘段落之關鍵字句為何，則有賴讀者的挖掘。必須結合二者，方能理會敘事線索如何分頭敘述，又如何重新聚合。作者在第六至九回間，便同時運用套語及氣候環境作為樞紐，梳理三條繁雜的敘事線索：包括金蓮與西門慶歡會、西門慶迎娶玉樓，以及武松由東京返清河縣尋仇。這三條線索雖然開展於六至九回，但輪敘的起點，實應追溯至第二回，即武松銜命赴東京送銀：

> ……武松辭了武大，回到縣前下處，收拾行裝并防身器械。次日領了知縣禮物，金銀駝垛，討了腳程，起身上路，往東京去了，不題。
> 只說武大自從兄弟武松說了去，整整吃那婆娘罵了三四日。[21]……

此處「不題」二字，即是作者結束「武二郎冷遇親哥嫂」一段的標記，此後作者按下武松去東京的遭遇，以「只說」為起點，單敘武大、金蓮之事；直至第八回敘畢金蓮遇西門慶、毒害武大、西門慶迎娶玉樓、冷落金蓮後又與金蓮和好等事之後，方再敘起武松赴東京之遭遇：

> ……當下西門慶分付小廝回馬家去，就在婦人家歇了。到晚夕，二人儘力盤桓，淫欲無度。
> 常言道：樂極悲生。光陰迅速，單表武松自領知縣書禮馱担，離了清河縣，……去時三四月天氣，回來卻淡暑新秋，路上雨水連綿，遲了日限，前後往回也有三箇月光景。……（繡像本，頁 101-102）

敘事者先以「樂極悲生」四字，一結前文西門慶與金蓮的私會情景，再以「單表」開頭，輪敘武松之事。由此可見，「只說」、「不題」、「單表」等套語，能引發新的敘事線索，使輪敘的起迄清楚而有條理。雖然套語已然標明輪敘的起點和終點，但若欲理解此段文字與上述私會、毒害、迎娶諸事之間的關係，便需進一步分析時空環境如何影響輪敘。這段引文不只在敘述武松的遭遇，更提供了兩個關於時空的訊息：第一，提醒讀者

不會運用上述套語。

[21] 見蘭陵笑笑生著，齊煙、汝梅點校，《新刻繡像批評金瓶梅》，頁 34。以下簡稱此本為繡像本，並於引文後直接註明頁數，不另加註。本文引用《金瓶梅》原文時，皆查對三種版本；為免煩冗，僅於三者有需要說明的異文時加註，其餘則以繡像本為參考底本。

武松去時是「三四月天氣」，回來已「淡暑新秋」，來回花了三個月；第二，告訴讀者此行三個月實非常態，而是因「路上雨水連綿」而「遲了日限」。這兩個條件共同作用的結果，是以「雨水連綿」構成「武松應歸而未歸」的情境，這正是輪敘成立的背景：若武松按時歸來，金蓮便不得私會西門慶，毒害武大，亦不需輪敘種種敘事線索了。由這個角度探究文本，便能理解作者在敘述上述種種情事之際，插入「王婆遇雨」一事，正為了點出當時「雨水連綿」，為武松遲而未歸提供合理的解釋。張竹坡便直接指出二者之間的關係：

> 看此回寫武二遲了日子，因路上雨水，方知王婆遇雨，是為武二遲日作地；而武二遲日，蓋又為娶玉樓作地也。不然，武二倘一月便回，或兩月便回，西門一邊忙金蓮之不暇，何暇及玉樓哉？不知者謂武二來遲，是為娶金蓮作地，知者謂為娶玉樓作地。然則王婆遇雨，固原為玉樓作地，未嘗為武二作地。（第八回回評，張批本，頁131）

由引文可知，張竹坡將「王婆遇雨」一事，視作為諸事預先鋪墊的關鍵；作者一方面同時寫出了讀者眼前的「清河縣之雨」，及讀者未見的「武松所遇之雨」；另一方面則繼續推遲已被按下不敘的武松之事，藉雨水連綿，延伸出原本不應存在的時間與空間，在此中開展出新的敘事線索。

「王婆遇雨」一事，不僅以「雨」聯繫武松與金蓮、西門慶兩條不同的敘事線索，就敘事節奏而言，還有減緩敘事節奏，脫卸前文[22]，以便作者另起頭緒之效。自第二回至第六回，作者輪敘者有二：一是武松赴東京，此一線索已在第二回被按下不敘；二是金蓮私會西門慶，二至六回專敘二人如何迎奸赴會。自敘畢第六回回末的「王婆遇雨」之後，作者再度按下眼前的金蓮與西門慶，自第七回起，另敘西門慶迎娶玉樓之事，可以視為「輪敘中的輪敘」。

雖然作者安排輪敘時一次只敘述一件事，但二者發生時間相同的敘事特徵，其實就

---

22 第六回回末敘完王婆遇雨後，以金蓮彈琵琶、西門慶吃鞋盃兩件小事，作為兩人歡會的餘文，結束前幾回關於金蓮的文字。因此張竹坡云：「上文自看打虎至六回終，皆是為一金蓮，不惜費墨寫此數回大書，作者至此亦當少歇。乃於前文王婆遇雨半回，層層脫卸下來，……」見第七回回評，張批本，頁108。所謂「作者亦當少歇」的判斷，指的是前六回敘事的節奏相當緊湊，因此當敘完金蓮出身及廝會西門、毒殺武大等「大書」之後，「王婆遇雨」一事，正是敘事節奏趨緩的表徵，方便作者脫卸前事，另起頭緒。此際運用的是「疏密相間」法，彈琵琶、吃鞋盃兩段小文，則運用了「獺尾法」。評點中論及的「疏密相間」、「陰陽相繼」、「獺尾法」、「弄引法」等，其實就是評點者對敘事節奏的美學概念。

是對讀者的暗示，提醒讀者將二者並列、對比，並發掘其中的言外之意。張竹坡便認為，第七回專敘玉樓，第八回專敘金蓮的「輪敘」筆法，正是為了兩相對照：

> 今看他竟不寫玉樓，而止寫金蓮，然寫金蓮時，卻句句是玉樓文字，何巧滑也。金蓮處冷落，玉樓處自親熱也。玉樓處親熱，觀西門之慚疏金蓮處，更可知也。……則金蓮處一分冷落，是玉樓處一分熱鬧。文字掩映之法，全在一筆是兩筆用也。（第八回回評，張批本，頁129）[23]

「文字掩映之法」是以「已寫出者」為「未寫出者」的「遮掩文字」；亦即寫「已寫出者」，有一部分的目的是為了「映出未寫出者」。因此第八回寫金蓮，是為了映襯玉樓文字；同理，在第六回寫完西門慶與金蓮歡會後，第七回立刻接寫玉樓，也是為了烘托金蓮被冷落的景況。這樣的效果，其實和輪敘法的運用極為相關：當作者運用輪敘法先專敘某一條脈絡時，表示同一故事時間發生的另一條線索正「被遮掩」；此際與後者相關的情景、意義雖然沒有被直接敘出，但可自顯隱交融中意會。在第六回至第八回的描寫中，輪敘法不僅井井有條地鋪陳出分頭發展的兩條情節線索，也透過交替描寫，在很短的篇幅中塑造對比，形成「玉樓文字中有金蓮，金蓮文字中有玉樓」，亦即「一筆是兩筆用」的效果。

先敘玉樓之事，也能使讀者對金蓮及西門慶二人關係的認知，在前後文的對照中發生微妙的改變。第六回回末敘及：

> ……西門慶聽了，歡喜的沒入腳處，一手摟過婦人粉頸來，就親了箇嘴，稱誇道：「誰知姊姊有這段兒聰明！就是小人在构欄三街兩巷相交唱的，也沒你這手好彈唱！」婦人笑道：「蒙官人抬舉，奴今日與你百依百隨，是必過後休忘了奴家。」西門慶一面捧著他香腮，說道：「我怎肯忘了姊姊！」兩箇㢠雨尤雲，調笑頑耍。……（繡像本，頁81）

引文中二人所云，在第六回回末是應景的情話，但第七回開始敘述西門慶拋下金蓮另娶新歡後，就成了冷落的預言和諷刺的對比。作者特意用類似的話語，描寫二人在迎娶玉樓之前和之後相處的景況，使讀者易於聯想二者，相互對照：除了第八回中金蓮自道「我與他從前已往那樣恩情，今日如何一旦拋閃了」（繡像本，頁97）與引文中西門慶說的「我怎肯忘了姊姊」相對之外；第八回金蓮以簪為賀禮，西門慶滿心歡喜地「把婦人一手摟

---

[23] 亦即「非寫金蓮一月，卻寫玉樓那邊一月也。明眼人自〔知〕。」第八回夾批，《第一奇書》，頁201。

過，親了箇嘴」，稱讚她「怎知你有如此聰慧」（繡像本，頁101），又幾乎和引文中西門慶「一手摟過婦人粉頸來，就親了箇嘴」，然後說道「誰知姊姊有這段兒聰明」的反應一模一樣。相較之下，西門慶第一次稱讚金蓮，確是出於意外的驚喜；第二次還以同樣的話讚賞金蓮時，「怎知」二字，已隱隱道出他心思改移，才會忘卻金蓮如何聰慧，如何使他「歡喜的沒入腳處」，也不再以她為初見面時「天上落下來一般」的「罕物」。[24]

《金瓶梅》中雖以輪敘法抽出不同線索，然而這些線索並非各自獨立的事件，它們最後仍能血脈貫通地連接在一起。在敘畢迎娶玉樓、金蓮與西門慶和好諸事之後，作者便以王婆為引，匯合上述眾多敘事線索，將按下不敘已久的武松，重新接上眼前的敘事序列之中：

> 常言道：樂極悲生。光陰迅速，單表武松自領知縣書禮馱担，離了清河縣，……去時三四月天氣，回來卻淡暑新秋，路上雨水連綿，遲了日限，前後往回也有三個月光景。……不免先差了一箇土兵，……逕來抓尋武大家。可可天假其便，王婆正在門首，……婆子道：「……你有書信，交與我，等他（武大）歸來，也是一般。」……這王婆拏著那封書，從後門走過婦人家來。原來婦人和西門慶狂了半夜，約睡至飯時還不起來。王婆叫道：「大官人、娘子起來，和你們說話。如今武二差土兵寄書來與他哥哥，說他不久就到。我接下，打發他去了。你們不可遲滯，須要早作長便。」（繡像本，頁101-102）

作者敘及王婆送書予西門慶及金蓮，由遠而近地使敘事焦點由武松轉移至土兵，由土兵轉移至王婆，再由王婆轉移至西門慶及金蓮，最後以王婆所言，將「武松歸來」一事接入現有的敘事之中。這種敘事方法固然是為了匯合不同的敘事線索，並使文字銜接自然；但如前所述，「王婆遇雨」一事，正暗指此段中提及的「雨水連綿」，因此作者以王婆為聚焦對象及引入敘事線索的角色，去匯合三條線索，便有前後呼應的效果。張竹坡認為此是作者「一總前後事」之處（《第一奇書》，頁210），正是指自第二回至此的諸多輪敘，在此告一段落。

---

[24] 田曉菲指出，「天上落下來一般」一語，在第四回是西門慶的心聲（繡像本，頁59），至第八回則用以描寫金蓮的驚喜之情（繡像本，頁100）。她認為此語使用對象的轉變，及西門慶「搖著扇兒進來，帶酒半酣」的樣子（繡像本，頁100），顯示西門慶已不再將金蓮視為罕物。參見氏著，《秋水堂論金瓶梅》，頁28。熱奈特認為這種以「類似的場景，不同的話語或表現」吸引讀者注意並比較的方法，可以將聯繫不同的段落，使敘事能由書中的某處「延伸」到另一處（narrative scattering）。參見 Gérard Genette, *Narrative Discourse*, 55-56。後文「對比」一節中，將詳述此類敘事技巧的作用。

　　由於小說的內容通常會按照敘事時間，依序出現在讀者眼前，因此無法在同一閱讀時間點上呈現眾多線索，必須分別陳述；輪敘就是為了因應這種限制而出現的敘事技巧，便於敘事者分頭處理同一故事時間發生的各種事件。這些事件雖然最後能匯聚一處，但在此之前，它們經常只是具有因果關係的幾條線索，讀者不只可以由作者運用的套語，得知輪敘的起迄；亦可自行尋得結合諸多線索的樞紐。輪敘一方面提供層次分明的閱讀感受，另一方面，也暗示讀者將這些線索並列對看，尋得言外之意；而諸多事件彼此的關係，遂因此顯得更加意味深遠。[25]

二、追敘

　　小說作者之所以要運用追敘的筆法，主要是為了「補前文之不足」，以調節小說的構思及佈局；正因前文有所省略或不足，因此才有追敘的必要。追敘的手法可以再分為「另起頭緒」或「接續前文線索而來」兩種：「另起頭緒」的追敘，就是小說評點中所謂的「插敘法」，「接續前文線索而來」的追敘，是小說評點中所謂的「補敘法」。[26]

　　在行文縝密的《金瓶梅》中，敘事間突然插入某個事件的插敘比較少見。原因正如張竹坡所分析的：

> 其所以不露痕跡處，總之善用曲筆逆筆，不肯另起頭緒，用直筆順筆也。夫此書頭緒何限，若一一起之，是必不能之數也。（〈讀法〉十三，《第一奇書》，[讀法]頁6）

25　為免繁冗，本文僅以第六至九回為例說明《金瓶梅》中的「輪敘」，然而這並不是書中的特例。在第十四至十八回、第二十回開頭等處，作者也運用了類似的敘事技巧。後文提及對比、敘事視角等相關問題時，將進一步說明書中運用「輪敘」產生的美學效應。

26　「插敘法」一詞，見於《小說例話》，頁 200-201，「補敘法」見於頁 197-198；但本文對「插敘法」的定義，與《小說例話》不同。《小說例話》中認為，插敘法分為兩種，一種是「因為生活中各種事物的湊集，於中將主要情節隔斷」形成的插敘；另一種則是因為插敘中的人事物對於下文而言相當重要，因此在開始敘述下文之前，先行交代，也就是「為主線展開故事所必須」而插敘。本文中論及的插敘，分析的對象是「為主線展開故事所必須」一類；至於「因為生活中各種事物的湊集，於中將主要情節隔斷」的「插敘」，其實並未產生「錯時」，因此本文並未將其列入插敘的分析之中。插敘法及補敘法的分別在於：前者指的是前文中完全省略，必須「另起頭緒」的追敘；後者則指前文已經論及，但說明不足，因此後文補充說明，是「接續前文而來」的追敘。此處「另起頭緒」或「接續前文而來」的概念，亦可參考熱奈特對"heterodiegetic analepses"（異敘述追敘）以及"homodiegetic analepses"（同敘述追敘）的比較。熱奈特指出，前者筆因於完全的省略，後者則起於當敘事無法涵蓋所有成分而形成的部分省略。無論省略的型態為何，都會留下尚待填滿（filling-in）的陳縫（gap）以供回溯（retrospective）。參見 Gérard Genette, *Narrative Discourse*, 50-52。

張竹坡認為《金瓶梅》的特徵就是「善用曲筆逆筆」，將各種線索藏伏於書中，而不肯
「另起頭緒」。他既然視「不肯作易安之筆，沒筍之物」為《金瓶梅》「妙絕群書」的原
因（〈讀法〉二十六，《第一奇書》，[讀法]頁22），筆下自然對用「直筆順筆」者多所貶抑。
因此「按下此處不言，再表一個人，姓甚名誰」一類的敘事方法，就被他稱作「惡套」
（第一回回評，張批本，頁7）。雖然如此，《金瓶梅》並未完全摒棄以插敘說明人物背景的
方式。例如第十九回〈草裡蛇邏打蔣竹山　李瓶兒情感西門慶〉敘及張勝、魯華時，就
運用了這樣的方法：

> 且不說吳月娘等在花園中飲酒。單表西門慶從門外夏提刑庄子上吃了酒回家，打
> 南瓦子巷裏頭過。平昔在三街兩巷行走，搗子們都認的──宋時謂之搗子，今時
> 俗呼為光棍。內中有兩箇，一名草裡蛇魯華，一名過街鼠張勝，常受西門慶貲助，
> 乃雞竊狗盜之徒。西門慶見他兩個在那裡耍錢，就勒住馬，上前說話。（繡像本，
> 頁235）

雖然插敘會中斷原本的敘事序列，但《金瓶梅》的作者不僅使這段文字具有補充說明的
作用，也運用對時空的描寫，使插敘顯得自然而不突兀。[27]引文中自「平昔在三街兩巷
行走」至「雞竊狗盜之徒」一段，跳脫了原本以「西門慶吃了酒回來」為主的線索，而
先插敘下文將要出現，但前文尚未提及的張勝、魯華，並回溯西門慶和他們相識的緣由，
以及二人常受其資助的過往。這段插敘除了用「雞竊狗盜之徒」描出二人平日潑皮無賴
的樣貌，也寫出此類人等是西門慶此時交遊，甚至慷慨解囊的對象，因此他們才會慨然
允諾西門慶想教訓蔣竹山的要求；不只為下文「邏打蔣竹山」作了鋪墊，也從旁襯出此
際的西門慶還是那個與院中架兒、搗子相熟，「眾兒討好」的西門慶，而不是後文「架
兒躲避」的副千戶西門慶。[28]更重要的是，由於插敘中交代了西門慶與二人間利益交換
的關係，因此引出了後文張勝對西門慶「把小人送與提刑夏老爹家那裡答應」的請求。
插敘原本是為了填補被前文省略的縫隙，但此處在填補之後，又緊接著製造了另一個縫
隙：

> 張勝道：「只望大官人到明日，把小人送與提刑夏老爹那裡答應，就勾了小人了。」
> 西門慶道：「這箇不打緊。」後來西門慶果然把張勝送在守備府做了箇親隨。此

27　如此一來，便可避免熱奈特所言「追敘時第一敘事及錯時之間的連接容易顯得拙劣」的問題，他認
　　為要解決這個不易迴避的問題，需要敘事者運用適當的技巧；參見 Gérard Genette, *Narrative*
　　Discourse, 64。

28　見繡像本六十八回眉批；繡像本，頁927。

係後事，表過不提。那兩個搗子，得了銀子，依舊耍錢去了。（繡像本，頁236）[29]

雖然「後來」一句，預敘了後文張勝的遭遇，但是「此係後事，表過不提」，就是此處的「部分省略」，留予後文「補」的空間，使後文能藉著這條線索和前文相互貫串。也就是說，十九回不僅為了了結蔣竹山一案插入張勝這個角色，也藉此預先描寫了張勝精於盤算的性格，伏下第九十九回殺害陳敬濟之脈。[30]另外值得注意的是，雖然十九回中敘事者對張勝、魯華背景的追敘，以及對後文中張勝遭遇的提示，都截斷了原本連續的敘事序列，但作者以西門慶到南瓦子巷，「見他兩個在那裡耍錢」為起，以「依舊耍錢去了」，西門慶「騎馬來家」為結，使前後時空跨度極大的追敘及預敘，被置入此一短暫的片段後，又能順暢地回到原本的敘事序列當中。對西門慶從接近至離開巷子的描寫，則使這段文字能夠以西門慶的活動為線索，和上下文緊密相接。

　上述對插敘的運用，雖然也在敘事中另起頭緒，引出新的角色，但追敘的篇幅很短，插入的內容也不多，加上作者費心組織，使文中雖有插敘，但仍能織入原本敘事的紋理中，因此頗能與《金瓶梅》注重前後關連、針線細密的敘事風格相吻合。《金瓶梅》中的插敘大多類此。全書中唯有兩處，敘事者完全跳脫了與西門慶一家相關的線索，先敘其他不相干的人事物，再引回第一敘事之中。一處是第四十七回〈苗青貪財害主　西門枉法受贓〉，該回開頭便直接從「話說江南揚州廣陵城內，有一苗員外」說起，並未接續前文任何片段；因此張竹坡云：「以上四十七回俱是接連而下，至此截住上文，另起頭緒」（張批本回評，頁688）。直到敘完苗青殺害苗天秀，至清河縣發賣貨物，被安童識破告官之際，方逐漸回到與西門慶相關的線索上：

苗青慌了，把店門鎖了，暗暗躲在經紀樂三家。這樂三就住在獅子街石橋韓道國家隔壁。他渾家樂三嫂與王六兒所交極厚，常過王六兒這邊來做伴兒。……于是（苗青）寫了說帖，……王六兒喜歡的要不的，把衣服銀子并說帖都收下，單等西門慶，不見來。（繡像本，頁600-601）

---

[29] 「這箇不打緊」後，《金瓶梅詞話》（以下簡稱詞話本）後有「何消你說」一句；「守備府」一詞，詞話本作「夏提刑守備府」。見笑笑生著，《明萬曆本金瓶梅詞話》（東京：大安株式會社，1963），頁124。

[30] 十九回中敘及，西門慶拿銀子央及張勝、魯華二人時，魯華不肯收銀，張勝則道：「魯華，你不知他老人家性兒。你不收，恰似咱每推脫的一般」；然後不僅滿口答應西門慶，也順勢提出希望西門慶將自己送往守備府的請求。與魯華相對，張勝顯然較為精明機變。第九十九回張勝聽見春梅及敬濟商量對己不利之事，當下決定「此時教他算計我，不如我先算計了他罷！」繡像本評點便將十九回、九十九回並論，謂「試觀張勝前後始終之局，西門氏之豫讓也」，可見十九回中張勝的表現，一部分是為九十九回鋪墊。參見繡像本九十九回眉批，繡像本，頁1401。

雖然苗青貪財害主一段文字和前文完全沒有關連，但作者將其活動空間安排在清河縣時，就驅使讀者逐漸聯想原本的敘事線索。隨著「獅子街」、「韓道國」等讀者熟悉的名字出現，這段插敘逐漸「與主要線索合流」[31]，也就是張竹坡所說的「層層引入」（《第一奇書》，頁 1202）。而且插敘苗青一段，亦非作者信手拈來，在後文中還具有再次渲染西門慶為官之惡，蔡太師包庇之罪的作用。[32]

敘完苗青殺主一案後，苗青這個角色便被擱置不提[33]；直至八十一回，作者才又按下前文，回頭以追敘補出韓道國與來保在苗青處借宿的細節。藉此一則可以生出另一條「拐財遠遁，欺主背恩」的線索，一則可以補敘前文遠遁的苗青，交代餘文。正如張竹坡所評：

> 此回道國拐財，完苗青公案也。來保欺主，完蕙蓮、來旺公案也。一部剝剝雜雜大書，看他勾消帳簿，卻清清白白，一絲不苟。（張批本，頁 1309）

由此可知，在四十七回插敘苗青，除了另起頭緒，使敘事能涵容更多內容以外[34]，這段文字也緊扣後文，具有豐富的敘事效果。將此段與五十七回另一段「另起頭緒」的插敘對看，可以見出同樣處理插敘，二者與後文的關係，一綿密，一鬆散，亦可與「五十七回疑為偽作」一說相參酌。[35]

---

31 《小說例話》，頁 201。

32 詳細情節見四十八回。四十七回回末即道出苗青一案之作用：「這一來，管教苗青之禍從頭上起，西門慶往時做過事，今朝沒興一齊來。」見繡像本，頁 606。後文敘事者便借曾御史參劾西門慶此案之本，重描其惡行（繡像本，頁 617）。將此本與七十回西門慶陞官邸報對看，更可顯出邸報諷刺之意。見繡像本，頁 963-965。

33 此間關於苗青之事只出現在第七十七回：由湖州歸來的崔本短暫敘及借宿苗青處一事。崔本之言，其實是對八十一回的提點及鋪墊。見繡像本，頁 1105。

34 《小說例話》，頁 201。

35 最早提出「五十三至五十七回為偽作」一說者為沈德符。他在《萬曆野獲編》一書中便提及：「然原本實少五十三至五十七回，遍覓不得，有陋儒補以入刻，無論膚淺鄙俚，即前後亦絕不貫串，一見知其贗作也。」《萬曆野獲編》卷二十五（北京：中華書局，1997），頁 652。繡像本評點者於第三十回眉批亦云：「後五十三回為俗筆改壞，可笑可恨，不得此元本，幾失本來面貌」（繡像本，頁 390）。近人王汝梅、魏子雲，皆以詞話本較為「俚白」為貴，因此認為所謂「補入偽作」，指的是補入「繡像本」，而非補入「詞話本」。然據潘承玉、許建平就情節、語言、敘事邏輯、與前後文之關連等項對詞話本的分析，詞話本之五十三至五十七回確與其他各回出入甚大。因此即便不能確定繡像本是否為「陋儒所補」，詞話本該五回與其他各回作者不同，應屬可信。參見王汝梅，《金瓶梅探索》（長春：吉林大學出版社，1990），頁 53-54、魏子雲，〈沈德符論《金瓶梅》隱藏與暗示之探微〉，收入王利器主編，《國際金瓶梅研究集刊》第一集（成都：成都出版社，1991），頁 149-155、潘承玉，〈《金瓶梅》五十三至五十七回真偽論〉，收入氏著，《金瓶梅新證》（合

如前所述，插敘肇因於前文完全省略某些文字，因此當敘事者因後文之需要，敘及這些被省略的段落時，就會造成另起頭緒的效果。完全省略這些段落對小說結構而言，能夠讓與插敘段落較為無關的前文不生枝蔓，敘事的重心亦不易因此分散。如果前文已經提及某些事件，但因為布局的需要而部分省略某些文字，至後文方再次回溯該事件，補出前文不足之處，就屬於小說評點中所謂的「補敘」。[36]毛宗崗對此一具有「添絲補錦，移針勻繡之妙」的作文法，作了精闢的闡釋：

> 凡敘事之法，此篇所缺者補之於彼篇，上卷所多者勻之於下卷，不但使前文不沓拖，而亦使後文不寂寞。不但使前事無遺漏，而又使後事增渲染。[37]

細論毛氏所謂「此篇所缺者補之於彼篇」一句，其實牽涉到「補敘」與「伏脈」兩個相近卻又不能完全等同的概念。補敘和伏脈同樣都在衍伸說明前文中留下的線索，但是在「伏」下某個人物或某件事的開端時，讀者並不見得會發現這是後文的「種子」，必須當後文出現「應」——也就是呼應伏脈，並在這個基礎上另外敷衍出一條敘事的線索——時，才會發覺前文之「伏」有何意義。[38]相對於伏脈出現時可能不被察覺的情形，前文不足或遺漏之處，則會在閱讀歷程中被察覺，也可能會引起讀者的懸念；補敘的功能，就是在補足這方面的訊息。再者，補敘有時只是作者順手補出說明，或再次渲染前事，不會如伏脈一般引出新的線索。

　　依照補敘與第一敘事間的關係，可以依「錯時」的有無分做兩種。事實上只要牽涉

肥，黃山書社，1999），頁 1-37、許建平，《金學考論》（石家庄：河北教育出版社，1999），頁 135-153。本文析論《金瓶梅》中插敘之運用後發現，五十七回開頭插敘萬回長老修建永福寺，道長老至西門慶家募緣一事，不同於《金瓶梅》中與後文有緊密關連的其他插敘，在五十七回之後，除第八十九回吳大舅對吳月娘解釋永福寺是「周秀老爺香火院」，而且西門慶「曾捨幾拾兩銀子在這寺中」一段與此回相關（繡像本，頁 1268），其餘段落中皆未提及此事。可見除了潘、許二人析論各項外，以敘事手法而言，五十七回與他回亦有所出入。

36　小說中敘及人物出身或者事情原委之際，也可以視為一種補敘。與本文中分析的例子相較，此類補敘在《金瓶梅》中的功能比較單純，經常只是敘事者順手補出的說明，並常以「原來」、「原是因」、「看官聽說」等套語引出。

37　〈讀三國志法〉，《三國》，頁 16。

38　「伏脈」即毛宗崗所謂「隔年下種，先時伏著之妙」。這個比喻與熱奈特對預敘中「先行陳述」（advance mention）的說明非常類似。「先行陳述」是與預敘中「先行察知」（advance notice）相對的概念。「先行察知」的預敘，敘事者明確告知讀者接下來事件的發展，而在「先行陳述」中，讀者並不見得會意識到敘事者正在預敘後文，敘事者只是在文本中置入一個「微不足道的種子」（insignificant seed）；這個「種子」只有在後文中才會被發覺及回溯。見〈讀三國志法〉，《三國》，頁 15、Gérard Genette, *Narrative Discourse*, 76。

到補敘，那麼其中的內容必然是對過去的描述[39]；但如果敘事者透過當時敘及的人物之口補敘，就不會截斷第一敘事的敘事時間，也不會形成錯時，而只有人物話語在回溯情節。《金瓶梅》中經常運用此法，交代或描述前文未及之處。例如第四十三回中敘及李瓶兒房裡丟了金鐲兒，眾人亂著尋找的情景：

> （西門慶）分付月娘：「你與我把各房裡丫頭叫出來審問審問。我使小廝街上買狼觔去了，早拏出來便罷，不然，我就叫狼觔抽起來。」月娘道：「論起來，這金子也不該拏與孩子，沈甸甸冰著他，一時砸了他手腳怎了！」潘金蓮在旁接過來說道：「不該拏與孩子耍？只恨拏不到他屋裡。頭裡叫著，想回頭也怎的，恰似紅眼將軍搶將來的，不教一箇人兒知道。這回不見了金子，虧你怎麼有臉兒來對大姐姐說！教大姐姐替你查考各房裡丫頭，教各房裡丫頭口裡不笑，　眼裡也笑！」幾句說的西門慶急了，走向前把金蓮按在月娘炕上，提起拳來，……（繡像本，頁553）

至月娘發言以前，敘事者描述的重心都還在「失金」一事之上，但潘金蓮因嫉妒趁機插話後，就開始敘及西門慶與潘金蓮間鬥嘴的景況。該回繡像本回目作〈爭寵愛金蓮惹氣　賣富貴吳月攀親〉，較詞話本〈為失金西門罵金蓮　因結親月娘會喬太太〉更能直指敘事者著意描述金蓮藉機發揮，希望西門不要過於寵溺李瓶兒母子而忽略自己的心情。在這段描寫後，敘事者用一句「西門慶見奈何不過他，穿了衣裳往外去了」（繡像本，頁554）作結，上文西門慶叫小廝買狼觔抽丫頭一事便不了了之。雖然後文月娘又提及此事，但在瓶兒、銀兒議論一陣之後，也沒有說出「買狼觔」的舉動是否有實際上的效用（繡像本，頁555）。此後敘事者用韓玉釧兒、董嬌兒來訪，截住「失金」一事；直至四十四回中才寫道玳安兒和琴童兒簇著夏花兒進來，經由西門慶審問，夏花兒因偷金而避於馬房一事方水落石出。爾後敘事者敘及月娘與小玉的對話：

> 月娘令小玉關上儀門，因叫玉簫問：「頭裡這丫頭也往前邊去來麼？」小玉道：「二娘、三娘陪大妗子娘兒兩個，往六娘那邊去，他也跟了去來。誰知他三不知就偷了這錠金子在手裡。頭裡聽見娘說，爹使小廝買狼觔去了，唬的他要不的，在廚房裡問我：『狼觔是甚麼？』教俺每眾人笑道：『狼觔敢是狼身上的觔，若是

---

[39]　補敘的內容必然會牽涉到錯時，而伏脈則不同：伏脈是對下文的暗示，既然讀者不會立刻察覺，也就不會留下懸念或空白以待後文補敘、回溯，它的作用是留予後文與前文銜接、呼應的「接榫」。伏下某一線索之後，後文的「應」通常也會接續在第一敘事的時間順序中出現，並開展出新的線索，並不見得會因回溯前事而產生錯時。

那個偷了東西，不拿出來，把狼觔抽將出來，就纏在那人身上，抽攢的手腳兒都在一處！』他見咱說，想必慌了，到晚夕趕唱的出去，就要走的情，見大門首有人，纔藏入馬坊裡。不想被小廝又看見了。」（繡像本，頁565-566）

前文敘及西門慶買狼觔一事時，敘事者略去了丫頭們聽見這個消息的反應，並且截住「失金」一事，留下懸念。此處則運用補敘的方法，借小玉口中，回溯失金至真相大白這段時間被前文略去的細節。四十三回敘失金、月娘數席女宴，敘事的密度已經很大[40]，因此如果再置入夏花兒拾金之後的活動，不但會使頭緒紛雜，也無法集中焦點於失金之際眾人被誤會時的表現。[41]此時不敘夏花兒，是為了使文章「不沓拖」。四十四回敘述西門慶審問夏花兒時，敘事者仍然沒有直接敘出偷金一事的始末，而將重心放在以白描詳述夏花兒受罰的經過，不僅襯出此事使李嬌兒面上無光，也藉此讓桂姐大發議論，為後文桂姐勸留夏花兒，月娘遷怒玳安鋪墊；因此，若還要使夏花兒當場自己道出事發經過，行文便顯冗雜。是以敘事者透過小玉的回憶寫夏花兒偷金之細節，正可使前文不僅「不沓拖」，而且「無遺漏」，亦使前後文之主題更為鮮明。

　　如果補敘之際產生錯時，表示敘事者跳脫第一敘事，而去追敘前事發生的緣由或該事件後來的發展。前事發生的緣由自然在第一敘事的敘事時間之前，前事後來的發展則可能延伸至第一敘事的敘事時間之後，無論何者，都不會完全等同於第一敘事的敘事時間。三十五回末對應伯爵心理的補敘，就屬於具有錯時性質的補敘。三十五回敘及西門慶、應伯爵、賁四等人喝酒擲骰，賁四說錯笑話，遭應伯爵搶白：

> 吃過兩鍾，賁四說道：「一官問姦情事，問：『你當初如何姦他來？』那男子說：『頭朝東，腳也朝東姦來！』官說：『胡說！那里有個缺著行房的道理！』旁邊一個人走來跪下，說道：『告稟，若缺刑房，待小的補了罷！』」應伯爵道：「好賁四哥，你便益不失當家！你大官府又不老，別的還可說，你怎麼一個行房，你也補他的？」賁四聽見此言，謔的把臉通紅了，說道：「二叔，什麼話！小人出于無心。」伯爵道：「什麼話？檀木靶，沒了刀兒，只有刀鞘兒了。」那賁四在席上終是坐不住，去又不好去，如坐針氈相似。（繡像本，頁465）

這段描寫乍看之下，似乎只是描述伯爵反應快，抓住賁四說錯話打趣，讓賁四難堪。但

40　張竹坡便云：「看他一連寫吳大妗子家一席女宴，接寫請眾官娘子一席女宴，又接寫會親一席女宴。重重疊疊，毫不犯手，直是史公復生。」見張批本四十三回回評，頁633-634。

41　四十三回中寫了馮媽媽、迎春、如意兒、月娘、金蓮、瓶兒、銀兒等人的反應，張竹坡曰：「各人有各人的話，故妙。」見《第一奇書》夾批，頁1115。

是敘事者省略了伯爵出此「毒極、惡極」（繡像本眉批，頁465）之言的原因，也沒有說明為何伯爵明明聽說賁四「出於無心」，還要窮追猛打。直到三十五回回末，敘事者才補道：

> 且說應伯爵見賁四管工，在庄子上撰錢，……（伯爵）與他娘子兒說：「老兒不發狠，婆兒沒布裙。賁四這狗唀的，我舉保他一場，他得了買賣，扒自飯碗兒，就不用著我了。大官人教他在庄子上管工，明日又託他拏銀子成向五家庄子，一向撰的錢也勻了。我昨日在酒席上，拏言語錯了他錯兒，他慌了，不怕他今日不來求我。送了我三兩銀子，我且買幾疋布，勾孩子們冬衣了。」（繡像本，頁468-469）

這段補敘跳脫前文潘金蓮使性兒的第一敘事，回頭說明酒席之後的後續發展，並將應伯爵在酒席上的表現，與前文西門慶和賁四討論「庄子收拾如何」的談話（繡像本，頁463）連接起來。此處道出伯爵搶白賁四並不是因為湊趣，而是因為要警告賁四「你便益不失當家」。這段追敘所補者，不只是酒席當天之事的後續發展，還包括前文並未敘及的「伯爵舉保賁四」一事。[42]由此可知，聽得賁四與西門慶討論庄子工程而動貪念，只是伯爵搶白賁四的近因；遠因則是伯爵認為賁四並未知恩圖報。同樣是對酒席的描寫，在第一敘事中只是白描，此中伯爵的形象還是打牙犯嘴的幫閒；但透過補敘，敘事者和伯爵分別重新道出當日出言狠毒之因，又補出賁四因害怕而封銀子給伯爵的後文，與第一敘事兩相對照之下，伯爵在酒席上笑裡藏刀的表現，便不言而喻。

綜上所述可知，《金瓶梅》中擅以插敘及補敘這兩種追敘，調節小說的布局：作者先以省略的方法，使第一敘事不生枝蔓，甚而產生懸念；然後在插敘或補敘後，再更進一步地使插入或補入的片段，具有連結上下文及拓展敘事內涵的效果。插敘及補敘之際產生的錯時，則能使敘事的層面跳脫第一敘事，開展新的線索，藉此豐富第一敘事的廣度與深度。

三、預敘

本節所討論的預敘，指的是在故事還未發展到某個時序段落時，敘事話語就已預先指出事件發展方向；讀者可以察覺，預敘講述的就是故事即將如何發展，也就是熱奈特所謂的「先行察知」（advance notice）。[43]此類片段只是概略的敘述，作用是在讀者心中

---

42 賁四第一次出現於小說的十六回，文中僅敘其出身，並未提及是伯爵薦舉。見繡像本，頁200。

43 如註38所述，熱奈特將預敘分為「先行察知」與「先行陳述」兩種，「先行陳述」只是先提及某件事物，讀者可能不會察覺這是後文的伏筆；理解此一敘事技巧的主要方法在於前後對照，如此方

建立期待,因為整個事件詳細的始末,會在後文逐漸填補。預敘陳述的內容也會跳脫第一敘事,形成錯時;因此透過預敘和第一敘事間的對比,亦能產生新的意義。

在《金瓶梅》中,預敘除了引起讀者的好奇及想要繼續閱讀的慾望之外[44],更有為整部書定調的作用,因此張竹坡常以「綱領」或者「關鍵」形容重要的預敘之處。在開篇處點明全書大旨及梗概,會使讀者帶著特定的預期心理解讀小說,也左右了小說意欲傳達的哲學觀點。[45]從這個角度看來,可以發現詞話本及繡像本間有顯著的不同。[46]詞話本第一回云:

> 說話的,如今只愛說這「情色」二字做甚?故士矜才則德薄,女衒色則情放。若乃持盈慎滿,則為端士淑女,豈有殺身之禍?古今皆然,貴賤一般。如今這一本書,乃虎中美女,後引出一個風情故事來:一個好色的婦女,因與了破落戶相通,日日追歡,朝朝迷戀,後不免屍橫刀下,命染黃泉,永不得著綺穿羅,再不能施朱傅粉。靜而思之,著甚來由!況這婦人,他死有甚事?貪他的,斷送了堂堂六尺之軀;愛他的,丟了潑天關產業。驚了東平府,大鬧了清河縣。端的不知誰家婦女?誰的妻小?後日乞何人占用?死于何人之手?正是:說時華岳山峰至,道破黃河水逆流。(詞話本,頁17)

在段落結束前,敘事者以類似說書人的口吻,接連提出五個與故事情節有關的問題;這

能瞭解作者設下伏脈的用意。本節只析論「先行察知」此一較為明顯,也易為讀者所知的預敘,「先行陳述」一類則將於「段落的呼應:應伏」之下討論。

[44] 王靖宇論及閱讀敘事作品的特質之一,是「讀者和作品之間所起的互動」與「敘事過程」會產生交流,形成推動讀者閱讀的動力,使讀者想要瞭解接下來發生什麼事。見氏著,〈怎樣閱讀中國敘事文──從《左傳》文藝欣賞談起〉,《中國早期敘事文論集》(臺北:中央研究院文哲所籌備處,1999),頁106。預敘就是在這個基礎上,以概括敘述後文的方法,進一步引起讀者的興趣。

[45] 楊義認為,西方敘事常由一人一事一景開始,而東方敘事常在大時空中定位個別的情景。西方敘事既關注某一具體時空,便須交代其來龍去脈,因此長於倒敘;東方敘事在大時空的背景下,對書中人物的命運和事態發展的趨勢都了解了,可視為預言性敘事;亦即事情尚未發生,讀者便有預感在心,書中亦有暗示在文字中。讀者是帶著一種高深莫測的命運感,去讀那些無巧不成書的故事。參見楊義,《文學地圖與文化還原──從敘事學、詩學到諸子學》(北京:北京師範大學出版社,2011),頁150。

[46] 部分論者已指出,二者的不同不只是文字上的出入,更有藝術傾向的差異。例如陳遼將二者視為「兩部《金瓶梅》,兩種文學」;最重要的分野在於詞話本比較接近「民間文學」,而繡像本是「把《金瓶梅》作為一部藝術作品來加以改寫和加工的」。參見氏著,〈兩部《金瓶梅》,兩種文學〉,《金瓶梅藝術世界》,頁55-66。田曉菲的《秋水堂論金瓶梅》也在此一論述基礎上,以新批評的方法比較、評析上述兩種版本及《水滸傳》的相關片段,並得出繡像本是「富有藝術自覺的、思考周密的構造物」的看法。見《秋水堂論金瓶梅》,頁6。

些問題都有非常明確的答案,只要繼續閱讀便可知曉,由此可見敘事者提問的目的,是引起讀者往下閱讀,一探究竟的興致。所以敘事者以「說時華岳山峰至,道破黃河水逆流」作結,借自然山水之壯觀意象取譬,用誇飾來強調接下來精彩可期的發展。在全書的開頭,置入此段預敘大略情節的文字,可以說底定了全書敘事的調性:接下來要講述的,是「虎中美女」引出的「風情故事」;貪戀這個好色婦女的結果,是斷送六尺之軀及潑天產業。在此敘事者無意思考其他人生的面向,只是單純將主角的殺身之禍歸咎於縱欲情色,作用是提供讀者理解全書的基礎。繡像本則對此提出了不同的看法:

> 說話的為何說此一段酒色財氣的緣故?只為當時有一箇人家,先前恁地富貴,到後來煞甚淒涼,權謀術智,一毫也用不著,親友兄弟,一個也靠不著,享不過幾年的榮華,倒做了許多的話靶。內中又有幾個鬥寵爭強,迎姦賣俏的,起先好不妖嬈嫵媚,到後來也免不得屍橫燈影,血染空房。正是:善有善報,惡有惡報;天網恢恢,疏而不漏。(繡像本 3-4)

同樣是以「說話的為何說此一段緣故」的自問自答為開端,繡像本的敘事者將整部書概括為一箇人家由富貴到淒涼的人生轉折,也點出書中並非「一個好色的婦女」使貪戀她美色的人斷送身家性命,而是「幾個鬥寵爭強,迎姦賣俏的」,如何由「妖嬈嫵媚」而「屍橫燈影,血染空房」。敘事者對這樣的人生轉折沒有歸因與評價,只用「免不得」一語,說出世間種種「如夢幻泡影,如電復如露」的無奈(繡像本,頁 3)。這段文字和上述詞話本引文相同,是一整部書的預敘,因此張竹坡謂「此一段是一部小《金瓶》,如世所云總綱也」(《第一奇書》,頁 7),正表明了這段文字是引領讀者解讀全書的關鍵:由此著眼與由「虎中美女」的角度出發,對書中種種描寫的闡釋,將大不相同。就「色」的態度而言,相較於詞話本所謂「丈夫心腸如鐵石,氣概貫虹蜺,不免屈志於女人(詞話本,頁 16)的「女禍」觀,繡像本則視「酒色財氣」等同於物質世界令凡人眩惑的迷障,而非僅「女禍」一端。[47]出發點的不同,不能單純歸因為繡像本改訂者比較具有性別意識而詞話本作者則否,而是兩者意圖從根本上提供不同的鑑賞態度與人生省思:詞話本的預敘,強調的是「端士淑女」們「持盈慎滿」的修身功夫,因此控制己身的情色之欲,

---

[47] 繡像本云:「……這財色二字,從來只沒有看得破的。若有那看得破的,便見得堆金積玉,是棺材內帶不去的瓦礫泥沙;貫朽粟紅,是皮囊內裝不盡的臭污糞土。高堂廣廈,玉宇瓊樓,是墳山上起不得的享堂;錦衣繡襖,狐服貂裘,是骷髏上裹不了的敗絮。即如那妖姬豔女,獻媚工妍,看得破的,卻如交鋒陣上將軍叱吒獻威風;朱脣皓齒,掩袖回眸,懂得來時,便是閻羅殿前鬼判夜叉增惡態。羅襪一彎,金蓮三寸,是砌墳時破土的鍬鋤;枕上綢繆,被中恩愛,是五殿下油鍋中生活。」(繡像本,頁 3)這段文字說明「財」及「色」皆屬幻相,看破其中的真假虛實,始能不受束縛。

自然是修身的一環，值得作為閱讀時關注的重點；繡像本則注重人世間難以迴避的時空推移，以及隨成住壞空的空虛與無奈感，因此預先提醒讀者，書中種種五色迷目的景象，都將轉眼成空。由此可知，運用預敘，這兩段「小《金瓶》」先概括了全書的發展方向與作書大旨，不但意在吸引讀者繼續閱讀，也提供了讀者理解全書的框架與審美趣味。

如前所述，預敘經常被視為小說中的關鍵；因此重要的預敘在全書中的位置，也會由作者刻意安排。書中另一處被張竹坡視為「大關鍵」的預敘之處，是第二十九回〈吳神仙冰鑒定終身　潘金蓮蘭湯邀午戰〉。這次預敘之所以重要，與「第二十九回」的關鍵位置相關：繼前二十回鋪陳情節、人物發展的種子，聚合主要人物之後，二十回至三十回進一步細述西門家中的爭執、衝突，而在第三十回乃有西門慶生子、加官的高潮。因此二十九回以「相面」敘述各人性情，預測各人結果，正有收束前文，直指結局的作用。[48]這不只是提點、引起讀者閱讀興趣的關鍵，張竹坡認為，對作者而言，此回也有訂定寫作規模，使後文不致錯亂的意圖。[49]

但是預敘的效果其實一體兩面：讀者瞭解故事梗概後，可能會想要繼續閱讀更多細節，也可能因為已經得知結局，便失去好奇心。如果真如張竹坡所言，此段預敘有「直謂此書至此結亦可」的作用，如何引導讀者對後文保持高度興趣，就需要作者精心安排。《金瓶梅》中便運用「雲龍霧豹」法，以對小說中正在發生之事的敘述，遮掩預敘的意圖，提供讀者更多詮釋的角度。在吳神仙相面之後，有這樣一段文字：

> 西門慶回到後廳，問月娘：「眾人所相何如？」月娘道：「相的也都好，只是三箇人相不著。」西門慶道：「那三箇相不著？」月娘道：「相李大姐有實疾，到

---

48 浦安迪認為「四大奇書」的共同特徵之一，即是將小說每十回分作一個單位時，對故事的結構輪廓而言十分關鍵、或者具有預言意義的重要事件，會出現在這十回中的第九或第十回，造成「十回為一組」的分界線。在這十回的空間中，可以察覺在敘事活動層次上的一種小型內在擺盪模式，以十回中的第五回為擺盪的頂點。這些設計，都可以理解為組成文本整體結構的基礎建材。《金瓶梅》的「第二十九回」，也是在這種設計之下的產物。參見 Andrew H. Plaks, *The Four Masterworks of the Ming Novel: Ssu ta ch'i-shu*, 72-75.陳東有也論及：「這次相面不僅有前因之據，又懸起了後果之念，其相面斷語既對人物性格情狀的描繪有前文的敘描為基礎，又對人物命運前途的預測有直到全書結束的構思，恰到關節之處。」見陳東有，〈《金瓶梅詞話》相面斷語考辨〉，收入中國金瓶梅學會編，《金瓶梅研究》第四輯（南京：江蘇古籍出版社，1993），頁129。此文原名〈《金瓶梅詞話》相面考辨〉，收錄於氏著，《金瓶梅文化研究》，頁76-92，《金瓶梅研究》中為略加改寫後的版本。

49 張竹坡二十九回回評云：「此回乃一部大關鍵也，上文二十八回一一寫出來之人，至此回方一一為之遙斷結果。蓋作者恐後文順手寫去，或致錯亂，故一一定其規模，下文皆照此結果此數人也。此數人之結果完，而書亦完矣。直謂此書至此結亦可。」見張批本，頁432。

明日生貴子。他見將有身孕,這個也罷了。相咱家大姐明日受磨折,不知怎的磨折?相春梅後日來也生貴子,或者你用了他,各人子孫也看不見。我只不信,說他後來戴珠冠,有夫人之分。端的咱家又沒官,那討珠冠來?就有珠冠,也輪不到他頭上。」西門慶笑道:「他相我目下有平地登雲之喜,加官進祿之榮;我那得官來?他見春梅和你俱站在一處,又打扮不同,戴著銀絲雲髻兒,只當是你我親生養女兒一般,或後來匹配名門,招箇貴婿,故說有些珠冠之分。自古算的著命,算不著好。相逐心生,相隨心滅。周大人送來,咱不好罵了他的,教他相相除疑罷了。」說畢,月娘房中擺下飯,打發吃了飯。(繡像本,頁378)

雖然前文才敘述「神仙相畢,眾婦女皆咬指以為神相」(繡像本,頁377),似乎相面所云可以完全為後文「定其規模」,也暗示讀者跳脫第一敘事,將前文對眾人命運的預測聯想為預言;然而,此段立刻以月娘對現狀與相面內容不合的議論,為相面的可信度打了折扣。西門慶更云,讓吳神仙相面,是因為「周大人送來,咱不好罵了他的」,而且「自古算的著命,算不著好」;再加上他對吳神仙所言種種矛盾之處合理的推測,使一整段預敘更顯得只是西門家生活中偶然發生的插曲,而不是直指結局的關鍵或預言。

西門慶得以質疑預言,其實和敘述預言者的轉換有關:不同於第一回,隱含作者(敘事者)並未介入二十九回的預敘之中,提供解讀後文的框架;而是暫時以吳神仙為敘述預言之人。相較於具有敘事優勢(或權威)的隱含作者(敘事者)[50],吳神仙只是一個突然插入的角色,不只身分是令人半信半疑的算命先生,所言種種又有許多尚未實現;這樣安排的理由,就是為了在後文藉書中人物之口,質疑預言並不可信,使讀者雖然已經在前文中讀到各個主要人物的結局,甚至以為可謂「此書至此結」,但又因作者故佈疑陣,無法確認這樣的判斷。[51]此回的文龍批語便已指出,吳神仙「亦有許多做作,並非清高之

---

50 劉禾論及,通俗小說的敘述人對人物和故事的評論、判斷,顯示他能絕對把握人生的道德價值、小說的意義、以及小說的時空範圍,這是因為小說的敘述者通常擁有「第三人稱敘述」(按:稱之為「全知視角」可能更恰當)的優勢。參見氏著,〈敘述人與小說傳統——論中西小說之異同〉,《幼獅學誌》二十卷第四期(1989年10月),頁174-185。

51 在《金瓶梅》中,敘述者有時會直接以預告的口吻向讀者說明未來會發生的事件,藉以明確地讓讀者將未來和目前正在發生之事對看,和此處產生的敘事效果不同。相對於吳神仙令人半信半疑的身分,以全知視角敘述故事的敘事者所提出的預敘,可謂無庸置疑。這類明確的預敘經常由「看官聽說」一詞引出,可以看出作者對全書構思的痕跡,寺村政男已論之甚詳;可參見氏著,〈《金瓶梅詞話》中的作者介入文——「看官聽說」考〉,頁254-256。本文收錄於黃霖、王國安編著,《日本研究《金瓶梅》論文集》(濟南:齊魯書社,1989),244-261。

品，不過籍〔藉〕以點出諸人結果耳，並非正經腳色」。[52]這種寫作技巧，就是脂硯齋所謂的「雲龍霧豹」法：亦即作者用雲霧掩蓋了寫作的真意，但在掩飾中又暗示了真意。[53]

再進一步探究可以發現，所謂「雲龍霧豹」的效果，其實來自於作者巧妙地運用故事及敘事話語間的差距。這和張竹坡經常提醒《金瓶梅》的讀者「不要被作者瞞過」，有類似的用意：

> 看《金瓶》，把他當事實看，便被他瞞過，必須把他當文章看，方不被他瞞過也。
> （《第一奇書》，〈讀法〉第四十，[讀法]頁30）

引文所謂的事實，指的是小說敘事中種種正在發生之事，也就是「故事」的層面；張竹坡認為，讀者不能單純看待小說中被描述的事實，將其與自己身處的現實世界相聯繫（也就是將小說所云擴充為「現實」），而必須視《金瓶梅》為「文章」，注意它的敘事技巧和文學特徵，才能洞察作者的真意。[54]以這個概念考察二十九回可以發現，只有刻意安排吳神仙為敘述預言之人，才能藉由他特殊的身分，使「吳神仙來到西門慶家，為眾人相面」這段故事，透過敘事話語，產生故事和敘事話語——亦即小說中的事實及預言——之間的落差與對比，出現模稜兩可的解讀。[55]

雖然作者意圖暫時瞞過讀者，但讀者可以從後文（第三十回）立刻敘及「西門慶生子加官」，印證作者敘述相面一節真正的用意，並非敘述西門家中偶然發生的活動，而是不折不扣的預言：

> ……（西門慶）說：「……吳神仙相我不少紗帽戴，有平地登雲之喜，今日果然，

52　文龍批語見於北京圖書館所藏清在茲堂刊本，本文轉引黃霖編，《金瓶梅資料彙編》（北京：中華書局，2004），頁41。以下引文僅註明回數、頁數，不另加註。

53　關於「雲龍霧豹」法，可以參見周振甫對《紅樓夢》第七十九回的解釋。見氏著，《周振甫著作別集：小說例話》，154-156。然而周氏僅提及雲龍霧豹法有「遮掩真意」的作用，並未說明預敘與正在敘述之事間的對比，對遮掩真意有何影響。

54　由〈讀法〉四十一：「看《金瓶》，將來當他的文章看，猶須被他瞞過；必把他當自己的文章讀，方不被他瞞過。」四十二：「將他當自己的文章讀，是矣。然又不如將他當自己才去經營的文章。我先將心與之曲折算出，夫而後謂之不能瞞我，方是不能瞞我也。」可知，這裡所指的「文章」，就是作者對小說敘事的經營和安排。見《第一奇書》，[讀法]頁30。

55　《金瓶梅》共有兩處敘及重要的預言，一處即二十九回，另一處則是四十六回〈元夜游行遇雪雨　妻妾戲笑卜龜兒〉，二者都刻意運用「雲龍霧豹」的敘事技巧，掩蓋預言的真意。張竹坡便謂，卜龜兒老婆子云月娘只有個出家的兒子，是「將結文明明說出」；但下文立刻以玉樓對瓶兒笑稱「就是你家吳應元」一語，「又將看官瞞過」；連後文金蓮所言「算的著命，算不著行」一語，都與二十九回西門慶所言相類。見《第一奇書》，頁1189-1193。

不上半月，兩樁喜事都應驗了。」（繡像本，頁 392）

由引文可知，西門慶雖然在第二十九回合理地揣度現狀，向月娘解釋不必對吳神仙相面的內容過於認真；但當「生子加官」同時發生之際，他立刻將此事和預言聯想在一起的表現，提醒了讀者，第二十九回所言，確實是不可輕忽的預敘。[56]雖然此時西門慶只想起喜事的應驗，繼續忽略不幸的預言；但是敘述預言成真的理由，其實就是預告讀者，其餘不幸也同樣會一一應驗。在第二十九回先預敘各人結局，也讓西門慶及月娘所云，和後文陸續實現的預言，形成強烈的對比，暗指即便書中人物可以依循自己對情勢的判斷，做出各種人生的選擇或解釋，但最終仍然無法避免一切皆空的命運。至此，預敘的效果不再僅限於引起讀者的興趣，而在它和後文的種種對比中，呼應了第一回提供的解讀框架。[57]

綜上所述可知，《金瓶梅》中的預敘除了能引起閱讀興趣，闡述全書大旨與閱讀框架之外，透過對作者運用此一敘事技巧的分析，也可以呈現出《金瓶梅》前後文之間相互指涉、對比，甚至模稜兩可的情形，並開展出更多詮釋的空間。

藉助敘事學中的相關概念，本節辨析了評點所論諸法之內涵，並以之析論《金瓶梅》作者精心安排敘事次序所產生的效果。由此可以看出，《金瓶梅》中各個時序段落孰先孰後，雖然大體上按照時間順序排列，但並非任意為之，或僅是如流水帳般的順時敘事，而有其美學上的考量：輪敘能使故事時間及敘事時間之間產生對比，使讀者聯想到輪敘的事件之間如何相互映照；追敘具備解釋的功能，被按下未敘之事，能延宕讀者的懸念；預敘則讓讀者先預知後文的發展，以這樣的觀點閱讀眼前的事件，能使讀者具備「局外人」的客觀角度，從而思考其中蘊含的哲理及啟示。如此一來，敘事次序的安排便不只是敘述小說的技巧，也體現了小說意欲呈現的哲學思維。本章下一節將分析《金瓶梅》作者以何種敘事技巧連接前後相連的時序段落，使其成為具有連貫感的整體；以及運用這些敘事技巧之際，有何重要意涵。

56　四十六回也點出二十九回實為預言。張竹坡四十六回回評云：「卜龜兒，止月娘、玉樓、瓶兒三人，而金蓮之結果，卻用自己說出，明明是其後事，一毫不差。而看者止見其閒話，又照管上文神仙之相，合成一片。」見張批本，頁 668。

57　繡像本二十九回眉批便云：「此等議論，揆情度勢，可謂十得其九，然俱屬暗中揣摩，毫不著，只此可銷人炎涼輕薄之念」見繡像本，頁 378。又張竹坡於〈讀法〉一○二云：「《金瓶》以『空』字起結，我亦批其以『空』字起結而已……」見《第一奇書》，[讀法]頁 57。

第二節　段落的綴合

　　本節析論的是作者如何運用「金針暗度」及「穿針引線」的敘事技巧，綴合敘事次序相連接的時序段落。綴合之處通常兼具「起」、「結」的效果，是收束上文、引起下文的樞紐，能使前後文不著痕跡地相連接。起、結之分其實源自於段落：有了段落的分別，才有所謂「斷」或「續」的閱讀感受；能運用寫作技巧，使小說接續不斷者，方能被評點者視為傑作。毛宗崗便指出：

> ……此數段文字，聯絡交互於其間，或此方起而彼已結，或此未結而彼又起，讀之不見其斷續之跡，而按之則自有章法之可知也。[58]

毛氏認為，將文字分為數段之後，每段便各有起、結；讀者可以藉由觀察各段落間如何接續，得知小說寫作的章法：亦即無論「此起彼結」或者「此未結彼又起」，都有一定的規則法度可循。這段話也顯示，對毛氏而言，「讀之不見斷續之跡」只是閱讀之際的美學感受，實際上，他並不認為小說是一個整體，而存在許多起結段落。只有憑藉作者運用將文字交互聯絡的章法，才能綴合各個段落，塑造前後文的連貫感。評點者的閱讀樂趣，不但來自於欣賞文章自然貫通的美感，也來自於辨析作者如何藉由人為的拼接綴合，使文章整體有如渾然天成。「金針暗度」及「穿針引線」一類的敘事技巧，就是此一概念下的產物：評點者以裁縫為喻，形象化地闡明段落組合的過程，也暗喻平順不露痕跡的段落過接。[59]

一、金針暗度

　　「金針暗度」指的是段落間不露痕跡的巧妙過渡，使文章轉折處隱而不顯，順暢連貫。[60]評點者常以「接去無痕」、「過下無痕」、「一語接入」等語，點出此等不易察覺的過接之處。「金針暗度」也可能意指作者為文曲折，不肯直敘，因此在讀者尚未察覺之

---

[58] 〈三國演義讀法〉，《三國》，8。

[59] 浦安迪認為，除了「裁縫」，評點中常用以比喻段落過接的術語還包括園藝、自然地景、音樂、氣候、醫藥等。參見 Andrew Plaks, "Terminology," 92-93. 實際上浦氏列出各項雖有共通之處，但細究各術語之內涵，仍有顯著的分別，僅有「裁縫」一類，確為本節所論「段落過接」之範疇；此類比喻也與其前文提及的「紋理」（texture）、「交織」（interweaving）等概念相呼應。「硬疊奇峰」、「笙簫夾鼓，琴瑟間鐘之妙」、「將雪見霰，將雨聞雷之妙」、「星移斗轉，雨覆風翻之妙」等，涉及「敘事節奏變化」更多；「落脈」或「脈絡」等，則可列入「伏脈」一項探討。

[60] 參見《小說例話》，頁81-84。

時，作者已另起頭緒，開始敘述新的事件。[61]第二十九回〈吳神仙冰鑑定終身　潘金蓮蘭湯邀午戰〉中，便運用了此一敘事技巧，連結此回上下二事：吳神仙相完眾人之後，西門慶與月娘議論所相如何，爾後西門慶吃畢午飯，便「手拿芭蕉扇兒」至花園「信步閒遊」，四周正是「綠蔭深處一派蟬聲」的夏日景象；他便叫過春梅提梅湯，用冰湃過來吃：

> ……（春梅）問道：「頭裡大娘和你說甚麼？」西門慶道：「說吳神仙相面一節。」春梅道：「那道士平白說戴珠冠，教大娘說『有珠冠，只怕輪不到他頭上』。常言道凡人不可貌相，海水不可斗量，從來旋的不圓，砍的圓，各人裙帶上衣食，怎麼料得定？莫不長遠只在你家做奴才罷！」西門慶笑道：「小油嘴兒，你若到明日有了娃兒，就替你上了頭。」於是把他摟到懷裡，手扯着手頑耍，問：「你娘在那里？怎的不見？」春梅道：「娘在屋裡，教秋菊熱下水要洗浴。等不的，就在牀上睡了。」西門慶道：「等我吃了梅湯，鬼混他一混去。」於是春梅向冰盆內倒了一甌兒梅湯，與西門慶呷了一口，湃骨之涼，透心沁齒，如甘露洒心一般。
> 須臾吃畢，搭伏着春梅肩膀兒，轉過角門來到金蓮房中。……（繡像本，頁379）

敘完「吳神仙冰鑑定終身」之後，作者為引入「蘭湯邀午戰」一事，先由西門慶信步閒遊慢慢寫來，又以喝梅湯一段，寫出春梅對月娘之語的議論，這些話還是前文「吳神仙冰鑑定終身」的餘波，並沒有「蘭湯邀午戰」的線索。然而作者安排春梅湃梅湯與西門慶喝，不只為了寫出春梅心高志大的議論，以及伏下後文秋菊斟涼酒遭金蓮責罰一脈，也是為了讓西門慶問她「你娘在那里？怎的不見」，使敘事的場景隨西門慶「搭伏着春梅肩膀」轉移至金蓮房中，才開始敘述「蘭湯邀午戰」的情景。由此可知，在敘及「蘭湯邀午戰」前，作者先敘春梅，使西門慶之問，成為「冰鑑定終身」及「蘭湯邀午戰」間的「金針」，上下二事藉此細密連接，毫不突兀。因此張竹坡認為藉此一問，便「過下無痕」（《第一奇書》二十九回夾批，頁763）。

　　「金針暗度」也可能意指作者行文曲折，因此能在讀者尚未察覺時便一筆渡至下文。

---

[61] 此即張竹坡在〈讀法〉四十八中所析論的技巧：「作者純以神工鬼斧之筆行文，故曲曲折折，止令看者眯目，而不令其窺彼金針之一度。吾故曰：純是龍門文字。每于此等文字，使我悉心其中，曲曲折折，為之出入其起盡。何異入五岳三島，盡覽奇勝？我心樂此，不為疲也。」見《第一奇書》，〈讀法〉四十八，[讀法]頁38。由引文可知，張竹坡認為行文曲折會「令看者眯目」，使讀者無法窺知作者以何種技巧寫就「龍門文字」；因此他樂於點出作者的行文之法，向讀者解析作者如何暗渡金針。

七十三回〈潘金蓮不憤憶吹簫　西門慶新試白綾帶〉中，亦有類似上述藉人物移動改換場景的筆法；但七十三回中上下兩事的綴合，並非單純由轉移敘事場景的人物完成，兩事之間尚有許多曲折之處，用意正是以錯綜敘述上下半截的筆法，於讀者不察時另起頭緒。此回一開始，敘事者並不直接敘述上半截的「不憤憶吹簫」，而是先提前敘述下半截的「新試白綾帶」：

> 潘金蓮想着要與西門慶新做白綾帶兒，即便走到房裡，拿過針線匣，揀一條白綾兒，將磁盒內顫聲嬌藥末兒裝在裏面，周圍用倒口針兒撩縫的甚是細法，預備晚夕要與西門慶雲雨之歡。不想薛姑子驀地進房來，送那安胎氣的衣胞符藥與他，這婦人連忙收過，一面陪他坐的。（繡像本，頁1012）

此段才剛敘及金蓮「預備晚夕要與西門慶雲雨之歡」，便以薛姑子來訪截住，留下讀者對後文的懸念，改敘薛姑子與金蓮對話以及玉樓上壽景況。上壽席間西門慶要小優兒唱《憶吹簫》，敘事的焦點轉為金蓮因西門慶藉曲思念李瓶兒而內心甚惱，因此「兩個在席上只顧拌嘴起來」。此段用月娘「有些看不上」，要金蓮去「陪楊姑奶奶和大姈子坐坐」截住（以上引文見繡像本，頁1013），又按下「不憤憶吹簫」，改敘西門慶、伯爵、大舅聽曲吃酒。此處席散後，敘事者再敘金蓮誤以為西門慶欲至他房裡「新試白綾帶」，提起前文留下懸念之處：

> ……李銘等應諾去了。小廝收進家伙，上房內擠著一屋裏人，聽見前邊散了，都往那房裏去了。
> 卻說金蓮，只說往他屋裏去，慌的往外走不迭。不想西門慶進儀門來了，他便藏在影壁邊黑影兒裏，看着西門慶進入上房，悄悄走來窗下聽覷。……良久，只聽月娘問道：「你今日怎的叫恁兩個新小王八子？唱又不會唱，只一味『三弄梅花』。」玉樓道：「只你臨了教他唱『鴛鴦浦蓮開』，他纔依了你唱。好兩個猾小王八子，不知叫什麼名字，一日在這裏只是頑。」……不防金蓮躡足潛踪進去，立在暖炕兒背後，忽說道：「你問他？正景姐姐分付的曲兒不叫他唱，平白胡枝扯葉的教他唱什麼『憶吹簫』，支使的小王八子亂騰騰的，不知依那個的是。」……說的西門慶急了，跳起來，趕着拿靴腳踢他，那婦人奪門一溜烟跑了。
> 這西門慶趕出去不見他，只見春梅站在上房門首，就一手搭伏春梅肩背往前邊來。……（繡像本，頁1015-1017）

此處作者截住前文「不憤憶吹簫」後，以金蓮「只說往他屋裏去」一句，使讀者以為接下來將要敘述的就是先前按下的「新試白綾帶」；但敘事者又另起波瀾，寫「不想西門

慶進儀門來了」，藉金蓮聽戲及月娘、玉樓之間，再次回頭接上「不憤憶吹簫」。此處的「不想」二字，不只意指金蓮沒有料到西門慶會進上房，也寫出讀者讀至此處的意外之情。西門慶進上房後，敘事者敘述金蓮長篇大論地道出西門慶如何「灰人的心」[62]；費許多筆墨寫「不憤憶吹簫」後，作者意欲收住此段，截住金蓮話頭，使敘事不顯累贅呆板，故寫金蓮「一溜烟跑了」，而且以西門慶「趕出去不見他」截住此事[63]；再以西門慶「搭伏春梅肩背往前邊來」改換場景。繡像本評點者稱此一與二十九回類似的敘事技巧為「移花接木」，亦即以為此處將春梅作為截住前文的線索，並以此接續後文；但事實上敘事者將西門慶隨春梅「移」去之後，並未就此「接」敘西門慶與春梅如何，而是回頭敘起「一溜烟跑了」的金蓮，將金蓮的眼光作為接續敘事的線索：

> 這西門慶趕出去不見他，只見春梅站在上房門首，就一手搭伏春梅肩背往前邊來。月娘見他醉了，巴不的打發他前邊去睡，要聽三個姑子宣卷。於是教小玉打個燈籠，送他前邊去。金蓮和玉簫站在穿廊下黑影中，西門慶沒看見，逕走過去。玉簫向金蓮道：「我猜爹管情向娘屋裏去了。」金蓮道：「他醉了，快發訕，繇他先睡，等我慢慢進去。」……金蓮到房門首，不進去，悄悄的向窗眼望裏張覷，看見西門慶坐在牀上，正摟著春梅做一處頑耍，恐怕攪擾他，連忙走到那邊屋裏，……又復往後邊來。（繡像本，頁1017）

由「只見春梅……」一句可知，此段一開始還是以西門慶的視角敘述；但由「西門慶沒看見，逕走過去」一句可知，此時敘事視角已經轉換為全知視角，因此敘事焦點才會由西門慶「眼中所見」移至他「眼中所不見」的金蓮和玉簫身上。敘事者先將敘事焦點轉移至金蓮身上，再轉為金蓮「悄悄的向窗眼望裏張覷」，使「敘事者所見」順暢地改換為「金蓮眼中所見」。由此可知，繡像本評點者認為金蓮「走得賊甚，且賊得有線索」的《線索》，指的就是敘事者藉金蓮「一溜烟跑了」，將敘事視角逐漸由「在場」的西門慶眼中，改換至「不在場」的金蓮眼中，敘事的場景方能由西門慶所見的「上房」，

---

[62] 前文雖然已經點出金蓮知曉西門慶因「他為我褪湘裙杜鵑花上血」而思念李瓶兒，因此不憤西門慶細聽「一個相府內懷春女」的曲文；但前文敘完金蓮點破西門慶心事，道出「一個後婚老婆，又不是女兒，那里討『杜鵑花上血』來」一句之後，只以「兩個在席上只顧拌起嘴來」，一筆帶過金蓮與西門慶鬥嘴的內容，直至此處才再次補出金蓮認為「他是甚『相府中懷春女』？他和我都是一般的後婚老婆」、「可是你對人說的，自從他死了，好應心的菜兒也沒一碟子兒。……俺們便不是上數的，可不着你那心罷了」；故此處較之前文，對金蓮「不憤憶吹簫」的描述更多。引文見繡像本，頁1013、1016。

[63] 繡像本此處有眉批：「再呆講，便贅矣。」見繡像本，頁1017。

轉移至金蓮所見的「前邊房門首」。這番轉移的目的，是為了以同樣的手法再次按下「新試白綾帶」一事：此段已敘金蓮「到房門首」，較前文「只說往他屋裏去」時只是「往外走不送」更接近她房裏；但金蓮如前文般再次「向窗眼望裏張覷」之後，並沒有進自己房裏，而是「又復往後邊來」。敘事者在此繼續擱置讀者的懸念，回頭接敘月娘等人對「不憤憶吹簫」的議論，作為此回上半的餘波，至此才真正結束上半截。但結束上半截之後，作者也不直接敘述金蓮如何「新試白綾帶」，而是先敘「稍果子打秋菊」，在有意無意之間，將文字一筆渡下：

> ……那秋菊被婦人撐得臉脹腫的，谷都着嘴往廚下去了。婦人把那一個柑子平分兩半，又拿了些蘋婆石榴，遞與春梅，說道：「這個與你吃，把那個留與姥姥吃。」這春梅也不瞧，接過來似有如無，掠在抽替內。婦人把蜜餞也要分開，春梅道：「娘不要分，我懶得吃這甜行貨子，留與姥姥吃罷。」以此婦人不分，都留下了。
>
> 婦人走到桶子上小解了，教春梅掇進坐桶來，澡了牝，又問春梅：「這咱天有多時分了？」春梅道：「睡了這半日，也有三更了。」婦人摘了頭面，走來那邊牀房裡，……睡下不多時，向他（西門慶）腰間摸他那話弄了一回，白不起。原來西門慶與春梅纏行房不久，那話綿軟，急切捏弄不起來。……西門慶猛然醒了，便道：「怪小淫婦兒，如何這咱纏來？」婦人道：「俺每在後邊吃酒，……你倒是便宜，睡這一覺兒來好熬我，你看我依你不依？」西門慶道：「你整治那帶子有了？」婦人道：「在褲子底下不是？」一面探手取出來與西門慶看了，替他繫在麈柄跟下，繫在腰間，拴的緊緊的。……須臾，那話吃婦人一壁廂弄起來，只見奢稜跳腦，挺身直舒，比尋常更舒半寸有餘。（繡像本，頁 1021-1023）

綜上所述可知，前文中敘事者已經以錯綜敘述「不憤憶吹簫」的筆法，三次按下「新試白綾帶」一事；在敘完「不憤憶吹簫」的餘波之後，又插入「稍果子打秋菊」，不斷加入不同的敘事線索。敘事者敘西門慶不進金蓮房，先進上房、春梅先與西門慶回房、金蓮不進房，先與眾妻妾飲酒、金蓮為稍果子打秋菊等事，都不斷延遲敘述「新試白綾帶」的時間。前文中原本寫金蓮「想着要與西門慶做白綾帶兒」，以金蓮為想要「新試白綾帶」之人；但爾後反而再三寫金蓮「不進房」，又寫西門慶與春梅行房，全然不露欲敘「新試白綾帶」之線索，使讀者不知作者將於何處接敘此事。作者「金針暗渡」之處，正在敘畢打秋菊一事後，「婦人走到桶子上小解了，教春梅掇進坐桶來，澡了牝」一句，作者閒閒道來，予讀者「是將有事于床上者」（《第一奇書》七十三回夾批，頁 2046）的暗示；接著又以金蓮「這咱天有多時分了」一句，總結種種前文曲曲折折敘來之事：正是

因為上述種種事由,使金蓮直至三更才進房。這不只為了寫金蓮「為湊春梅之趣」不來打擾,以及金蓮搶白西門慶之後「由他自睡」,不特別小心周到[64];也為了寫出金蓮此時才進房,西門慶早已與春梅行房後熟睡,因此「那話綿軟,急切捏弄不起來」,藉此接上西門慶想要「新試白綾帶」的提議。敘述前文諸事,也是為了作者描述那話由「綿軟」而「奢稜跳腦,挺身直舒,比尋常更舒半寸有餘」作鋪墊,以此暗暗道出「新試白綾帶」之妙。表面上看來,「婦人走到桶子上小解」與「這咱天有多時分」兩句只是「閒話」;但作者藉由這兩句話不露痕跡地綴合前後文,也預告下文即將解除讀者懸念。由此可知,作者以曲曲折折的文字,暗暗伏下綴合段落的「金針」,能使敘事不經意地渡至下文,將作者意欲綴合的段落,不露痕跡地接入種種敘述大小事件的線索當中。[65]

本節析論作者如何藉由行文間不露痕跡的「金針」,綴合相鄰的段落,使文章轉折之處隱而不顯;下一節則將分析《金瓶梅》中以特定事物作為「針線」串接上下文的敘事技巧。

二、穿針引線

「穿針引線」意指以某個人、事、物作為貫穿前後文的樞紐,使前後文能「自然連貫,渾然一體」。[66]此法亦即張竹坡在第二十七回回評中提及:「內以一月琴貫『翡翠』、『葡萄』二事」(張批本,407)一類的敘事技巧。有時這些反覆出現的物事,不僅具有連接段落的作用,也形成一種別具隱喻的意義網絡。[67]例如第六十一回〈西門慶乘醉燒陰戶 李瓶兒帶病宴重陽〉中的申二姐,便是作者刻意安排,用以貫串此回文字的人物。六十一回雖有上下兩事,但兩事寫的其實都是「官哥死後情景」:西門慶因官哥死而受邀至王六兒家宴飲,於是他與王六兒「乘醉燒陰戶」;李瓶兒為官哥死而重病不起,因此她「帶病宴重陽」。兩事的相同點都是為了「釋悶」而請申二姐唱曲,藉此一人物將上下二事綰合。敘事者先敘王六兒邀申二姐為西門慶釋悶,再敘王六兒兩次提議,要西門慶請申二姐去宅裡「唱與他娘每聽」;如此一來,「申二姐重陽至西門家唱曲」,便

---

64 繡像本評點者在前文有眉批云:「搶白西門慶一頓,而西門慶又去尋他,要強好勝之心遂矣。復從後邊來,一者湊春梅之趣,二者要顯出由他自睡,不因搶白而小心周□。」見繡像本,頁 1017-1018。

65 七十三回在不經意間寫「新試白綾帶」的敘事方法,亦與七十九回刻意描寫西門慶試王六兒頭髮托子的筆法相對。見繡像本,頁 1137-1140。

66 「穿針引線」一詞見於《小說例話》,頁 113-116。

67 浦安迪對《金瓶梅》中「雪」的解釋,便以此為基礎,取其冷清蕭索之意;丁乃非則在這個基礎上加入了性別的觀點。參見 Andrew H. Plaks, *The Four Masterworks of the Ming Novel: Ssu ta ch'i-shu*, 84-85;Ding, Nai-fei, *Obscene Things: The Sexual Politics in Jin Ping Mei*, 165-194。浦氏及丁氏注重分析這些細節的象徵意義,本文則將析論它們在綴合小說相連片段時如何運作。

成為接續前後的「針線」：

> （西門慶）到家中已有二更天氣，走到李瓶兒房中。李瓶兒睡在床上，見他吃的醺醺兒的進來，說道：「你今日在誰家吃酒來？」西門慶道：「韓道國家請我。見我丟了孩子，與我釋悶。他叫了個女先生申二姐來。年紀小小，好不會唱！又不說郁大姐。等到明日重陽，使小廝拿轎子接他來家，唱兩日你每聽，就與你解解悶。你緊心裡不好，休要只顧思想他了。」（繡像本，頁808）

瓶兒問西門慶「你今日在誰家吃酒來」時，西門慶只答「韓夥計見我丟了孩子，與我釋悶」；但王六兒如何為他釋悶，西門慶無法明說，只道申二姐唱得好，重陽欲請她來家為李瓶兒解悶。從後文「西門慶大哭李瓶兒」可知，西門慶與李瓶兒間不只是肉體的愛欲，也有夫妻的真情；因此雖然提起申二姐一事，或許只是隨口遮掩他名為吃酒釋悶，實則卻與王六兒不軌的藉口，但也表現出西門慶試圖找出有效方法安慰李瓶兒的情景。敘完此處李瓶兒推拒西門慶留宿後，敘事者先按下瓶兒重病一事，改敘西門慶與金蓮歡會，此事仍是「乘醉燒陰戶」之餘波：

> ……不說李瓶兒吃藥睡了，單表西門慶到于潘金蓮房裡，……（金蓮）因問：「你今日往誰家去吃酒來？」西門慶道：「韓伙計打南邊來，見我沒了孩子，一者與我釋悶，二者照顧他外邊走了這遭，請我坐坐。」金蓮道：「他便在外邊，你在家又照顧他老婆了。」（繡像本，頁809）

金蓮問「往誰家去吃酒來」一句與瓶兒完全相同，但西門慶回答自己去韓道國家釋悶後，金蓮馬上想到西門慶是去「照顧他老婆」，並且立刻毫不留情地批評王六兒一番，讓西門慶「睜睜的，只是笑」。但西門慶並未就此屈居下風，他隨即要求金蓮為他品玉，使金蓮「明知其從六兒個中來，不得不哂」；而「西門慶亦知金蓮知其從六兒個中來而使之不敢不哂」（繡像本六十一回眉批，頁810-811）。亦即此處表面上寫的雖是金蓮品玉，事實上卻是寫西門慶如何降服快嘴戳破他「照顧別人老婆」行徑的金蓮；因此這段性事並非描寫西門慶與金蓮狂淫無度，而是寫西門慶如何將性當作施展權力的工具，由此可知此段是因「乘醉燒陰戶」而起的餘波。[68]敘完此事之後，敘事者第三次提起西門慶欲請申二姐來家：

68　西門慶除了要金蓮品玉之外，還使金蓮「舉股迎湊者久之」，又「舉腰沒稜露腦掀騰者將二三百度」，使金蓮「禁受不的，瞑目顫聲」。西門慶便口中呼叫道：「小淫婦兒，你怕我不怕？再敢無禮不敢？」引文見繡像本，頁811。

話休饒舌，又早到重陽令節。西門慶對吳月娘說：「韓夥計前日請我一個唱的申二姐，生的人材又好，又會唱。我使小廝接他來，留他兩日，教他唱與你每聽。」
（繡像本，頁811）

至此敘事者已交代完此回上半，而欲另起下半。為使上下兩段相互連貫，作者再次提起申二姐，藉此將敘事時間推進至邀請申二姐來家的「重陽」，使下半回的開端不致突兀，並能以此為線索，使敘事由西門慶與金蓮歡會的描寫，順暢地接上「李瓶兒帶病宴重陽」一事。由此可以看出，作者在王六兒宴請西門慶時幾次強調要申二姐去「唱給娘每聽」，不只是為了寫王六兒欲以申二姐比下西門慶家中原本的女先兒郁大姐，藉此在西門慶面前賣弄、表現[69]，也是為了以申二姐作為勾連上下文的針線，使西門慶道出「申二姐，我重陽那日，使人來接你，去不去？」一句，將「乘醉燒陰戶」及「帶病宴重陽」二事貫串在一起。

在《金瓶梅》中用以綴合上下文的針線，作用不只限於連結相鄰的段落，它也能同時呼應前後，使這些已然連結在一起的段落，與小說其他片段緊密交織。在六十一回中，敘事者便藉由申二姐所唱之曲映照上下[70]，使此回與五十九回形成對照，衍生言外之意：

……（西門慶）又問（申二姐）：「你記得多少唱？」申二姐道：「大小也記百十套曲子。」……那申二姐一逕要施逞他能彈會唱。一面輕搖羅袖，欵跨鮫綃，頓開喉音，把絃兒放得低低的，彈了個《四不應·山坡羊》。……王六兒因說申二姐：「你還有好《鎖南枝》，唱兩箇與老爹聽。」那申二姐就改了調兒，唱《鎖南枝》道：
初相會，可意人，年少青春，不上二旬。黑鬖鬖兩朵烏雲，紅馥馥一點朱唇，臉

69　由王六兒兩次刻意將申二姐與郁大姐相比較的情形，可知她意欲藉此賣弄，才會先說「我前日在宅裡，見那一位郁大姐唱的也中的」；申二姐唱畢，王六兒又說「申二姐這個纔是零頭兒，他還記的好些小令兒哩。到明日閒了，拿轎子接了，唱與他娘每聽，管情比郁大姐唱的高」。見繡像本，頁804-806。

70　申二姐唱曲一段也伏下七十五回「為護短金蓮潑醋」一脈，篇幅所限，僅略錄書中相關文字於下：此處云「申二姐一逕要施逞他能彈會唱」，七十四回則云「郁大姐纔要接琵琶，早被申二姐要過去了，掛在肐膊上，先說道：『我唱個《十二月掛真》兒與大妗子和娘每聽罷。』」七十五回春梅便接續此一線索，道：「只說申二姐會唱的好《掛真兒》，使個人往後邊去叫他來，好歹教他唱個咱們聽。」申二姐卻說「有郁大姐在那裡也是一般」，因此不去，春梅大罵「韓道國那淫婦家興你，俺這裡不興你」，牽扯出六十一回之事；春梅又道：「……左來右去只是那幾句《山坡羊》、《瑣南枝》，油裏滑言語，……我見他心裏就要把郁大姐搾下來一般。」句句和引文中六十一回所敘相對。參見繡像本，頁1035、1044-1046。

賽天桃如嫩筍。若生在畫閣蘭堂，端的也有箇夫人分。可惜在章臺，出落做下品。但能勾改嫁從良，勝強似棄舊迎新。

初相會，可意嬌，月貌花容風塵中最少。瘦腰肢一捻堪描，俏心腸百事難學，恨只恨和他相逢不早。常則怨席上樽前，淺斟低唱相偎抱。一覷一箇真，一看一箇飽。雖然是半雲懽娛，權且將悶解愁消。

西門慶聽了這兩個《鎖南枝》，正打着他初請了鄭月兒那一節事來，心中甚喜。……臨去拜辭，西門慶向袖中掏出一包兒三錢銀子，賞他買絃。申二姐連忙磕頭謝了。

西門慶約下：「我初八日使人請你去。」王六兒道：「爹只使王經來對我說，等我這里教小廝請他去。」（繡像本，頁 805-806）

此處曲辭正如西門慶所言，映照出前文的鄭愛月：第一首《鎖南枝》只點出曲中主角是貌美的風月女子，第二首則以「瘦腰肢一捻堪描」一句，使西門慶聯想起「腰肢嬝娜，猶如楊柳輕盈」（繡像本，頁755）的鄭愛月，以及兩人初會時他「抱了抱腰肢，未盈一掬」（繡像本，頁778）的情景。此處諷刺的是，王六兒為西門慶「丟了孩兒」宴請西門慶，但西門慶聽申二姐唱曲時「心中甚喜」的原因，並不是因為曲子真能消解他丟了孩兒的鬱悶，而是因為曲辭形容的美人正巧與鄭愛月相合；事實上王六兒真正為西門慶解悶的方法，也不是請申二姐唱曲，而是讓他「乘醉燒陰戶」。可見官哥之死雖然使西門慶長吁短嘆，但他「畢竟男子漢，轉念快」（繡像本五十九回眉批），馬上可以用官哥「不是你我的兒女」這樣的話安慰李瓶兒；因此王六兒雖邀他釋悶，實則無悶可釋，因為西門慶早已「哭兩聲丟開罷了」（以上引文均見繡像本，頁 785），心中想的還是近來密切相交的鄭愛月。此處作者以申二姐的唱曲引出西門慶「心中甚喜」之語，將六十一回〈西門慶乘醉燒陰戶　李瓶兒帶病宴重陽〉及西門慶初會愛月的五十九回〈西門慶露陽驚愛月　李瓶兒睹物哭官哥〉相互連結，構成這兩回交織錯綜的對比關係：對看此二回「上半截」可知，「乘醉燒陰戶」及「露陽驚愛月」二事，將西門慶追求感官享受的情景層層渲染，刻畫入骨；對看此二回的下半截，則可知李瓶兒與西門慶是兩樣心情，她並沒有「哭兩聲丟開罷了」，反而因為「哭官哥」以致於「帶病宴重陽」，而且一病不起；同時對看這兩回的上下半截，則闡述了同一種景況，亦即雖然官哥死、瓶兒病，但人世的無常，並未使西門慶體認自身之有限，反而不斷尋找不同的試藥對象，使他對色的慾望，如同其陽具一般「吃藥養的這等大」，令人「諕的吐舌害怕」（引文見繡像本五十九回愛月語，頁778）。自五十九回開始，作者連續三回在回目中點出此一「無常」與「有限」的對比：〈西門慶露陽驚愛月　李瓶兒睹物哭官哥〉、〈李瓶兒病纏死孽　西門慶官作生涯〉、〈西

門慶乘醉燒陰戶　李瓶兒帶病宴重陽〉的兩事對照[71]，都使「病」、「死」與「財」、「色」並陳，回應第一回中「色空」的架構，也隱隱道出「貪欲」並不能化解「無常」，無論如何追求「財」、「色」，也逃不過人生的「病」、「死」，這正是第一回中「三寸氣在千般用，一日無常萬事休」（繡像本，頁3）的寫照。

綴合段落的針線本身，也可能別具隱喻，能點出作者運用此一物事綴合前後的深意。六十一回以申二姐為針線勾合上下兩事之後，敘事者便以重陽宴飲的情景，寫出以申二姐為針線的寓意，在於表明瓶兒心事：

> 那李瓶兒在房中，因身上不方便，請了半日纔來。恰似風兒刮倒的一般，強打着精神陪西門慶坐，眾人讓他酒兒也不大吃。西門慶和月娘見他面帶憂容，眉頭不展，說道：「李大姐，你把心放開，教申二姐彈唱曲兒你聽。」玉樓道：「你說與他，教他唱甚麼曲兒他好唱。」李瓶兒只顧不說。……（西門慶）又叫申二姐：「你唱箇好曲兒，與你六娘聽。」一直往前邊去了。金蓮道：「也沒見這李大姐，隨你心裡說箇甚麼曲兒，教申二姐唱就是了，辜負他爹的心！為你叫將他來，你又不言語。」催逼的李瓶兒急了，半日纔說出來：「你唱箇『紫陌紅塵』罷。」那申二姐道：「這箇不打緊，我有。」（繡像本，頁811-812）[72]

此處不只西門慶及月娘先要瓶兒「把心放開」，金蓮也道「隨你心裡說箇甚麼曲兒」，可見此刻點何種曲子來聽不只是應景，也能揭露聽者的心事：《紫陌紅塵》曲中亦有「梧葉兒飄金風動，漸漸害相思」、「菊花綻，桂花零，如今露冷風寒，愁意漸深」等悲秋之詞，描繪出當時瓶兒眼中蕭索的秋景。這段曲辭也道出，瓶兒雖然知曉西門慶如曲辭一般「未必薄情，與奴心相應」，但對照前文可知，前一日西門慶不只在韓道國家「貪歡戀飲」（以上引文皆為曲辭，見詞話本，頁425），而且即便知曉瓶兒心中為了金蓮害死孩子鬱悶，仍然當著瓶兒的面說出自己要「往潘六兒那邊睡去」，此言正是她「不忍聞而不欲聞者」（繡像本六十一回正文、眉批，頁809），因此西門慶此舉對瓶兒而言，實是「有焰無烟，燒碎我心」（詞話本，頁425）。但瓶兒即使傷心，仍然對西門慶微笑道：「我哄你哩，你去罷」，將滿腔心事化作「止不住撲簌簌香腮邊滾下淚來」（繡像本，頁809）。由此可知，此回上半是以白描之筆，勾勒出瓶兒傷心的神態，而瓶兒內心的苦痛，則直

71　此處指的是繡像本的回目。詞話本這三回回目的對比不若繡像本強烈：五十九回是〈西門慶摔死雪獅子　李瓶兒痛哭官哥兒〉，六十回是〈李瓶兒因暗氣惹病　西門慶立段舖開張〉，六十一回則是〈韓道國延請西門慶　李瓶兒帶病宴重陽〉。由回目的對比可以看出，繡像本此三回是刻意調整回目，以類似的對比結構，強調上述的言外之意。

72　此曲在繡像本中無，只見於詞話本。為便於後文論述，此處不錄全文，置於後文引用。

至此回下半重陽宴上，方由申二姐的唱詞和盤托出。敘事者藉由申二姐之口，刻畫瓶兒隱而不顯的心事[73]，使「申二姐」的「申」字具有「表達」的意義；對照六十一回、七十五回中「申二姐」皆與「郁大姐」相對的情形更可證實，作者刻意安排兩人的姓氏是意義相反的「申」、「郁」二字，除了欲令讀者對看，並點出兩人性格不同[74]，也以「郁」字的「鬱結」之意，襯托出「申」字「伸張」、「表達」的內涵。[75]

　　連綴段落的針線，也能使作者在敘完跳脫第一敘事的輪敘之後，再不露痕跡地將第一敘事及輪敘之處結合在一起。六十一回敘「李瓶兒帶病宴重陽」時，敘事者於筵席中插入王經請西門慶見應伯爵、常峙節一事，西門慶因此離席，敘事者亦於敘完「眾妻妾聽曲」之後，開始輪敘西門慶至翡翠軒事；敘完翡翠軒事後，再以「應伯爵聽申二姐唱曲」為針線，使跳脫前文的輪敘回到第一敘事之中：

> 正飲酒中間，忽見王經走來說道：「應二爹、常二叔來了。」西門慶道：「請你應二爹、常二叔在小捲棚內坐，我就來。」……西門慶臨出來，又叫申二姐：「你唱箇好曲兒，與你六娘聽。」一直往前邊去了。……
> 且說西門慶到于小捲棚翡翠軒，只見應伯爵與常峙節在松墻下正看菊花。……（眾人）吃畢螃蟹，左右上來斟酒，……應伯爵忽聽大捲棚內彈箏歌唱之聲，便問道：「哥，今日李桂姐在這里？不然，如何這等音樂之聲？」西門慶道：「你再聽，看

---

[73] 《金瓶梅》中以唱曲道出人物心聲的例子屢見不鮮，最明顯的例子是第三十八回〈王六兒棒槌打搗鬼　潘金蓮雪夜弄琵琶〉，以半回的篇幅寫金蓮以曲辭表達自己的幽怨。又第二十一回寫金蓮點〈佳期重會〉暗指月娘燒香「不是正經相會」，見繡像本，頁 279-280。

[74] 由前文引用的「申二姐一逕要施逞他能彈會唱」一句，及拒絕春梅要他唱曲一事，可知申二姐性好逞能，易與人爭；而春梅口中的郁大姐則是「在俺家這幾年，大大小小他惡訕了那個來？叫他唱個兒，他就唱」，可見得她秉性柔順。見繡像本，頁 1046。書中刻意將兩人相對的情形，可參見註62、註63。

[75] 雖然張竹坡在此回也對比申二姐及郁大姊，論及「申」、「郁」二字為「申者，伸也。郁者，鬱也。」（《第一奇書》，頁 1617）但他認為「申」、「郁」二字指的是春梅之神氣：「何以見春梅發動之機？曰以申二姐見之。蓋春梅，固龐二姐也。二姐者，二為少陰，六為老陰，明對六兒而名之也。然郁二姐者，鬱結其氣於蓮開之時也。今西門冷落已來，瓶罄花殘，其久郁之二姐，已將伸其志矣。故用入申二姐後文罵之，正所以一吐從前之郁。夫至春梅之氣盡吐，將又別換一番韶華，而去日之春光，能不盡付東流乎？故西門亦隨之而死，蓮、杏因之而散也。然插此意于瓶兒未死之先，真是龍門再世。」見張批本六十一回回評，頁 898。這段評論只著眼於「申二姐」的「申」字，將她與「龐二姐」春梅相對，並以「二」與「六」的關係，又將春梅與金蓮相對，推論此前的春梅是「鬱結於蓮開之時」。但如此推論不僅晦澀迂迴，而且刻意忽略了書中同是「女先兒」的「郁大姐」名中亦有一「郁」字與「申」字相對的情形；六十一回寫的是瓶兒，亦非春梅。故張竹坡的解釋可謂捨眼前事不論，而遷就七十四回春梅罵申二姐一節，因此顯得扞格牽強。

是不是？」伯爵道：「李桂姐不是，就是吳銀兒。」西門慶道：「你這花子單管
只瞎諑。倒是個女先生。」伯爵道：「不是郁大姐？」西門慶道：「不是他，這
個是申二姐。年小哩，好箇人材，又會唱。」伯爵道：「真個這等好？哥怎的不
捧出來俺每瞧瞧？就唱個兒俺每聽。」……西門慶道：「申二姐，你拿琵琶唱小
詞兒罷。省的勞動了你。說你會唱『四夢八空』，你唱與大舅聽。」分付王經、
書童兒，席間斟上酒。那申二姐欵跨鮫綃，微開檀口，慢慢唱著，眾人飲酒不題。
（繡像本，頁 812-816）

第一段引文敘西門慶「一直往前邊去」後，敘事者先不敘西門慶離席後如何如何，而先
敘完眾妻妾聽《紫陌紅塵》、飲酒，再輪敘西門慶離開後「到于小捲棚翡翠軒」發生之
事。敘事者藉由申二姐的唱曲聲，使原本分頭敘述的兩個場景，以伯爵「如何這等音樂
之聲」一句相互聯繫；這種技巧正是張竹坡所云「使一枝筆如兩邊一齊寫來，無一邊少
停一筆不寫」，是「文章雙寫之能」。[76]如此一來，申二姐便成為貫串六十一回所有事
件的針線：自王六兒宴請西門慶起，西門慶回家至李瓶兒房中、李瓶兒帶病宴重陽、西
門慶與伯爵等人賞秋等事，皆以她作為連結前後的樞紐；就是此回最後寫瓶兒重病尋醫
時，敘事者仍以「月娘見前邊亂着請太醫，只留申二姐住了一夜，……就打發他坐轎子
去了」，以及西門慶對伯爵所言「昨日重陽，我接了申二姐，與他散悶玩耍」作餘波，
使此回讀來具有上下一氣的連貫感。

以針線綴合前後相連的文字不只能使文氣順暢，被綴合的兩個段落，也可能藉由同
一針線產生對比。例如前段引文藉申二姐之口唱出《四夢八空》一曲[77]，便是為了與此

---

76 見張批本四十五回回評，頁 656。第四十二回也有類似的例子和批語：四十二回以伯爵「聽見後邊
唱，點手兒叫玳安，問道：『你告我說，兩個唱的在後邊唱與誰聽？』」一句，使場景由「王六兒
後邊聽曲」接至「應伯爵打雙陸」，張竹坡稱此為「文如雙蛺蝶，兩邊皆動」。見《第一奇書》四
十二回夾批，頁 1088-1089。

77 前段引文中亦將申二姐及郁大姐相提並論，也是為了再次以對比的方式，強調「申二姐」的「申」
字有「表達」的意思。三十二回有十分類似此回的情節，原文如下：伯爵因問主人：「今日李桂姐
兒怎的不教他出來？」西門慶道：「他今日沒來。」伯爵道：「我纔聽見後邊唱。就替他說謊！」
因使玳安：「好歹後邊快叫他出來。」那玳安兒不肯動，說：「這應二爹錯聽了，後邊是女先生郁
大姐彈唱與娘每聽來。」見繡像本，頁 416。六十一回中伯爵先誤認申二姐為李桂姐、吳銀兒，再
誤認申二姐為郁大姐；三十二回中伯爵則認定唱曲者就是李桂姐，但西門慶謊稱李桂姐是郁大姐。
此一連續對比的筆法，是以伯爵「只聽聲，不見人」，無法分辨唱曲者之間細微的差異為前提，先
將郁大姐比作李桂姐，再將申二姐比作李桂姐，如此一來便間接構成郁大姐與申二姐間的對照。或
許伯爵並非不能分辨唱曲者的聲音，不過想要藉此一問叫出西門慶包占的妓女遞酒；但這並不影響
讀者以類似的情節將郁大姐及申二姐並陳、對照的閱讀策略。

回上半的《紫陌紅塵》相互呼應[78]：

> 懨懨病轉濃，甚日消融？春思夏想秋又冬。滿懷愁悶。訴與天公也。天有知呵，
> 怎不把恩情送？恩多也是個空，情多也是個空，都做了南柯夢。
>
> 伊西我在東，何日再逢？花箋慢寫封又封，叮嚀囑付，與鱗鴻也。他也不忠，不
> 把我這音書送。思量他也是空，埋怨他也是空，都做了巫山夢。
>
> 恩情逐曉風，心意懶慵，伊家做作無始終。山盟海誓，一似耳邊風也。不記當時，
> 多少恩情重。虧心也是空，痴心也是空，都做了蝴蝶夢。
>
> 惺惺似懞懂，落伊套中。無言暗把珠淚湧。口心誰想，不相同也。一片真心，將
> 我廝調弄。得便宜也是空，失便宜也是空，都做了陽臺夢。（詞話本，頁428）[79]

《紫陌紅塵》道出了李瓶兒喪子後的景況，無論何種時令，對她而言都是「對景越添愁悶」：
眼中所見是「蝶困蜂迷鶯倦吟」，耳中所聽是「畫角悠悠聲透耳，一聲聲哽咽難聽」、
「撲撲簌簌雪兒下，風吹簷馬，把奴夢魂驚。叮叮噹噹，攪碎了奴心」，心中則是「為多
情，牽掛心」，但也只能「撲簌簌淚珠兒暗傾」。這些文字描述的不只是李瓶兒思念官
哥，也隱隱畫出她對西門慶的牽掛之情。申二姐唱曲時西門慶已然離開筵席，並未聽見
她的心聲；直至六十二回，瓶兒才直接對西門慶說出自己對他的擔憂記掛。[80]相較於金

---

[78] 《紫陌紅塵》曲辭如下：紫陌紅徑，丹青妙手難畫成。觸目繁華如鋪蜀錦，料應是春負我，我非是
辜負了春。為著我心上人，對景越添愁悶。

【東甌令】花零亂，柳成陰，正是蝶困蜂迷鶯倦吟。方纔眼睜，心兒裡忘了想。啾啾唧唧呢喃燕，
重將舊恨，舊恨又題醒，撲撲簌簌，淚珠兒暗傾。

【滿園春】悄悄庭院深，默默的情掛心。涼亭水閣，果是堪宜宴飲。不見我情人，和誰兩個問樽？
把絲絃再理，將琵琶自撥，是奴欲歌悶情，怎如倦聽？

【東甌令】榴如火，簇紅錦，有焰無烟，燒碎我心。懷著向前，欲待要摘一朵，觸觸拈拈不堪口。
怕奴家花貌不似舊時人。伶伶仃仃，怎宜樣簪？

【梧桐樹】梧葉兒飄金風動，漸漸害相思，落入深深井。一日一日夜長，難捱孤枕。懶上危樓，望
我情人，未必薄情，與奴心相應。他在那裡，那裡貪歡戀飲？

【東甌令】菊花綻，桂花零，如今露冷風寒，愁意漸深。驀聽的窗兒外幾聲幾聲孤雁，悲悲切切如
人訴。最嫌花下砌畔小蛩吟。唂唂唂唂，惱碎奴心。

【浣溪沙】風漸急，寒威凜，害相思，最恐怕黃昏。沒情沒緒，對著一盞孤燈。窗兒眼數遍還再輪。
畫角悠悠聲透耳，一聲聲哽咽難聽。愁來把酒強重斟，酒入悶懷珠淚傾。

【東甌令】長吁氣，兩三聲，斜倚定幃屏兒，思量那個人。一心指望夢兒裡略略重相見。撲撲簌簌
雪兒下，風吹簷馬，把奴夢魂驚。叮叮噹噹，攪碎了奴心。

【尾聲】為多情，牽掛心。朝思暮想淚珠傾，恨殺多才不見影。

[79] 此曲繡像本內亦無。

[80] 六十二回描述李瓶兒死前情景：那李瓶兒雙手摟抱著西門慶脖子，嗚嗚咽咽悲哭，半日哭不出聲。

蓮毫不遮掩，總是以曲辭、短箋道出自家心事的情形可知，敘事者選擇藉由申二姐之口唱出瓶兒心事的敘事手法，正與金蓮相對，也合乎瓶兒平日持重隱忍，不輕易表露心事的性格。[81]《紫陌紅塵》唱出瓶兒此刻心事，《四夢八空》則將瓶兒一己之心事，衍申為對普遍人生的體悟：亦即無論多情、思量、癡心、虧心，最後都是空，不過是虛幻的夢境。因此張竹坡方云「夫一夢一空，已全空矣，況一夢兩空。天下安往非夢，亦安往非空？然而不夢亦不空，又不可不知。《金瓶》點題，每在曲名小令，是又一大章法」（《第一奇書》六十一回夾批，頁1618-1619），將曲辭的詮釋跳脫女子悲嘆的情境，而推及人生「安往非夢」、「安往非空」的虛幻之情。西門慶點此曲是在飲酒作樂的場合，要申二姐「唱給大舅聽」，表面上看來只是因為申二姐初來乍到，因此眾人聽新鮮曲子取樂；但對照後文李瓶兒死時「可憐一箇美色佳人，都化作一場春夢」（繡像本，頁842）一句可知，「四夢八空」不只再次暗示了西門慶追求人世財色的不悟，回應這幾回「色空」的對比框架，也預告了瓶兒的命運：曲中感嘆一切落空的女子正是瓶兒，她自己也掙脫不了落空的命運，而「化作一場春夢」。

綜上所述可知，《金瓶梅》中綴合相鄰片段的針線，不只讓上下文藉由這條線索相互串接，使不同的片段銜接自然，也能呼應不相鄰的前文，伏下後文的敘事脈絡，或使被綴合的片段產生對比的效果。針線本身也可能因為重複出現，而構成別具意義的隱喻，使因它相連綴的段落，能更細密地交織在一起。

本節論述《金瓶梅》中相鄰的段落如何藉由「金針暗度」、「穿針引線」的手法巧妙地相互連結，講究接續無痕及一氣呵成的連貫感。下一節則將析論作者如何以「應伏」、「對比」的方式引發讀者聯想不相鄰的段落，使《金瓶梅》的結構更為完整。

說道：「我的哥哥，奴承望和你白頭相守，誰知奴今日死去也。趁奴不閉眼，我和你說幾句話兒：你家事大，孤身無靠，又沒幫手，凡事斟酌，休要一冲性兒。大娘等，你也少要虧了他。他身上不方便，早晚替你生下個根絆兒，庶不散了你家事。你又居著個官，今後也少要往那裏去吃酒，早些兒來家，你家事要緊。比不的有奴在，還早晚勸你。奴若死了，誰肯苦口說你。」見繡像本，頁840-841。一段話中不僅交代家事，也含蓄地說「少要往那裏去吃酒」，要西門慶收斂對女色的追求。

81 六十二回也由西門慶口中總結了瓶兒一生的性格：「他來了咱家這幾年，大大小小，沒曾惹了一箇人，且又箇好性兒，又不出語，你教我捨的他那些兒！」見繡像本，頁841-842。「好性兒」及「不出語」正與金蓮相反，因此繡像本此處有夾批云「金蓮正反此」及眉批「金蓮愛減瓶兒處，已明明道破」，皆將兩人相對比較。

第三節　敘事的呼應

　　敘事的呼應可以分作兩種情況：文本自身各個段落間的相互呼應，以及文本與其他文本之間的比擬對看。前者意指當作者組合完成敘事話語後，讀者通常會根據頁數先後，依序閱讀每個被作者安排好的段落；在這種情況下，字句在讀者眼前出現的先後順序將會受到限定。所以敘事次序（也就是文本「通常被閱讀的順序」）不連續的段落，就無法用上一節敘述的各種綴合方法連接在一起。如果想要連接這些段落，使前後文有一氣呵成的連貫感，則須運用讀者的聯想；就認知敘事學的角度，稱為「回音效應」（resonance），意指在文本時間距離最近的部分出現的概念，會與長程記憶的資訊交相作用。記憶歷程會驅使讀者自動更新之前關於敘事的資訊，下意識地拆解閱讀過的部分，在閱讀的此刻，將散落在敘事中的不同元素統整起來，成為一致的表述。[82]是以，作者的刻意安排，與讀者的聯想交相作用，能使不連續的段落雖然無法在文本的敘事次序上前後相連，也能在讀者的閱讀經驗中上下貫通[83]，進而在結構的網絡中理解意義。[84]

　　第二種對比，則出現在不同文本之間，能夠拓展原有的文本意涵：就作者而言，這是「戲擬」的運用，也是《金瓶梅》擅長的敘事技巧[85]；就讀者而言，要理解「戲擬」，就必須帶著既有的記憶與知識背景閱讀，這些尋常記憶歷程，會在閱讀時自動出現。當文本出現一系列的記憶軌跡（memory traces），就是在提供許多暗示或線索，促使讀者推論角色未來的發展；如果它們近似現實及其他文本的類似結局，就會讓讀者產生下意識的推論。如此一來，讀者在判斷中帶入的偏好，便影響他們評定故事的結果。[86]在評點

---

[82] Gerrig, Richard J., "Conscious and Unconscious Processes in Readers' Narrative Experiences," in Olsen, Greta ed., *Current Trend in Narratology* (Berlin: Walter de Gruyter, 2011) 49-52.

[83] 科比利（Paul Cobley）及浦安迪都曾闡釋此類「相互參照前後文」的方法造成的閱讀感受。科比利認為：「敘事不只是對時間線上個別偶發事件的關注，重要的是『期待』（expectation）與『回憶』（memory），也就是在起始讀到結局，在結局閱讀起始。」參見 Paul Cobley, *Narrative* (London: Routledge, 2001) 19。浦安迪則指出，結構安排的內涵，除了「連接文本中各個相鄰段落的方法」外，以互相關連的隱喻，將文本中不連續的片段連繫起來，成為一種「迴返往復的模式」（recurring pattern），也可使讀者感知它們之間具有結構關係。參見 Andrew Plaks, "Terminology," 95。

[84] Gérard Genette, *Narrative Discourse*, 57.

[85] 對此，孫述宇有精闢的見解。他論及：「《金瓶梅》是以一種諷刺和批評性的體裁入手的，作者不滿《水滸傳》中武松報兄仇的敘述，他沿襲這個故事，稍作修改，開出新局面。這種筆法在英文有幾個名稱，常見的是 parody。……它說出的道理是，像西門慶這樣有財勢的惡霸，偷了賣餅販子的老婆算得什麼？得手平安無事是世情之常，《水滸》中的報仇故事只是大快人心，其實欠缺真實性。」見孫述宇，《金瓶梅——平凡人的宗教劇》（上海：上海古籍出版社，2011）自序，1-2。

[86] Gerrig, Richard J., "Conscious and Unconscious Processes in Readers' Narrative Experiences," 41-48.

文字中，可以很清楚地觀察到文本戲擬與讀者記憶的互動歷程，及其產生的美學效應。

　　本節先探討《金瓶梅》中引起讀者「聯想不連續之前後文」的兩種主要方法，亦即文本自身的應伏與對比；再由對比的概念延伸，論及《金瓶梅》和其他文本間的戲擬。應伏與對比的共通點，是巧妙運用各種重覆出現的要素：小說評點中指稱的「應」、「伏」，指的就是前文中已經出現但並未詳加敘述的某些人、事、物（伏），在後文又重覆出現，而且更進一步以其為基礎，生發出新的線索（應）；因此讀者讀到後文所「應」之處，便會聯想到前文所「伏」，並將前後文的情節串連在一起。「對比」則意指前後文必須具備相同、類似或相反的條件：這個條件可能是重覆出現的人事物或字詞（例如命名上刻意為之的類似之處），也可能是小說中的敘事時間或事件發生的地點。在前文描寫或提及某樣關鍵要素（人事時地物）後，如果此要素（或類似者）在後文又被重提，就會因為它們性質相當，引發讀者的聯想和比較。它們可能會讓讀者發現對看二者之際產生的言外之意，也可能只是欲以後文映照前文，使前文「不寂寞」。[87]當作者刻意重覆運用相同的敘事技巧描寫前、後文中的類似事件時，關注敘事方法的讀者（尤其是評點者），也易於將這些事件歸為同一類型，並視為可以「對看」的對象。[88]「應伏」和「對比」最主要的不同，就是在「應伏」中，所「應」及所「伏」者其實是前後相連的一條情節線索，前文存在的作用，是引出後文的發展；而「對比」中的前後文不見得有情節發展上的關連，只是因為讀者將它們自敘事序列中抽離、對看，才會成為在閱讀經驗中並列存在的段落。值得一提的是，《金瓶梅》中的「應」與「伏」間常不只具有因果關係，還能在相互對看中顯出深意。戲擬則拓展此一抽離對看的範圍，將對比的對象擴及其他文本；這不只加深了文本的寓意，也更能牽動讀者的記憶與經驗。本文亦將論及「戲擬」在《金瓶梅》結構上的作用。

87　浦安迪分析《金瓶梅》中「形象迭用」（figural recurrence）的情形時，便分做母題、敘事事件、人物三者，析論其反覆出現的意義；浦氏論述的重心在於剖析形象迭用後產生的言外之意，然而運用前後呼應的寫作技巧，並非總會產生言外之意，有時是出自於小說結構的考量；因此本文將關注的面向，置於前後呼應的敘事技巧，在結構中如何發揮效用。參見 Andrew H. Plaks, *The Four Masterworks of the Ming Novel: Ssu ta ch'i-shu*, 98-120。本書將於第三章詳細論述「形象迭用」對小說時空之建構的影響。

88　以敘事技巧異同為對比不同段落之基礎者，在評點中經常可見。例如脂硯齋云：「文與雪天聯詩篇一樣機軸，兩機【樣】筆墨。前文以聯句起，以燈謎結，以作畫為中間橫風吹斷；此文以填詞起，以風箏結，以寫字為中間橫風吹斷，是一樣機軸。前文敘聯句詳，此文敘填詞略，是兩樣筆墨……。」就是比對二個不同段落的敘事技巧；可見「敘事技巧」也是構成對比的條件之一。見陳慶浩編著，《新編石頭記脂硯齋評語輯校》（臺北：聯經出版事業公司，1986），頁 682。

一、應伏

伏筆,亦即所謂「為……地也」,熱奈特提出的「先行陳述」(advanced mention)也對此一敘事技巧闡釋甚詳。[89]這種描述原本不易察覺,因此被稱之為「伏」,但是透過練習,讀者便可能具備譯解、辨讀敘事中隱藏符碼(code)的能力[90];是以發掘小說中所「伏」及所「應」,其實是一套特定的閱讀成規,評點者在小說中處處提醒,就是在指導後來的讀者此一聯繫前後文的閱讀途徑。接續前文所「伏」的「應」筆可能只是讓讀者意識到前文提及此事的作用是「下根種」,但也可能後文所「應」會出乎讀者意料:意即作者先以各種「心滿意滿」之筆,鋪陳情節「非得如此下去不可」的認知,然後再出人意料地轉換情節發展的方向,也就是熱奈特所謂違背心理規律(psychological laws)的錯誤陷阱(false snares):它利用讀者受挫的期待、失望的懸念,製造隨著後文發展而出現的驚奇。[91]此際前文種種錯誤的引導,就全是為了後文的驚奇所埋下的伏筆。除了以特定的人、事、物為伏脈以外,《金瓶梅》也擅以小說人物自道讖語,預示人物後來的命運。相較於話語內容本是預測未來的預敘,讖語所描述的是眼前的景況,只是相關人物不知所言為讖。這種筆法更能突顯人物此刻不知境遇,以及世事難測的悲涼之意。[92]

《金瓶梅》經常以敘事中不易被人注意的細節為伏筆,繡像本評點者及張竹坡皆將這種特徵與解讀全書的「冷、熱」架構聯想在一起,稱此類伏筆為「冷脈」,以作者「落脈無痕」為「高文」。[93]此類「冷脈」最重要的線索,是驚誑官哥的雪獅子一脈;作者第一次暗中埋下伏筆之處在第三十九回〈記法名官哥穿道服 散生日敬濟拜冤家〉。此回表面上寫西門慶為官哥許下醮願,由吳道官主持寄名儀式;作者不但詳細描寫襯施及寄名之禮、玉皇廟建築之盛、寶殿之莊嚴,也寫吳道官為了經襯用心用意,「四更就起來,到壇諷誦諸品仙經」,為的就是要官哥「保壽命之延長」,並「續箕裘之胤嗣」,使西門家有後(繡像本,頁504-508)。雪獅子便伏於此段描寫「熱鬧時候」(張批本三十九回回評,頁582)的文字之後:

> 吳道官發了文書,走來陪坐,問:「哥兒今日來不來?」西門慶道:「正是,小頑還小哩,房下恐怕路遠諕着他,來不的。到午間,拿他穿的衣服來,三寶面前

---

89 詳見本章註38。
90 Gérard Genette, *Narrative Discourse*, 76-77.
91 Gérard Genette, *Narrative Discourse*, 77.
92 第一章已提及,周中明則闡釋預言為「讖語」,屬於「心理夢幻」的「伏脈千里」。見第一章,註32。但正如此處所論,預言及讖語的內容確有不同。
93 見繡像本第一回眉批,頁13;繡像本八十二回眉批,頁1192。

攝受過，就是一般。」吳道官道：「小道也是這般計較最好。」西門慶道：「別
的倒也罷了，他只是有些小膽兒。家裡三四個丫鬟連養娘輪流看視，只是害怕，
貓狗都不敢到他根前。」吳大舅道：「孩兒們好容易養活大——」正說着，只見
玳安進來說：「裡邊桂姨、銀姨使了李銘、吳惠送茶來了。」（繡像本，頁509）

此處西門慶突發此言，不只是藉「打醮」點出官哥小膽，也是為了在一片熱鬧中，藉由
貓兒這個小小細節伏下冷脈，使後文官哥之死與此番吉祥護佑的情景形成反差。前文一
路寫為官哥酬醮願的盛況，再三強調其齊整詳細，似乎經過這些程序，官哥便能「永保
富貴遐昌」；但此處不僅點出官哥「小膽兒」，害怕貓狗，吳大舅之言也預伏了「孩子
不易養活」的意思。此處作者截斷吳大舅的話，不欲明明道破「伏筆」的意圖，只一筆
帶過；後文又接寫金蓮因打醮賭氣之事[94]，使打醮一事在此回讀來貌似為了引出金蓮使
性兒而寫。但對照前文可以發現，第三十四回中瓶兒還「引着玳瑁貓兒和哥兒耍子」（繡
像本，頁 440），全沒有官哥害怕貓狗的徵兆；可見此處才真正伏下「冷脈」。此後作者
一次次強化「貓」的形象，尤以五十一回〈打貓兒金蓮品玉 鬥葉子敬濟輸金〉最具伏
筆的效果：

> 西門慶垂首窺見婦人香肌掩映于紗帳之內，纖手捧定毛都魯那話，往口裏吞放，
> 燈下一往一來。不想傍邊蹲着一箇白獅子貓兒，看見動旦，不知當做甚物件兒，
> 撲向前，用爪兒來摑。這西門慶在上，又將手中擎的洒金老鴉扇兒，只顧引鬥他
> 耍子。被婦人奪過扇子來，把貓儘力打了一扇靶子，打出帳子外去了。昵向西門
> 慶道：「怪發訕的冤家！緊着這扎扎的不得人意；又引鬥他恁上頭上臉的，一時
> 間摑了人臉卻怎樣的？好不好我就不幹這營生了。」西門慶道：「怪小淫婦兒，
> 會張致死了！」（繡像本，頁664）

此段文字如同繡像本評點者所云，表面上是「生情設色，作一回戲笑」，實際上則「冷
冷伏雪獅子之脈」（繡像本五十一回眉批，頁 664）：此脈不僅預告官哥之死，也預告西門
慶之死。此回金蓮已假設雪獅子「一時摑了人臉卻怎樣的」，此問不只是就當時的場景
問西門慶如果「摑了金蓮會如何」，也是敘事者藉此預先問道「摑了官哥會如何」；但
此處西門慶當作戲語，沒有回答「卻怎樣」，只說金蓮「會張致死了」。直至五十九回
貓兒摑了官哥，使金蓮的假設變成事實，敘事者才道出西門慶對摑了人臉的貓兒的處置

---

[94] 金蓮眼紅寄名醮禮的排場，而且連送來的經疏上都只有瓶兒、月娘之名，西門慶又因打醮錯過她的
生日，因此她「一聲兒沒言語，使性子回到上房裡」。見繡像本，頁 512。

是「望石臺基輪起來只一捽」，將貓捽死；而被「摳了臉」的官哥則是風搐而亡，二者皆是前文所「伏」之「卻怎樣」三字的「應」筆。是以繡像本評點者及張竹坡均謂此處文字是為官哥之死作地。[95]但作者不只以此伏下官哥之死，也暗指西門慶的死亡與金蓮有關：五十一回並未寫出貓兒眼中所見為何，只含糊地描述貓兒將「那話」「不知當做甚物件兒」；直至五十九回才道出貓兒所欲摳者是「紅絹裏肉」。透過雪獅子的舉止可知，作者不只將「紅絹裏肉」比作「穿著紅衫兒一動動的頑耍」的官哥（繡像本，頁780），還以其形體、顏色，將西門慶的「那話」亦比作「紅絹裏肉」；這暗示了西門慶及官哥有相同的命運，亦即最後都會在金蓮手中葬送性命。由上述分析可知，作者從三十九回開始便埋下官哥膽小以及貓兒見肉會撲而摳食的伏筆[96]，最後的「應」筆亦與前文所述種種相合，亦即官哥確實因雪獅子而亡，使前文中西門慶大費周章打醮，意欲「保壽命之延長」、「續箕裘之胤嗣」的期待完全落空。此回雖然表面上寫的是「金蓮品玉」，但實際上寫的則是「西門試藥」，敘事者將床笫間的戲語化為讖語，同時伏下官哥及西門慶之死的根種。

　　《金瓶梅》中「伏脈」的類型包括各種人、事、物，而且此「脈」本身也可能被賦予隱喻，令讀者在前後對照，反覆言說之中，更深一層領會文字的寓意。書中來昭及一丈青的兒子小鐵棍，就是一個明顯的例子：他第一次出現在二十四回元宵節，敬濟及金蓮調情之際，這已連結了他和金蓮、敬濟的曖昧關係，暗示二十七回他拾金蓮鞋予敬濟惹出的風波；接著在二十七回，他偷窺西門慶和潘金蓮「醉鬧葡萄架」性虐待之情事，以致二十八回挨西門慶一頓好打；後文又出現在四十二回元宵節，偷窺西門慶和王六兒交歡。這幾回同樣涉及情色，二十七及二十八兩回，更涉及肢體暴力及性暴力；因此，當讀者閱讀完這幾個由小鐵棍串起的事件之後，便能明白「鐵棍」此名，不但暗指和情色相關的陽具，也一語雙關地指稱西門慶施予金蓮及小鐵棍的暴力行為。

　　上述數回先以小鐵棍之名點題，再以小鐵棍為「脈」，將「應」與「伏」細密地交織在一起。第二十七回回末敘畢西門慶對金蓮的性虐待後，便敘道：

　　春梅回來，看着秋菊收了吃酒的家伙，纔待關花園門，來昭的兒子小鐵棍兒從花架下鑽出來，趕着春梅，問姑娘要菓子吃。春梅道：「小囚兒，你在那里來？」

95　繡像本眉批云：「此處，人只知其善生情設色，作一回戲笑不知已冷冷伏雪獅子之脈矣？非細心人，不許讀此。」張竹坡則云：「此處卻為死官哥作線，于百忙寫幹事處，乃寫一千里之線，豈是凡手能到。」見《第一奇書》五十一回夾批，頁1325。
96　除三十九回、五十一回外，五十二回〈應伯爵山洞戲春嬌　潘金蓮花園調愛婿〉中亦有因金蓮疏忽使黑貓諕哭官哥的情節，同是伏下雪獅子的冷脈。見繡像本，頁691。

·67·

把了幾箇桃子、李子與他,說道:「你爹醉了,還不往前邊去,只怕他看見打你。」那猴子接了菓子,一直去了。春梅關了花園門回來,打發西門慶與婦人上床就寢。(繡像本,頁358)

這段文字是二十八回的伏線,其「應」包括實際接續前文、以及以前文為預言兩種型態。此處所「伏」有二:第一,花園裡除了西門慶、金蓮、春梅三人,還有小鐵棍在;第二,春梅警告小鐵棍西門慶醉了,「只怕他看見要打你」。這兩件事埋下了後文「應」的種子:首先,小鐵棍不但在花園裡,而且拾了金蓮的鞋,又偷窺了「醉鬧葡萄架」一事;二十八回敬濟得鞋與金蓮調情,小鐵棍挨打,皆因此而起,前後以因果關係相連,直接接應此段伏線文字。再者,正如田曉菲所論,春梅警告小鐵棍,西門慶醉了,「只怕他看見要打你」不只是警告,因為在下一回,西門慶便真的把小鐵棍打得口鼻流血,警告便化為讖語。[97]在尚未閱讀二十八回前,對讀者而言,這段文字的作用是以閒筆調節前文性虐待場景的氣氛,不但合乎《金瓶梅》擅寫生活情景的風格,也在寫春梅收拾「醉鬧葡萄架」殘局的同時,二十七回文字便隨著園門關上,很自然地收束完結。[98]讀者必須閱讀後文,才能意會此處插入小鐵棍文字並非閒筆,而是引發後文種種的伏脈;小鐵棍的遭遇也不待二十八回敘述,此脈亦虛亦實,除了在讀者心中存下小鐵棍何以出現的懸念,後文也早在春梅口中,如讖語一般直接道出。

在某處伏下一線,後文的呼應可能不只一處,而是藉此生發許多不同的線索。小鐵棍挨打之後,玉樓向金蓮轉述了月娘和一丈青的不快,此事便又引出三個不同的事件:

玉樓道:「又說鞋哩,這箇也不是舌頭,李大姐在這里聽着。昨日因你不見了這隻鞋,他爹打了小鐵棍兒一頓,說把他打得償在地下,死了半日。惹的一丈青好不在後邊海罵,罵那箇淫婦王八羔子學舌,……俺再不知罵的是誰。落後小鐵棍兒進來,大姐姐問他:『你爹為甚麼打你?』小廝才說……原來罵的『王八羔子』是陳姐夫。早是只李嬌兒在傍邊坐着,大姐沒在跟前;若聽見時,又是一場兒。」金蓮問:「大姐姐沒說甚麼?」玉樓道:「你還說哩,大姐姐好不說你哩!……」

---

97 見《秋水堂論金瓶梅》,頁 88。《金瓶梅》中類此的讖語甚多,常是短短一句,由人物自道或由他人道出眼前景況,貌似描寫眼前,實是指稱日後。由於類似的例子很多,但筆法及作用皆相當類似,限於篇幅,本書不再一一分析。可參見繡像本 269、595-596、649、672、808、848、915 等處。

98 「角門」、「園門」是此段的關鍵文字。書中再三寫門,是為了藉門的開關寫人物進出,不但點出可能有人偷窺,也能藉人物來去、開門閉門,引起或收束某段文字。因此,最後春梅關上園門,此回也隨之結束。張竹坡便歷數此回提及角門、園門的數量,見《第一奇書》,頁 700、706、711、713、718。

（金蓮）到晚等的西門慶進入他房來，一五一十告西門慶說：「來昭媳婦子一丈青
怎的在後邊指罵，說你打了他孩子，要邐揸兒和人嚷。」這西門慶不聽便罷，聽
了記在心裡。到次日，要攆來昭三口子出門。多虧月娘再三攔勸下，不容他在家，
打發他往獅子街房子裡看守，替了平安兒來家守大門。後次月娘知道，甚惱金蓮，
不在話下。（繡像本，頁 370-372）

作者先藉玉樓之口，補出小鐵棍挨打後月娘、一丈青的反應，再寫此事最後如何處置：
來昭三口被打發往獅子街，平安兒改守大門，月娘因此氣惱金蓮惡人先告狀。平安兒改
守大門，正是三十五回「西門慶為男寵報仇」一事起釁根由：平安因書童買酒菜向李瓶
兒說人情，剩下菜餚招待夥計眾人，卻忘了叫平安兒吃，便記恨在心，向金蓮說書童不
是。沒想到來安又向書童嚼舌根，書童反向西門慶告平安一狀。西門慶便以平安看守不
嚴，放白賚光進家門為由，對平安用刑，為書童出氣。此事點出了西門慶偏愛的是瓶兒
及書童，金蓮便清楚道出平安受罰背後的意涵：「也不是為放進白賚光來，敢是為他（平
安）打了象牙來，……如今這家中，他（西門慶）心肝肮蒂兒偏歡喜的只兩個人，……俺
們是沒時運的，行動就是烏眼雞一般。」（繡像本，頁 456-457）。二十八回伏下平安看門
一脈之際，是金蓮對西門慶嚼舌根，西門慶言聽計從；三十五回出現此脈之「應」，同
樣寫眾人耳語、轉述，亦即「盆罐都有耳朵」（繡像本，頁 131），但得寵的人已不再是金
蓮。前文安排平安看守大門，看來只是為了替補來昭之缺，閒閒一筆，隨手帶出；但當
平安因此看門，又因看門不嚴受罰時，就使前文的安排不只是閒筆，而是後文的伏脈了。
讀者回想平安看門的因由之際，再對照眼前受罰的場景，亦可理解，至此「應」與「伏」
間不僅僅以因果相連，還能構成對比效果，使前後文以不同的方式勾連縮合，道出人事
易移的景況。

　　第四十二回是以小鐵棍之事為脈引出的第二段回應。來昭一家既被攆往獅子街看
守，四十二回中西門慶接王六兒至獅子街看燈，由一丈青負責安排酒水菜餚，便屬合情
合理，小鐵棍兒再度出現，並偷窺西門慶及王六兒行房，也顯得筆墨自然。上述文字描
述的情節，表面上是據二十八回而來，二者具有因果關係；但這段文字不只接應前文，
還將前後數回的線索一總，收束在鐵棍偷窺的情景當中：

且說來昭兒子小鐵棍兒，正在外邊看放了烟火，見西門慶進去了就來樓上。見他
爹老子收了一盤子雜合的肉菜、一甌子酒和些元宵，拿到屋裡，就問他娘一丈青
討，被他娘打了兩下。不防他走在後邊院子裡頑耍，只聽正面房子裡笑聲，只說
唱的還沒去哩，見房門關着，就在門縫裡張看，見房裡掌着燈燭。元來西門慶和
王六兒兩箇，在床沿子上行房，……其喘息之聲，往來之勢，尤賽折床一般，無

> 處不聽見。這小孩子正在那里張看，不防他娘一丈青走來看見，揪着頭角兒拖到
> 前邊，鑿了兩箇栗爆，罵道：「賊禍根子，小奴才兒，你還少第二遭死？又往那
> 裡聽他去！」（繡像本，頁 546）

這段文字貌似寫當下之事，事實上則是此前數回之「應」，提點讀者聯想幾個不同的事件，巧妙地結合了「應伏」及「對比」。雖然此時說書人並沒有現身，但當讀者發覺此段文字和前文之間無法忽略的刻意重複，就能意會，應當跳脫眼前所見的表面文字，思索更大時空跨度之間的連結。[99]這段一開始就提及小鐵棍兒「在外邊看放了烟火」，再次點出元宵情景，令人回想起二十四回小鐵棍第一次出現，也是看烟火：「只見家人兒子小鐵棍兒笑嘻嘻在跟前，舞旋旋的且拉着敬濟，要炮燀放。這敬濟恐怕打攪了事，巴不得與了他兩個元宵炮燀，支他外邊耍去了。」（繡像本，頁 307）小鐵棍一出現，書中就言明他會「打攪了事」；在二十四回此句之意是打攪敬濟與金蓮調情，但讀至後文可知，此句的意義可以引申作，凡小鐵棍出現之處，都是看出當事人所不欲人知的淫亂場景，以偷窺的眼光介入其中。接著，小鐵棍向一丈青討食物，被一丈青打了兩下，這段又有如二十七回末的縮影：當時他向春梅討菓子，被春梅警告可能挨打。最後，此段由小鐵棍眼中，看出西門慶和王六兒淫欲無度的情景，不但和他偷窺葡萄架一事如出一轍，而且最引人留心的是，這段描寫最後提及二人「喘息之聲」是「無處不聽見」：這直接點明了二十七回和此處所描寫的荒淫之事，不但偷窺的小鐵棍親眼可見，其他人也都了然於心。二十九回中月娘便向玉樓、嬌兒云：「你（金蓮）的鞋好好穿在腳上，怎的教小廝拾了？想必吃醉了，在花園裡和漢子不知怎的餳成一塊，纏吊了鞋。如今沒的摭羞，拿小廝頂缸，又不曾為甚麼大事。」（繡像本，頁 371）可見雖然月娘並不在場，但僅憑推想，就知當時情景；當月娘向玉樓、嬌兒道出自己的揣測，也就人盡皆知金蓮醜態了。因此，在這兩回中，作者雖然利用偷窺者小鐵棍向讀者及書中其他人物洩漏春光，但其實是要暗示，西門慶及金蓮、六兒的淫欲之事，即便他人沒有親眼得見，但皆能聽見、想見，心知肚明，這正是「若要人不知，除非己莫為」的明證。這段文字以一丈青將小鐵棍「揪着頭角兒拖到前邊，鑿了兩箇栗爆」作收，又直接對應西門慶在二十八回中對他「揪住頂角，拳打腳踢」。由此可見，作者將前後數回與小鐵棍相關的種種情事，全以和前文類同的敘述方式，濃縮、重現在四十六回這段簡短的敘述之中，以此為餘文，收束小鐵棍一脈。相似的情境，刻意出現的重複敘述，強化了作者操縱敘事的痕跡，使讀者意識

---

99 若此一敘事手法並未涉及錯時，僅敘當下，就與時空塑造有關。本書第三章亦有相關分析，詳見〈閒筆〉一節，頁 131-134。

到眼前所見,是作者意欲讀者細讀之處;這提醒讀者對看前後文,在兩相對照中讀出,光陰更迭並沒有改變西門慶縱欲的行徑,身邊女子反而一個換過一個,眾人不需眼見,也能想見箇中不堪。如此一來,四十六回小鐵棍偷窺的情節,就不只是來昭一家被調往獅子街看守之後的結果,還是作者刻意操作,以一段小小文字,截住眾多線索的遊戲筆墨;在重複的情景與不同的主角之間,向讀者點明種種書中人物難以跳脫的迷障。

由上述分析可知,《金瓶梅》常隨手以閒筆帶出伏脈,不落痕跡;伏脈可能是符合生活情景的小小細節,或並不引人注意的人、事、物,可能僅僅是連接前後文的線索,也可能具備特殊的隱喻。一條伏脈可能僅有一「應」,也可能在不同處分別出現幾個不同的「應」。「應」常由微不足道的「伏」引出出人意料的發展,也常能與「伏」相互對看,彰顯言外之意。

二、對比[100]

「對比」一詞,指將相同或類似的情節或事物組織在一起,相互對照,是《金瓶梅》作者常用的結構方法。這些情節或事物在前後文中必然有某一共同點供讀者聯想,是以不會完全相異;但經由對比聯繫的段落無論如何相似,仍會有不同之處,因此亦不會完全相同。通常讀者能透過比對這些同中有異之處,解讀作者的用意。[101]張竹坡及繡像本評點者常以「照」或「映」點出這種敘事技巧,也稱之為「兩對章法」[102],毛宗崗則稱此為「奇峰對插、錦屏對峙之妙」[103];對照的方法則可能是「一回之內自為對」,也可能是「兩回遙對」。「對比」可能發生於文本之內,也可能跳脫文本,使讀者對看相似而又不同的敘事文本。《金瓶梅》長於戲擬其他文學作品,其中最重要的是,它取材自《水滸傳》,這使讀者很自然地對看二者,觀其異同;藉由對看兩書,可以更深一層地瞭解《金瓶梅》所欲呈現的人生哲學與世界觀。本節將先分析《金瓶梅》中「花園」在結構上的意義,再探討《金瓶梅》如何藉由改寫《水滸傳》,建立全書的敘事結構,並拓

---

[100] 關於各家論者對「對比」的不同解釋,可參見第一章。本章所謂的對比,意指反覆出現的事物在結構上使讀者聯想前後、相映成趣的敘事技巧;第三章第二節論及「敘事的壓縮」時,則指反覆出現的事物本身有何特殊意涵或隱喻。

[101] 雖說評點中有「反照」一詞,但「反照」指的是在類似的情形下有相反的結果,而非完全沒有相似之處,是以亦能視之為「同中有異」。

[102] 張竹坡於〈讀法〉八中云:「《金瓶》一百回,到底俱是兩對章法,合其目為二百件事。」又〈讀法〉九:「《金瓶》一回,兩事作對固矣,卻又有兩回作遙對者。」見〈讀法〉,《第一奇書》,[讀法]頁3-4。

[103] 《三國》一書,有奇峰對插、錦屏對峙之妙。其對之法,有正對者,有反對者,有一卷之中自為對者,有隔數十卷而遙為對者。(《三國》,頁16)

展其未竟的感悟及寓意。

　　以性質相同或類似的事物為對比時，事件發生的地點是小說作者經常運用的條件：原因在於關於空間的訊息會經常重複，此一穩定的解讀框架，會使發生其中的變動更加顯著。[104]《金瓶梅》中的花園，便是評點者經常用以對比前後文的關鍵，作者以此一地點為軸，生出許多可以相互對比的事物與情節。[105]例如第六十七回〈西門慶書房賞雪　李瓶兒夢訴幽情〉及第五十二回〈應伯爵山洞戲春嬌　潘金蓮花園調愛婿〉，都於回目中便點明發生之處在花園。[106]六十七回描寫道：

> 冬月間，西門慶只在藏春閣書房中坐。那裡燒下地爐煖炕，地平上又放着黃銅火盆，放下油單絹煖簾來。明間內擺着夾枝桃，各色菊花，清清瘦竹，翠翠幽蘭。裡面筆硯瓶梅，琴書瀟灑。西門慶進來，王經連忙向流金小篆內炷蓺龍涎。（繡像本，頁899-900）

此段以「地爐煖炕」、「黃銅火盆」、「油單絹煖簾」等物寫出天冷，因此張竹坡評道「是冬景」（《第一奇書》六十七回夾批，頁1791）。此回情景可與第五十二回〈應伯爵山洞戲春嬌　潘金蓮花園調愛婿〉相互對照，這兩段對環境的描寫十分相近，只是五十二回寫的是夏日：

> 到花園內，金蓮見紫薇花開得爛熳，摘了兩朵與桂姐戴。于是順着松牆兒到翡翠軒，見裏面擺設的床帳屏几、書畫琴棋極其瀟灑。床上綃帳銀鉤，冰簟珊枕，西門慶倒在床上，睡思正濃。傍邊流金小篆，焚著一縷龍涎，綠窗半掩，窗外芭蕉低映。（繡像本，頁678）[107]

104　參見 Mieke Bal, *Narratology: Introduction to the Theory of Narrative* (Toronto: University of Toronto Press, 1985) 97。

105　本書將於第三章詳論花園的象徵意義，此處為集中焦點，僅論述《金瓶梅》中如何將花園作為對比的條件。

106　西門慶的書房亦在花園內。雖然花園是《金瓶梅》的主要舞臺，但繡像本在回目中直接點出此地者，除五十二及六十七回外，僅有第十回〈義士充配孟州道　妻妾翫賞芙蓉亭〉及第二十七回〈李瓶兒私語翡翠軒　潘金蓮醉鬧葡萄架〉。張竹坡認為第十回「芙蓉亭一會，如梁山之小合泊。……天下事固由漸而起，而文字亦由漸而入，此蓋漸字中一大結果也」，是眾女子「合」之關鍵；而二十七回則是「惟李潘二人各立門戶，將來不復合矣」是瓶兒、金蓮「分」之關鍵，見張批本第十回、第二十七回回評，頁 155、408。可見在回目中點出花園，是作者的刻意安排，而非僅僅為了言明地點。

107　繡像本五十二回已刪節部分文字，若對照詞話本六十七回之描寫：「……裡面筆硯瓶梅，琴書消洒。

此處與六十七回有同有異：同是「琴書瀟灑」、「流金小篆」內焚「龍涎」，但夏日用「綃帳銀鉤，冰簟珊枕」，窗外則是「芭蕉低映」，以此襯出夏日景致。張竹坡進一步將兩回花園的溫度相互對比，認為同樣的地點中冬、夏兩種相似又相異的景色，正是作者意欲讀者對照兩回的證據，因此作者的描述便超越背景設定的作用，而象徵了氣候冷熱與人事景況的對比[108]：「彼正炎熱，此則祁寒，轉眼有炎涼之異」（以上引文見《第一奇書》六十七回夾批，頁1791）；無論景色、食物[109]，「彼熱此冷」都是為了暗示此際「物是人非」。張竹坡還由「小周兒再次來西門府」，聯想到「剃頭者復來，官哥安在哉？可知與山洞戲春嬌特特反照」（《第一奇書》六十七回夾批，頁1791）。小周兒也反映出西門慶的身體狀況：五十二回小周兒眼中的西門慶是「老爹今歲必有大遷轉，髮上氣色甚旺」，而且小周兒「與西門慶滾捏過」後，西門慶便「渾身通泰」（繡像本，頁677）；第六十七回則是伯爵問「哥滾着身子，也通泰自在麼？」西門慶道：「不瞞你說，相我晚夕身上常發酸起來，腰背疼痛，不着這般按捏，通了不得！」（繡像本，頁901）。這兩段文字以「小周兒按捏」及西門慶「通泰與否」為對照的線索，因此張竹坡評道「映死期。用筆總是草蛇灰線，由漸而入，切須學之」（《第一奇書》六十七回夾批，頁1794）。由此可以進一步得知，「彼熱此冷」除了意指季節更迭、人事變遷等眼前可見的景況之外，也預示西門慶的身體狀況即將由盛而衰，終至死亡。

　　由於地點具備固定的特性，小說中種種事件通常會發生在幾個主要場所之中；因此《金瓶梅》中關於地點的對比，經常是由一個場所衍生許多對比的線索。以五十二回為例，此回描述花園的目的，除了如前所論，是為了以穩定的地點突顯六十七回變易的人事外，也同時構成勾連上下文的樞紐。上半回中寫的雖是「應伯爵山洞戲春嬌」，但伯爵眼中的花園不只為了「戲春嬌」而寫，也點出上下半回可以相互對看之處：

　　　西門慶笑的後邊去了。桂姐也走出來，在太湖石畔推掐花兒戴，也不見了。……

　　床炕上茜紅毡條，銀花錦褥，枕橫鴛鴦，帳挂鮫綃。西門慶捱在牀上，王經連忙向卓上象牙盒內，炷藝龍涎於流金小篆內」（詞話本，頁471），則兩段更加相似。

108　浦安迪已論及，《金瓶梅》中大量對煙火、雨雪等有關「冷、熱」的意象，及其他關於食物、服飾、花園、房屋的詳細描述，不只是為了潤飾或加強寫實效果，而是將這些刻意模仿現實事物的種子，織入更大規模的意義網絡之中。參見 Andrew H. Plaks, *The Four Masterworks of the Ming Novel: Ssu ta ch'i-shu*, 87-88。

109　張竹坡認為五十二回西門慶、應伯爵吃「一盒鮮烏菱、一盒鮮莘萁、四尾冰湃的大鰣魚」是為了與第六十七回吃「衣梅」對比：「四色盡是熱物，非如後衣梅等也」。見《第一奇書》五十二回夾批，頁1357。又六十七回西門慶有「酥油白糖熬的牛奶子」，張竹坡認為此物亦是「總為冷處寫照」（《第一奇書》，頁1793）。

> 原來西門慶只走到李瓶兒房裡，吃了藥，就出來了。在木香棚下看見李桂姐，就
> 拉到藏春塢雪洞兒裡，把門兒掩着，坐在矮床兒上，把桂姐摟在懷中，腿上坐
> 的，……兩個就幹起來。不想應伯爵到各亭兒上尋了一遭，尋不着，打滴翠巖小
> 洞兒裡穿過去，到了木香棚，抹轉葡萄架，到松竹深處，藏春塢邊，隱隱聽見有
> 人笑聲，又不知在何處。這伯爵慢慢躡足潛蹤，掀開簾兒，見兩扇洞門兒虛掩，
> 在外面只顧聽覷。（繡像本，頁 685-686）

作者刻意寫出西門慶先「在木香棚下」看見李桂姐，爾後「拉到藏春塢雪洞兒裡」，就
是為了在後文讓讀者隨著伯爵的眼光先到「木香棚」，然後「抹轉葡萄架」，再到「藏
春塢邊」，以地點寫出兩人行經的路徑。此際已行過數處，可見得藏春塢曲折幽隱，正
是「松竹深處」，因此伯爵雖然「隱隱聽見有人笑聲」，卻「不知在何處」。西門慶由
木香棚到雪洞兒，再把門掩上，是意欲與桂姐幽會，故一步步隱匿形跡；伯爵隨西門慶
行過之路一步步接近雪洞兒，再「躡足潛蹤」、「掀開簾兒」，則是意欲漸漸點破二人
行蹤。由於此處改以伯爵的眼光為敘事視角，因此直至見到「兩扇洞門兒虛掩」時，讀
者的眼光亦隨著伯爵再次回到原本掩上的門前，與伯爵一同在花園深處「聽覷」。由此
可知此段描寫連續寫出幾個地點，並改換敘事視角，著重描寫聽覺的原因，正是為了以
伯爵「尋不着」映襯出雪洞之隱蔽；寫雪洞之隱蔽，又是為了襯出此中發生的是不可告
人之事：雖然回目寫的是應伯爵山洞「戲」春嬌，但對讀者而言，伯爵的戲言並非荒唐，
而是以戲謔的口吻直接指出西門慶與桂姐「亂倫」。[110]因此「雪洞」便以「發生亂倫之
事」為關鍵，與下文中金蓮與敬濟偷情的「山子裡邊」相對，將花園中因性慾導致倫理
錯亂之事並陳，使讀者前後對看。[111]如此一來，「戲春嬌」及「調愛婿」二事便將西門
家「隱蔽之處」與「隱瞞之事」聯繫在一起，使地點成為對情節的暗示；讀者解讀置身
其中的人物活動時，也會因此上下對比，產生不同的聯想。例如此回下半「調愛婿」一
事之起，便接續上述對地點的描寫而來：

> 月娘與李嬌兒、桂姐三箇下棋，玉樓眾人都起身向各處觀花玩草耍子。惟金蓮自

---

110 伯爵見西門慶及桂姐偷情便曰：「小淫婦兒，你央及我央及兒。不然我就吆喝起來，連後邊嫂子每
　　都嚷的知道。你既認做乾女兒了，好意教你躲在兩日兒，你又偷漢子。教你了不成！」見繡像本，
　　頁 687。《金瓶梅》中此等亂倫之事甚多，浦安迪已詳列之，並視此為《金瓶梅》的主題之一，可
　　參見 Andrew H. Plaks, *The Four Masterworks of the Ming Novel: Ssu ta ch'i-shu*, 174-177。
111 「湖山石」本身即因其體積龐大，是偷情者的極佳藏匿處，浦安迪甚而將其與「巫山」相聯想。參
　　見 Andrew Plaks, *Archetype and Allegory in the Dream of the Red Chamber* (New Jersey: Princeton
　　University Press, 1976), 160。

手搖着白團紗扇兒,往山子後芭蕉深處納涼。因見墻角草地下一朵野紫花兒可愛,便走去要摘。（繡像本,頁689）

此段之前,作者已先以金蓮「見紫薇花開得爛熳,摘了兩朵與桂姐戴」一句引入桂姐與伯爵,爾後再以又以桂姐「在太湖石畔推掐花兒戴」引入西門慶,於是有此回上半「戲春嬌」一事;此處再寫金蓮欲至墻角草地下摘「野紫花兒」,以類似的筆法開「調愛婿」之端,使讀者將同樣摘花的桂姐及金蓮聯想在一起。桂姐因掐花兒戴而單獨離席,金蓮則是逕自向「芭蕉深處納涼」,此處的「芭蕉」不但將前文窗外「芭蕉低映」的描寫轉化為現成的背景,加上「深處」二字,也再次使金蓮及桂姐相互對照:由桂姐「推掐花兒戴」的「推」字可知,掐花兒只是藉口,實際上離席到花園是為了方便與西門慶幽會;因此對照同樣離開眾人,想要去摘野紫花兒的金蓮,便可知她很可能也是為了在靜僻處偷情,而非無意間走至山子後芭蕉深處。前後對照使評點者得出「獨自靜處走,未必無心」（繡像本五十二回夾批,頁678）的結論,向讀者預告了在芭蕉深處將會開展新的風流韻事。由此可知,作者不只以重複描寫的筆法描寫桂姐與金蓮,藉此勾連此回上下二事;也將「紫薇花」、「野紫花兒」、「芭蕉」等物事隨手拈來,利用花園的特性,使讀者前後對照,聯想上下,形成結構上的對比。

五十二回金蓮與敬濟在山子偷情,因此木香棚未如張竹坡所云,在此回伏下金蓮「調婿之笋」[112],但木香棚卻暗示讀者對看同樣寫金蓮花園調婿的五十二回及八十二回〈陳敬濟弄一得雙　潘金蓮熱心冷面〉。在此回中,花園不但再度成為偷情的處所,能與前文種種不軌之事相對;作者對比的範圍也跳脫文本,使此回中的花園與《西廂記》中的花園對照。八十二回描寫金蓮等待敬濟的情景:

敬濟見詞上約他在荼蘼架下等候,私會佳期,隨即封了一柄湘妃竹金扇兒,亦寫一詞在上回答他,袖入花園去。……婦人看了其詞,到于晚夕月上時,……然後自在房中綠牕半啟,絳燭高燒,收拾床鋪衾枕,薰香澡牝,獨立木香棚下,專等敬濟來赴佳期。……敬濟得手,走來花園中,只見花依月影,參差掩映。走到荼蘼架下,遠遠望見婦人摘去冠兒,亂挽烏雲,悄悄在木香棚下獨立。這敬濟猛然從荼蘼架下突出,雙手把婦人抱住。把婦人諕了一跳,說:「呸!小短命!猛可鑽出來,諕了我一跳。早是我,你摟便將就罷了。若是別人,你也怎大膽摟起來?」敬濟吃得半酣兒,笑道:「早是摟了你,就錯摟了紅娘,也是沒奈何。」（繡像本,

---

112 張竹坡雖謂「木香棚又為後敬濟、金蓮伏線,以插下文調婿之笋也」（《第一奇書》五十二回夾批,頁1369）,但此回敬濟、金蓮並未在木香棚下調情,而是在芭蕉深處的山子。

頁 1186-1187）

由引文可知，金蓮與敬濟的詞上約定在荼蘼架下等候，但晚夕金蓮反而在木香棚下等，因此按約定到荼蘼架下的敬濟才會遠遠望見金蓮。這番描寫是作者的刻意安排：一來兩人位置不同，故金蓮不知敬濟到來，才會被敬濟一摟「諕了一跳」，生出「就錯摟了紅娘，也是沒奈何」一句，使《西廂記》中的花園與此回相對；二來，金蓮在木香棚下等待，才會不知敬濟在荼蘼架下拾簪，作者以此暗伏金蓮誤會敬濟私通玉樓之事；第三，木香棚使讀者聯想前文：木香棚不只在五十二回伯爵眼中一瞥而過，也是第十二回〈潘金蓮私僕受辱　劉理星魘勝求財〉金蓮口中的木香棚。[113]十二回的葫蘆亦與此回拾簪一事呼應，使木香棚下諸事能在前後文中相互對照。

　　十二回及八十二回的情節十分相似：十二回中金蓮與琴童私通，將簪子、香囊葫蘆都與他，因此西門慶認出香囊葫蘆時大怒，責問琴童「此物從那里得來？你實說是誰與你的？」琴童則回答是「在花園內拾的」，西門慶聽畢愈怒，將琴童「打得皮開肉綻，鮮血順腿淋漓」（以上引文見繡像本，頁 147）；八十二回則寫金蓮發現敬濟袖內有玉樓的簪子，懷疑他與玉樓「有些首尾」，因此她與西門慶相同，問敬濟「你袖子裡這根簪子那是那裡的？」敬濟亦同琴童，回答「是那日花園中拾的」，金蓮不信，夜半「只是反手望（敬濟）臉上摑過去」（以上引文見繡像本，頁 1193）。[114]這兩段類似的情節使八十二回與相隔甚遠的十二回相互聯繫，將「捉姦者」及「通姦者」的身分做了巧妙的對比，故張竹坡有夾批道「與琴童葫蘆一對」（《第一奇書》八十二回夾批，頁 2420）：金蓮在十二回中是名符其實的「通姦者」，但經過「眼噙粉淚」地極力否認，將葫蘆香囊推作「在木香棚下掉的」之後，便獲得西門慶的諒解；因此當她轉為八十二回的「捉姦者」時，她自然認為自己極瞭解通姦者的心態，當敬濟「賭神發咒，繼之以哭」地哀求，她終是不信的原因，就是不願像當時的西門慶一般，錯將流淚哀求的通姦者視作清白，因此反

113　十二回寫西門慶打金蓮，要金蓮解釋琴童何以有她的香囊葫蘆，金蓮「沒口子叫道」：「……這個香囊葫蘆兒，你不在家，奴那日同孟三姐在花園裡做生活，因從木香棚下過，帶兒繫不牢，就抓落在地，我那里沒尋，誰知這奴才拾了。奴並不曾與他。」見繡像本，頁 148。

114　這段情節也證實這些關於地點的描寫並非套語，而隱含作者意欲讀者對照上下文的意圖：八十二回雖已點出荼蘼架，但金蓮再三責問敬濟在何處拾簪時，作者只寫他在「花園中拾的」，直至八十三回才由敬濟口中補出「本是我昨日在花園荼蘼架下拾的」（繡像本，頁 1196），將寫荼蘼架的作用由「錯摟紅娘」轉化為「拾簪」，以「荼蘼架」作為聯繫八十二及八十三回的線索。張竹坡甚至認為荼蘼架在此二回中有象徵「花事闌珊」之意，能與葡萄架「對照作章法」（引文見《第一奇書》八十二、八十三回夾批，頁 2402-2403、2405、2426）。

而將有名無實的敬濟視為名符其實的通姦者。[115]十二回及此回的對照直至八十三回方收住：金蓮問完敬濟拾簪之事後，要敬濟收好她給的簪子、香囊等物，云「少了我一件兒，我與你答話」；此處之意不只是要敬濟好好留住定情之物，休要與人；也不只是擔心敬濟粗心，讓別人如同她誤會玉樓一般發現她與敬濟之間的私情；還因為想起過去曾有琴童一事，雖然當時「把（琴童）頭上簪子都拿過來收了」（繡像本，頁147），但還是因粗心漏了香囊而使情事曝光，自身受辱。由此可知，八十二回花園調婿的種種情事，皆能與十二回金蓮私僕相互呼應，作者並以木香棚為線索，由十二回、五十二回、至八十二回一路寫此地與金蓮私通相關[116]，可見書中不只以類似的情節暗示讀者對比上下文，也以花園諸景的細節，強調前後事件的類似之處，使讀者更能深入探知人物的心理。[117]

　　除了與前文對照外，作者也將此回情景比擬作《西廂記》，使讀者藉由二書的對比，意會作者的諷刺之意。[118]如前所述，作者以荼蘼架及木香棚引出「錯摟紅娘」一句，暗示了敬濟之後與春梅苟合的情節，因此繡像本評點者云「趁勢就插入春梅，妙甚」（繡像本，頁1187）。金蓮指責敬濟「若是別人，你也恁大膽摟起來」中的「別人」不見得意指春梅，也可能如《西廂記》紅娘所云「若是夫人怎了」，錯摟月娘或玉樓；但敬濟戲言「就錯摟了紅娘，也是沒奈何」一句，卻巧妙地將本無特定指稱的「別人」，轉化為在後文中如同紅娘般為金蓮「寄束諧佳會」的春梅。作者將《西廂記》「花陰重疊香風細，庭院深沈淡月明」的花園中因情急錯摟紅娘的張生[119]，戲擬為《金瓶梅》「花依月

---

115 繡像本八十二回有夾批云：「金蓮從未受此軟款溫存，敬濟似為西門慶補遺」（繡像本，頁1192-1193），則是將敬濟及西門慶視作另一組對比。田曉菲亦有類似的觀點，參見《秋水堂論金瓶梅》，頁244-245。

116 若依浦安迪的觀點，認為文人小說中的「回數」經過特殊安排，則此處「十二」、「五十二」、「八十二」等回數中皆有「二」的情形，或許亦非巧合。前文已引用浦氏對回目中「五」、「九」、「十」等數字的看法，可參見註48。

117 八十二、八十三回尚有能與前文種種對照之處：如金蓮在大廳院子下溺尿被敬濟窺見，便道「是那箇撒野，在這裡溺尿？撩起衣服，看濺濕了裙子」（繡像本，頁1188-1189）一段，便與五十四回「應伯爵隔花戲金釧」類似，當時的金釧兒濺濕了褲腰（繡像本，頁708）；金蓮「床上收拾衾枕，趕了蚊子，放下紗帳子」（繡像本，頁1190）又映照前文十八回中金蓮「執燭滿帳照蚊。照一個，燒一個」（繡像本，頁227）的情景，當時金蓮與西門慶濃情密意，此際亦是濃情密意之時，只是帳中人已換作陳敬濟。

118 除了下文所舉「錯摟紅娘」之例以外，由《金瓶梅》引用鶯鶯詩句「待月西廂下，迎風戶半開。隔牆花影動，疑是玉人來」後，直接寫敬濟「約定搖木槿花樹為號」，直接將詩句的情境融入敘事當中的情形，亦可窺知作者欲將《金瓶梅》與《西廂記》對看的意圖。引文見繡像本，頁1190。

119 張生在錯摟紅娘之後，慌忙道歉道「小生害得眼花摟得慌了些兒，不知是誰，望乞恕罪」。見王實甫著，王季思校注，《西廂記》（臺北：里仁書局，1995），頁126。

影，參差掩映」下「弄一得雙」的陳敬濟[120]，使才子佳人的佳期轉為充滿諷刺的幽會：陳敬濟即使在金蓮面前也是偷窺女子溺尿、為交歡不顧體面之人[121]，但「學成滿腹文章」的張生，對鶯鶯也不過「餓眼望將穿，饞口涎空嚥」，滿心想要「哩也波哩也囉」；雖然錯摟紅娘後急忙道歉，但他也曾經有過「若共他多情的小姐同鴛帳，怎捨得他疊被鋪床」之語。[122]雖然鶯鶯兩次寄柬，又兩次斥退張生，但最後還是難耐相思，委身於他；此一表現相較於與敬濟「並坐調情，掐打揪摟，通無忌憚」（繡像本，頁1185）的金蓮，亦不過如同紅娘所云，只是意圖幽會前的「許多假處理」。[123]因此這番戲擬不完全是將行為不檢的敬濟比作滿腹詩書的張生，暗暗道出貶低敬濟之意，而是將急欲歡會的張生比作勾搭丈母的敬濟，點出張生「才子」形象的另一面；這種比對也使被批為淫婦的金蓮與身為大家閨秀的鶯鶯並陳[124]：既然張生與敬濟對女子的慾望並無二致，金蓮幾次寄書與敬濟的情懷，便亦能與鶯鶯替張生下「藥方」的心思相提並論。此處作者以對比的筆法，使讀者對看《金瓶梅》與《西廂記》；如此一來，《金瓶梅》中直截了當的慾望亦有詩意，《西廂記》中欲拒還迎的情態亦有不堪，能使讀者細玩兩種文本中原本身分不同、性格各異的男女主角共同的情欲。

由此可知，除了文本間的前後對比，《金瓶梅》也擅長信手拈來，將其他文本作為戲擬的對象。其中最值得注意的是《水滸傳》：《金瓶梅》不只挪用了它的人物，更將書中大部分的主要情節，鑲嵌在由《水滸傳》武松打虎至殺嫂的這段時間線上，使二者的關係不只是某些單獨片段的戲擬，而是透過借用及改寫，建構出讀者解讀《金瓶梅》的框架。《金瓶梅》的改寫，並非生硬地照搬，而是在處理種種細節的過程中，漸次將《水滸》的單一事件，脫卸為《金瓶》的複雜世界。[125]例如《水滸》中敘述武松至獅子

---

[120] 楊義已論及《金瓶梅》中的「戲擬」，認為它對傳統敘事成規存心犯其窠臼，卻以遊戲心態出其窠臼，不僅承襲傳統成規，也有其翻新和突破。參見楊義，《中國小說史論》，頁460。

[121] 八十二回不僅寫敬濟偷窺金蓮溺尿，還寫敬濟對著金蓮「站在炕上把那話弄得硬硬的，直豎的一條棍，隔窗眼裡舒過來」。見繡像本，頁1188-1189。

[122] 以上引文見《西廂記》，頁5、9、115、19。

[123] 《西廂記》，頁111。

[124] 作者在第二十三回描寫金蓮偷聽時用的「也不怕蒼苔冰透了凌波，花刺抓傷了裙褶」一句，亦可與《西廂記》描寫鶯鶯、紅娘燒香時用的「金蓮蹴損牡丹芽，玉簪抓住荼蘼架。夜涼苔徑滑，露珠兒濕透了凌波襪」對看，可見作者不只一處地引用《西廂記》人物比擬金蓮。參見繡像本，頁297；《西廂記》，頁125。

[125] 仔細比對文字可知，《水滸傳》的人物在《金瓶梅》中，多被改寫得更為立體，與《水滸傳》不可一概論之。對此前人已多論述，本文不再重複，僅著重探討改寫及對比在結構上的意義。例如郭玉雯認為，《金瓶梅》對武松及武大的改寫是「低貶模仿」，對金蓮及西門慶則是「升高模仿」，這些都具有諷諭意義。武松不再只是英雄，也會因怒氣而濫殺無辜；金蓮不只是淫婦，還多了聰慧與

街尋西門慶報仇時云：

> 且說武松逕奔到獅子橋下酒樓前，便向酒保道：「西門慶大郎和甚人吃酒？」酒
> 保道：「和一個一般的財主，在樓上邊街閣兒裡吃酒。」武松一直撞到樓上，去
> 格子前張時，窗眼裡見西門慶坐著主位，對面一個坐著客席，兩個唱的粉頭，坐
> 在兩邊。……西門慶認得是武松，吃了一驚，叫聲：「哎呀！」便跳起在凳子上
> 去。一只腳跨上窗檻，要尋走路。見下面是街，跳不下去，心裡正慌。說時遲，
> 那時快，武松卻用手略按一按，托地已跳在桌子上，把些盞兒碟兒都踢下來。兩
> 個唱的行院，驚得走不動。那個財主官人，慌了腳手，也倒了。……（武松）左手
> 帶住頭，連肩胛只一提，右手早揪住西門慶左腳，叫聲：「下去！」那西門慶一
> 者冤魂纏定，二乃天理難容，三來怎當武松神力，只見頭在下，腳在上，倒撞落
> 在當街心裡去了，跌得個發昏章第十一。街上兩邊人都吃了一驚。……（武松）看
> 這西門慶，已跌得半死，直挺挺在地下，只把眼來動，武松按住，只一刀，割下
> 西門慶的頭來。（《水滸》，頁 506-507）

《水滸》這段描寫的重點，在於強調武松的「神力」，因此多以較快的敘事節奏講述當時
的場景，接二連三地運用臨場感強烈的動詞如「奔」、「撞」、「托地已跳在桌子上」、
「帶」、「只一提」、「只一刀」等，烘托出武松如入無人之境，毫不遲疑的樣貌，甚至
殺人速度快到無暇言語，對話極少，使讀者有如觀看流暢的動作片。不寫對話，除了強
調武松動作迅速，也使西門慶無法為自己行為反駁，不言不語的武松有如不需證詞的審
判者，以自己調查所知作下判決後，更身兼執法者，親自向西門慶施行重罰。金聖嘆在
此屢批「駭疾」，達十三次之多，顯見就讀者而言，速度證明了武松的果斷與力量，令
人驚駭不已。《水滸》此段也不詳加描寫武松當時的心情，只用種種「神力」襯出他不
同於凡人的英雄姿態，周遭人等則僅有陪襯的作用，他們除了驚慌倒地，動彈不得外，
根本無力阻擋。《水滸》中的西門慶雖然也意圖和武松拼搏，一較高下，但他的第一個
念頭是「一只腳跨上窗檻，要尋走路」，只是畢竟心膽不足，「見下面是街，跳不下去」，
故「心裡正慌」。這些描寫將西門慶塑造為花拳繡腿，膽識及反應俱欠佳，因此一任武
松宰割。在詞話本中，為了讓西門慶苟活，敷衍一整部《金瓶梅》出來，作者讓他順利
地跳窗離開：

風流。參見郭玉雯，〈《金瓶梅》的藝術風貌——由〈七發〉論及其諷諭意義與美學特色〉，《文
史哲學報》第四十四期，1996 年 6 月，頁 14-25。田曉菲亦論及，在人物性格上，《金瓶梅》添寫
許多細節，較《水滸傳》細膩生動，參見《秋水堂論金瓶梅》，頁 5-20。

　　且說西門慶正和縣中一個皂隸李外傳，……正吃酒在熱鬧處，忽然把眼向樓窗下，看武松兇人，從橋下直奔酒樓前來。已知此人來意不善，推更衣，從樓後窗只一跳，順著房山跳下人家後院內去了。那武二奔到酒樓前，便問酒保，西門慶在此麼？那酒保道：西門大官和一相識在樓上吃酒哩。武二撇步撩衣，飛搶上樓去，只見一個人，坐在正面，兩個唱的粉頭坐在兩邊。認的是本縣皂隸李外傳，知就來報信的，心中甚怒，向前便問西門慶那裡去了。那李外傳見是武二，諕得謊〔慌〕了，半日說不出來，被武二一腳把卓子踢倒了，碟兒盞兒都打的粉碎，兩個唱的也諕得走不動。武二匹面向李外傳打一拳來，李外傳叫聲沒呀時，便跳起來，立在橙子上，樓後窗尋出路，被武二雙提住，隔著樓前窗，倒撞落在當街心裡，跌得個發昏。下邊酒保見武二行惡，都驚得呆了，誰敢向前！街上兩邊人多住了腳睜眼，武二又氣不捨，奔下樓，見那人已跌得半死，直挺挺在地，只把眼動，于是兜檔又是兩腳，嗚呼哀哉，斷氣身亡。（詞話本，頁67-68）

　　詞話本第一個重要的改動，就是將敘事視角移到西門慶眼中；再者，西門慶順利逃脫，使他的形象與《水滸》中的西門慶已然不同；最後，武松誤打李外傳一事，也使武松不再是因報仇而有正當理由殺人的英雄，強化了他因氣使力的衝動。《水滸》以武松「逕奔到獅子橋下酒樓前」起，使讀者將注意力放在武松的行動上；詞話本則先聚焦在獅子街酒席，再敘及西門慶「忽然把眼向樓窗下，看武松兇人」，將敘事的重心改為西門慶的行動及所見所聞。如此一來，不僅西門慶得以提前察知武松來意不善，能即刻反應，最先映入讀者眼簾的也非來勢洶洶的武松，而是急中生智的西門慶。他不僅因為怕驚動鄰座，不提武松正向酒樓奔來，就藉口更衣告辭；而且逃脫時毫不猶豫，「從樓後窗只一跳」，實可謂膽大心細。反觀上樓尋仇的武松，先因李外傳向西門慶報信，「心中甚怒」，見他不說西門慶行蹤，又將其擲出酒樓；最後還「氣不捨」，下樓補踢兩腳，使李外傳斷氣身亡。本為報仇，實則遷怒。因此詞話本刪去《水滸》中「怎當武松神力」的讚嘆，代之以下邊酒保見武松「行惡」，使原本陪襯武松氣力，驚嚇過度的群眾，成為血案的見證者，由他們眼中，很明確地評價了武松此舉使無辜之人送命，並不正當，而是惡行。此段較之《水滸》，還添寫了武松當時「心中甚怒」，如此一來，不只削弱了武松報仇雪恨的英雄色彩，更強調了他身為凡人的性格弱點。是以，讓李外傳代西門慶受死，固然是為了開展《金瓶梅》一書而必須如此，但觀察其中細緻的改動可以發現，詞話本已然賦予西門慶及武松更複雜的性格面向。繡像本承襲詞話本改寫的原則及精神，但文字更為精密：

　　且說西門慶正和縣中一個皂隸李外傳在樓上吃酒，……正吃酒在熱鬧處，忽然把

眼向樓窗下看，只見武松兇神般從橋下直奔酒樓前來。已知此人來意不善，不覺心驚，欲待走了，卻又下樓不及，遂推更衣，走往後樓躲避。武二奔到酒樓前，便問酒保道：「西門慶在此麼？」酒保道：「西門大官人和一相識在樓上吃酒哩。」武二撥步撩衣，飛搶上樓去。早不見了西門慶，只見一箇人坐在正面，兩箇唱的粉頭坐在兩邊。認的是本縣皂隸李外傳，就知是他來報信，不覺怒從心起，便走近前，指定李外傳罵道：「你這廝，把西門慶藏在哪裡去了？快說了，饒你一頓拳頭！」李外傳看見武二，先嚇呆了，又見他惡狠狠逼緊來問，那里還說得出話來！武二見他不則聲，越加惱怒，便一脚把桌子踢倒，碟兒盞兒都打得粉碎。兩箇粉頭嚇得魂都沒了。李外傳見勢頭不好，強掙起身來，就要往樓下跑。武二一把扯回來道：「你這廝，問着不說，待要那裡去？且吃我一拳，看你說也不說！」早颼的一拳，飛到李外傳臉上。李外傳叫聲阿呀，忍痛不過，只得說道：「西門慶繞往後樓更衣去了，不干我事，饒我去罷！」武二聽了，就趁勢兒用雙手將他撮起來，隔著樓窗兒往外只一兜，說道：「你既要去，就饒你去罷！」噗通一聲，倒撞落在當街心裡。武二隨即赶到後樓來尋西門慶。此時西門慶聽見武松在前樓行兇，嚇得心膽都碎，便不顧性命，從後樓窗一跳，順着房簷，跳下人家後院內去了。武二見西門慶不在後樓，只道是李外傳說謊，急轉身奔下樓來，見李外傳已跌得半死，直挺挺在地下，還把眼動。氣不過，兜襠又是兩脚，早已哀哉斷氣身亡。（繡像本，頁 115-116）

繡像本改寫的重點有二：一是添寫對話，更清楚地交代武松的情緒和心態；二是將詞話本中一開始就跳下樓的西門慶，改寫作最後才逃離，從根本上改動了故事事件的敘事次序。首先，在這段文字裡，武松第一句話便罵李外傳「把西門慶藏在哪裡去了」，相較於《水滸》或詞話本，添寫此句，更能強調武松認定李外傳不只來向西門慶通風報信，還包庇西門慶，助其逃脫。第二句「且吃我一拳，看你說也不說」，則點出武松施用暴力，是為了脅迫不言語的李外傳交代西門慶的下落。這似乎表示，武松威嚇李外傳，就是為了知曉西門慶去向。在此繡像本及詞話本出現了分歧：詞話本中的李外傳一直害怕得說不出話，而繡像本中的李外傳則道出西門慶在後樓。因此，詞話本中的武松行兇有其目的，他是為了想逼李外傳透露西門慶的下落（後文有云：武二道，我問他，如何不說？我所以打他，原來不經打就死了。見詞話本，頁 68），但因氣憤而出手過重，才將李外傳打死。但繡像本中，李外傳已然供出西門慶行蹤，武松卻依舊將他丟下街心；顯然施暴的原因不只是想得知情報，還為了藉此洩憤。因此，繡像本後文敘道，武松說他「自要打西門慶，不料這廝（李外傳）悔氣，卻和他一路，也撞在我手裡」（繡像本，頁 116），語氣輕

佻，顯然沒有特殊理由，只因李外傳「和西門慶一路」，就將他毆打致死。這樣改寫，更強化了武松因「氣」便不分青紅皂白地施暴，使無辜之人斷送性命，與其說是英雄，不如說是惡霸。其次，繡像本的改定者顯然已經意識到敘事次序的影響，於是令西門慶僅在後樓躲避，並非一開始就逃脫，這較之詞話本更具敘事張力：如此一來，武松行兇的見證者，便不只是樓下酒保或圍觀群眾，西門慶也是其中一員。他雖沒有親眼看見，卻親耳聽聞李外傳「噗通一聲」被丟下街心，則血案場景必然在他想像中繪聲繪影，增添他心中恐懼。相較之下，詞話本中立刻跳樓求生，藝高人膽大的西門慶，顯得不合常理；繡像本中至此才「嚇得心膽都碎，便不顧性命，從後樓窗一跳」的西門慶，更像市井間不學無術的浮浪子弟。西門慶親聞武松行兇，鼓起勇氣才死裡逃生，對武松必然聞風喪膽，這也更能呼應後文西門慶打點官員，務必結果武松（繡像本，頁119），以及第一回三番兩次皴染武松打虎氣力的情節。[126]由此可見，自詞話本至繡像本，改寫者不斷在細節的微調中，使《金瓶梅》即使借用《水滸》故事，卻更加豐富立體，呈現出自己獨特的風貌。

李外傳之死，正是《金瓶梅》脫卸對《水滸》的借用，開啟自身獨立故事的關鍵點。繡像本提及李外傳「和西門慶一路」，點明他是武松眼中遷怒、洩憤的對象，不僅能代西門慶挨打，也能代西門慶受死。詞話本清楚說明：「街上看的人不計其數，多說西門慶不當死，不知走的那裡去了，卻拏這個人來頂缸」（詞話本，頁68）；但繡像本卻在此留下一個饒富興味的結尾：「街上議論的人，不計其數。卻不知道西門慶不該死，倒都說是西門大官人被武松打死了」（繡像本，頁116）。詞話本云「看」的人不計其數，意謂這些證人親眼目睹事件經過，卻沒看到西門慶，因此猜測他該死卻未死，應是「不知走的那裡去了」，所以李外傳被拿來頂缸；但繡像本云「議論」的人不計其數，則已將「親眼目睹」之人，改為「口耳相傳」之人，也就是說，即使現場有人看到代替西門慶受死的是李外傳，在以訛傳訛的情況之下，群眾反倒以為死的是西門慶。[127]這個寫法，更能突顯《金瓶梅》戲擬《水滸》的用意：雖然《水滸》出現在先，應是「正傳」，但如此模稜兩可的說詞，使《水滸》中看來再清楚俐落不過的事實，被翻轉為以訛傳訛的結果，《金瓶梅》儼然反客為主，成為「正傳」，《水滸》則被戲擬為《金瓶梅》的外傳了。張竹坡認為這是「為《水滸》留地步也」（《第一奇書》，頁240），繡像本評點者則謂此處

---

[126] 繡像本第一回先由吳道官口中描畫老虎吃人，捉拿不著；再由伯爵口中敘述武松一頓拳腳打死老虎；最後再讓西門慶在街上親眼看見武松與被打死的老虎遊街。見繡像本，頁13、16-17。故繡像本評點有云：「伏數語，便挑動酒樓之避，一針不漏。」見繡像本，頁17。

[127] 「群眾見證」經常出現在《金瓶梅》的重要關鍵處，第四章將有更多舉例與分析。

「脫卸得妙」（繡像本，頁116），都將戲擬歸入敘事技巧的層次，指出此一說詞，使《金瓶梅》獲得與《水滸》並存的空間：既是傳聞，同一事件有兩種不同的版本的說詞，亦屬正常。[128]

　　「戲擬」需要讀者帶著既有的知識背景，在閱讀時自動對比不同文本，詮釋其中的言外之意。文龍的評點文字，特別關注《金瓶梅》與《水滸》的呼應，正可作為此一閱讀歷程的例證。文龍將「戲擬《水滸》」，視為《金瓶梅》全書結構的關鍵，並賦予此一技法哲學層次的意義。他定《水滸》為裡傳，《金瓶》為外傳[129]；《水滸》為實，《金瓶》為虛。[130]這樣的閱讀框架，確立了他的價值判斷，以及他和書中時空的關係與距離。第四回回評云：

> 奈何後之人看此書者，明明知是《水滸傳》中翻案，烏有先生說謊，子虛羅土掉皮，乃不知不覺，心往於王婆屋中，顛鸞倒鳳，神遊於王婆床上，殢雨尤雲。反而細思，能不大笑！此其人，尚可與看此書乎？不看《金瓶梅》，其心已有不堪問，再看《金瓶梅》，其事將有不可言者。果《金瓶梅》之誤人歟？抑人自誤於金瓶梅歟？（《資料彙編》，頁414）

由這段文字可以看出，文龍認為對看《水滸》是閱讀《金瓶梅》的基礎。正因《金瓶梅》是翻案文字，書中所言皆是子虛烏有，所以不可盡信，也不可沉溺其中。既然虛幻不可信，閱讀時就應保持冷眼旁觀的距離；如果明知如此，還沉浸故事世界，信以為真，就令人發笑。也就是說，他認為若不能掌握《金瓶梅》作翻案文字的特性，就不能採取正確的閱讀態度，亦即保持局外人的身分，這樣的人甚至不具閱讀《金瓶梅》的資格。他預設的理想結局，就是以《水滸》為藍本，因此認為《金瓶梅》「不正確」，西門慶應死而未死，令人快快不快：

> 獨是武松一口惡氣，未能出得，看者能勿快快乎？惟其快快也，方可與看《金瓶梅》。必須快快到底，方知金瓶梅不是淫書也。或曰：假耳，何必快快。予曰：既知是假，又何必看？第恐看到中間，又轉以為真。斯不若快快者，尚有天理良

---

128 張竹坡亦云：「下文武二文字中，將李外傳替死，自是必然之法。又恐與《水滸》相左，為世俗不知文者口實，乃於結處止用一『倒說是西門大官人被武松打死了』，遂使《水滸》文字，絕不礙手。妙絕，妙絕。」見張竹坡第九回回評，張評本，頁143。

129 文龍第九回回評曰：「此回脫卸《水滸傳》，歸入《金瓶梅》正傳。李外傳之傳，讀作去聲，方合本旨，故用之以脫卸西門慶。《水滸》為裡傳，此書為外傳也。」見《資料彙編》，頁419。

130 文龍第二回回評曰：「雖然，要知水滸之西門慶早已身首異處矣。此以下皆是幻中樓閣，勿便將武松忘記，而謂可以倖免，則庶幾可與看此文。」見《資料彙編》，頁412。

心也。（文龍第九回回評，《資料彙編》，頁 418-419）

文龍認為，只有因《金瓶梅》不符事實而不快的人，才有閱讀《金瓶梅》的資格；而且
必須自始至終與《金瓶梅》的虛構世界保持距離，不能投身其中，才能理解《金瓶梅》
非淫書的意義。然而，推而論之，《水滸》故事也多是子虛烏有，只因武松殺西門慶一
事符合文龍自身的道德判斷，故他以此為正，為真，更以自己身處現實世界的法律知識，
論定《金瓶梅》不合情理。[131]從另一個角度而言，若不是閱讀時感同身受，恍若身歷其
境，也不會因書中情節而「怏怏」。由此可知，文龍推許的閱讀心態，並非全然因「假」
便對書中所云不痛不癢，而是要冷靜察知，《金瓶梅》不但不符《水滸》中既成的事實，
也不合他心目中真實世界應有的公平正義。此一真假之間的辯證，確立了他的閱讀態度，
亦即既然此書皆為虛構，只需冷眼旁觀，不需因此有過多情緒起伏；但須對書中不合道
德之事，保持天理良心。確定閱讀態度後，他進一步提出《金瓶梅》借《水滸》虛構故
事的理由：

> 夫以潘金蓮之狠，西門慶之凶，王婆子之毒，凡有血氣者，讀至此未有不怒髮衝
> 冠，切齒拍案，必須將此三人殺之而後快。何得輕輕放過，而令其驕奢淫佚，放
> 僻邪侈，無所不至，快快活活，偷生五、六、七年。惡人富而淫人昌。作者豈真
> 有深仇大恨，橫亘於心胸間，鬱結於肚腹內乎？而故為此一部不平之書，使天下
> 後世之人，咸有牢騷之色，憤激之情乎？然則看此書者，亦可冷眼觀之矣。（文
> 龍第六回回評，《資料彙編》，頁 416）

又：

> 《水滸傳》已死之西門慶，而《金瓶梅》活之；不但活之，而且富之貴之，有財以
> 肆其淫，有勢以助其淫，有色以供其淫。雖非令終，卻是樂死；雖生前喪子，卻
> 死後有兒，作者豈真有愛於西門慶乎？是殆疾世病俗之心，意有所激、有所觸而
> 為此書也。（文龍，第七十二回回評，《資料彙編》，頁 482）

由引文可知，文龍將西門慶在《金瓶梅》中得以「偷生」，歸因於作者欲作一部「不平
之書」。所謂不平，即書中所敘為「應然而未然」之事：西門慶應死而未死，應得報應
卻不得報應，反而不應富貴卻得富貴。敘述這些不平之事，便能引動天下後世之人不平

---

131 文龍第三十五回回評：「……姦夫淫婦，謀殺本夫，國法一斬一剮，原不可容留於人世。今此書別
　　開法門，而令其幸逃顯戮，乃竟能逆取順利，改位易轍，斷無此情理。」見《資料彙編》，頁 446。

之情。凡此種種推論，皆是因為閱讀《水滸》在先，將《水滸》結局視為應然，所生發出來的詮釋架構。若不作《金瓶梅》，使西門慶為武松所殺，作者欲藉西門慶的人生揭露不平、疾世病俗之心，便無所寄託。因此他最後推論，《金瓶梅》作翻案文章，正是為了「結《水滸》之未結」：

> 此書借《水滸傳》已死之西門慶，別開蹊徑，自發牢騷，明明示人，全是搗鬼。
> 有前半部之淫奢，即有後半部之因果，不似《水滸》之結而未結也。（文龍，第三
> 十六回回評，《資料彙編》，頁449）

在此可以看出，雖然文龍再三強調《金瓶梅》是虛構的翻案文章，但搗鬼弄假並非毫無意義，而是將牢騷寄託在改寫《水滸》之中，細細寫出西門慶的淫奢，再以因果循環警惕世人。所謂《水滸》之「結而未結」，意思是雖然《水滸》中武松直接殺了西門慶，貌似已經了結此案，一洩心頭冤屈；但實際上這並未道盡世間複雜的因果關係，也未寫盡沒有英雄的真實人生景況如何。雖然文龍認同的是《水滸》中大快人心的結果，但他也清楚，看似搗鬼文字的《金瓶梅》，才真正寫出了淫奢和因果並存的世間情景。從這個角度再回頭解釋文龍「冷眼旁觀」的閱讀態度可以發現，他的內心充滿衝突與矛盾：他一再告訴讀者要和書中世界保持距離，但自己卻在武松殺西門慶時額手稱慶，在西門慶得以偷生時咬牙切齒，顯然並非完全客觀，無動於衷。與其說他保持旁觀者的角度是冷靜的表現，不如說是理解實情後的無奈[132]：正如《金瓶梅》所描述的，當時真正的惡人不是只有西門慶一人，而是整個官員體系上下交相賊。雖然普通老百姓的願望是像《水滸》一般，有打虎英雄武松成功復仇，大快人心，但事實上除了讓西門慶自作自受以外，毫無他法。雖然《金瓶梅》中暴露了許多令人氣憤之事，並以西門慶為誡，要讀者自修其身；但也同時點出官商勾結，天道不行的網絡，實牢不可破，連武松一般有神力的人都破不了，尚要身陷囹圄，何況是平凡百姓。從另一個角度而言，也只有讓西門慶自作自受，才能安慰人心：即使沒有武松這樣的英雄，作惡之人也會被自己的惡行反噬。文龍從這個角度閱讀，因此肯定了延遲西門慶及金蓮之死，也是《金瓶梅》的藝術成就：

> 自第一回至此回，已隔八十六回，殺之不亦晚乎？不知愈晚人心乃愈快。譬如旋陰

---

[132] 他在第十回回評中，很清楚地寫出了這樣的心情：「今之世上，果有西門慶乎？而吾未見其人也。今世竟無西門慶乎？而吾曾聞其事也。西門慶故無如我何，我又奈西門慶何哉！西門慶縱奈我何，我又將西門慶若何哉！於是，有痛恨西門慶者，吾謂不必恨也；有羨慕西門慶者，吾謂不必羨也。恨之者不願為西門慶，羨之者亦不能作西門慶。諺語有云：閒將冷眼觀螃蟹，看爾橫行到幾時？」見《資料彙編》，頁419。

旋晴，勿病勿瘉，人轉忘陰雨連綿之苦惱，輾轉床褥之煩難。屈久而伸，郁極而散，豁然於一旦，手舞足蹈，有發於不自覺者。今連〔蓮〕被殺不為晚，亦如西門慶之死不為遲矣。（文龍，第八十七回回評，《資料彙編》，頁498-499）

由此可知，文龍認為《金瓶梅》的藝術效果，正建立在對看它與《水滸》後，產生的種種落差之上：他一路提醒讀者《金瓶梅》搗鬼弄假，只有《水滸》才是理想的實存和結果；但正因《金瓶梅》不符理想，令人心中快快，所以在道盡世間不平之後，再回到《水滸》的因果鏈上，使金蓮得到她該有的結局，才有「屈久而伸，郁極而散」的閱讀樂趣。如此一來，可以說借《水滸》故事嵌入《金瓶梅》，正是《金瓶梅》重要的閱讀框架：唯有隨時將《水滸》作為背景知識與閱讀前提，才能在兩相對看中，悟出《金瓶梅》戲擬《水滸》，反轉故事情節，作此一部「不平之書」的用意。由文龍的思考歷程，可以發現他藉由對比二書，層層推衍，建立了縝密的邏輯，辯證出《金瓶梅》中的真、幻與讀者心態的關係。當他用「幻中樓閣」的角度看待《金瓶梅》中的淫奢、黑暗，不但能呼應卷首「色空」說的架構，從一開始就將西門慶的一生定位作夢幻泡影，也劃清了讀者和故事的距離，避免對此書信以為真，心生仿效之意的道德危機。

綜上所述可知，對比能藉著強調前後二事之同，使讀者細思其中之異；《金瓶梅》中對比的範圍也不限於一對一的對比，而常以某個情節或事物為中心，細密勾連數個不同的段落，甚至藉對比不同文本中類似的情節，產生戲擬的效果。藉由讀者的聯想，原本不相連的各個段落便相映成趣，結構亦更趨緊密。當對比的範疇擴大至文本與文本之間，文本以外的知識背景，以及對敘事規約的理解，便構成閱讀的既成定見，使對比跳脫敘事技巧的層次，不但影響讀者對書中真偽的基本判斷，產生新的詮釋，也衍生出更加複雜立體的哲學思索。

第三章 《金瓶梅》敘事與時空

　　本章將以傳統小說評點為主，輔以相關西方理論，分析《金瓶梅》作者延展、壓縮敘事步調，影響閱讀歷程時運用的敘事技巧，並析論讀者如何藉著理解此類延展、壓縮之標記，建構出小說中的特殊時空。

　　本章所謂的「時空」，指的是小說中各個綜合敘事者描述的時間、空間而成的情境。亦即本章雖然會分別析論《金瓶梅》中時間及空間的特性及其構成的隱喻，但不將它們視為可以個別分析的敘事策略，而同時關注二者間如何相互影響。[1]本章不僅論述敘事者

1　本章視「時空」為一體的概念，主要源自於巴赫金之論述。巴赫金已論及，「時間」與「空間」二者相互影響，不可分割：他認為文學以藝術的形式呈現出人類認識時間及空間的某些面向，並由不同的文學體裁反映二者間的相互聯繫；故巴赫金將其研究名之為「時空體」（chronotopes）的研究，便是為了強調敘事作品中「空間與時間不可分割」的特性。參見巴赫金著，白春仁、曉河譯，〈小說的時間形式和時空體形式——歷史詩學概述〉，《小說理論》（石家莊：河北教育出版社，1998），頁274-275。本章之分析雖以「時空體」的概念為主，但亦將酌情引用關於敘事空間的理論，原因在於敘事空間的專題論述，常將敘事時間視為影響敘事空間的重要條件，與本章所論若合符節；時間與空間二者的緊密關係，也使敘事空間的論述與時空議題得以相互發明。敘事理論很晚才開始探討敘事中的「空間」，有兩個原因：一是雷辛（Gotthold Ephraim Lessing）的觀點自十八世紀以來影響深遠。他將敘事文學視為時間的藝術（temporal art），與繪畫、雕刻等空間的藝術（spatial art）相對。另外，十九世紀前，空間在敘事作品中除了背景描述外，常顯得沒有特殊作用。時間和空間在敘事作品中顯著地不平衡，原因在於即使特定的空間描述被減至最少，也不會減損或改變敘事性質（narrativehood），但時間則否。雖然如此，由於下列學術發展，敘事理論開始關注敘事中的空間：1.許多對敘事風格、組織和結構的描述，都借用了空間藝術（尤其是雕塑及繪畫）的意象；2.巴赫金認為，時間及空間是不可分的複雜參數，愛因斯坦亦在相對論中指出「時間是空間的第四維度」。3.一九四〇及五〇年代，梅洛龐帝（Maurice Merleau-Ponty）及巴舍拉（Gaston Bachelard）提出了關於「生存空間」（lived space）的論述，特意關注文學框架及人類接受行為中的空間概念。如今，批評家及敘事理論學者皆認同，現今關於敘事空間特性的分析，較雷辛當初所論更為切合。事實上，為數眾多的基本批評概念，如場景（foregrounding）、轉換（transition）等，都是敘事文本中指向空間經驗的隱喻。更甚者，還有許多可視為空間定位（space-oriented）敘事的文類，諸如電腦科幻小說（cyberfunk fiction）、生態書寫（eco-narrative）等。關於「空間」的論述牽涉範圍甚廣，本章關注的是敘事作品中的時空，切入角度有別於哲學（如梅洛龐帝及巴舍拉）、文學史（如史丹佐（F. K. Stanzel））、結構主義及符號學（如洛特曼（Iurii Lotman））、性別研究、認知及人工智慧研究等學門。上述關於空間研究現況之梳理，參見 Sabine Buchholz and Manfred Jahn,

塑造時空的方式，也將論及讀者在閱讀當下對其產生的認知與體驗：各個不同的時空單位存在於敘事的起始至結束之間，經由敘事行為（narration）藝術化之後，傳達給讀者。讀者在閱讀過程中接收到的，不只是被明確敘述的特定時間或地點，而是透過精心安排的敘事角度，勾勒出對時間與空間的整體感知[2]，亦即融合二者的場景或氣氛；這是讀者藉由心智／身體認知世界的經驗，去理解作者敘事策略及回應文本的歷程。[3]此一敘事效

"Space in Narrative," in David Herman, Manfred Jahn and Marie-Laure Ryan ed., *Routledge Encyclopedia of Narrative Theory* (London: Routledge, 2005) 553-554。目前亦有整合認知研究與語言學之論述，分析語言中的空間隱喻，可參見雷可夫（George Lakoff）、詹森（Mark Johnson）著，周世箴譯注，《我們賴以生存的譬喻（*Metaphors We Live By*）》（臺北：聯經出版事業公司，2006），頁 27-42。此外，人文地理學中亦有關於空間書寫之論述，如 Mike Crang, *Cultural Geography* (New York; London: Routledge, 1998)，中譯本為王志弘等譯，《文化地理學》（臺北：巨流圖書公司，2003）、Yi-Fu Tuan, *Space and Place* (Minneapolis: University of Minnesota Press, 1977) 等，析論實體空間的變動或塑造與人類的心智、文化活動有何關連，最易為文學詮釋所引用；然目前前引此類理論探討傳統小說者，多偏重於作品中述及之空間在情節發展、情感表現或歷史文化上有何特殊意義，甚少論及時空之間的關係，以及用「小說」此一體裁呈現特定時空時有何特色，此即本章探討之重點。

2　利法邃（Michael Riffaterre）認為，巴赫金所謂的時空體，是一種組成小說的單位，與小說的關係有如單字組成句子，或句子組成文本。其範圍包括：故事中某一瞬間的呈現、某個特定的情境、角色產生互動的某個片刻。這個定義能解釋時空體如何使小說內容「經由藝術化而得見」（artistically visible）。參見 Michael Riffaterre, "Choronotopes in Diegesis," in Calin-Andrei Mihailescu and Walid Hamarneh ed., *Fiction Updated: Theories of Fictionality, Narratology, and Poetics* (Toronto: University of Toronto Press, 1996) 244-245。此一定義雖然根據巴赫金所論而生，但巴赫金的觀點實因注重文學體裁之發展所致（參見《對話的妙悟——巴赫金語言哲學思想研究》，頁 115-118），有其特殊的研究目的；利法邃認為，巴赫金所論過於寬泛，因此他將時空體的範疇縮小，使其更能實際運用於文本分析，也更能闡明時間及空間二者的相互影響與敘事作品的關係。雖然利法邃所論與本章意欲探討的範疇十分接近，但他仍沿用巴赫金「時空體」一詞，易與巴赫金所論混淆，且無法完全涵蓋傳統小說及評點的相關內容，故本章析論此一概念時，仍使用「時空」一詞。

3　早期論者以為，敘事者塑造氛圍的關鍵，部分取決於讀者如何以自身的文化背景、文學知識理解文本，並感受敘事者意欲傳達的特定訊息，並不是單向的文本書寫；亦即分析者如何體會故事的含意，有某部分取決於他們如何自敘事話語中建構這個故事：許多故事之所以成功，正因為作者能夠成功地控制建構故事的歷程（the process of story construction）。參見 H. Porter Abbott, *The Cambridge Introduction of Narrative*, 19。文本接受理論也與此一概念若合符節，然而接受理論容易假定讀者具備某些既定的特質，忽略社會、文化背景的影響。關於接受理論之述評，可參見 Terry Eagleton, *Literary Theory* (Oxford: Blackwell Publishers Inc., 1996) 64-78。近來結合敘事話語分析（discourse-analytic）及認知科學（cognitive-scientific）的研究則更清楚地描述了此一創作及閱讀的歷程。此類研究顯示，讀者與文本共同分享了許多事物：包括概念系統、社會實踐、普通常識、話語類型等，因此當讀者研讀敘事結構時，所根據的不只是明確的文本特徵，也依循對讀者而言可理解的詮釋策略。這預設了讀者對敘事小說情節之反應，有廣泛的共識範圍（consensual area）。同

果之成因有二：一是小說中時間及空間二者的交互作用，以及它們與敘事之間的關係；其次是敘事者的敘事策略及讀者和敘事作品之間的互動。前者意指透過對樣式、物件等關於空間的描述，邀請讀者設想空間細節，置身書中[4]，或藉敘事中「地點」（place，意指物理性的位置）與「空間」（space，意指經由主體描述方向、速度、時間並產生實踐活動的地點）二者的交相代換，刻畫時間的流動[5]；後者則指敘事者藉掌握敘事的節奏或篇幅，改變不同段落佔據的運動空間及時間距離[6]，造成讀者鬆／緊、弛／緩、疏／密、久／暫等閱讀

---

[4] 等地，作者反覆使用特定文本策略的現象，正顯示出大部分讀者能夠以作者創作文本時預想的方式，對文本採取認知上的回應。讀者理解事件中被敘述的「何時」、「何者」、「何人」及「何地」時，即是將心智重現（mental representations）的建構及更新，轉換為「故事世界」（story world）。此即文本的脈絡框架（contextual frames），意指讀者在閱讀書面文本的過程中，會將合乎文本或主題的知識，增補於依據情境得知的資訊之上；只有當敘事文本暗示讀者啟動脈絡框架時，才可能構成指示物的指定。脈絡框架就是一種知識呈現，它儲存了角色在故事世界中特定時空座標裡的特定樣貌。參見 Hilary P. Dannenberg, *Coincidence and Counterfactuality: Plotting Time and Space in Narrative Fiction* (London: University of Nebraska Press, 2008) 19、David Herman, *Story Logic: Problems and Possibilities of Narrative*, 270。此一看法弭平了「理想讀者」及「一般讀者」間的轇轕，將讀者對敘事策略的回應引導至人類共有之共識範圍，而不只限於菁英讀者。這也是本文採取的論述角度。

[4] 以文字敘述的空間和其他空間（劇場空間、圖片或電影呈現的空間）的最大區別在於，「描述」必須依賴文本造成的距離（gapping）以及讀者的共同合作才能完成。因此，有明確意圖的指示詞如「這裡」、「那裡」等，就是策略上的暗示，邀請讀者進入動作場景之中，在假想的觀察者（hypothetical observer）或內部聚焦者（internal focalizer）的位置上，以想像描繪其空間設置。參見 Sabine Buchholz and Manfred Jahn, "Space in Narrative," 553。

[5] 利法逤對時空體的闡釋，能很清楚地說明這個概念：敘事的主要機制是時間，以及時間對角色與情境的影響。為了達成某個特定的哲學目的（telos），故事最初所述，會受時間影響，依序轉化為一連串改變。每個時空型都是一個符號系統，一種為了使讀者意識到上述改變而設計的呈現方式。若欲時間造成的效應明顯可見，必須仰賴對樣式、物件的描述，亦即以空間的型態闡明它們的意義，並將它們設置於空間之中。如此一來，唯一表現時間的媒介，便是空間。參見 Michael Riffaterre, "Choronotopes in Diegesis," 245。空間的改變型態則有兩種：一是由地點轉為空間，二是由空間轉為地點。前者意指藉著人、事、物的活動，賦予某個物理位置特殊的意義；後者則指抽離空間中的情感及活動，使空間的意義在逝去、死亡之中縮減為地點。敘述行為就是在將地點轉變成空間，或將空間轉變成地點，並組織地點及空間之間的關係變化。參見賽托（Michel de Certeau）等著，方琳琳、黃春柳譯，《日常生活實踐：I、實踐的藝術》（南京：南京大學出版社，2009），頁 199-201。

[6] 除了小說中被描述的時空之外，自閱讀開始時，敘事行為本身與讀者的閱讀活動之間，也會形成有別於現實世界的特殊時空。在這個時空中，敘事者與讀者互動頻繁，因此敘事者對敘事行為的壓縮或擴張，都會影響讀者的閱讀感受。關於此一特殊時空的概念，可參見科比利的看法：他認為，敘述是一個運動的過程：敘述點從 A 發展到 B，由起點到終點，形成一個讀者可以參與的「空間」；而敘事進行的過程中，必然會牽涉到時間，因為在空間中移動便會消耗時間。這同時意指讀者的閱讀時間及書中的故事時間，以及二者之間的對比。參見 Paul Cobley, *Narrative*, 12、19。熱奈特對此

感受，亦即將原本均等流動的時間，代換為加速或延緩的心理時間距離（psychological duration）[7]；讀者便可藉此體驗小說中的特殊氣氛，不只能賦予某些場景或字句特殊的意義[8]，也能創造閱讀的樂趣。

根據上述敘事作品中的時空特性，本章將分作敘事的延展、敘事的壓縮兩節，就評點之內容，析論《金瓶梅》的敘事策略。塑造時空時，敘事的延展常與如實描寫（literal statement）相關，敘事的壓縮則構成意涵衍生（derivative）的效果。[9]前者能創造逼真感及韻味，建構閱讀時可想像的時空氛圍；後者則以小說中的時空環境暗示讀者，在極短的篇幅內傳達言外之意，或意繁文簡地傳遞訊息，提供讀者解讀小說的途徑。

在《金瓶梅》中，無論延展或壓縮敘事，「細節描述」都是營造特殊時空氛圍的關鍵，這也是《金瓶梅》重要的敘事特徵：各個事件的因果關係，常在作者特意描繪此類細節時退居次要地位；它並不講究清晰的因果鏈，而是以細節描述構成敘述的主體。[10]「注

一現象亦有所著墨，但他將敘事行為以「時間距離」（duration）測量之：亦即將敘事速度（以秒、分、時、日、月、年測量）視為故事時間距離與文本長度二者之間的關係；由於「講述故事的時間」極難測量，熱奈特以行數、頁數作為測量的標準，舉例而言，假如講述「故事中的某一年」用了三頁的篇幅，講述另一年時用了十頁的篇幅，則將後者稱為敘事時間「較慢」。以篇幅計算講述時間的原因在於，他認為如果將閱讀視為變因之一，將會因為讀者的個別差異而無法測量敘事的時間距離。參見 Gérard Genette, *Narrative Discourse*, 86-88。然而若將「時空」二者合併考量，視為整體氛圍，則讀者反應確是評論小說時空塑造效果的重要依據，因此本章僅參考熱奈特提出的概念，仍以援引評點內容及其他相關理論為主，析論時空問題；原因在於《金瓶梅》的評點詳盡地呈現了作者的敘事策略與時空塑造的關係：評點者不僅細緻指出作者如何運用各種敘事技巧，掌握敘事的速度與節奏；也記錄了評點者感受到的情境、氣氛，評點者閱讀時反應出的各種情態，以及讀者和敘事作品間的互動與閱讀樂趣。

7　Michael Riffaterre, "Choronotopes in Diegesis," 251.

8　亦即利法遜所言：任何虛構故事皆在召喚據角色及敘事者之觀點產生的詮釋，簡而言之，就是主體對客體的體驗，及二者間的互動。據此可知，小說中的各個時空單位，都是由眾多敘事意義構成的一個整體，它能結合時間、地點及人物性格。但這個整體及其功能、效應，都不完全由作者的主觀意識任意決定，也不全然受限於文本的發展，或受限於導向故事結局的邏輯。讀者可以自行決定接受與否。如果不是由這個角度考慮時空體的意義，便顯得不夠全面。時空體早已隨著時間在日常生活中成型，所以能建構明確的意義。參見 Michael Riffaterre, "Choronotopes in Diegesis," 245-248。

9　「如實描寫」及「意涵衍生」二者，皆為敘事作品中常用以塑造時空的方法。可參見 Michael Riffaterre, "Choronotopes in Diegesis," 250。

10　趙毅衡將傳統小說情節結構的特徵依「意元」（motif）之「動力性」、「靜止性」、「自由型」、「束縛型」等特徵分為四類：動力性意元推進情節，靜止性意元不推進情節，只描述相關狀態；束縛型意元不可被移除，因其會影響情節之連貫，自由型意元則可被移除而情節依然連貫。他認為《金瓶梅》及《紅樓夢》便屬於「靜止性束縛型情節」，亦即因果鏈破碎不清，常被忽視，而「閒筆」成為敘述最主要的部分。此類小說常有豐富的性格描寫，卻很難作「內容縮寫」。參見氏著，《苦

重細節」其實可以視為《金瓶梅》中許多寫作技法的總稱，然而歷來研究者經常將這些相互關連的技法分而述之，容易造成論述範圍的重疊或混淆；本章將整合與細節相關的敘事技巧，並析論它們在上述兩種塑造時空的不同情況中有何作用。[11]

　　除了析論小說中明確述及的時間或空間如何交互影響，及其與敘事的關係之外，本章亦分析評點者閱讀時的反應及參與，將《金瓶梅》之「時空」的討論範疇，擴及作者選擇「小說」此一體裁時採用的特殊技巧如何控制敘事行為、影響閱讀，以及讀者的認知、想像，如何回應其寫作策略。

第一節　敘事的延展

　　本節分作「白描」、「細筆」及「閒筆」，探討《金瓶梅》中摹寫情景的段落如何影響評點者對小說時空的想像。[12]它們藉著減緩敘事速度、擴張敘事篇幅，構成敘事的延展。

　　上述三種敘事技巧，不只能使讀者置身書中，也能將讀者抽離書外：它們使敘事具有「擬真」（vraisemblance）之效，不僅描繪出逼真的場景，也能渲染氣氛、增加美感，令讀者彷彿身歷其境，成為置身小說之中的「局內人」。金聖嘆所云：「讀者本在書外，卻不知何故，一時便若打併一片，心魂共受若干驚嚇者。燈昏窗響，壁動鬼出，筆墨之事，能令依正一齊震動，真絕奇也。」就生動地描述了讀者因文字而身心震動，感到真實世界亦「燈昏窗響，壁動鬼出」，自書外至書內「打併一片」的閱讀體驗。[13]雖然此

惱的敘述者──中國小說的敘述形式與中國文化》（北京：十月文藝出版社，1994），頁172-177。雖然趙文以「閒筆」總稱此類小說中的細節描述，但「閒筆」在不同評點者的筆下，具有不同的內涵，為免混淆，本文並未直接引用趙文之用詞。

11　黃霖已經指出，《金瓶梅》之創作法之中有「白描傳神」、「閒筆不閒」、「於細微處見神理」等（參見黃霖，《黃霖說金瓶梅》，頁231-240、260-266），但「白描」及「閒筆」均寫「細微處」，也是《金瓶梅》「見神理」處，如此一來便不易得知這些技法之間的區別或關連。亦有研究者將「注重細節」泛論為作者「表現時空觀」的方法，以為此一特徵能呈現出《金瓶梅》不同於傳奇、歷史小說的時空觀照，究其根源，實循魯迅《金瓶梅》之關注焦點由英雄、神怪等轉為凡人，由天下國家轉為家庭生活，故視《金瓶梅》為「世情書」，將《金瓶梅》與神魔小說、歷史小說等相區隔之觀點所致，參見魯迅，《中國小說史略》，頁161。持此觀點者，例如許建平指出此為《金瓶梅》之「時空思維新變」（參見《金學考論》，頁291-296），而其他當代學者則多稱之為「審美觀念之轉變」或「題材之突破」，然而二者論述內容相當接近。詳細篇目可參見第一章註12。

12　巴爾（Mieke Bal）便指出，讀者經常以想像建構場景，而在想像中，空間範疇具有主導的地位。參見 Mieke Bal, *Narratology: Introduction to the Theory of Narrative*, 43。

13　見金聖嘆，《水滸傳》四十一回回評。《水滸》，頁771。

類描寫貌似意在寫實，但作者並非全然照實敘述，而是以擬真的描繪，呈現破碎而不規則的細節，有別於講究真實的歷史敘事。[14]然而，當敘事中刻意強調細節，使讀者意識到特殊的敘事技巧之際，也同時意味著行文間突顯了敘事者的存在，並非單純的「寫實」；這能使讀者在成為「局內人」後，跳脫小說情境，成為與敘事者一同冷眼旁觀的「局外人」。

以上述三種方法延展敘事時，亦能藉由減緩閱讀速度，使讀者細細玩味、想像書中氛圍，構成閱讀樂趣。對現代讀者而言，敘事中無關乎情節進展的段落，可能是打斷敘事的「描述性停頓」（descriptive pauses）[15]，與主要結構沒有直接關連。但由下文分析可知，在傳統評點中，評點者視此類描寫為小說整體的一部分，並以玩賞的眼光閱讀它們；甚至可以說，閱讀情節只是評點者的閱讀方式之一，其餘塑造氣氛或餘韻無窮的筆墨，也是評點者獲得閱讀樂趣的重要來源。繡像本評點者論及此類「沒要緊處」時，進一步體會了其中的韻味，甚至認為此乃《金瓶梅》之精髓：「摹寫展轉處，正是人情之所必至，此作者之精神所在也。若詆其繁而欲損一字者，不善讀書者也」（繡像本，頁39）。

14　巴特（Roland Barthes）曾以符號學的角度探討現實主義小說中描述細節的「多餘」（superfluous）敘述，認為「細節」的存在並非反映現實，而是創造美感經驗，此一現象可稱之為「（敘事上的）現實效應」（reality effect）。他認為結構主義者視「任何敘述都有其結構上的意義」的分析法流於穿鑿附會，易將此類結構上明顯無用的敘述視為具有「間接的功能性」，諸如刻畫人物性格或營造氣氛等等。但事實上，作者的重點不在於近乎贅筆的「細節」，而是透過「侈筆」（luxury）的敘述，營造出真實感。參見 Roland Barthes, "On the Reality Effect in Descriptions," in Lilian R. Furst ed., *Realism* (New York: Longman Publishing, 1992) 135-141。巴爾更進一步地消除小說中故事情節及描述性文字之間的差異，認為後者不但並非多餘，反而構成小說此一文體的核心特質。參見 Mieke Bal, "Over-writing as Unwriting: Descriptions, World-making and Novelistic Time," in Mieke Bal ed., *Narrative Theory: Critical Concepts in Literary and Cultural Studies* Vol.I (London: Routledge, 2004) 341-342。赫曼則由敘事學及認知科學的角度，擴充巴特的觀點，他認為任何有關空間的故事，或者時間不連續的事件（關於此時此地未發生之事），都含有促使聽者或讀者建構故事世界為真實的形式暗示。因此空間訊息並非巴特所云「單純的資料」（pure data），而是具有立即指涉含義的暗示（immediate signification）。參見 David Herman, *Story Logic: Problems and Possibilities of Narrative*, 267-268。因此本章不僅討論時空描寫的「擬真」之效，亦經由文本脈絡的分析，探討此類描寫構成的暗示及隱喻。

15　熱奈特論述，段落的篇幅長短會影響閱讀時間，因此會出現「故事時間」（story time，簡稱 ST，即「閱讀敘事者講述故事本身」時所需的時間。關於「故事」的解釋可見第二章第一節）及「假設時間」（pseudo-time，簡稱 NT，假設略同故事時間的敘事時間是「等速」，則會出現大於故事時間或小於故事時間的敘事時間，稱為「假設時間」）。他認為在敘事作品中沒有「NT＞ST」這樣的情形，亦即無所謂「慢速」的敘事；篇幅極長但故事時間極短的敘事，都肇因於敘事中出現不同的插入片段（various insertions）。參見 *Narrative Discourse*, 94-95。

亦即，雖然「擅於細寫」是《金瓶梅》呈現的樣貌，但它的真正目的，並非全為展現作者鋪排寫作的技巧，而是要讀者「細讀」文本；唯有以細寫引發細讀，才能在讀者與文本的交流之間，見出作者之「精神」。繡像本中對此述評甚多，後文將詳細引用。

「白描」、「細筆」、「閒筆」皆摹寫細微之處，觸發讀者的感官經驗，增強閱讀時「如見如聞」的真實感。然而三者亦有不同，它們的區別在於描寫對象：「白描」用以勾勒人物神態，「細筆」意在鋪敘時空環境，「閒筆」則講述瑣碎之事。在此需要釐清「閒筆」的意涵。《金瓶梅》評點中所謂的「閒筆」有三種作用，一是張竹坡所謂「不閒」的「閒筆」，亦即表面上閒閒插入某個段落或某些描述，但這些字句或透露言外之意，或伏下後文脈絡，有其特殊用途；二是「忙裡偷閒」的「閒筆」，此亦張竹坡經常強調的概念，用意是使不同的節奏、氣氛相互交織，避免敘事單調[16]；而「沒要緊」的「閒筆」，則是在繡像本評點中經常出現的用語，描述評點者閱讀小說細節時體會到的逼真感及韻味。本章將析論「沒要緊」的閒筆。[17]

一、白描[18]

《金瓶梅》夾批中常出現「如畫」一詞，這是評點者借「畫理」闡明「文理」，以說明讀者歷歷在目的體驗。「白描」也是被借為評點用語的繪畫術語，這是形容作者不只描其「形」，更要藉其「形」傳其「神」的敘事技巧：「形」是讀者所見的文字，「神」則是筆墨未到之處，需要讀者推敲、想像。當敘事者描繪人、事、物置身於小說時空中的樣貌時，就是以文字塑造其「形」，亦即其空間特質；以空間特質觸發讀者揣摩其「神」，則是將讀者對小說空間的體驗轉化為對時間的理解：這不僅能藉由延長讀者心理時間距離，使讀者得以細細體會被描繪者之情態；當讀者意欲推想「形」外之「神」時，更必須回溯前文或自身的生活脈絡，方能藉由在文本及現實中經歷的時間體驗，賦予眼前之

16　參見《小說例話》，頁 9-12。

17　其餘關於「閒筆」的分析，可參見本書第二章第三節「伏脈」。

18　張竹坡及繡像本評點者，均特意點出《金瓶梅》擅於運用「白描」，精鍊地勾勒情景，使人物、場景更加生動傳神。黃霖論，「白描」原是國畫的基本技法，意指不著色，純以墨線勾描物象；而畫理與文理相通，白描法用最簡鍊的筆觸，勾畫富於象徵意義的現象，使讀者經由聯想領略描寫對象的特徵及美感；張竹坡及繡像本評點者，均特別留心於《金瓶梅》白描之處。見黃霖，《黃霖說金瓶梅》，頁 231-232。評點中所謂的「頰上添毫」法，亦為繪畫技法之一，指「簡筆勾挑或者稍作渲染富有特徵性的細部——毫」（見《小說例話》，頁 28），以細節傳神，其實與白描法相當類似。繡像本評點者亦以為摹寫情景須筆法精鍊方能令讀者「如見」，故云「只就眼前事摹寫，而歡情可掬可見。支離藤蔓皆非妙文也」（繡像本第十七回眉批，頁 206）。

「形」鮮活靈動之「神」。[19]

「白描」之處經常是可有可無的細節，這種延展敘事的方式，最終目的在於增加閱讀時的趣味。較之《水滸傳》或詞話本所描述的相同場景，繡像本第四回運用「白描」的細節更多，篇幅更長；評點者閱讀時已經有意識地經由不同版本的比較，體會增添細節的妙處。[20]《水滸傳》第二十四回〈王婆貪賄說風情　鄆哥不忿鬧茶肆〉描述：

> 且說西門慶自在房裡，便斟酒來勸那婦人，卻把袖子在桌上一拂，把那雙箸拂落地下。也是緣法湊巧，那雙箸正落在婦人腳邊。西門慶連忙蹲身下去拾，只見那婦人尖尖的一雙小腳兒，正蹺在箸邊。西門慶且不拾箸，便去那婦人繡花鞋兒上捏一把。那婦人便笑將起來，說道：「官人休要囉唣，你真個要勾搭我？」西門慶便跪下道：「只是娘子作成小生。」那婦人便把西門慶摟將起來。[21]

《水滸》此段著重描寫兩人的動作而非神態，又以描寫西門慶為主，只在最後敘及金蓮「便笑將起來」。詞話本與《水滸》大同小異，只加寫了西門慶眼中「雲髻半軃」、「酥胸微露」的金蓮[22]，並加上西門慶推害熱脫衣，央求金蓮為他將衣服搭在炕上的細節，並未運用白描筆法述及金蓮當時的情態及兩人的互動。[23]繡像本則大幅增加了許多細節的

19　文龍的見解，亦可作為白描之註腳：「作者於有意無意之間，描寫諸人言談舉止、體態性情，各還他一個本來面目。初不加一字褒貶，而其人自躍躍於字裡行間，如或見其貌，如或聞其聲，是在明眼人之識之而已。」見文龍第七十七回回評，《資料彙編》，頁489。

20　田曉菲已於《秋水堂論金瓶梅》中比較過《金瓶梅》兩種版本及《水滸傳》第二十四回的差異，然而田文的用意在於證實繡像本為「富有藝術自覺的，思考周密的構造物」，是「文人小說」而非「簡單的『商業刪節本』」（《秋水堂論金瓶梅》，頁6），因此論述時常有意強調繡像本優於詞話本及《水滸傳》。本文將不以「孰優孰劣」的眼光評論各個版本，而是從分析寫作技巧的角度，論述不同版本的差異。

21　見陳曦鍾，侯忠義，魯玉川輯校，《水滸傳會評本》（北京：北京大學出版社，1981），頁466。以下引用《水滸傳》原文時簡稱《水滸》，並直接標明頁數，不另作注。

22　此句描寫亦非詞話本首次添寫，《水滸傳》第二十四回已有「那婦人將酥胸微露，雲髻半軃」一句，見《水滸》，頁406，詞話本第二回亦有「那婦人一徑將酥胸微露，雲髻半軃」的描寫，見詞話本，頁24。

23　詞話本此處原文如下：卻說西門慶在房裡，把眼看著那婦人：雲髻半軃，酥胸微露，粉面上顯出紅白來。一徑把壺來斟酒，勸那婦人酒；一回推害熱，脫了身上綠紗褙子：「央煩娘子替我搭在乾娘護炕上。」那婦人連忙用手接了過去，搭放停當。這西門慶故意把袖子在卓上一拂，將那雙筯拂落在地下來。一來也是緣法湊巧，那雙筯正落在婦人腳邊。這西門慶連忙將身下去拾筯，只見婦人尖尖趫趫，剛三寸，恰半扠，一對小小金蓮，正趫在筯邊。西門慶且不拾筯，便去他綉花鞋頭上，只一捏。那婦人笑將起來，說道：「官人休要囉唣。你有心，奴亦有意。你真個勾搭我？」西門慶便雙膝跪下，說道：「娘子作成小人則個。」那婦人便把西門慶摟將起來，說：「只怕乾娘來撞見。」

描述，不只敘及西門慶及金蓮間的對話，更將《水滸》及詞話本中只是「笑將起來」的金蓮，以白描筆法寫作更具風情的少婦：

> 這婦人見王婆去了，倒把椅兒扯開一邊坐著，卻只偷眼瞭看。西門慶坐在對面，一徑把那雙涎瞪瞪的眼睛看著他，便又問道：「卻纔到忘了問得娘子尊姓？」婦人便低著頭帶笑的回道：「姓武。」西門慶故做不聽得，說道：「姓堵？」那婦人卻把頭又別轉著，笑著低聲說道：「你耳朵又不聾。」西門慶笑道：「呸，忘了！正是姓武。只是俺清河縣姓武的卻少，只有縣前一個賣炊餅的三寸丁姓武，叫做武大郎，敢是娘子一族麼？」婦人聽得此言，便把臉通紅了，一面低著頭微笑道：「便是奴的丈夫。」西門慶聽了，半日不做聲，呆了臉，假意失聲道屈。婦人一面笑著，又斜瞅他一眼，低聲說道：「你又沒冤枉事，怎的叫屈？」西門慶道：「我替娘子叫屈哩！」卻說西門慶口裡娘子長，娘子短，只顧白嘈。這婦人一面低著頭弄裙子兒，又一回咬著衫袖口兒，咬得袖口兒格格駁駁的响，要便斜溜他一眼兒。……（繡像本，頁55-56）

「偷眼瞭看」、「卻把頭又別轉著」、「笑著低聲說道」、「把臉通紅了」、「低著頭微笑道」、「斜瞅他一眼，低聲說道」等，是繡像本才有的描寫，使金蓮較《水滸傳》及詞話本中多出許多細緻的情態。後文「一面低著頭弄裙子兒，又一回咬著衫袖口兒，咬得袖口兒格格駁駁的响，要便斜溜他一眼兒」一句，更純是白描筆法，只簡鍊地描寫金蓮的動作，卻讓人想見金蓮內心的波動。此處張竹坡於夾批中直指「《水滸傳》有此追魂取魄之筆乎」（《第一奇書》，頁117），所謂《水滸傳》所無的「追魂取魄」之筆，正是「弄裙子兒」、「咬衫袖口兒」這些多出來的細節；而「追魂取魄」亦即「傳神」之寫照。[24]繡像本評點者亦讀出「低頭」的細節使金蓮風情萬種，與張竹坡所見略同：繡像本第三回眉批謂金蓮「分外把頭低了一低」是「嬌情欲絕」，《水滸傳》及詞話本則皆無此句。[25]詞話本及繡像本的情節大同小異，這些描寫動作的「細節」，正是繡像本

西門慶道：「不妨，乾娘知道。」當下兩個就在王婆房裡，脫衣解帶，同枕共歡。見詞話本，頁38。

24　亦可參見陳翠英，〈今昔相映：《金瓶梅》評點的情色關懷〉，收入熊秉真，余安邦合編，《情欲明清：遂欲篇》（臺北：麥田出版社，2004），頁89。

25　原文如下。《水滸》第二十四回：王婆吟吟的笑道：「便是間壁的武大郎的娘子。前日又竿打得不疼，大官人便忘了？」那婦人赤著臉便道：「那日奴家偶然失手，官人休要記懷。」見《水滸》，頁462。詞話本第三回：那婆子道：「好交大官人得知罷。大官人，你那日屋簷下頭過，打得正好。」西門慶道：「就是那日在門首，竿打了我網巾的？倒不知是誰宅上娘子？」婦人笑道：「那日奴悮冲撞官人，休怪。」見詞話本，頁 35。繡像本第三回：那婆子道：「好交大官人得知罷，

不同於《水滸》或「原本」之處[26]，有助於評點者揣想人物神態。

敘事者添寫關於空間的細節，也能在敘事中提供足夠的要素，為讀者塑造可想像的時空，這使小說人物的情態與場景相互交織，更加強化形神俱現的效果。敘事者點明的空間標記，就是讀者的詮釋索引，讓讀者得以按圖索驥，置身小說人物之側，共同經歷眼前之事。比對《水滸傳》、詞話本及繡像本文字，能更明顯地看出此一筆法的作用：《水滸傳》前文已提及西門慶坐在金蓮對面[27]，但並未詳述西門慶及金蓮的相對位置，只直接寫出西門慶斟酒、拂箸、拾箸，王婆所謂的「十分光」便已「完滿具足」（《水滸》夾批，頁466）。詞話本中多了西門慶脫衣一段，由金蓮「連忙用手接了過去」一句可知，金蓮坐在比較靠近炕的位置，才能為西門慶「搭放停當」。繡像本則在這個小小細節上發揮更多：

> 只見這西門慶推害熱，脫了上面綠紗褶子道：「央煩娘子替我搭在乾娘護炕上。」這婦人只顧咬著袖兒別轉著，不接他的，低聲笑道：「自手又不折，怎的支使人！」西門慶笑著道：「娘子不與小人安放，小人偏要自己安放。」一面伸手隔桌子搭到床炕上去，卻故意把桌上一拂，拂落一隻箸來。卻也是姻緣湊著，那隻箸兒剛落在金蓮裙下。（繡像本，頁56）

繡像本前文與《水滸傳》和詞話本相同，寫金蓮原本和西門慶「對面坐下」（繡像本，頁50），但在王婆去後，繡像本寫金蓮「倒把椅兒扯開一邊坐著」，在一旁「偷眼睃看」西門慶，則是《水滸傳》及詞話本所無。既然「把椅兒扯開」，又「偷眼睃看」，可見金蓮此時並未面對西門慶，而且兩人的位置比「對面」更遠；不寫二人直接面對面地交談，更顯出金蓮欲拒還迎的神情，因此繡像本評點者認為金蓮此舉「媚極」（繡像本眉批，

你那日屋簷下走，打得正好。」西門慶道：「就是那日在門首叉竿打了我的？倒不知是誰宅上娘子？」婦人分外把頭低了一低，笑道：「那日奴慌沖撞，官人休怪！」見繡像本，頁50。黃霖認為繡像本評點者即是將詞話本改寫為繡像本之作者，因此評點者對繡像本添寫之處讚賞有加的態度可謂「自吹自誇」，並不客觀。參見黃霖，〈關於《金瓶梅》崇禎本的若干問題〉，收入中國金瓶梅學會編，《金瓶梅研究》第一輯（南京：江蘇古籍出版社，1990），頁80-81。然而對照繡像本評點與張竹坡的看法，可知他們對添寫之細節所見略同。

26 繡像本此回眉批云：「從來首事者每能為局外之談，此寫生手也，較原本遠庭矣。讀者詳之。」見繡像本，頁57-58。繡像本評點者不若張竹坡直接道出其比較對象為《水滸傳》，他並未指出所謂的「原本」是何種版本。對繡像本及詞話本二者成書時間孰先孰後，研究者曾有不少爭論，梅節是認為繡像本先出的主要論者，黃霖則持相反意見，但當以黃霖所論較為可信；他已詳細辨清各種說法，也說明此處所謂「原本」即詞話本。可參見《金瓶梅講演錄》，頁43-52。

27 原文如下：「西門慶獎了一回，便坐在婦人對面。」見《水滸》二十四回，頁463。

頁 55）。繡像本接著寫金蓮「只顧咬著袖兒別轉著」，但西門慶問話時仍然低聲笑著回答；張竹坡認為「別轉頭」使金蓮「紙上活現」（張批本，第四回回評，頁 76），正是因為此段寫出金蓮眼不在西門慶身上，但心思卻在西門慶身上。瞭解二人的相對位置之後，便可知西門慶「偏要自己安放」綠紗褶子的原因，不只是為了調情，故意和金蓮唱反調[28]，也是為了藉機靠近坐在炕邊的金蓮，所以才「伸手隔桌子」把綠紗褶子搭到床炕上。接著「拂箸」一段，《水滸傳》及詞話本二者皆只寫西門慶勸酒數回之後，「把袖子在桌上一拂，把那雙箸拂落地下」；繡像本則讓西門慶藉著「隔桌子」安放綠紗褶子的機會，拂落桌上的筷子，使這個動作顯得更加自然，行文也更加流暢。後文接著寫西門慶「走過金蓮這邊來」一句（繡像本，頁 56），亦為《水滸傳》及詞話本所無，不但再次點出二人原在房間兩頭的空間關係，也讓評點者的眼光隨著西門慶「走過來」（《第一奇書》第四回夾批，頁 118），落在金蓮腳邊，將兩處合為一處。可見繡像本添寫的細節，交代人物的空間關係與位置之改變，能使文字讀來更具臨場感，也正是「極端寫實的手法」得以奏效的原因。[29]

　　值得注意的是，第四回描述至此，說書人皆未現身，僅以細緻的空間標記，邀請讀者置身書中，有如身歷其境般地觀看兩人調情；但敘至調情結束時，詞話本直接以賦描寫二人交歡的情形，講究細節的繡像本卻以「卻說」二字，加入說書人的評論，打斷逼真的敘述，暫且按下眼前之事，以時間回溯取代空間描繪：

> ……于是不繇分說，抱到王婆床炕上，脫衣解帶，共枕同歡。卻說這婦人自從與張大戶拘搭，這老兒是軟如鼻涕膿如醬的一件東西，幾時得箇爽利！就是嫁了武大，看官試想，三寸丁的物事，能有多少力量？今番遇了西門慶，風月久慣，本事高強的，如何不喜？但見……（繡像本，頁 56-57）

28　繡像本眉批云金蓮：「句句推辭，句句撩撥，不繇人不死也。」見繡像本，頁 56。可見兩人之間互唱反調，若即若離，是為了調情。

29　田曉菲論道：「『走過金蓮這邊』，補寫出兩個相對而坐的位置，是極端寫實的手法。」見《秋水堂論金瓶梅》，頁 16。如前所述，「兩人相對而坐」的情形，其實在種種細節中一再透露，並非此處才補寫出來。其後荒木猛在〈關於崇禎本《金瓶梅》的補筆〉一文中，也比較了此回在繡像本及詞話本中的異同，認為前者較後者自然、詳細而真實；王汝梅〈《金瓶梅》繡像評改本：華夏小說美學史上的里程碑〉一文，亦以為添寫此段，能加強兩個人物間的情感交流。然二者皆未比對《水滸傳》文字，亦未深入分析其敘事筆法。參見荒木猛，〈關於崇禎本《金瓶梅》的補筆〉，《徐州師範大學學報（哲學社會科學版）》第三十七卷第三期，2008 年 5 月，頁 14-15；王汝梅，〈《金瓶梅》繡像評改本：華夏小說美學史上的里程碑〉，《吉林大學社會科學學報》第四十七卷第六期，2007 年 11 月，頁 132。

說書人將讀者帶離現場，回顧金蓮從前際遇，不只能以過往襯托眼前，讓讀者得知金蓮之所以被西門慶哄動春心，實因情欲需求未獲滿足，因此遇見「本事高強」的西門慶，才會喜形於色；說書人一本正經為金蓮解釋的口吻，也賦予後文金蓮一而再、再而三與西門慶偷情充分的理由，強化讀者閱讀時「想當然爾」的情境。「看官試想」、「如何不喜」兩句，就是說書人意圖說服讀者的標記，要讀者理解金蓮何以無法自拔，而非賦予道德評價。於是當說書人再度以「但見」二字回到現場，以賦描述二人魚水之歡時，便不只給予讀者置身其中的臨場感，還要讀者在揣想金蓮種種媚態之後，更深入地窺見金蓮的心理。這段敘述眼前情景的文字，便和過往的歷史相互交織，調情的種種細節，亦與金蓮內心思緒同聲呼應。這不只能更加突顯金蓮行房之樂，也將前文種種關於金蓮之「形」的描述，一併在此歸結，點出她「媚極」、「騷極」之「神」，不只肇因於她的性情，也與她的生命經歷相關。過往的歷史及眼前的景象，遂構築出特殊的時空情境，承接讀者對前文極端寫實之調情描寫的閱讀體驗，融合成歷歷在目的「絕妙春圖」（繡像本第四回眉批，頁57）。

　　由前文可知，讀者藉由閱讀細節延伸想像，使自己恍如置身書中，是建構小說時空的重要因素；張竹坡的評點，很能清楚地呈現此一體驗，亦即讀者如何揣想「白描」背後的神韻，將文字的描述轉化為傳神的圖像。作者以「五低頭」、「七笑」、「兩斜瞅」寫潘金蓮如何與西門慶調情；評點者則藉「七笑」的神態，推敲潘金蓮細微的心情變化：

> 「帶笑」者，臉上熱極也。「笑著」者，心內百不是也，「臉紅了微笑」者，帶三分慚愧也。「一面笑著低聲」者，更忍不得癢極了也。「一低聲笑」者，心頭小鹿跳也。「笑著不理他」者，火已打眼內出也。「踢著笑」者，半日兩腿夾緊，至此略鬆一鬆也。「笑將起來」者，則到此真箇忍不得也。何物文心，作怪至此！
> （張批本，頁76-77）

張竹坡由金蓮的肢體動作、神情，看透其情緒與欲望。雖然作者只寫了金蓮如何「笑」，但閱讀時不應只讀到金蓮的「笑」，必須掌握文脈語境，加入自己的想像，才能體會作者如何「傳神」。[30]由此可知，「白描」並未完全道盡小說人物的風貌，讀者的參與，才能補足許多難以言喻的神采。因此張竹坡必須推測金蓮的心理變化，甚至揣想其生理反應（半日兩腿夾緊，至此略鬆一鬆也），方能有如親見金蓮迷人之處。對張竹坡而言，想像的部分已躍出文字本身，和文字一齊構成鮮活的圖像；是以這段描寫雖然完全沒有提及性事，但對他而言卻有如「絕妙春宮」，而且他認為讀不出其中春意者「便瞎了也」。

30　張竹坡已自道此處閱讀方法為「與其上下文細細連讀」。見張批本，頁76。

[31]由此可知，金蓮撩撥的從來不是小說裡虛構的西門慶，而是小說外藉由文字建構時空的讀者：雖然繡像本眉批云「寫情處，讀者魂飛，況身親之者乎！」（繡像本，頁56），事實上小說中的一切皆為虛構，並沒有「身親之者」，只有閱讀時彷彿身歷其境的讀者。「白描」造成的「擬真」效果，使一再強調要將「淫詞豔語」批作「起伏奇文」的張竹坡亦無法作壁上觀（張竹坡，〈第一奇書非淫書論〉，《第一奇書》，〔非淫書論〕頁2），而與他所謂的凡夫俗子相同，自文字間獲得感官的享受。[32]他認為讀金蓮低頭、笑、斜瞅，「使八十老人，亦不能寧耐也」（張批本第四回回評，頁76）；讀金蓮咬衫袖而不「廢書而起」者，則「不聖賢即木石」（張批本第四回回評，頁77）；但所謂的「八十老人」、「聖賢」、「木石」，都只是他假想中閱讀《金瓶梅》的讀者，真正感到「不能寧耐」或「廢書而起」，並將其閱讀經驗化為評點文字的，正是張竹坡自己。至此，「白描」已使文字描述的場景轉化為讀者的親身感受，讀者藉由想像，參與了小說中虛構的時空情境。[33]

31　張竹坡夾批云：「自王婆去後，此一段乃是絕妙春宮，必看至後文，王婆坑〔炕〕上云云，是春宮、是淫事，便瞎了也。」見《第一奇書》，頁117。

32　丁乃非分析，張竹坡以道德的眼光閱讀《金瓶梅》，認為只有瞭解作者深意的讀者，才能跳脫令看者「眯目」的文字表象，看出作者的作文妙法，發掘「妙事」（亦即性事）背後規勸世道的用心，最後得以不視《金瓶梅》為淫書，甚至以自己的閱讀角度「重寫」《金瓶梅》，將整本「老婆舌頭」轉化為合乎道德觀點的文本。因此張竹坡認為，視《金瓶梅》為淫書者，無論在道德修養或作文之法方面皆欠缺修養，才會陷入「眯目」的困境。但即便如此，張竹坡還是在閱讀「妙事」之際，獲得心理及感官的歡愉。參見 Ding, Nai-fei, *Obscene Things: The Sexual Politics in Jin Ping Mei*, 131-134。

33　另一個張竹坡運用想像參與書中男女房事的例子在第七十八回，可供相互參照。原文是「兩個共入裡間房內。掀開繡帳，關上窗戶，輕剔銀缸，忙掩朱戶。男子則解衣就寢，婦人即洗牝上床，……」張評曰：「方掩門四句，情事妙絕。看她入裡間房內，已情不能禁，即掀開繡帳。因適間情事不堪，未曾洗牝，故又下床。則見窗猶未關，順手關窗。去剔殘燈，乃又想起未曾關門，於是關門洗牝，匆匆上床。而男子則先已解衣上床也。一時情景如畫。」見《第一奇書》，頁2256-2257；原文不清處已參照張評本，頁1249。史丹佐（F. K. Stanzel）及查特曼亦皆論及，敘事空間的呈現或實體化（concretization），在相當程度上倚重讀者的想像；因此文字敘事中的存有物（existents）及其所處的空間若能「被看見」，指的是它們在想像中被看見，亦即由文字轉化為心靈的投影（mental projections）。參見 F. K. Stanzel, *A Theory of Narrative* (London: Cambridge University Press, 1984) 116、Seymour Chatman, *Story and Discourse: Narrative Structure in Fiction and Film*, 101。李欣倫則關注張竹坡閱讀時的身體感知，認為張竹坡之所以能體認書中人物交歡時的種種細節，乃是因為他閱讀時投身於各角色，化身為作者替身，方能有如色色親見；參見氏著，《金瓶梅之身體感知與性別辯證：一個跨文本和漢字閱讀觀的建構》（國立中央大學中國文學研究所博士論文，2009），頁58-59、75。然而，此一敘事效果之成因，除了張竹坡投身其中，以小說中的「局內人」自居外，還涉及傳統小說的敘事策略、評點者的身分、書寫評點時的意識型態間的交互作用，評點者的情感狀態及閱讀反應只是原因之一。關於上述敘事技巧及評點書寫的分析，詳見第四章第二節。

二、細筆

「細筆」指的是敘事者仔細描述某個場景中人、事、物的種種特徵，點水不漏。「細」也是《金瓶梅》中常見的批評術語，通常以夾批的形式出現，乃知《金瓶梅》無事不記的特色。此一筆法能使讀者具體想像書中種種，文字亦得以圖像化，有如在眼前搬演。《金瓶梅》中的細筆，除了描繪人物容貌服飾的細節外[34]，常表現於描述空間環境之際，也意指作者事事敘及，無所遺漏；但當作者運用細筆，貌似敘及所有事物時，被省去未敘的部分和細筆敘述之間，也會構成特殊的對比效果。由張竹坡的評點，可一窺以「細筆」處理的擬真描寫，如何使讀者身歷其境：

> 讀之，似有一人親曾執筆，在清河縣前，西門家裡，大大小小，前前後後，碟兒碗兒，一一記之，似真有其事，不敢謂為操筆伸紙做出來的。（〈讀法〉六十三，《第一奇書》，[讀法]頁 43）

由引文可知，《金瓶梅》中西門家事無論大小，甚至連杯皿器用皆被「一一記之」；此書之「細」，正是張竹坡感到「似真有其事」的原因。例如第六十五回〈願同穴一時喪禮盛　守孤靈半夜口脂香〉中，便鉅細靡遺地敘述了喪禮的種種細節：

> 喪禮盛，看他先寫破土，又寫請地鄰，乃寫十一日辭靈，又寫發引。至於發引，看他寫看家者，寫擺對者，寫照管社火者，寫收祭者，寫送殯者，寫車馬，寫轎，寫起棺，寫摔盆，寫社火，寫看者，寫懸真，寫山頭，寫在墳前等者，寫點主，寫回靈，寫安靈，許多曲曲折折……。（張批本，頁 977）

自六十二回〈潘道士法遣黃巾士　西門慶大哭李瓶兒〉寫瓶兒亡故以來，作者以四回的篇幅描寫喪事期間發生的大小事件，已是「無事不備，無人不來」（張批本，頁 950）、「曲曲折折，拉拉雜雜，無不寫之」（張批本，頁 922）；六十五回又敘及如此繁複的喪禮儀節，其鋪陳敷衍之細密周詳，可謂全書之冠。雖然張竹坡以分析的眼光再三強調，作者放筆寫此回之盛的目的，是為了對照西門慶身後淒涼的景況，「此冷彼熱」，不啻天壤之別[35]；

34　細筆也可能是承襲話本特徵的藝術筆法。程毅中指出，真實描寫細節是話本的重要表現方法，《金瓶梅》中大量的鋪敘，正是說唱藝術的特定風格；關於容貌服飾之細節的贊詞，也是說唱文學特有的文體，說話人稱之為「開相」。參見程毅中，〈《金瓶梅》與話本〉，收入《金瓶梅研究》第二輯，頁 26-29。

35　見六十三回回評：「總為西門一死，詳略之間，特特作照」（張批本，950）、六十三回夾批：「與西門死，何千戶一對，卻是此熱彼冷」（《第一奇書》，頁 1701）、「盧六七人，總為西門死後作照」（《第一奇書》，頁 1709）、六十五回回評：「總為西門一死對照」（張批本，頁 977）、

但在閱讀之際，書中的詳盡描述，還是讓他不禁嘆道「止覺看者已迷離，照耀金花燦爛，反覺眼倦不能直視矣」（《第一奇書》，頁1758）。看者之所以「迷離」，之所以「眼倦不能直視」，正因所見已不只是文字，而是憑藉這些令人感到「五色迷目」的繁複鋪陳所產生的想像。「細筆」鋪陳喪禮之景物、執事人員，再現情景；而且此段以下，張竹坡在夾批中又運用十個「細」字。雖然這些夾批並未說明作者有何深意，但可以看出評點者閱讀時之仔細，逐一清點，不因瑣碎而藐視忽略[36]；相對而言，這也顯示出物件的品項、性質並非評點者關注的重點，這些事物構成的集合體，及隨之而來「細」或「迷目」的閱讀感受，才是細筆鋪陳所欲呈現的敘事效果。因為唯有這些人、事、物都齊備了，才有張竹坡所謂「行文如戲」的排場。換言之，張氏認為「具象化」即「舞臺化」，重現實情實景，一方面能轉化靜態的文字為有動感的時空，產生「戲劇化」的效果；另一方面也藉由聚集物事名色，賦予讀者排場奢豪的整體感受。繡像本評點者更直指此處描寫能迷炫讀者之耳目[37]，刺激其感官經驗，藉視覺上豐富的圖像，以收聯想之效。

　　但更值得注意的，是「細筆」並非真的「無不寫之」。在作者以細密筆觸營造的敘事時空中，「被詳細敘述」與「被完全剔除」二者之間的落差，也會構成耐人尋味的對比。亦即無論如何周密詳盡，敘事涵括的內容，仍舊是經過選擇與聚焦的結果。[38]六十五回連續敘述瓶兒喪禮之盛、西門慶守孤靈、宴請六黃太尉、宴後聽戲幾個事件時，便

六十五回夾批：「至西門死，止用幾筆點染，便冷熱相形不堪」（《第一奇書》，頁1743）、「總處都是反襯西門死也」（《第一奇書》，頁1754）、七十九回回評：「寫西門一死，其家中人上下一個不少，然止覺淒涼，不似瓶兒熱鬧，真是神化之筆」（張批本，1269）、「一樣諸人辦事，只覺敘得冷淡之甚，真是史筆」（《第一奇書》，頁2347）、「草草敘來，一事不少，卻冷落之甚」（《第一奇書》，2349）。
36　由張竹坡的夾批可以看出讀者如何細讀。在六十五回夾批中，張竹坡細數李瓶兒發引當日人員：「十名看家」、「四十名擺對」、「二十名打路」、「二十名收禮」、「又留下看家者，一絲不紊」、「八仙龜鶴共十人」、「四女虎鹿共六人」、「道眾十六人」、「和尚二十四人」、「大絹亭二十四人」、「小絹亭四十八人」、「倉庫十八人」、「金銀山四人」、「冥人十數人」、「香燭亭四人」、「百花亭十二人」、「引魂轎四人」、「花柳四人或六人」、「幢帆二人」、「幡四人」、「繖四人」、「功布八人」；車馬轎子：「一總描寫車馬」、「總寫轎」、「又寫小轎」；道具排場：「鼓」、「鑼」、「旌」、「火」、「社火頭一隊」、「懸真」。見《第一奇書》，1747-1755。
37　繡像本六十五回眉批云：「一味點綴，炫人耳目」。見繡像本，頁878。
38　史丹佐已論及，將敘事「景深化」（narrative perspectivization，亦即選擇不同的講述角度及呈現方法，使故事與讀者間依講述角度的遠近深淺不同，產生不同的詳細程度或距離感）時，通常關注的並非發現或呈現客體在空間中相互影響的關係，而更注重它們如何被選擇，以及文本如何呈現它們符號上的重要性（semiotic importance），強調其與特定客體相繫的特殊意義。換言之，文學的選擇歷程，亦即敘事文本所揭示的，小說創作過程中如何重新安排現實生活原有的元素（fictional schematization）。參見 F. K. Stanzel, *A Theory of Narrative*, 116-117。

先以細筆及鏡頭式的敘事角度描寫喪禮，使讀者專注於物質層面的描述，突顯出具有「公眾」性質的時空環境；如此便能與前文「西門慶大哭李瓶兒」及後文敘述西門慶心境的「守孤靈」一段相互映照，構築出兩種性質截然不同的敘事時空[39]：

> 話說到十月二十八日，是李瓶兒二七，玉皇廟吳道官受齋，請了十六個道眾，在家中揚旛修建齋壇……到李瓶兒三七，有門外永福寺道堅長老，領十六道眾上堂僧來念經。穿雲錦袈裟，戴毘盧帽，大鈸大鼓，甚是齊整。十月初八日是四七，請西門外寶慶寺趙喇嘛，亦十六道眾，來念番經，結壇跳沙，灑花米行香，口誦真言。……次日，推運山頭酒米、桌面餚品一應所用之物，又委付主管夥計，庄上前後搭棚，墳內穴邊又起三間罩棚。先請附近地鄰來，大酒大肉管待。臨散，皆肩背項負而歸，俱不必細說。十一日白日，先是歌郎并鑼鼓地弔來靈前參靈，……各樣百戲弔罷，堂客都在簾內觀看。參罷靈去了，內外親戚都來辭靈燒紙，大哭一場。到次日發引，先絕早攛出名旌，各項旛亭紙筒，僧道、鼓手、細樂、人役都來伺候。……那兩邊觀看的人山人海。那日正值晴明天氣，果然好殯。但見：……扶肩擠背，不辨賢愚；挨覷並觀，那分貴賤！張三蠢胖，只把氣吁；李四矮矬，頻將腳跕。白頭老叟，盡將拐捧拄髭鬚；綠鬢佳人，也帶兒童來看殯。（繡像本，頁 875-880）

敘事者一方面運用鏡頭式的敘事角度，限制自己以貌似客觀的角度描述空間景象[40]；另一方面則依序以李瓶兒二七、三七、四七等日，鉅細靡遺地標示各事件的時間。這兩種敘事筆法所欲呈現的效果，就是排除關於個別人物、事件的描述，因此得以將聚焦範圍延伸至整個喪禮備辦的場景；此一筆法也藉由固定的時間標記，強調此處「按時記載」的敘事特徵，如此一來便能引導讀者細讀，並擴充事件所佔的段落篇幅。亦即敘事者透過擴大敘事空間，增加敘事頻率，使二者相互交織，以突顯敘事密度之高，所記事件之

---

[39] 羅南（Ruth Ronen）認為，敘事時空框架可以用三種不同的方法分類：1.鄰近的程度（A Degree of Immediacy）、2.真實的程度（Degree of Factuality）、3.時空框架的性質（Frame-Properties），所謂「公」、「私」空間之分，便在第三種分類層級中。參見 Ruth Ronen, "Space in Fiction," in *Poetics Today* 7:3 (1986): 425-435。

[40] 史丹佐將敘事活動中呈現空間的模式分為兩種：一種是鏡頭式（camera eye）的描寫手法，指敘事者限制自己以客觀的角度描述場面或景象；另一種則是反應特定形象的敘事（figural narrative），亦即透過反映人物（reflector-character）的意識所描繪的景象。F. K. Stanzel, *A Theory of Narrative*, 117-118。本文借用前者的概念，描述說書人貌似客觀描述場景的情況；事實上說書人講述的角度，皆帶有顯隱程度不一的特定意圖，亦即在鏡頭「取景」時已經做過選擇，並沒有所謂完全客觀的講述方式。

繁。換言之，此處的細筆並非無不寫之，而僅極力描繪圍觀眾人眼中的喪禮，不深入探究置身其中的小說人物有何情緒轉折，如此方能構成具備「公眾」性質的時空環境，並使讀者專注於種種物質細節之上，如張竹坡般逐項清點，以感官的角度體驗喪禮之盛。因此敘事者在敘畢瓶兒出殯前種種儀式、排場之後，以「那兩邊觀看的人山人海」一句，點出此間所有細緻的描寫與記錄，都是為了供人觀看。圍觀群眾不僅「扶肩擠背，不辨賢愚；挨觀並觀，那分貴賤」，各色人等均有；甚至連「綠髻佳人，也帶兒童來看殯」。出殯原是有諸多忌諱之事，但西門慶家的排場，使此事不但不顯得不祥可怖，反而是連兒童都能爭觀的熱鬧場面。敘事者先藉由擬真的細筆描述，勾勒出此一充斥儀式祭典，與日常生活相區隔的特殊時空，令讀者有如身之親之，在五光十色之中「看熱鬧」；再透過眾人圍觀的眼光，將原本西門慶家中氣氛陰冷的瓶兒之死[41]，轉化為「正值晴明天氣」的「好殯」。同是寫「死亡」，敘事者分別描寫出殯路途與西門慶家內的情景，構築出「公」、「私」相對的兩個時空，二者不僅性質對立，亦氣氛迥異。當敘事者選擇以群眾的眼光，細細觀看此一「好殯」時，他也同時選擇了暫時擱置自己全知全能的角色，與群眾一同「看熱鬧」，而不看透小說人物的內心；關於西門慶如何傷心，如何悲慟的描述，則皆暫時擱置，劃入後文屬於「私」的時空範疇。於是，作者之「細筆」所呈現的，不只是求全、求細，營造令觀者眼倦不能直視的物質表象，而是藉此將死亡儀式化、公開化，同時摒除死亡為小說人物帶來的情緒感受，將死亡轉化為可以細數的道眾、法器、人力、車馬，鉅細靡遺地鋪陳出西門慶金錢與權力的展示場。

六十五回不只以鏡頭式的敘述角度描寫公開場合，更在敘畢出殯情景後，隨即由西門慶作為反映人物，自他眼中勾勒出私領域的景象，連續敘述「公」、「私」兩種時空，使二者成為鮮明的對比，反覆皴染出死亡複雜的面貌。此處敘事者仍先以「細筆」描繪西門慶眼中所見的瓶兒房間：

> 西門慶不忍遽捨，晚夕還來李瓶兒房中，要伴靈宿歇。見靈床安在正面，大影掛在旁邊，靈床內安著半身，裡面小錦被褥、床几、衣服、粧奩之類，無不畢具，下邊放着他的一對小小金蓮，桌上香花燈燭、金碟樽俎般般供養，西門慶大哭不止。令迎春就在對面炕上搭鋪，到夜半，對著孤燈，半窗斜月，翻復無寐，長吁短嘆，思想佳人。有詩為證：短嘆長吁對鎖窗，舞鸞孤影寸心傷。蘭枯楚畹三秋雨，楓落吳江一夜霜。夙世已逢連理願，此生難滅返魂香。九泉果有精靈在，地

---

41 瓶兒死前西門慶尋潘道士作法，當時是「但見晴天月明星爛，忽然地黑天昏，起一陣怪風」；又「大風所過三次，忽一陣冷氣來，把李瓶兒二十七盞本命燈盡皆刮滅」。見繡像本，頁839。

下人間兩斷腸。

　　白日間供養茶飯，西門慶俱親看着丫鬟擺下，他便對面和他同吃。舉起筯兒來：「你請些飯兒！」行如在之禮。丫鬟養娘都忍不住掩淚而哭。（繡像本，頁882）

敘事者雖然如前文一般，以細筆描述空間細節，但前文的「細筆」，將西門慶的情緒摒除在外，此處的「細筆」，卻突顯出西門慶如何觸景生情。「見靈床安在正面」一句顯示，此處所敘皆為西門慶眼中所見，是由公共場域轉入私人場域的標記，構成時空觀點之轉移[42]，立即將讀者引入不同的時空。西門慶的觀看角度，呈現出對瓶兒充滿眷戀的景象：「大影」、「半身」使瓶兒身影容貌猶在眼前[43]；「小錦被褥」、「床几」、「衣服」、「粧奩」等日常用具「無不畢具」，則使此一空間保有瓶兒依舊生活其中的線索；而前文反覆描寫的「小小金蓮」，更與西門慶的情感、慾望相互交纏，正是西門慶睹物思人的關鍵。[44]亦即此處雖然看似細細描繪空間，但描繪之物已然經過選擇：由西門慶的眼中觀看房屋，強調的是吸引西門慶目光的種種物事，目的在寫「物」的同時，烘托物在人亡、徒留傷心的氛圍。不僅物質環境處處有瓶兒身影及所用之物，奠祭瓶兒的儀式，亦與出殯情景大相逕庭：雖然西門慶因為重視瓶兒，故毫不吝惜地備辦喪禮[45]；但在眾人眼光下鋪排種種祭典，亦是暴發戶西門慶展示金錢權力的大好良機，因此儀式不只是為死者求得好處的喪俗，亦非以排解孝眷哀思為主要目的，還具有演出、炫耀的性質。但敘及瓶兒房內情景時，敘事者不再「曲曲折折、拉拉雜雜，無不寫之」，而接續前文所敘種種瓶兒遺蹤，專寫「如在之禮」，使敘事的重心集中在西門慶如何藉此排遣思念、抒發哀痛。雖然擺設及儀式皆在模擬死者猶未遠離的狀況，但每當生者行禮如儀

---

[42] 此類涉及觀看主體觀點之空間環境描述，必然牽涉敘述視角、聚焦等議題，加恩便視此為「環繞視角」（ambient focalization），亦即同時有兩個不同的聚焦者（在此例中即為西門慶及說書人）講述時空關係的接受及體驗。參見 Manfred Jahn, "More Aspects of Focalization: Refinements and Applications," in John Piered., *GRAAT 21: Recent Trends in Narratological Research* (1999): 96-98。本文關注此段引文與上下文間時空環境轉換的脈絡關係，關於敘事視角之分析，則集中於第四章討論。

[43] 此處張竹坡沿用前文的閱讀方法，夾批有「大影」、「半身」等逐一細看的標記。見《第一奇書》，頁1755。

[44] 張竹坡曰：「隔壁有活金蓮，面乃對瓶兒之遺鞋，又與蕙蓮遺鞋一映。」又繡像本評點曰此處「寫出傷心」。見《第一奇書》，頁1755、繡像本，頁882。

[45] 西門慶一方面以盛大喪禮表示對瓶兒的重視，一方面藉此平復傷痛。此即應伯爵所言：「……就是嫂子他青春年少，你疼不過，越不過他的情，成了服，令僧道念幾卷經，大發送，葬埋在墳裡，哥的心也盡了，也是嫂子一場的事，再還要怎樣的？哥，你且把心放開。」見繡像本六十二回，頁848。然而文龍則以為，西門慶在瓶兒死後即與如意私通，不可謂之獨鍾情於瓶兒；因此「此日之鋪張喪事，窮奢極侈，蓋勢也，非情也。」見文龍第六十二回回評，《資料彙編》，頁474。

地發出沒有回應的呼喚，就是在反覆確認死者已然不在的事實。如此一來，「模擬」雖然意在重現死者猶在的過往，但被強化的並非今昔之「同」，而是今昔之「異」。種種瓶兒「如在」的痕跡，能使不忍遽捨的西門慶找到暫時的寄託與慰藉；但愈是置身其中，因瓶兒離去而生的空虛便愈發強烈。由此可知，此處不只呈現西門慶眼中的空間環境，更將西門慶的傷痛，化為對屋內陳設逐一細看的目光。敘事者同樣運用細筆，但透過不同角度，描繪公、私兩種不同的時空，向讀者展示糅合金錢與權力的「好殯」背後，不過是孤燈斜月下失去佳人的長吁短嘆。而西門慶彌補這種空虛的方法，便是佔有官哥奶娘如意兒的肉體，直接以如意兒代替瓶兒：對他而言，瓶兒正在種種反覆舉行的儀式中化為烏有，唯有在此一模擬瓶兒尚未遠離的空間中，與如意兒翻雲覆雨，方能使「如在」的瓶兒趨於「實在」。[46]

　　當作者刻意描繪瓶兒死後房間陳設的種種細節，營造瓶兒猶在的氛圍時，此一時空環境不只和前文構成「公」、「私」之間的對照，也糅合了同一空間在瓶兒生前、死後同中有異的情景，更深刻地藉由西門慶在其間的活動及心理變化，勾勒出複雜的人性。第三十八回〈王六兒棒槌打搗鬼　潘金蓮雪夜弄琵琶〉中，便細細摹畫了西門慶與瓶兒如何相處，以及瓶兒房中的氣氛：

> 且說西門慶約一更時分，從夏提刑家吃了酒歸來，一路天氣陰晦，空中半雨半雪下來，落在衣服上都化了。不免打馬來家，小廝打著燈籠，就不到後邊，逕往李瓶兒房來。李瓶兒迎着，一面替他拂去身上雪霰，接了衣服，止穿綾敞衣，坐在床上，就問：「哥兒睡了不曾？」李瓶兒道：「小官兒頑了這回，方睡下了。」迎春擎茶來吃了。李瓶兒問：「今日吃酒來的早？」西門慶道：「夏龍溪因我前日送了他那匹馬，今日為我費心，治了一席酒請我，又叫了兩個小優兒。和他坐了這一回，見天氣下雪，來家早些。」李瓶兒道：「你吃酒，教丫頭篩酒來你吃。大雪裡來家，只怕冷哩。」西門慶道：「還有那葡萄酒，你篩來我吃。今日他家吃的是造的菊花酒，我嫌他殼香殼氣的，我沒大好生吃。」于是迎春放下桌兒，就是幾碟嗄飯、細巧菓菜之類。李瓶兒挈杌兒在旁邊坐下。桌下放著一架小火盆兒。（繡像本，頁499）

---

46 至六十七回，作者方點出西門慶將如意兒比作瓶兒。西門對如意兒明言：「我的兒，你原來身體皮肉也和你娘一般白淨，我摟著你，就如和他睡一般。……」七十五回又重提此事：「我的兒，你達達不愛你別的，只愛你到好白淨皮肉兒，與你娘一般樣兒。我摟你就如同摟著他一般。」見繡像本，頁911、1039。

在這段描寫中，季節與空間緊密交織，不僅以看似不經意的描寫文字，構成關於「冷」、「熱」的多重對比，更將有關感官知覺的描述，化為小說人物心理狀態的隱喻。作者先以「一路天氣陰晦，空中半雨半雪下來，落在衣服上都化了」點出季節，這句簡單的敘述，在後文延伸出「桌下放著一架小火盆兒」及「李瓶兒迎着，一面替他拂去身上雪霰」兩句屋內情景的描寫：前者貌似無關緊要的描述，但桌下「小火盆兒」的溫暖，點出此一空間能令西門慶在感官上由「冷」即刻轉換為「暖」；後者則特意以白描的手法，在敘述瓶兒動作之際，既簡潔又精確地刻畫出瓶兒對西門慶如何細細關懷，使西門慶不僅以身體感受屋內溫度，內心也接收到因瓶兒殷切照料帶來的暖意。天氣寒冷及情意熱絡二者間的對比，也斷斷續續地散布在二人的言談之間：西門慶及瓶兒所談論的，無非是家常瑣事，但「哥兒睡了不曾」、「今日吃酒來的早」、「大雪裡來家，只怕冷哩」等，句句是二人對彼此的關切。屋內屋外溫度的反差、瑣碎的言談、貌似隨手點染的空間描述，共同構成溫暖的氛圍，而這「熱」其實是在描繪「冷」時，由反面烘托出來的。[47]除了以「天冷」映出屋內溫暖及情意之「熱」，作者還緊接著在後文以金蓮房間「屋冷」，及她對西門慶的「心冷」，加一倍反襯西門慶對瓶兒的「熱」：金蓮不但「獨自一個兒坐在床上」，顯得「屋裡冷清清」，連屋內陳設也是「燈昏香盡」、「桌上燈昏燭暗」（引文見繡像本，498-499）。同是冬日情景，屋外雨雪使瓶兒屋內看來更加溫暖，是「冷中之熱」；但金蓮房內卻異常寂寥，她所唱的「聽風聲嘹喨，雪洒窗寮，任冰花片片飄」不僅是應景之詞，更是她內心的寫照；於是屋內屋外的景象及她所唱之曲，共同構成「冷中之冷」的意象，同時指涉溫度及金蓮內心的淒清。當作者刻意並列兩個空間的落差，以同一時節塑造出兩種氛圍時，二者間的對比便使「冷中之熱」成為「熱上加熱」，而

---

47 《金瓶梅》中冷熱對比眾多，此處只是其中一種對比方法：以屋外之冷及屋內之熱對比，使「天冷」襯出「情熱」。另一個明顯的例子是第二回〈俏潘娘簾下勾情　老王婆茶坊說技〉：此回寫大雪天氣，金蓮為勾引武松，備了酒肉，「去武松房裡籠了一盆炭火」。她不僅邀武松「請叔叔向火」，也勸武松「天氣寒冷，叔叔飲過成雙的盞兒」，即希望屋內溫暖，能引動大雪來家的武松之心。因此屋裡的火盆，就象徵金蓮內心的慾火，書內直接點明她「慾心如火，只把閒話來說」。最有趣的雙關語則是「武松自在房內卻拿火筯簇火」，金蓮則「匹手就來奪火筯，口裡道：『叔叔你不會簇火，我與你撥火，只要一似火盆來熱便好。』」意指武松撩動金蓮春心，但卻不曾行動，金蓮遂自己來「撥火」，欲使武松之情慾亦「一似火盆來熱」，這使武松「有八九分焦躁」。「焦躁」亦是熱，因此實體的火盆、金蓮的情慾，確實使武松也感受到熱；然而此熱非彼熱，而是武松的心頭怒火，化為身體的躁動不安。因此屋外天冷大雪，不但襯出屋內實際的溫暖與熱度，襯出金蓮慾火及武松怒火之間的戲劇張力，也襯出武松對金蓮「情冷」，毫不動心；因此繡像本中有夾批云「此人意致太冷」。引文見繡像本，頁28-30。田曉菲認為，武松不起身，和金蓮一同烤火，也是對金蓮的挑逗。見《秋水堂論金瓶梅》，頁8-9。

「冷中之冷」則更顯得「冷上加冷」，坐實了三十一回金蓮對西門慶的怨言：「可是他說的，有孩子屋裡熱鬧，俺每沒孩子的屋裡冷清」（繡像本，頁 403）。至此，「冷」、「熱」不但由身體感受的不同，轉化成空間氛圍的差異，更細膩地織入小說人物的心理活動，將「冷」化為「冷清」，「熱」化為「熱絡」，時空與人物間遂構成相映成趣的對比關係。

「瓶兒房內」與其他時空環境的對比，並未就此結束：在瓶兒生前，此一空間與金蓮房間之間，呈現「此熱彼冷」的關係；但在瓶兒死後，此回的描述與六十七回、七十五回相較，卻是「此冷彼熱」。亦即雖然關於時空的描寫已然固定，但經由作者的刻意安排，可以暗示讀者將它與其他不同的段落對看，並由於對比對象不同，從而產生新的言外之意。比對瓶兒死後屋內的情景可以發現，作者刻意沿用此一塑造瓶兒屋內「冷中之熱」氛圍的筆法，不斷提醒讀者將如意兒與瓶兒聯想在一起。六十七回敘道：

> 西門慶看收了家火，扶着來安兒，打燈籠入角門，從潘金蓮門首過，見角門關着，悄悄就往李瓶兒房裏來。彈了彈門，繡春開了門，來安就出去了。西門慶進入明間，見李瓶兒影，就問：「供養了羹飯不曾？」如意兒就出來應道：「剛纔我和姐供養了。」西門慶椅上坐了，迎春拿茶來吃了。西門慶令他解衣帶。如意兒就知他在這房裡歇，連忙收拾床鋪，用湯婆熨的被窩暖洞洞的，打發他歇下。繡春把角門關了，都在明間地平上支着板凳打鋪睡下。（繡像本，頁 911）

又七十五回：

> 且說西門慶走過李瓶兒房內，掀開簾子，如意兒正與迎春、綉春炕上吃飯，見了西門慶，慌的跳起身來。西門慶道：「你每吃飯。」于是走出明間，李瓶兒影跟前一張交椅下坐下。不一時，如意兒笑嘻嘻走出來，說道：「爹，這裡冷，你往屋裡坐去罷。」這西門慶就一把手摟過來，就親了個嘴，一面走到房中床正面坐了。火爐上頓著茶，迎春連忙點茶來吃了。如意兒在炕邊烤着火兒站立，問道：「爹你今日沒酒，還有頭裏與娘供養的一桌菜兒、一素兒金華酒，留下預備篩來與爹吃。」西門慶道：「下飯你每吃了罷了，只拿幾個菓碟兒來，我不吃金華酒。」一面教綉春：「你打個燈籠往花園藏春軒書房內，還有一罈葡萄酒，你問王經要了來，篩與我吃。」綉春應諾，打着燈籠去了。（繡像本，頁 1038-1039）

為了使對比的效果更加顯著，作者同樣以細筆點出房內陳設，讓讀者在感受相似氛圍之際，察覺二者同中有異之處；亦即時空的塑造，正是使讀者對看瓶兒及如意兒文字的關鍵之一。以上兩段寫西門慶與如意兒偷情的引文，都刻意強調當時正值冬日，與三十八

回相同：第一段引文「用湯婆熨的被窩暖洞洞的」一句，以及第二段引文如意兒所言「爹，這裡冷，你往屋裡坐去罷」、「如意兒在炕邊烤着火兒站立」兩句，都意在寫出屋外之冷及屋裡、炕邊之暖；除此之外，如意兒與瓶兒一般，都問西門慶是否吃酒，而西門慶皆特地要了葡萄酒來喝。作者以細筆點出這些相似的細節，使此一空間延續了三十八回「冷中之熱」的氛圍。[48]

但此處更引人注目的空間陳設，是取代瓶兒實體的瓶兒之「影」。此一細節將「臥房」變為「靈堂」，轉化了空間的性質。將西門慶的偷情行為置於此一空間之中，便使死亡與情慾並列，除了能強調瓶兒「不在」的事實，還讓已然不在的瓶兒，不斷如影隨形地與「實存」此處的如意兒構成對比。西門慶看待瓶兒之影的態度變化，暗喻他內心對瓶兒的思念及依戀漸趨淡薄：第一段引文西門慶雖已不若六十五回「親看著丫鬟擺下」羹飯，但此段的敘述角度還是如六十五回一般，由西門慶眼中「見李瓶兒影」，並且問「供養了羹飯不曾」。雖然西門慶此際來瓶兒房中不為奠祭瓶兒，而是為了與如意兒交歡，可謂醉翁之意不在酒；「供養了羹飯不曾」一句，很可能只是隨口提問，而非真心在意；但作者藉著寫瓶兒還在其「眼中」，點出他仍未完全將其對瓶兒的情意置之不顧。但第二段則全由敘事者角度看去，寫他在「李瓶兒影跟前一張交椅下坐下」；不再由西門慶眼中寫瓶兒之影，暗指瓶兒之影已不在西門慶眼中。因此不僅六十五回中的「如在之禮」蕩然無存，就是供養羹飯與否這樣的隻字片語，也消失無蹤。至此，瓶兒之影對西門慶而言，已不再是被賦予思念，被假設確有瓶兒靈魂依附其上，可對之行「如在之禮」的對象，而僅是毫無生氣的物件；這正是西門慶轉移情感的證據，以及「如在」已然化為「不在」的諷刺。

作者也以性交的描寫，呈現瓶兒與如意兒的對比，藉此刻畫西門慶的心理變化。在環境氛圍、身體特徵都令西門慶將如意兒與瓶兒聯想在一起之後，西門慶進一步以同樣的性交方式，讓如意兒與瓶兒更加相似：六十五回寫西門慶與如意兒交歡時並未詳述細節，全因西門慶在當時氛圍之下，亟欲尋求慰藉，故如意兒能得其青睞，「時機」是主要因素，換作其他女子亦無不可；但緊接這兩段引文後的文字，均提及西門慶將如意兒的「白淨皮肉」比作瓶兒（引文見註42），可見此時西門慶不只視如意兒為可以隨機更換的慰藉品，而是真的從她身上尋得與瓶兒雷同的特徵，將如意兒看作可以替代瓶兒的特

---

[48] 除此之外，作者也細心描述其他屋內細節，透露出瓶兒房間在她生前死後不同的景況，使「瓶兒之房」化為「死瓶兒之房」。張竹坡十分注意這些關於環境的細節。他認為迎春與如意兒伺候西門慶酒菜時「一路寫來，的是已死之瓶兒房中，又的是丫頭奶娘相伴，故妙」；西門慶叫迎春不應亦是「總是寫死瓶兒的房中也」；如意兒拿來的「紬絹被褥、扣花枕頭」，則是「寫得在好醜精粗之間，是大人家奶娘的被褥，又卻是得寵的奶娘被褥，故妙」。見《第一奇書》七十五回夾批，頁2083-2086。

定人物，亦即文龍所謂「以愛瓶兒之愛愛如意矣」（文龍第六十七回回評，《資料彙編》，頁479）。此外，十六回中已云瓶兒「好馬爬」（繡像本，頁198），二十七回又云西門慶與李瓶兒「倒搠着隔山取火」，對她說「你達不愛別的，愛你好箇白屁股兒」（繡像本，頁350），五十回亦寫李瓶兒馬爬在西門慶身上，西門慶「窺見他雪白的屁股兒」（繡像本，頁649），再三點出瓶兒特有的交歡情態；與此相對，七十五回則寫西門慶令如意兒「馬伏在下」，「燈光下兩手按著他雪白的屁股，只顧搧打」（繡像本，頁1041）。張竹坡認為，西門慶之所以要命令如意兒「馬伏」，是為了「出落下文雪白屁股一句」，而這正是「翡翠軒中一影子也」（《第一奇書》七十五回夾批，頁2089）。五十回的描寫，意在強調西門慶不顧瓶兒月事，為了試藥硬是與瓶兒交歡，不僅是瓶兒「病根」（繡像本五十回眉批，頁649），也寫出「西門死瓶兒在此」（《第一奇書》五十回夾批，頁1295），可見作者將瓶兒死前最後一次與西門慶交歡的情景，壓縮在此一再三重述的姿態之中，不只使「馬爬」成為瓶兒枕畔風情的代名詞，也使它與死亡相互連結，同時意指瓶兒的死因，及瓶兒死後如何被如意兒取代。

　　由此可知，自六十五回至七十五回間，關於瓶兒房內空間環境及西門慶與如意兒的性交細節，作者皆不厭其煩地詳盡描述，並非累贅之筆，而是為了指引讀者類比不同時空及人物，將如意兒與瓶兒的身影相互疊合，漸次道出西門慶對瓶兒之死的複雜感受。六十五回中西門慶細細觀看房間的眼光，他大哭、奠祭的舉止，寫出他對瓶兒確是真心實意；但他雖然愛瓶兒，瓶兒也不是不能取代，取代的方法則是很物質、很肉體的：只要在同樣的環境中，有同樣皮膚白皙的女子可以摟著，他就能逐漸得到安慰。因此作者刻意營造類似的氛圍，就是以時間和空間共同構成撫慰西門慶的條件，讓他以身體的知覺，再三重現不能重現的過往，藉此平復內心的哀痛。這種消弭悲傷的作法雖然相當淺薄，但對市井俗人西門慶而言，正是由於瓶兒重要，他也不知該如何消除內心的痛苦，因此便選擇自己最熟悉的方式排遣情緒。然而當他不斷對如意兒複述「我摟你就如同摟著他一般」，以二人之「同」安撫自己時，隨著痛苦減輕，瓶兒也在反覆言說間逐漸消散。亦即雖然三十八回的瓶兒房間是象徵「熱」的處所，但將其與六十七回、七十五回的瓶兒房間相較，可知即便房內女子不同，西門慶一樣可以從中得到溫暖與安慰。時間與空間於焉催化了情感的消逝，使瓶兒成為被擱置、遺忘的舊愛，三十八回的情景在今昔對照之下，遂成為被冷落的過往。由此可知，冷熱的定義並非固著不動，而是在不斷變動的情境之下，再再呈現種種不同的對比。[49]

---

[49]　張竹坡已提及，因冷熱情境可能今非昔是，遂使二者對照的意義，也隨之變化：「富貴，熱也，熱則無不真；貧賤，冷也，冷則無不假。不謂『冷熱』二字，顛倒真假一至於此！然而冷熱亦無定矣。

綜上所述可知,《金瓶梅》作者採取「細筆」敘事時,不僅能引導讀者減緩閱讀速度,逐一檢視書中種種物事,獲得身歷其境的感受;此一敘事手法本身即有鋪陳、展示之特性,將其運用於陳述鋪張奢華的場景時,毋須敘事者現身評論,讀者亦能領會小說人物意在向眾人誇耀。從這個角度看來,細筆貌似「無事不敘」,方能構成上述敘事效果;然而無論如何詳盡,細筆所敘仍已經過篩選,已敘者及未敘者之間,亦能構成耐人尋味的對比。此外,《金瓶梅》中擅以細筆描寫空間陳設及環境氛圍,使相似的空間環境在細節與敘事角度的改動之中,隱隱道出時間的推移及小說人物的心境變化;當敘事者僅僅陳述這些物質環境的變動,不直接道出對事件的單一評論時,當下所敘之事的意義便形成更多複雜的可能,留待讀者再三琢磨、推敲。

三、閒筆

《金瓶梅》中另一種摹寫情景的手法,是在行文之間點綴「沒要緊」的「閒筆」,寫無關緊要的小事。對評點者而言,這些描寫不只讓書中的場景更具逼真感,使小說讀來別具韻味;細心閱讀此類片段,也能意會作者如何藉此展現行文之樂。例如第六十七回,寫黃真人發牒薦亡後拆棚的情景:

> 話說西門慶歸後邊,辛苦的人,直睡至次日日高還未起來。有來興兒進來說:「搭綵匠外邊伺候,請問拆棚。」西門慶聽了罵了來興兒幾句,說:「拆棚教他拆就是了,只顧問怎的!」搭綵匠一面卸下蓆繩松條,送到對門房子裏堆放不題。(繡像本,頁899)

在前文大書備辦瓶兒喪禮、宴請六黃太尉、力邀黃真人薦亡等事之後,六十七回開頭寫「拆棚」,似乎是無關緊要的瑣碎之事,也沒有運用特殊的敘事技巧;但繡像本評點者認為此處「無一毫要緊,卻妙」(繡像本六十七回眉批,頁899),張竹坡亦云「如此拆棚亦必寫得精采,無一懈筆」(《第一奇書》,頁1789-1790),將「拆棚」視為妙趣橫生、筆力精到之處。[50]雖然兩種評點皆謂此處甚妙,但只言「妙」、「精采」,並未直接道出「妙」的緣由;要理解評點者如何領略作者筆墨,可以參照繡像本第三十回原文及眉批:

> 話說西門慶與潘金蓮兩箇洗畢澡,就睡在房中。春梅坐在穿廊下一張涼椅兒上納

今日冷而明日熱,則今日真者假,而明日假者真矣。今日熱而明日冷,則今日之真者,悉為明日之假者矣。」見〈竹坡閒話〉,《第一奇書》,[大略]頁3。

50 黃霖認為此段描寫妙在「增加了濃重的生活氣息」,能點出昨日一日的辛苦,及當時主人的煩躁。參見《金瓶梅講演錄》,頁282。

鞋,只見琴童兒在角門上探頭舒腦的觀看。春梅問道:「你有甚話說?」那琴童見秋菊頂著石頭跪在院內,只顧用手往來指。春梅罵道:「賊囚根子!有甚話,說就是了,指手畫腳怎的?」那琴童笑了半日,方纔說:「看墳的張安,在外邊等爹說話哩。」春梅道:「賊囚根子!張安就是了,何必大驚小怪,見鬼也似!悄悄兒的,爹和娘睡著了。驚醒他,你就是死。你且叫張安在外邊等等兒。」琴童兒走出來外邊,約等勾半日,又走來角門覘探,問道:「爹起來了不曾?」春梅道:「怪囚!失張冒勢,諕我一跳,有要沒緊,兩頭遊魂哩!」琴童道:「張安等爹說了話,還要趕出門去,怕天晚了。」春梅道:「爹娘正睡得甜甜兒的,誰敢攪擾他,你教張安且等著去,十分晚了,教他明日去罷。」(繡像本,頁383)

此段文字之前,是第二十九回〈吳神仙冰鑑定終身　潘金蓮蘭湯邀午戰〉。如前所述,第二十九回是全書「大關鍵」[51],作者大費筆墨為書中人物定下結局,並以「蘭湯邀午戰」一事接續二十七回金蓮與瓶兒爭寵的線索,再次盡力描寫金蓮及西門慶的關係。此段文字之後則是「蔡太師擅恩襲爵」、「西門慶生子加官」兩件大事,作者皆用濃墨重彩之筆大書特書。在前後兩段文字之間,琴童請西門慶見張安一事顯得無關緊要,但作者卻讓琴童兩次來請,也不厭其煩地寫春梅先罵琴童「怪囚根子」,再罵琴童「賊囚根子」,最後還要添一句「怪囚」才結束此段。春梅云:「有要沒緊」的事不可(亦不敢)驚擾西門慶兩口子;在她眼裡看來琴童如「兩頭遊魂」,不知在急些什麼,定要攪擾西門慶。以春梅的「閒」來對照琴童的「急」;以春梅的「推拖」、「等到明日」,可以看出「有要沒緊」繫乎立場、身分、場合、對象等等,不一而足。在評點者眼中,此段「極沒要緊,偏有情景」(繡像本第三十回眉批,頁383):亦即寫的雖是枝微末節的小事,讀者也能判斷這樣的小事與主要情節不甚相關,但對讀者而言,以「閒筆」寫「小事」,正能使當下的情景歷歷在目,也就是「沒要沒緊,寫來偏像」(繡像本第八回眉批,頁100),讓小說呈現出貼近現實的韻味。此處作者已借春梅之口,說出琴童來請西門慶見張安是「有要沒緊」,但作者偏要閒閒描畫琴童的動作神情:「探頭舒腦的觀看」、「只顧用手往來指」、「笑了半日」、「走來角門覘探」;此等筆墨正是「沒要沒緊,俱文人玩世心思所寄」(繡像本第十二回眉批,頁142),不僅讀來逼真,更將當時眾人刻意維護的寧靜,凝聚在琴童的比手劃腳之中,以二人低聲交談的「有聲」,點出四周環境的「無聲」,使讀者將眼前的文字敷衍,化為聽覺氛圍的體驗,更進一步地感受西門慶及金蓮好夢方酣、花園四周靜悄無聲的午後時光。

51　參見第二章「預敘」一節。

綜上所述，可知「閒筆」之所以「妙」，之所以「精采」，不僅因為它使情境逼真，也因為它能使讀者感受特定氛圍，是作者展現「行文之樂」的媒介。作者選擇講述不為人注意的閒事，造成「有要沒緊，情事又逼真」（繡像本第六十九回眉批，頁952）的效果；評點者則以玩賞的態度閱讀「拆棚」、「納鞋」、「請主人見客」這類俗事，欣賞作者信手拈來，刻意突顯閒事的意趣，自然會以為「絕平處皆是奇思，極俗事亦有畫意」（繡像本第六十五回眉批，頁877-878）。也就是說，評點者的閱讀趣味不只來自於平淡無奇的「絕平處」或鮮活逼真的「極俗事」，還來自於「讀出」作者如何敘述閒事，以及選擇突顯閒事的何種面向，方能賦予它們「奇思」及「畫意」[52]；因此讀者在感到情事逼真之餘，更在體會此情此景特有的韻味。以此觀之，「閒筆」描寫的雖然是「俗事」，但正是因為作者特意描繪此類閒事，反而令文字充滿餘韻，而非僅是記錄西門慶家常瑣事的「帳簿」。[53]

《金瓶梅》中的閒筆之所以能信手拈來、隨處生情，還與作者擅於結合閒筆及特定的時空環境有關。當作者再三將事件置入相同的時空環境之際，此一特定背景的作用便不只限於貼近現實，使讀者成為彷彿置身書中的「局內人」；它還是綴合、聯想不同語境的敘事框架，能引導讀者跳脫書中情境，關注作者筆法之妙，不但可以藉此領會文字遊戲之中的閒情逸趣，也能隨敘事者一同冷眼旁觀，成為看清全局的「局外人」。例如自第二十回起，時序進入冬日，作者便以「雪」為題，處處扣緊此字，敷衍出許多閒情妙景[54]：

> 光陰似箭，不覺又是十一月下旬。西門慶在常時節家會茶散的早，未掌燈就起身，同應伯爵、謝希大、祝實念三箇並馬而行。剛出了門，只見天上彤雲密布，又早紛紛揚揚飄下一天大雪花來。應伯爵便道：「哥，咱這時候就家去，家裡也不收。我每許久不曾進裡邊看看桂姐，今日趁着落雪，只當孟浩然踏雪尋梅，望他望去。」祝實念道：「應二哥說的是。你每月風雨不阻，出二十銀子包錢包著他，你不去，

---

52 評點者自俗事中讀出韻味，還可見第十三回眉批：「趕狗叫貓，俗事一經點染，覺竹聲花影，無此韻致」之意。繡像本，頁164-165。

53 張竹坡云：「要知作者自是以行文為樂，非是雇與西門慶家寫帳簿也。」見張批本第六回回評，頁98。

54 重複提及某件事物，引起讀者注意，藉以連貫上下文的筆法，前文已經論及其結構上的作用，可參見本書第二章第二節〈段落的綴合〉中「穿針引線」一段。此類事物可能單純具備結構功能，也可能具有象徵意義，可參見第二章註65及本章第二節。二十回及二十一回寫「雪」則不只有結構方面的考量，還有設置時空背景，以及藉著與讀者對話展現行文之樂的效果；但此段中的「雪」本身，並不構成特殊的象徵意義，故列入本章析論之。

落得他自在。」西門慶吃三人你一言，我一句，說的把馬迤往東街构欄來了。來到李桂姐家，已是天氣將晚。只見客位裡掌着燈，丫頭正掃地。（繡像本，頁261）

在這段文字中，時氣季節是描畫人物活動的引子，也是作者藉閒筆敷衍展現行文之樂的關鍵：他先點出時節已是十一月下旬，大雪紛飛，再寫應伯爵見景生情，隨口謅來「趁着落雪，只當孟浩然踏雪尋梅」，邀西門慶去探訪李桂姐。但讀者很清楚，西門慶當然沒有孟浩然吟詠梅花的文人雅趣，重利現實的李桂姐也不能被比作向來象徵氣節、堅忍的梅花；這種文字和現實間的落差，使「孟浩然踏雪尋梅」不只是幫閒對財主的討好之詞，還是作者的戲謔之筆：他在尋常情景中拈出尋常事物作文章，以孟浩然之雅，突顯出西門慶之俗，顯示出他握有隨時隨地諷刺、奚落小說人物的權力；讀者也藉著自身與作者共享的文化脈絡，得以和作者站在同等高度，玩味此一比擬不倫的典故，藉此獲得閱讀樂趣。自此段「不覺又是十一月下旬」一句起，直至二十一回回末為止，是以雪夜起，以雪夜結[55]；作者一直運用閒處生情的筆法，在「雪」字上反覆播弄，這使「雪」不僅提供小說人物活動的時空環境，便於作者將人事情態的精確摹寫，織入自然時令的氛圍之中；在寫實的筆法背後，讀者還可以藉由閱讀「雪」字，清楚讀出作者搬弄、安排小說人物的遭遇之後，置身事外，閒閒道來的姿態。在二十回回末，說書人敘畢西門慶發現李桂姐私自接客，大動肝火，便接著敘道：

> 西門慶大鬧了一場，賭誓再不踏他門來，大雪裏上馬回家。……月娘恰燒畢了香，不防是他大雪裡走來，倒諕一跳，就往屋裡走。被西門慶雙關抱住，說道：「我的姐姐！我西門慶死也不曉的，你一片好心，都是為我的。一向錯見了，丟冷了你的心，到今悔之晚矣。」月娘道：「大雪裡，你錯走了門兒了，敢不是這屋裡。我是那不賢良的淫婦，和你有甚情節？那討為你的來！你平白又來理我怎的？咱兩個永世千年休要見面！」……西門慶道：「我今日平白惹一肚子氣，大雪來家，逕來告訴你。」月娘道：「惹氣不惹氣，休對我說。我不管你，望着管的你人去說。」西門慶見月娘臉兒不瞧，就折疊腿裝矮子，跪在地下，殺雞扯脖，口裡姐姐長，姐姐短。月娘看不上，說道：「你真個恁涎臉涎皮的！我叫丫頭進來。」一面叫小玉。那西門慶見那小玉進來，連忙立起來，無計支他出去，說道：「外邊下雪了，一張香桌兒還不收進來？」小玉道：「香桌兒頭裡已收進來了。」月娘忍不住笑道：「沒羞的貨！丫頭根前也調個謊兒。」小玉出去，那西門慶又跪

---

55 田曉菲亦論及這兩回反覆寫雪的情形，但將雪景視為作者襯托人物活動的背景。參見《秋水堂論金瓶梅》，頁65。

　　下央及。月娘道：「不看世人面上，一百年不理纔好！」說畢，方纔和他坐在一
　　處，教玉簫捧茶與他吃。（繡像本，頁262、266-267）

此段引文接續前文以雪為軸的寫法：文中提及「雪」字五次，雖然貌似配合時空背景，
隨手拈來，使情境更加逼真；但每次提及的意義都不相同，不僅能推衍事件情節，也能
使作者及讀者藉文字遊戲取樂。「大雪裡上馬回家」中的雪，寫出西門慶憤恨難消，因
此無論天氣多麼惡劣，都要立刻離開；「不防是他大雪裡走來」仍以雪作文章，襯出月
娘沒料到如此天候，西門慶還會走來她房裡；「大雪裡，你錯走了門兒了」一句，則將
大雪令人視線不清的特點，化為月娘的酸言酸語，巧妙道出月娘與西門慶對話時賭氣的
口吻；而西門慶所言「我今日平白惹一肚子氣，大雪來家，逕來告訴你」中的「大雪」，
已經不全然為了點出他當時正「惹一肚子氣」，還帶有討好月娘之意：一面強調自己情
緒不佳，才會大雪來家，希望藉此打動月娘；一面又以「逕來」二字，暗指自己不顧大
雪，直接來找月娘訴苦，刻意表現自己特別重視月娘。此段在極短的篇幅內，以四個各
有所指的雪字，精確地寫出西門慶及月娘的心情轉折，以及二人間微妙的互動，使「雪」
不再是環境背景，而是引人注目的敘事焦點之一。但作者並未就此打住，又緊接著以雪
為題，開了西門慶一次玩笑：小玉進屋裡，西門慶便無法繼續向月娘求情，於是藉口外
面下雪，要小玉離開，去收香桌；然而小玉卻說香桌已經收進來了，這使西門慶無計可
施，顯得更加窘迫。這個玩笑可以分做兩個層面解讀：對月娘來說，西門慶的窘態令她
發笑，這一笑使兩人之間的不愉快消逝無蹤；對讀者而言，有趣的不只是作者精確而生
動的簡筆勾勒，使西門慶的手足無措躍然紙上；讀者還能藉著與前文「孟浩然踏雪尋梅」
的對照察覺，這場大雪再三成為作者揶揄西門慶的舞臺：他不但被比作俗人而不自知，
還在妻子面前做小伏低，讓人「看不上」，最後連想找藉口支開婢女都不成功，反而使
自己窘態畢露，彷彿戲臺上可笑的丑角。

　　由這個例子可以看出，「閒筆」固然可以點染氣氛，使書中情境更加逼真，並讓讀
者彷彿身歷其境；但作者也可以藉「閒筆」彰顯自身存在，操控敘事口吻，影響讀者的
閱讀心態，令讀者跳脫書中。此處雖然沒有「看官聽說」、「卻說」、「且說」等敘事
者明顯現身的痕跡，但反覆出現又意義不同的「雪」字，就在提醒讀者，讓讀者很清楚
地意識到，作者正藉著文字遊戲介入敘事。西門慶要小玉搬香桌的玩笑，已是作者第五
次提及「雪」，顯然是刻意為之，這更突顯出「閒筆」不只是「描述閒事之筆」，有時
還意指作者操弄小說人物遭遇，並向讀者閒閒道來的姿態。也就是說，閒筆的用意不完
全是「寫實」，有時它不但無法消融讀者及書中情境間的隔閡，反而強化了作者的存在
及讀者冷眼旁觀的閱讀感受。有趣的是，此一讀者凝視的目光，亦是作者書寫的對象：

小玉出去後，月娘道「不看世人面上，一百年不理纔好」，似乎適才發生之事，都在「世人」眼中，因此月娘是「看世人面上」才原諒西門慶的；但此時房內只有他們二人，並沒有旁觀者，所謂的「世人」便有兩種意涵：它同時指涉房外可能聽籬察壁之人，以及對種種情事了然於胸的讀者。這同時將書中可能存在的偷窺者及讀者閱讀的目光納入敘事之中，不僅讓小說人物所言所行，有如在舞臺上搬演；也提醒讀者，要自小說中抽離，以冷靜的態度在場旁觀，看透其中可笑荒謬之處，方能成為人物命運的窺視及見證者；而小說人物的命運，也正是現實人生之鑑。[56]由此可知，「閒筆」之「閒」不只限於講述閒事，也同時意指一種描述事件時氣定神閒的態度；這正是繡像本評點中將「細冷」二字並陳的意義：若秉持冷眼旁觀的寫作／閱讀狀態，自能看出「閒筆」所寫的細微之處，對小說人物及現實人生的揶揄。[57]

　　根據上述分析可知，「白描」、「細筆」、「閒筆」三者，同樣都能減緩敘事速度，擴充敘事篇幅，構成敘事的延展；雖然它們同是擬真描寫，但各有其特殊的敘事效果。擬真描寫並不影響情節的進展，但讀者能藉此馳騁想像，將自身的感官經驗推及字裡行間，貼近小說中的情境：「白描」勾勒人物之「形」，讀者透過己身的生活脈絡，由人物之「形」推及其「神」，體會文字之外的妙處；「細筆」描繪物質環境，一方面將鋪陳展示化為誇耀奢華，另一方面也藉物寫人，以相似的空間環境襯托人物心境的不同；「閒筆」則提點無關緊要之事，除了渲染氣氛，也能藉此看出作者閒閒講述的態度，這使讀者有意識地成為「局外人」。運用這三種敘事技巧時，敘事者皆不直接發表評論，藉由貌似寫實的口吻，引發讀者回溯經驗並推想、揣測，令空間存在化為時間體驗；透過分析敘事筆法可知，此一回溯自身感官／文化體驗的歷程，亦能使讀者在沈溺小說情境之際，察覺敘事間隱含的言外之意。當虛構的擬真描寫不只提供逼真的審美經驗，還可藉由讀者的推敲、對照，被賦予更多抽象意義時，讀者當可領會，此書「逼真」的小說情境所指涉的真實世界，同樣存在值得跳脫現況反思的人生哲理。

---

[56] 除了結合閒筆及時空環境外，《金瓶梅》敘事視角的運用，亦具備此一特殊敘事效果，二者可以相互發明。相關論述可參見本章第二節及本書第四章。敘完此段後，二十一回有玉樓對金蓮轉述丫頭偷窺月娘及西門慶和好情景的一段話，正是房外有人聽籬察壁的證據。參見繡像本，頁 268。另外，雖然後文金蓮有「今日姐姐有俺們面上，寬恕了他」之語，似乎月娘所云「世人」指的是玉樓等人；但其實她們勸和月娘及西門慶時，當場遭到月娘拒絕，還搶白一頓，故知「看世人面上」的「世人」，指的並不是當時去講情之人，不如將金蓮此語視為繡像本批語中所謂「是戲語卻是本題」的畫龍點睛之筆。參見繡像本，頁 254-255、272。

[57] 繡像本二十二回眉批云「偏在絕沒要緊弄巧，一味文心細冷」，六十二回眉批則云「此一哭，直想到初進門逼打瓶兒上吊時，非泛然語此。細甚，冷甚」。見繡像本，頁 288、843。

第二節　敘事的壓縮

　　本節主要以浦安迪「形象迭用」（figural recurrence）的概念為基礎，輔以敘事理論拓展論述範圍，析論《金瓶梅》中的「時令」及「地點」如何交互作用，建構小說中富有象徵意義的時空環境。「形象迭用」指作者經常特意安排某些事物（或相似、相反的某些事物）重複出現，這是一種提醒讀者解讀其中寓意的寫作技巧；因此書中對種種事物的詳細描述，不只是為了潤飾或加強寫實效果，而是將這些刻意模仿現實事物的「種子」，織入更大規模的意義網絡之中，形成特殊的時空模式（spatial and temporal schemes）。[58]這些描述之所以能構成特定意涵，也取決於讀者的閱讀方法及其對生活的體驗[59]：亦即讀者一方面藉由這些反覆出現的特定事物，想像小說人物活動的場景及氣氛，另一方面則依據自己對事物特性的認識，揣測它們在特定語境中的象徵意義，能將許多隱含的意義壓縮在某些場景的描述之中。這些隱喻的共通點，就是以可感知的身體經驗為喻，解釋抽象的概念，亦即以肉體經驗將非肉體經驗概念化，並時時用文字描述實際的感知，提醒讀者譬喻之所寄。[60]浦安迪已分作母題、敘事事件、人物三者，析論此一筆法的作用，本節則將藉敘事理論之助，著重分析它與小說時空塑造的關係，探索《金瓶梅》之時空除了「冷、熱」對比之外的豐富意涵。需要說明的是，雖然本節分為「時令」及「環境」兩項探討「形象迭用」，但二者之間其實相互影響，不能截然二分；如此分類，是便於強調運用此一敘事筆法時側重的面向，論述時仍將剖析二者之間的相互關係。

一、時令的隱喻

　　以重複敘述某些節日、季節或某人的生日，構成閱讀時「年復一年」的印象，是《金瓶梅》重要的特徵。雖然可以大致按照關於季節的敘述及某些確定的日期，得知書中的年月，但詳細考察之後可知，這些敘事的日期並不精準[61]，不過是為了強調週而復始的

58　參見 Andrew H. Plaks, *The Four Masterworks of the Ming Novel: Ssu ta ch'i-shu*, 78-88。浦安迪將這些關於「時令」的描述，視為作者以「冷」、「熱」二字貫穿全書的表現。

59　這種認為描寫特定事物透露言外之意的閱讀方式，亦可與羅蘭・巴特用以分析小說的「符碼」（code）相互參照。他認為「符碼」是由已被閱讀、看見、經歷過的種種碎片所喚起的，因此構成小說的詮釋符碼（hermeneutic code）、行動符碼（proairetic code）、寓意符碼（connotative code）、象徵符碼（symbolic code）及文化符碼（cultural code）等，皆與書寫者及讀者的生活體驗及閱讀經歷相關。參見 Roland Barthes, *S/Z* (New York: The Noonday Press, 1974) 16-21。讀者與作者、文本共享詮釋策略的情形，亦可參見本章註4。

60　可參見《我們賴以生存的譬喻》，頁117。

61　關於「年譜錯亂」的現象，可參見張竹坡的看法：「《史記》中有年表，《金瓶》中亦有時日也。……

時令，構成對比或隱喻的效果，而非為了宛如西門計帳簿般按日依月逐年排比，毫無深意。例如書中三次描寫元宵節，便各以「燈」及「煙火」作為貫串全書的樞紐[62]：

> 吳月娘穿着大紅粧花通袖襖兒，嬌綠段裙，貂鼠皮襖。李嬌兒、孟玉樓、潘金蓮都是白綾襖兒，藍段裙。李嬌兒是沉香色遍地金比甲；孟玉樓是綠遍地金比甲，潘金蓮是大紅遍地金比甲，頭上珠翠堆盈，鳳釵半卸，俱搭伏定樓窗觀看，那燈市中人烟湊集，十分熱鬧。當街搭數十座燈架，四下圍列諸般買賣。玩燈男女，花紅柳綠，車馬轟雷。……
>
> ……吳月娘看了一回，見樓下人亂，和李嬌兒各歸席上吃酒去了。惟有潘金蓮、孟玉樓同兩箇唱的，只顧搭伏着樓窗子往下觀看。那潘金蓮一徑把白綾襖袖子摟着，顯他遍地金掏袖兒，露出那十指春葱來，帶着六個金馬鐙戒指兒。探着半截身子，口中磕瓜子兒，把磕了的瓜子皮兒都吐落在人身上，和玉樓兩箇嘻笑不止。一回指道：「大姐姐，你來看那家房簷底下，掛的兩盞綉毬燈，一來一往，滾上滾下，到好看。」一回又道：「二姐姐，你來看，這對門架子上，挑着一盞大魚燈，下面還有許多小魚鱉蝦蟹兒，跟著他倒好耍子。」一回又叫：「三姐姐，你看，這首裡這箇婆兒燈，那箇老兒燈。」正看着，忽然一陣風來，把個婆兒燈下半截刮了一個大窟磡。婦人看見，笑箇不了。引惹的那樓下看燈的人，挨肩擦背，仰望上瞧，通擠匝不開，都壓（壓）躍躍（兒）兒。內中有幾箇浮浪子弟，直指着談論。一個說道：「已定是那公侯府裡出的宅眷。」一個又猜：「是貴戚王孫家豔妾，來此看燈。不然如何內家粧束？」又一箇說道：「莫不是院中小娘兒？是那大人家叫來這裡看燈彈唱。」又一箇走過來說道：「只我認的，你每都猜不着。這兩箇婦人，也不是小可人家的。他是閻羅大王的妻，五道將軍的妾，是咱縣門前開生藥舖、放官吏債西門大官人的婦女。你惹他怎的？想必跟他大娘來這裡看

此書獨與他小說不同。看其三四年間，卻是一日一時推着數去。無論春秋冷熱，即某人生日，某人某日來請酒，某月某日請某人，某日是某節令，齊齊整整捱去。若再將三五年間甲子次序，排得一絲不亂，是真個與西門計帳簿，有如世之無目者所云者也。故特特錯亂其年譜，大約三五年間，其繁華如此。則內云某日某節皆歷歷生動，不是死板一串鈴，可以排頭數去。而偏又能使看者五色眩目，真有如捱着一日日過去也。此為神妙之筆。嘻，技至於此亦化矣哉！真千古至文，吾不敢以小說目之也。」見〈讀法〉三十七，[讀法]頁28-29。

[62] 田曉菲亦論及《金瓶梅》中描寫「元宵節」的意涵：她認為三次元宵節是為了凸顯書中三個不同的女子──瓶兒、蕙蓮、王六兒，以同樣的節日描寫不同人物，是為了彰顯「物是人非」的對比；元宵節的「煙火」及「燈」也是「輝煌而不持久之物」，象徵了好景不常。參見《秋水堂論金瓶梅》，頁51、134-135。

燈。這個穿綠遍地金比甲的，我不認的。那穿大紅遍地金比甲兒，上帶個翠面花
兒的，倒好似賣炊餅武大郎的娘子。大郎因為在王婆茶房內捉姦，被大官兒踢死
了。把他娶在家裡做妾。後次他小叔武松告狀，悞打死了皂隸李外傳，被大官人
墊發充軍去了。如今一二年不見出來，落的這等標致了。」正說著，吳月娘見樓
下人圍的多了，叫了金蓮、玉樓歸席坐下，聽着兩箇粉頭彈唱燈詞，飲酒。（繡
像本，頁 186-188）

這段描寫西門慶妻妾看燈的文字，涉及幾種不同的觀看角度：第一層觀看的角度是樓上
的眾妻妾，她們「搭伏定樓窗觀看」的不僅是燈，也看樓下的燈市和人群；第二層是樓
下的人群，他們在看燈之餘，也順道窺視樓上的妻妾們；第三層則是閱讀此段情景的讀
者，讀者除了欣賞書中熱鬧的元宵景致之外，也能同時知曉「樓上」及「樓下」的人們
眼中觀看何種景況，並且看出此段描寫的言外之意。寫眾妻妾在瓶兒獅子街房屋過節，
除了接續前文，敘述眾人特地為瓶兒祝壽之外，也是為了安排她們由樓上向樓下俯瞰元
宵街景。這種高人一等的角度，讓她們成為展示西門慶經濟能力的顯著標的：選擇高樓
賞燈的實用目的，是為了由上往下觀看，獲得比較開闊的視野；但是當穿著「大紅粧花
通袖襖兒，嬌綠段裙，貂鼠皮襖」、「珠翠堆盈，鳳釵半卸」的妻妾們一齊出現在樓房
上賞燈時，這種俯瞰的角度，就成為富貴及特權的隱喻，因為只有富貴人家才能負擔眾
多妻妾的華麗服飾，而且她們不需要和市井小民一般，在「人烟湊集」、「車馬轟雷」
之處看燈，可以一邊聽妓女彈唱，一邊飲酒取樂，顯現出一派富貴悠閒的氣象。因此金
蓮由上而下地「把磕了的瓜子皮兒都吐落在人身上」的舉止，不只寫出她的「輕佻」[63]，
也寫出高人一等的經濟實力和觀看角度，如何賦予她高高在上的優越感。但是在妻妾們
俯瞰燈市的同時，「高度」不只讓她們能夠輕而易舉地看見樓下的人群，也讓她們成為
樓下人群眼中顯而易見的焦點；如此一來，她們的位置，便讓她們公然成為展示品，凡
是看見的人，都可以品頭論足一番。金蓮顯然也意識到眾人的眼光，知道她們的打扮引
人側目，因此她刻意和玉樓「嘻笑不止」，結果果然「引惹的那樓下看燈的人，挨肩擦
背，仰望上瞧，通擠匝不開」，吸引了更多仰望的眼光。月娘「見樓下人亂」時便「歸
席上吃酒」，但金蓮反而「笑箇不了」，可見她非但不以被品頭論足為忤，還以受到矚
目為樂。「樓上」用金蓮單一的視角描述造型不同的花燈、「樓下」用不同閒人的散點
視角補充，說出樓上光鮮亮麗仕女背後隱藏的黑暗權勢。相互窺視、觀望的眼光，使獅
子街樓房的高度，成為西門慶財大勢大的隱喻；眾人身體位置的「上、下」之別，遂將

63　繡像本眉批云：金蓮輕佻處，曲曲摹盡。見繡像本，頁 187。

權勢「高、低」之分的概念具體化。[64]由浮浪子弟們稱呼西門慶為「閻羅大王」、「五道將軍」、「放官吏債西門大官人」，可知西門慶的富貴權力皆用不法手段取得：「閻羅大王」操縱人的生死，「五道將軍」則是「盜神」，這兩個比喻都非常精準，道出西門慶不但害人性命，也劫人錢財、妻女，包括潘金蓮這妾，也是謀害武大郎後娶的。加上這批閒人閒語的評論，讓定格的時空回溯到歷史的時光隧道，看到西門慶的惡勢力如何積累發展成目前內眷有宮人妝束，在繁華的大街購置高樓，家中的女眷一如商品可巧取豪奪，為其禁臠。如此一來，此處「獅子街」與「元宵節」二者的意象便緊密交織，共同構成展示權力的場域。

雖然金蓮認為自己吸引眾人注意的原因，是她的美貌及裝扮；因此對她而言，眾人的仰望不只是觀看，還帶有欣羨的意味；但她們引人側目的外表，使觀看的眾人進而關注她們的身分，如此一來便使金蓮「從前作過事，今朝沒興一齊來」：觀看的眾人從「公侯府裡出來的宅眷」猜起，爾後將眾妻妾比作「貴戚王孫家豔妾」，最後竟比作「院中小娘兒」，這不只彰顯出浮浪子弟眼中，穿著奢華的「公侯宅眷」、「貴戚豔妾」、「院中小娘兒」並無不同；也暗喻眾妻妾的「內家粧束」只是表象，事實上她們——尤其是西門慶先姦後娶，在樓上嘻笑不止的金蓮——和院中小娘兒相去無幾。[65]透過樓下群眾的眼光及評論，對妻妾們而言充滿優越感的元宵賞燈，便轉化為公開展示西門慶「家裡就是院裡」的場合。群眾在看「燈」的同時，也在看樓上的「燈人兒」，如此一來，「燈」指的就不只是實體的燈，還同時指涉西門慶家的美人；因此此回敘述元宵景色的燈賦，也藉著描寫不同的燈，一語雙關地將美人寫入賦中：

---

[64] 「上、下」原本是身體對方位的認知，但在此已轉化為對位階的隱喻。就認知理論而言，詹森及雷可夫已論及，此一概念有「操控／強勢是上；被操控／弱勢是下」，以及「高位是上；低位是下」的隱喻。參見《我們賴以生存的譬喻》，頁 31、33-34。

[65] 除了此處之外，《金瓶梅》中不只一次將西門慶的妻妾比作妓女或老鴇。除了二房李嬌兒本身就是娼妓出身，以及原本在西門家為妾的雪娥，最後淪落娼家以外，第十一回〈潘金蓮激打孫雪娥　西門慶梳籠李桂姐〉中，西門慶也戲稱金蓮及玉樓是「好似一對兒粉頭，也值百十兩銀子」（繡像本，頁 130）；第十三回金蓮質問西門慶與瓶兒私通之事時，則以「他（瓶兒）家就是院裏」（繡像本，頁 168），間接將瓶兒比作「院裏」的妓女；第三十二回〈李桂姐趨炎認女　潘金蓮懷嫉驚兒〉及四十二回〈逞豪華門前放煙火　賞元宵樓上醉花燈〉，則寫李桂姐和吳銀兒分別拜月娘及瓶兒為乾娘（繡像本，頁 411、538），如此一來又暗將月娘及瓶兒比作老鴇。浦安迪亦論及此處將眾女子比作「院中小娘兒」的狀況，他認為這是為了暗中映出此回下半「狎客幫嫖麗春院」中，正在麗春院看望李桂姐的西門慶，構成上下半回相互對照的完整結構。參見 Andrew H. Plaks, *The Four Masterworks of the Ming Novel: Ssu ta ch'i-shu*, 90-92。

> 但見：山石穿雙龍戲水，雲霞映獨鶴朝天。金屏〔蓮〕燈[66]，玉樓燈見一片珠璣；荷花燈，芙蓉燈散千圍錦綉。綉毬燈皎皎潔潔，雪花燈拂拂紛紛。秀才燈揖讓進止，存孔孟之遺風；媳婦燈容德溫柔，效孟姜之節操。和尚燈月明與柳翠相連，判官燈，鍾馗與小妹並坐。師婆燈揮羽扇假降邪神，劉海燈背金蟾戲吞至寶。駱駝燈、青獅燈，馱無價之奇珍；猿猴燈，白象燈進連城之秘寶。七手八脚螃蟹燈倒戲清波，巨口大髯鮎魚燈平吞綠藻。銀蛾鬬彩，雪柳爭輝。魚龍沙戲，七真五老獻丹書；吊掛流蘇，九夷八蠻來進寶。村裡社鼓，隊隊喧闐；百戲貨郎，樁樁鬬巧。轉燈兒一來一往，吊燈兒或仰或垂。琉璃瓶映美女奇花，雲母障並瀛州閬苑。王孫爭看小欄下，蹴踘齊眉〔雲〕；仕女相攜高樓上，妖嬈衒色。卦肆雲集，相幙星羅；講新春造化如何，定一世榮枯有准。又有那站高坡打談的，詞曲楊恭；到看這搧响鈸遊腳僧，演說三藏。賣元宵的高堆菓餡；粘梅花的齊插枯枝。剪春娥，鬢邊斜鬧春風；禱凉釵，頭上飛金光耀日。圍屏畫石崇之錦帳，珠簾繪梅月之雙清。雖然覽不盡鰲山景，也應豐登快活年。（繡像本，頁 186-187）[67]

這篇燈賦有兩層意義：表面上看來，這是說書人向讀者描述燈市景象，渲染元宵節繁華熱鬧的氣氛，因此賦中所言是西門慶妻妾及圍觀群眾所見的情景；但此賦「將有名人物俱賦入」（《第一奇書》第十五回夾批，頁 381-382）的特色，能使在局外閱讀的讀者不只看見元宵景致，還能將此賦與全書內容聯想在一起，得知書中人物無法知曉的景況：除了「金屏〔蓮〕燈」、「玉樓燈」、「珠簾繪梅月之雙清」等句直接將金蓮、玉樓、春梅、月娘之名寫入賦中之外，「琉璃瓶映美女奇花」一句不但寫出瓶兒之名，也聯繫「瓶」與「美女」、「花」，這正能用以解釋書名「金瓶梅」三字同時指涉「物」及「人」的寓意。[68]此處敘事散文與韻文交相呼應，將街市動態、靜態的情景，全部匯集在停格的

---

66 原本作「金屏燈」，校記曰內閣本、首圖本作「金蓮燈」。見繡像本，頁 194。

67 周鈞韜已經指出，這篇燈賦的前半段改寫自《水滸傳》第三十三回〈宋江夜看小鰲山　花榮大鬧清風寨。參見氏著，《金瓶梅素材來源》（鄭州：中州古籍出版社，1991），頁 94-95。原文如下：山石穿雙龍戲水，雲霞映獨鶴朝天。金蓮燈，玉梅燈，晃一片琉璃；荷花燈，芙蓉燈，散千團錦繡。銀娥鬥彩，雙雙隨綉帶香球；雪柳爭輝，縷縷拂華旛翠幙。村歌社鼓，花燈影裡競喧闐；織婦蠶奴，畫燭光中同賞玩。雖無佳麗風流曲，盡賀豐登大有年。見施耐庵著，李泉，張永鑫校注，《彩畫本水滸全傳校注》（臺北：里仁書局，1994），頁 563。《金瓶梅》不但將「玉梅燈」刻意改作「玉樓燈」，也添寫和後文可以相互呼應的情景，可見作者雖然借用了一部分《水滸傳》的文字，但並非照本宣科，而是讓原有的材料有新的意義。

68 張竹坡認為瓶兒的「瓶」字就是「花瓶」，「花」正是子虛之姓；「瓶」也因西門慶的「慶」字而生，意指「貪欲嗜惡，百骸枯盡，瓶之罄矣」；「梅」指春梅，與「瓶」連用時則有「瓶裡梅花，春光無幾」的寓意；「金」字則指金蓮，「瓶亦名金瓶」，因此暗指書中有「侍女偷金」、「蓮、

畫面之中：不僅燈的姿態包括人物燈、故事燈、動物燈等，有動有靜；「王孫爭看小欄下」寫出樓下群眾窺視眾妻妾的情景，「仕女相攜高樓上，妖嬈衒色」則是張竹坡所謂的「正寫本題」（《第一奇書》十五回夾批，頁 381），指出此回描繪的重點，是眾妻妾在高樓上展現妖嬈丰姿。至於「卦肆雲集，相幙星羅；講新春造化如何，定一世榮枯有准」一句，則暗指書中「吳神仙冰鑒定終身」及「妻妾戲笑卜龜兒」兩回文字，在此已經以「定一世榮枯有准」，點明這兩回的預言性質。說書人以「雖然覽不盡鰲山景，也應豐登快活年」一句總結全賦，除了再次渲染當時的氣氛之外，也道出此際西門家富貴昌盛的景況。

但元宵燈景持續時間極短、燈火隨時都會熄滅的性質，則進一步暗指繁華景象不過是「一時幻景不多時」（《第一奇書》十五回夾批，頁 382）；因此將書中人物俱比擬作「燈人兒」不只應景，也切合書中其他地方以「燈人兒」比喻「美人」的用意：「燈人兒」一詞在第七回用來形容玉樓（繡像本，頁 84），第七十七回指王三官娘子（繡像本，頁 1098），第七十八回則用以描繪何千戶娘子（繡像本，頁 1117）。除了玉樓以外，三官娘子及何千戶娘子都是西門慶可望而不可及的對象，亦即「燈人兒」一詞一方面有「可遠觀而不能褻玩」的意思，這也是作者安排樓下群眾仰望眾妻妾的用意；另一方面，這個比喻也暗指她們如燈一般容易熄滅，雖然一時「妖嬈衒色」，引人注目，但終歸是虛幻之物，不能長久。

四十二回〈逞豪華門前放烟火　賞元宵樓上醉花燈〉敘述《金瓶梅》中第三個元宵節時，作者沿用了這種表面上寫景，實際上暗示全書架構及寓意的筆法描寫煙火，使十五回的燈賦和此回的煙火賦前後照應：前者使書中的「此刻」回溯至過去，後者則使讀者眼前種種延伸至未來，再次提醒讀者繁華背後的虛無：

> 看看天晚，西門慶分付樓上點燈，又樓簷前一邊一盞羊角玲燈，甚是奇巧。家中，月娘又使棋童兒和排軍，送了四箇攢盒，都是美口糖食、細巧菓品。西門慶叫棋童兒向前問他：「家中眾奶奶們散了不曾？誰使你送來？」棋童道：「大娘使小的送來，與爹這邊下酒。眾奶奶們還未散哩。戲文扮了四摺，大娘留在大門首吃酒，看放烟火哩。」西門慶問：「有人看沒有？」棋童道：「擠圍着滿街人看。」西門慶道：「我分付留下四名青衣排軍，拏杆欄攔人伺候，休放閒雜人挨擠。」棋童道：「小的與平安兒兩箇，同排軍都看放了烟火，並沒閒雜人攪擾。」……少頃，西門慶分付來昭將樓下開下兩間，吊掛上簾子，把烟火架攢出去。西門慶

瓶相妬」之事。參見張竹坡，〈金瓶梅寓意說〉，《第一奇書》，[寓意說]1、3、5。

與眾人在樓上看，教王六兒陪兩箇粉頭和一丈青，在樓下觀看。玳安和來昭將烟火安放在街心裏，須臾，點着。那兩邊圍看的，挨肩擦膀，不知其數。都說西門大官府在此放烟火，誰人不來觀看？果然紮得停當好烟火。但見：
一丈五高花椿，四圍下山棚熱鬧，最高處一隻仙鶴，口裡啣着一封丹書，乃是一枝起火，一道寒光，直鑽透斗牛邊。然後，正當中一箇西瓜砲迸開，四下裡人物皆着。膌剝剝萬箇轟雷皆燎徹。彩蓮舫，賽月明，一箇趕一箇，猶如金燈沖散碧天星；紫葡萄，萬架千株，好似驪珠倒挂水晶簾。霸王鞭，到處响嘵；地老鼠，串遶人衣。瓊盞玉臺，端的旋轉得好看；銀蛾金彈，施逞巧妙難移。八仙捧壽，名顯中通；七聖降妖，通身是火。黃烟兒，綠烟兒，氤氳籠罩萬堆霞；緊吐蓮，慢吐蓮，燦爛爭開十段錦。一丈菊與烟蘭相對，火梨花共落地桃爭春。樓臺殿閣，頃刻不見巍峨之勢；村坊社鼓，彷彿難聞歡鬧之聲。貨郎擔兒，上下光焰齊明；鮑老車兒，首尾迸得粉碎。五鬼鬧判，焦頭爛額見猙獰；十面埋伏，馬到人馳無勝負。總然費卻萬般心，只落得火滅烟消成煨燼。（繡像本，頁544-545）

這段文字雖然只描寫西門慶在獅子街看煙火的情景，但敘事者一方面藉棋童之口，講述了眾妻妾在家中看煙火的情景；另一方面則大肆鋪陳獅子街的熱鬧景象，使讀者藉此聯想西門慶家門前放煙火的盛況，如此一來不僅能同時寫出西門家及獅子街兩處的煙火，面面俱到[69]；也使十五回及四十二回的元宵節皆以獅子街房屋為活動場景，塑造前後呼應的時空氛圍。此回沿用十五回描寫妻妾看燈的筆法，以眾人圍觀，顯出西門家的富貴氣象。西門慶也深知市井小民此時會來圍觀，因此預先「留下四名青衣排軍，挐扦欄攔人伺候，休放閑雜人挨擠」；雖然他不欲「閑雜人挨擠」，但也唯有「擠圍着滿街人看」，才能讓他藉著放煙火達到「逞豪華」的效果，因此他命令「留下排軍」，「休放閑雜人挨擠」的用意，並非不欲人看，而是藉著隔離群眾，製造出不受干擾的賞景空間；因此被阻擋、隔離的圍觀者越多，越能彰顯西門家所擁有的特權，這也是他特意問棋童「有人看沒有」的用意。

此段接著如十五回一般，以類似賦的筆法，描寫獅子街煙火的盛況，不但鋪陳諸多煙火名目，以顏色（黃烟兒、綠烟兒）、速度及節奏（緊吐蓮，慢吐蓮，燦爛爭開十段錦。一丈菊與烟蘭相對，火梨花共落地桃爭春），強調目不暇給的視覺感受，也以「膌剝剝萬箇轟雷皆燎徹」一句，摹寫聽覺上震撼的效果。這種視覺、聽覺皆令人目眩神迷的幻象，遮掩

---

69 張竹坡云：「四架煙火，既云門前逞放，看官眼底，誰不謂好向西門慶門前看煙火也。看他偏藏過一架在獅子街，偏使門前三架毫無色相，止用棋童口中一點，而獅子街的一架，乃極力描寫，遂使門前三架，不言俱出。此文字旁敲側擊之法。」見張批本四十二回回評，頁621。

了真實世界中的「樓臺殿閣」、「村坊社鼓」，使它們「頃刻不見巍峨之勢」、「彷彿難聞歡鬧之聲」，剎那間顯得相形失色，不但形成幻象與真實間的對比，還使幻象遮掩了真實；然而當短暫的幻象結束，燈心燃盡，便只落得一切皆空的結局。此賦不但能以煙火之盛，渲染元宵節喧騰熱鬧的氣氛，還能直指全書結局及作書大旨：「五鬼鬧判，焦頭爛額見猙獰」可以用來比擬第一百回受普靜超渡的諸多冤魂，他們的形貌正是「焦頭爛額」、「蓬頭泥面」，令人「戰慄不已」（繪像本，頁1416、1418）；而西門慶一生費心蒐羅的財富、妻妾，最後也隨著他的死亡流落四方，亦是「總然費卻萬般心，只落得火滅烟消成煨燼」的寫照。如此一來，作者安排群眾圍觀煙火的用意，便不只能突顯出西門慶有財有勢，還向讀者暗示，西門慶短暫如煙火般的一生，也在眾人觀看的眼光之下，這使讀者成為觀看煙火／西門慶由炫麗燦爛而火滅煙消的見證者，「都說西門大官府在此放烟火，誰人不來觀看」一句，也一語雙關地點出，讀者／群眾不僅在看熱鬧，也同時在看好戲：群眾同時見證了煙火之盛及西門慶的財勢，讀者則還能藉此預知西門慶轉瞬幻滅的未來。

由此可知，十五回及四十二回借用燈及煙火絢爛但短暫的性質，分別點出「色」及「財」皆是轉瞬幻滅之物；作者先以燈賦總寫書中女子，並將她們比作雖受眾人矚目，卻好景不常的「燈人兒」；再以煙火賦寫出作書大旨及眾人結局，不但向讀者淋漓盡致地展示節慶的熱鬧氣氛，也提點讀者盛極而衰的真理，以形象迭用的筆法，使書中的「元宵節」和「獅子街房屋」成為呈現特定時空氛圍及象徵意義的共同要素。表面上，四十二回賦中描述的時間跨度，是由煙火開始至煙火結束；但加上前述種種隱喻之後，便得以在極短的篇幅內，將時空由炫人耳目的現在，延伸至空幻虛無的未來。這和十五回中的燈賦構成前後呼應的效果：前者道出此刻與過去無法分割，後者則將現在與未來緊緊相繫，二者不僅共同構成前後延續的閱讀線索，亦使定點的時空描述同時具有截然相反的雙重意涵。「此刻」雖然只是表象，但卻是讀者拓展思索深度，一探人生哲理的關鍵。

《金瓶梅》中也常以氣候變化暗喻人世際遇的轉變，這指的不只是氣候的冷熱與世間炎涼的對比，還包括隨氣候變化而產生的氣氛轉換，與人物心境、處境的對比。例如第八十九回〈清明節寡婦上新墳　永福寺夫人逢故主〉，便以清明時節明媚的春光，暗喻玉樓的心境：

> 且說一日，三月清明佳節，吳月娘備辦香燭、金錢冥紙、三牲祭物，攛了兩大食盒，要往城外墳上與西門慶上新墳祭掃。留下孫雪娥和大姐眾丫頭看家，帶了孟玉樓和小玉，并奶子如意兒，抱着孝哥兒，都坐轎子，往墳上去。又請了吳大舅和大妗子二人同去。出了城門，只見那郊原野曠，景物芳菲，花紅柳綠，仕女遊

> 人不斷頭。一年四季，無過春天最好景致：日謂之麗日，風謂之和風——吹柳眼，
> 綻花心，拂香塵。天色暖，謂之暄；天色寒，謂之料峭。騎的馬謂之寶馬，坐的
> 轎謂之香車，行的路謂之芳徑。地下飛的塵謂之香塵。千花發蕊，萬草生芽，謂
> 之春信。韶光明媚，淑景融和。小桃深粧臉妖嬈，嫩柳嬝宮腰細膩；百囀黃鸝驚
> 回午夢，數聲紫燕，說破春愁；日舒長煖澡鵝黃，水渺茫浮香鴨綠。隔水不知誰
> 院落，鞦韆高掛綠楊烟。端的春景果然是好，有詩為證：清明何處不生烟，郊外
> 微風掛紙錢。人笑人歌芳草地，乍晴乍雨杏花天。海棠枝上綿鶯語，楊柳堤邊醉
> 客眠。紅粉佳人爭畫板，綵繩搖拽學飛仙。（繡像本，頁1265-1266）

此處寫眾人「出了城門，只見那郊原野曠，景物芳菲，花紅柳綠，仕女遊人不斷頭」，
「只見」一詞，標明了「景物芳菲，花紅柳綠」是「眾人眼中所見」，「眾人」包括了玉
樓，因此此句也指「玉樓眼中所見」；「出城」使她們得以逾越圈限生活的家屋，親身
感受春日融和的景致。下文說書人轉換敘事視角，按下眾人不提，由自己口中細細敘來
「春景果然是好」。說書人運用「寶馬」、「香車」、「芳徑」、「香塵」等常見的意象，
並連用許多描繪春日的詩句，使講述的內容不只限於現在，而是以解釋的口吻，
聯繫春天向來予人的感受，使讀者藉由過去的體驗聯想眼前，構成「韶光明媚，淑景融和」的
景象，強調春天令人心眼俱開，即使心中有「春愁」，都已被「數聲紫燕」說破。藉由
這種敘事角度，作者塑造了一種「春天普遍如此」的氛圍，獨身女子因種種春天的景致
而思春，也可視為理所當然之事。因此即使書中並未點明玉樓因眼前的春景而思及再嫁
之事，「千花發蕊，萬草生芽」的「春信」，也暗中襯出玉樓「愛嫁李衙內」的心思。[70]
說書人接著以「人笑人歌芳草地，乍晴乍雨杏花天」一句，點明此處描繪的春景，隱含
玉樓再嫁的暗示：玉樓頭上的簪子鈒着的兩溜字兒，正是與此詩極為相似的「金勒馬嘶
芳草地，玉樓人醉杏花天」（繡像本第八回，頁100）；而「紅粉佳人爭畫板，綵繩搖拽學
飛仙」兩句，也暗示了此時玉樓心中感受到的，不只是「清明節寡婦上新墳」的淒涼，
還想起兩年前打春畫鞦韆時，眾人「猶若飛仙相似」（繡像本二十五回，頁318），充滿春
日意趣的情景。因此這篇「絕妙遊春賦」（繡像本八十九回眉批，頁1265）的「妙」處，在
於同時利用春日景象及思春兩種意涵，將玉樓意欲改嫁離去的心思，寫入西門宅牆外的
春景之中，使她這回離家上墳，成為她真正離開西門家的預告。如此一來，時令的轉換

---

70 張竹坡則認為此回寫春色，是為了強調「玉樓得意」與「西門慶凋零」之間的對比：「上文如許鬧
    熱，卻是西門鬧熱。夫西門，乃作者最不得意之人也。故其愈鬧熱，卻愈不是作者意思。今看他于
    出嫁玉樓之先，將春光極力一描，不當使之如錦如火，蓋云：前此你在鬧熱中，我卻寒冷之甚；今
    日我到好時，你卻又不堪了。」見張批本八十九回回評，頁1409。

便同時意指玉樓心境的轉換，也暗示了她的處境即將不同；玉樓眼中明媚的春色，則和月娘心中的冷落蕭瑟形成對比。由此可知，此回回目雖然是「清明節寡婦上新墳」，但這只道出月娘的心境；時令與空間的推移，則使玉樓眼底心底盡是春色，而不只是「寡婦上新墳」的淒涼景況。

後文敘述玉樓出嫁時，作者便再次運用對比的筆法，以玉樓春風得意的心情，襯出月娘的孤獨冷落：

> 到晚夕，一頂四人大轎，四對紅紗燈籠，八個皂隸跟隨來娶。玉樓戴着金梁冠兒，插着滿頭珠翠、胡珠子，身穿大紅通袖袍兒，先辭拜西門慶靈位，然後拜月娘。月娘說道：「孟三姐，你好狠也！你去了，撇的奴孤另另獨自一個，和誰做伴兒？」兩個攜手哭了一回。然後家中大小都送出大門。媒人替他上紅羅銷金蓋袱，抱着金寶瓶，月娘守寡出不的門，請大姨送親，送到知縣衙裡來。滿街上人看見說：「此是西門大官人第三娘子，嫁了知縣相公兒子衙內，今日吉日良時娶過門。」也有說好的；也有說歹的。說好者，當初西門大官人，怎的為人做人，今日死了，止是他大娘子守寡正大，有兒子，房中攬不過這許多人來，都交各人前進，甚有張主。有那說歹的，街談巷議，指戳說道：「西門慶家小老婆，如今也嫁人了，當初這廝在日，專一違天害理，貪財好色，姦騙人家妻女。今日死了，老婆帶的東西，嫁人的嫁人，拐帶的拐帶，養漢的養漢，做賊的做賊。都野雞毛兒零撏了。常言三十年遠報，而今眼下就報了。」旁人議論紛紛，不題。
> ……至晚，兩個成親，極盡魚水之歡，曲盡于飛之樂。到次日，吳月娘送茶完飯。……吳月娘那日亦滿頭珠翠，身穿大紅通袖袍兒，百花裙、繫蒙金帶，坐大轎來衙中，做三日赴席，在後廳吃酒。知縣奶奶出來陪待。月娘回家，因見席上花攢錦簇，歸到家中，進入後邊，院落靜悄悄，無個人接應。想起當初有西門慶在日，姊妹們那樣鬧熱，往人家赴席來家，都來相見說話，一條板凳坐不了，如今並無一個兒了。一面撲着西門慶靈床兒，不覺一陣傷心，放聲大哭。哭了一回，被丫鬟小玉勸止。正是：平生心事無人識，只有穿窗皓月知。（繡像本，頁1295-1296）

此段描述李衙內迎娶玉樓，是「一頂四人大轎，四對紅紗燈籠，八個皂隸跟隨來娶」，玉樓則是「戴着金梁冠兒，插着滿頭珠翠、胡珠子，身穿大紅通袖袍兒」盛裝打扮，先寫出玉樓明媒正娶的排場，再寫二人新婚之夜「極盡魚水之歡，曲盡于飛之樂」，情意融洽；後文敘事者特意描述吳月娘「亦滿頭珠翠，身穿大紅通袖袍兒，百花裙、繫蒙金帶，坐大轎來衙中，做三日赴席」，這段描寫的關鍵是「亦」字：此字點出月娘和玉樓一般盛裝，同樣卸下孝服，穿上「大紅通袖袍兒」；對玉樓而言，「換裝」象徵她擺脫

舊時身分，歡喜無盡，但對月娘而言，她不過強打精神打扮，「換裝」只是提醒她舊日不再，反而反襯出她內心的孤寂；相對之下，婚宴的「花攢錦簇」，就更能映襯「院落靜悄悄」的蕭索。在敘述玉樓出嫁之時，敘事者再次以圍觀群眾作為見證者，道出西門家繁華落盡之後的淒涼；繡像本在此有眉批云「此一段見作書大旨」，所謂的「作書大旨」指的不只是群眾所言「常言三十年遠報，而今眼下就報了」，也指作者意欲讀者如群眾一般，見證西門家蕭條的情景。這呼應了前文中作者安排眾人看煙火、看燈的暗示：如前所述，煙火及燈容易煙消火滅的性質，使它們含有繁華落盡的隱喻；此處則直接以眾人的觀看及評論，道出西門家人丁凋零的情景，亦即將前文的隱喻轉成事實。藉眾人圍觀並客觀評論的景況，聯繫了十五回、四十二回及此回，除了藉由群眾的議論，再次強調小說人物的所作所為盡入群眾／讀者眼簾，無所逃遁；也更清楚地印證了前文的寓意，使盛衰互見，虛實對照，藉眾口之同聲，彰顯繁華及衰落的對比，呈現永恆不變之真理。

二、環境的隱喻

　　除了以週而復始的時令象徵人生的歷程，《金瓶梅》還賦予小說中的空間環境特殊的意涵，使其跳脫「物」的範疇，轉化為人物形象或命運的投射。此間衍生的意象及對比，不只讓貌似客觀的描述虛實相間，充滿表裡不一的張力；也讓空間環境與小說主題相互交織，構成貫串全書的隱喻。本節主要分析的對象有二：一是第四十九回中不同的空間環境有何隱含寓意，以及它們有何關連；其次是全書如何將「花園」此一實體空間涉及的意涵，轉化為敘事作品中的隱喻。第四十九回〈請巡按屈體求榮　遇胡僧現身施藥〉中敘及的三個處所，皆是空間環境與人物形象間相互指涉的明例；而全書描繪西門慶家花園的文字，則將人物命運與空間環境相互連結，不斷呼應自小說起始即反覆辯證的「色空」二字。四十九回描述西門慶在自家花園招待蔡御史時，便刻意營造清靜幽雅的氛圍，突顯出文字及寓意之間表裡不一的反差[71]：

> ……讓至翡翠軒。那里又早湘簾低簇，銀燭熒煌，設下酒席。海鹽戲子，西門慶已命打發去了。書童把捲棚內家活收了，關上角門，只見兩個唱的盛粧打扮，立于堦下，向前插燭也似磕了四箇頭。……蔡御史看見，欲進不能，欲退不可。便

71　田曉菲已指出，此處的詮釋重心，在於語言（能指）與其代表的事物（所指）之間的表裡參差，亦即《金瓶梅》對古典詩詞境界的諷刺模擬和揭露。見《秋水堂論金瓶梅》，頁149。田氏所論集中於四十九回上半回，亦即西門慶及蔡御史間的互動；本文則不僅論述時空環境對此一敘事效果的影響，並將論及上下半回間不同時空環境間的關係。

說道：「四泉，你如何這等愛厚？恐使不得。」西門慶笑道：「與昔日東山之遊，又何異乎？」蔡御史道：「恐我不如安石之才，而君有王右軍之高致矣。」于是月下與二妓攜手，恍若劉阮之入天台。因進入軒內，見文物依然。因索紙筆就欲留題相贈。西門慶即令書童，連忙將端溪硯研的墨濃濃的，拂下錦箋。這蔡御史終是狀元之才，拈筆在手，文不加點，字走龍蛇，燈下一揮而就，作詩一首。詩曰：

> 不到君家半載餘，軒中文物尚依稀。
>
> 雨過書童開藥圃，風回仙子步花臺。
>
> 飲將醉處鐘何急，詩到成時漏更催。
>
> 此去又添新悵望，不知何日是重來。

……蔡御史見董嬌兒手中拏著一把湘妃竹泥金面扇兒，上面水墨畫著一種湘蘭，平溪流水。董嬌兒道：「敢煩老爹賞我一首詩在上面。蔡御史道：「無可為題，就指著你這薇仙號。」于是燈下拈起筆來，寫了四句在上：

> 小院閑庭寂不譁，一池月上浸窗紗；
>
> 邂逅相逢天未晚，紫薇郎對紫薇花。（繡像本，頁631-633）

此處兩次引蔡御史所題之詩，都是為了藉由改變文體轉換敘事角度，呈現蔡御史眼中的景象；此一敘事角度已經向讀者預告，眼前的文字不過是蔡御史的一家之言，只呈現出他心目中的相對真實。如此一來，西門慶的行賄之舉，便藉由蔡御史對時空環境的描述，化作二人賞月、遊園的風雅文字，形成表裡不一的諷刺。蔡御史眼中的西門慶花園充滿文人意趣，他不僅將自己和西門慶比做謝安和王羲之，而且花園景象是「雨過書童開藥圃，風回仙子步花臺」、「小院閑庭寂不譁，一池月上浸窗紗」，充滿詩意，值得兩次揮筆題詠。這並非書中第一次由蔡御史眼中寫西門慶家情景，三十六回中已先敘道「蔡狀元以目瞻顧西門慶家園池臺館，花木深秀，一望無際。心中大喜，極口稱羨道：『誠乃蓬瀛也！』」（繡像本，頁474）；正因此處令他豔羨，自然會細細記下舉目所及之物，方能在重遊時因「文物依然」，勾起初來乍到之際的回憶，即刻以詩抒發讚嘆。他不僅沈浸於當下的美景美色，還在未離去時就先預期自己的不捨之情，認為「此去又添新悵望，不知何日是重來」。蔡御史第一次「以目瞻顧」此處，只是稍作瀏覽，留下此地「誠乃蓬瀛也」的印象；第二次至此遊覽，西門慶不僅設席，還召妓招待他，這使過往的眼前印象化為真實的感官體驗，讓他感到「恍若劉阮之入天台」，有如「遊仙」經歷的主角。[72]然而「蓬瀛」是出世的仙境美地，「天台」卻是凡人受仙女美色迷惑的入世經歷；

72　郭玉雯已論及，《金瓶梅》好以「遊仙」比擬人物的性體驗，遊仙經驗就發生在日常生活的場景中，

這正精準地點出蔡御史的心情：西門慶的花園景色有如仙境，即便其中陪宿的是花街柳巷的妓女，在他眼中也宛若天仙；也正因有妓陪宿，使花園不只是用眼欣賞的「蓬瀛」，而是用肉身體驗的「天台」。

藉由分析空間環境性質的轉化及對比詮釋四十九回時可以發現，就敘事效果而言，空間環境的轉換不僅能勾連、推動情節，並暗示讀者隨之更動詮釋策略；敘事觀點的不同，以及空間環境本身所具備的隱喻，亦在上下半回中兩兩相對，構成強烈的對比。除了分別刻意營造上、下半回的空間氛圍及其特殊寓意外，此回亦以空間環境作為綴合二者的關鍵，使空間成為醒目的結構原則；連結上、下半回的，正是「永福寺」此一充滿暗示的地點：

> 說畢，二人同上馬。左右跟隨出城外，到于永福寺，借長老方丈擺酒餞行。……
> 蔡御史上轎而去。西門慶回到方丈坐下，長老走來合掌問訊遞茶，西門慶答禮相
> 還。見他雪眉交白，便問：「長老多大年紀？長老道：「小僧七十有四。」西門
> 慶道：「倒還這等康健。」因問法號，長老道：「小僧法名道堅。」又問「有幾
> 位徒弟？」長老道：「止有兩個小徒，本寺也有三十餘僧行。」西門慶道：「這
> 寺院也寬大，只是欠修整。」長老道：「不瞞老爹說，這座寺，原是周秀老爹蓋
> 造，常住裏沒錢糧修理，丟得壞了。」……西門慶道：「我要往後邊更更衣去。」
> 道堅連忙叫小沙彌開門。西門慶更了衣，因見方丈後面五間大佛堂，有許多雲遊
> 和尚，在那里敲著木魚看經。（繡像本，頁 634-635）

這段描寫貌似以寫實筆法描述永福寺內情景，但由長老的道號及後文中神似陽物的胡僧可知，這不只是西門慶送別官員的實存空間，而是別具意義的象徵地點。柯麗德認為，整個關於永福寺的描述，就是情色雙關語（a double entendre）的延伸：寺內有五間大佛堂，與人有五臟相符；而道堅長老之名，則有陽具的暗示（道堅亦云他有「兩個小徒」）。[73]這些文字雖已設下隱喻，將空間及其內容物投射至人的肉體，但並不顯著；直至後文出現「生的豹頭凹眼，色若紫肝。戴了雞蠟箍兒，穿一領肉紅直裰。頦下髭鬚亂拃，頭上有一溜光簷」（繡像本，頁 635）的胡僧時，才與前文兩相呼應，進一步點出此處肉身與空間相互指涉，空間性質亦虛亦實的隱含寓意。此一隱喻性質，隨著情節推進而漸次增加，使

不假外求，臥鋪就是神仙洞府，「鴛鴦交頸」的當下也能夠「舉形升虛」，藉由感官活動達到超感
官的天人合一境界。參見郭玉雯，〈《金瓶梅》的藝術風貌——由〈七發〉論及其諷諭意義與美學
特色〉，頁 34-35。

[73] 見 Katherine Carlitz, *The Rhetoric of Chin p'ing mei.*, 67。張竹坡亦已讀出其中意涵，故在「道堅」旁
有夾批「便妙」，「止有兩個小徒」旁則批「又妙」。見《第一奇書》，頁 1265。

永福寺由實存空間趨向亦虛亦實：西門慶在此送別官員時，此處不過是餞行的地點，有如敘事的背景；西門慶與長老閒談、在寺內閒遊時，則出現關於陽具的暗示，使此一地點漸次脫離人物活動的背景，增添了象徵的作用；而當形貌古怪、舉止異常，不似真實生活中可能存在的胡僧出現其中時，永福寺已不只是單純的實存地點，而是虛幻之人活動的虛幻之地。此時它不僅不著痕跡地將情節由上半回的「請巡按」轉進下半回的「遇胡僧」，西門慶在這具有五臟及陽具的擬人空間中，特意將被人物化的陽具邀至家中，已經暗示他不修心、不修身，只是全心關注自己的慾望。這直指他未來的命運，也是全書轉折的關鍵。[74] 就敘事作用而言，永福寺由實存地點化為擬人空間的過程，不僅提供胡僧適當的登場舞臺，也轉化了讀者的詮釋策略，使讀者更加關注空間的虛構性質及其隱喻，預告了下半回強烈的象徵意義。

　　四十九回上、下半回採取兩種不同的敘事觀點描寫空間，對比二者，可以看出辛辣的諷刺及特殊的象徵：同是寫西門慶的家居環境，四十九回上半以蔡御史的觀點，描寫貌似風雅的表象，只將諷刺之意寄託於言此意彼的文字之中[75]；四十九回下半則以胡僧的觀點寫其眼中所見，完全戳破上半回的情致，直接道出風雅背後的赤裸裸的慾望。上半回不僅時有詩詞典故點綴其中，賞月、題詩等事，也呼應蔡御史的文人身分；因此，雖然這段文字實質上寫的是地方財主行賄政府官員的過程，但表面看來，仍是充滿雅趣的文人遊園。而在敘永福寺時加入與陽具有關的暗示，使讀者意會空間描述充滿指涉肉體的隱喻之後，下半回便毫不遮掩，令讀者眼中只見「一片鳥東西」[76]：

> 那胡僧睜眼觀見廳堂高遠，院宇深沉。門上掛的是龜背紋蝦鬚織抹綠珠簾，地下鋪獅子滾繡毬絨毛線毯，正當中放一張蜻蜓腿、螳螂肚、肥皂色起楞的桌子，桌子上安著絲環樣須彌座大理石屏風。周圍擺的都是泥鰍頭楠木靶腫勛的交椅，兩壁掛的畫，都是紫竹桿兒綾邊、瑪瑙軸頭。正是：鼉皮畫鼓振庭堂，烏木春櫈盛酒器。（繡像本，頁637）

「龜背」、「蝦鬚」、「絨毛」、「泥鰍頭」、「腫勛」、「紫竹桿兒」等，原本確實都

---

74 浦安迪認為，在四十九回插入「胡僧」此一怵目驚心的形象，引出了全書的後半故事；胡僧贈藥使西門慶身心均傾注於陽具上，終化為與胡僧相同的，被人物化的陽具。參見 Andrew H. Plaks, *The Four Masterworks of the Ming Novel: Ssu ta ch'i-shu*, 136。

75 田曉菲亦論及，此處典故的使用與現實的市井庸俗錯落參差，諷刺備至。參見《秋水堂論金瓶梅》，頁 149-151。

76 張竹坡評論胡僧所見時即云：「還像什麼？《水滸》中人所云一片鳥東西也。」見《第一奇書》，頁 1271。

是描述家具特徵的用語；但經過組織，將這些詞彙刻意堆砌在一起，再由狀似陽具的胡僧眼中看出之後，便皆有描述陽具的意思在內。如此一來，空間陳設的鋪敘便與肉體特徵相互連結，其餘「肥皂色起楞」、「瑪瑙軸頭」等指涉意義不甚明顯的囫圇語，也就隨之顯得性質曖昧，成為「一片鳥東西」中的一部分。繡像本評點者已經提醒讀者，此段關於器物的描述並非贅語，須「潛心細讀數遍」方能體會（繡像本，頁 637）；這正是一種詮釋策略的提點：他要求讀者，不只要留意自誰眼中看出這些陳設的形體，也要留意此處的描述只欲傳達某種氛圍，與其認為西門慶家中真有如此型態的家具，不如視之為作者藉虛實交錯的空間描述，建構出令讀者心領神會的特殊隱喻。[77]居家空間正是主人自身的投射，每個人的居所，就是他內在世界的呈現及對世界的想像[78]，因此當西門慶的居家環境被描述為「一片鳥東西」時，一方面直指他本身正有如胡僧般，是呈現陽具擬人化型態的「鳥人」；亦即胡僧並非真是雲遊永福寺之人，而是西門慶高漲慾望的化身[79]；並非胡僧所贈之藥使西門慶步向死亡，而是西門慶自取毀滅。另一方面，上下半回呈現出同一地點中全然不同的時空氛圍，也使上半回中的「天台」、「蓬瀛」具備另一層意義：所謂享樂交遊的清幽處所，其本質不僅是政治利益私相授受之處，還是處處指涉肉體的情慾橫流之地；無論對蔡御史或西門慶而言，得以放縱性慾，正是「天台」、「蓬瀛」之所以為仙境樂園的必要條件；樂園之樂不在於其風雅，而在於其中充斥感官的暗示。於是，性慾所指的不只是原始慾望的發洩，而是對人間至樂的追求：能夠毫無節制地放縱性慾，除了代表能以身體操控女性，展示男性權力以外，也意指具有縱情追求享樂的財力或權勢。[80]由此一角度對看上下半回時，更能看出西門慶索藥的目的，不只是提升性能力或放縱性慾，而是透過財、權、性的不斷擴張，使自家花園的實體空間與

77　《金瓶梅》的事物描寫雖然極重擬真之效，但文龍已點出其中藉翻案文字強調虛構的特質：「……雖然，要知《水滸》之西門慶早已身首異處矣。此以下皆是幻中樓閣，勿便將武松忘記，而謂可以倖免，則庶幾可與看此文。」見文龍第二回回評，《資料彙編》，頁 412。孫述宇亦辨讀了《金瓶梅》中對真實及虛構的嘲諷：他認為《金瓶梅》是對《水滸傳》及《黃粱夢》主題作品的戲擬，以夢境為佈局，將原本不盡真實的英雄故事及富貴浮雲，寫作人生真相。參見孫述宇，《小說內外》（Hong Kong: Oxford University Press, 2010），頁 80-84。

78　居家空間本身有何隱喻，可參見 Stanley Abercrombie 著，趙夢琳譯，《室內設計哲學》（臺北：建築情報雜誌社，2002），頁 79-80、166。

79　張竹坡已云，「後半梵僧一篇文字，能句句以現身二字讀之，方知其筆之妙也」（四十九回回評，張評本，頁 715），「現身」所指的，就是陽物所代表的慾望，以人的型態出現。

80　就花園建造的物質條件而言，也可以說花園本身就是財力的展示品，因為它所有內容都是商業交易的結果。參見 Craig Clunas, *Fruitful Sites: Garden Culture in Ming Dynasty China* (Durham: Duke University Press, 1996) 173。

人性慾望相結合，化為真正令俗塵中人流連忘返，望而生羨的樂園。

由上述分析可知，空間環境虛實性質的改換及其構成的特殊氛圍，不僅是四十九回重要的結構原則，時空環境的描寫也構成一連串隱喻：一方面將人物形象投射至空間描寫之中，不但總結了西門慶向來的作為，也暗示他此後變本加厲的行徑，將過去及未來皆壓縮其中；另一方面也將實體空間化為隱喻，藉由上下半回的對比，道出書中人物以花園為樂園，以放縱性慾為人生至樂的心態，使現實與虛幻相互交織。

《金瓶梅》不僅擅於使空間環境與人物活動交相指涉，空間環境本身也能構成貫串全書的隱喻；「花園」便是此一敘事手法的明例。以本章析論時空的概念為基礎，可以分作兩個層面，探討書中反覆細述花園景象的作用：一是運用擬真描寫，塑造出小說人物活動的場所，使讀者有身歷其境的感受[81]，此即本章第一節闡述的重點；二是反覆重申依據花園本身特性所構成的隱喻，賦予這些描寫言外之意，亦即本段論述的範疇。《金瓶梅》中藉由敘述花園的興建與景觀設計，聯繫了「花」、「春色」與「死亡」，與整部小說強調的「色空」框架相互呼應；這兩個層面其實互為表裡：亦即書中一方面以寫實的筆法鋪陳花園景象及建築配置，使讀者有如身入其中；一方面又賦予這些描寫抽象的意涵，引導讀者思考其中的寓意。例如第十六回〈西門慶擇吉佳期　應伯爵追歡喜慶〉，便如此敘述西門慶開始興建花園的情形：

> 光陰迅速，日月如梭。西門慶起蓋花園，約個月有餘。卻是三月上旬，乃花子虛百日。（繡像本，頁200）

> 光陰迅速，西門慶家中已蓋了兩月房屋，三間玩花樓，裝修將完，只少捲棚還未安磉。……（李瓶兒與西門慶）擇五月十五日，先請僧人念經燒靈，然後西門慶這邊擇娶婦人過門。（繡像本，頁203）

這兩段引文都只是淡淡敘來西門慶建造花園的時日，但敘事者一邊計算西門慶「起蓋花園，約個月有餘」、「已蓋了兩月房屋」，一邊提醒讀者此時「乃花子虛百日」以及李瓶兒欲「請僧人念經燒靈」，亦即將花子虛亡故的時間織入建構花園空間的過程之中，

81　以花園作為人物活動地點時，其固定的性質，亦能使發生其中的種種變動產生對比；此一特徵對敘事的影響，可參照本書第二章第三節「對比」一段。關於這些描述如何使讀者身歷其境，可參見張竹坡的看法，他認為：「凡看一書，必看其立架處，如《金瓶梅》內，房屋花園以及使用人等，皆其立架處也。……猶欲耍獅子先立一場，而唱戲先設一臺。恐看官混混看過，故為之明白開出，使看官如身入其中，然後好看書內有名人數進進出出，穿穿走走，做這些故事也。」他亦分析了房屋分配與妻妾擁有的權力、書中發生的事件之間有何關連。參見〈雜錄小引〉，《第一奇書》，[雜錄小引]1-3。

要讀者時時記得,這座花園得以興建,全賴瓶兒將子虛財物奉送西門慶,使子虛因氣喪身。此一筆法含有兩層隱喻:一是以子虛之名預告花園的命運。「子虛」含有「子虛烏有」之意,加上「花」字,就暗指「花園」及其中被比作「花」的女子[82],最後終將傾頹荒蕪。再者,將興建花園與備辦喪事相提並論,也暗指花園與死亡相互交纏,不可分割。這兩層隱喻相同之處在於,二者都指向短暫生命的消逝;這種與死亡相關連的意象不只限於西門慶家中的花園,就是李瓶兒居住的獅子街後方的喬皇親花園,也是「晚夕有狐狸拋磚掠瓦」(繡像本,頁 178),令人害怕,瓶兒差點因此被攝去精髓(繡像本,頁213);敘事者隨口提及的梁中書花園,則是埋葬打死婢妾的處所。[83]對照第三十回〈蔡太師擅恩襲爵　西門慶生子加官〉中西門家另一座花園的興建原因,便能更清楚地窺知作者以花園聯繫死亡的意圖:

> 西門慶道:「張安前日來說,咱家墳隔壁趙寡婦家庄子兒連地要賣,價錢三百兩銀子。我只還他二百五十兩銀子,教張安和他講去。裡面一眼井,四個井圈打水。若買成這庄子,展開合為一處,裡面蓋三間捲棚,三間廳房,疊山子花園,井亭、射箭廳、打毬場,要子去處,破使幾兩銀子收拾也罷。婦人道:「也罷,咱買了罷。明日你娘每上墳,到那裡好遊玩耍子。」(繡像本,頁384)

雖然西門慶在話中鋪敘了他對這座花園充滿意趣的構想,但這座花園不僅原是寡婦的財產,座落的地點也在西門家墳隔壁,興建的目的則是讓「娘每上墳」時去「遊玩耍子」。對讀者而言,這不啻是一連串關於死亡的暗示,因此張竹坡閱讀時便直接將這段描述與清明節聯想在一起:

> 「寡婦」二字,直刺清明節。(《第一奇書》第三十回夾批,頁 771)

又:

> 但寫「生子加官」,即先插後清明日一樁,「冷、熱」二字可嘆。(《第一奇書》第三十回眉批,頁 771,原文不清處已參照張批本,頁 450)

82　除了金蓮、春梅、桂姐名字中就有「花」之外,張竹坡認為書中將瓶兒比作芙蓉,玉樓比作杏花,蕙蓮比作荻,王六兒比作蘆,月娘為「遍照諸花」之月,李嬌兒則是「桃李春風牆外枝」;賁四嫂姓葉,與林太太並列時,有「葉落林空」之意;玳安則是「玳瑁斑花蝴蝶」。參見張竹坡,〈《金瓶梅》寓意說〉,《第一奇書》,[寓意說]1-8。雖然張竹坡所云,部分流於牽強附會,不過將眾女子比作花之說,則言之成理。

83　小說敘瓶兒出身道:「先與大名府梁中書為妾。梁中書乃東京蔡太師女婿,夫人性甚嫉妒,婢妾打死者多埋在後花園中。」見繡像本,頁 124-125。

· 132 ·

對照第八十九回〈清明節寡婦上新墳　永福寺夫人逢故主〉可知，此際的「寡婦」不再是賣園的趙寡婦，而是吳月娘與孟玉樓；「娘每上墳」，上的就是西門慶的墳。至於西門慶話中種種「遊玩耍子」的構想，則一句不存，正是第一回所云「高堂廣廈，玉宇瓊樓，是墳山上起不得的享堂」（繡像本，頁 3）的寫照：亦即西門慶所建的「三間捲棚，三間廳房，疊山子花園，井亭、射箭廳、打毬場」，無論就象徵或就實質而言，都是「墳山上起不得的享堂」，終歸是空。在故事尚未進行到八十九回時，評點者便已藉由敘事者的種種暗示，直接將花園與清明聯想在一起，甚至將此處的描寫直接視為「清明日一樣」，將其與「生子加官」對照。第七十九回西門慶病重之際，月娘更直指家中花園「隔二騙三」，「不是個待人的」（繡像本，頁 1149），一方面將西門慶之死歸咎於他在花園中流連忘返，一方面也暗指待在花園中的金蓮、瓶兒、春梅，皆不配稱之為人。[84]

花園之所以能和死亡聯繫在一起，與花園能夠彰顯四季的特性有關：四時推移，代表時間不斷流逝，花園中的種種生命，便會在自然的規律中邁向死亡；另一方面，西門慶的花園中常有私會之情事，依照第一回陳述的「色空」架構，可以將此類私會，視之為對西門慶貪慾喪命之結局的反覆暗示。上述兩種花園與死亡之間的關係，皆含括在「風花雪月」四字之中：此句不但可以指涉四季更迭，也能暗示男女歡愛之事。第五十四回〈應伯爵隔花戲金釧　任醫官垂帳診瓶兒〉，就將風花雪月四字，寫入西門慶遊城外花園時所行的酒令之中：

　　兩個歌童上來，拿着鼓板，合唱了一套時曲《字字錦》「羣芳綻錦鮮」。……三人又吃了數盃，伯爵送上令盆，斟一大鍾酒，要西門慶行令。西門慶道：「這便不消了。」伯爵定要行令，西門慶道：「我要一個風花雪月，第一是我，第二是常二哥，第三是主人，第四是釧姐。但說的出來，只吃這一盃。若說不出，罰一盃，還要講十個笑話。講得好便休；不好，從頭再講。如今先是我了。」挈起令鍾，一飲而盡。就道：「雲淡風輕近午天。──如今該常二哥了。」常峙節接過酒來吃了，便道：「傍花隨柳過前川──如今該主人家了。」應伯爵吃了酒，呆登登講不出來。西門慶道：「應二哥請受罰。」伯爵道：「且待我思量。」又遲了一

84　花園不只是導致死亡的危險之地，它的興建與衰頹，也有如西門慶自身生命的延伸。在興建遇上官司時，作者將花園停工與他「只在房裡走來走去，憂上加憂，悶上加悶，如熱地蜒蚰一般」的焦慮並陳；官司解決後，又將花園復工比作他「落日已沈西嶺外，卻被扶桑喚出來」的心情。在他人生得意之際的花園是「花木庭臺，一望無際，端的好座花園」（繡像本，頁 233）；在他死後的花園則是「丟搭的破零零的；石頭也倒了，樹木也死了，俺等閒也不去了」（繡像本，頁 1360）。關於這方面的分析，亦可參考浦安迪的看法，見 Andrew H. Plaks, *The Four Masterworks of the Ming Novel: Ssu ta ch'i-shu*, 126。

回，被西門慶催逼得緊，便道：「洩漏春光有幾分。」西門慶大笑道：「好箇說
別字的，論起來，講不出該一盃，說別字又該一盃，共兩盃。」伯爵笑道：「我
不信，有兩個『雪』字，便受罰了兩盃。」眾人都笑了。（繡像本，頁 706-707）[85]

引文中所行的酒令「風花雪月」各自代表了四季的特徵，也就是人們四時賞玩的景色，
因此這是合於眾人遊園情境的應景之詞；就當時的語境看來，遊園時西門慶所見的大多
「是俗人目中事」[86]，因此書中敘述他提議以這四個字行令，有諷刺他故作風雅的效果。
此段寫應伯爵「定要行令」，但才剛輪到他就說不出來，只能隨口以「洩漏春光有幾分」
一句塞責，之後反而連說幾個笑話都有如行雲流水，毫不遲滯，這正點出了眾人行令不
過應景，事實上這個文字遊戲笑鬧的成分比切題來得多。[87]「洩漏春光有幾分」一句完
全沒有提及「風花雪月」的任何一字，只有指涉季節的「春光」，可以和「花」象徵「春」
的意思相合；此處藉伯爵之口說出此句，暗指下文「隔花戲金釧」之事，正是伯爵偷窺
金釧溺尿，使她「春光外洩」。因此這回西門慶等人遊園之際的娛樂，除了飲酒、聽歌
童唱曲之外，還包括偷窺女子溺尿，這和前文描述此園有許多名人題詠的情況形成對比，

---

[85] 在討論這段引文之前，有必要先說明此段文字的真偽問題。本書第二章已引用前人研究資料，說明
《金瓶梅》五十三至五十七回的真偽，亦即就目前所見的詞話本看來，這五回無論情節或人物，都
明顯與上下文扞格不入；繡像本這五回與詞話本出入甚多，潘承玉認為繡像本的五十三、五十四回，
應是改定者完全捨棄詞話本的這兩回，重新補寫而成。參見氏著，《金瓶梅新證》，頁 37。潘文
僅論及詞話本之真偽，不討論繡像本補寫得如何；就此段引文及後文對「隔花戲金釧」一事的改寫
看來，此回即便是改定者補寫，也大致合於繡像本上下文行文風格，是繡像本整體藝術構思的一部
分，故本文仍援引此段，作為探討花園有何隱喻的例證。

[86] 此回以西門慶的視角，寫出園中景色是「亭後是繞屋梅花三十樹，中間探梅閣，閣上名人題詠極多，
西門慶備細看了」，張竹坡此處有夾批云「是俗人目中事」；下文描寫「西門慶正看得有趣，伯爵
催促，又登一箇大樓，上寫『聽月樓』。樓上也有名人題詩，對聯也是扦板砂綠嵌的」，張竹坡又
批道「總是西門眼中，俗情如掬」。見《第一奇書》五十四回夾批，頁 1403-1404。繡像本則在後
文西門慶云「十分走不過一分，卻又走不得。多虧了那些擡轎的，一日趕百來里多路」之處，有
夾批道「是俗人之奇想」，見繡像本，頁 705。

[87] 這次行令也可以和六十七回〈西門慶書房賞雪　李瓶兒夢訴幽情〉中眾人行「雪」令的情景相互對
照：六十七回是溫秀才提出行令的規則，但第一次說出之後，後來也說不出，還是看壁上吊屏的對
聯才有「雪點寒梅小院春」一句；伯爵及西門慶則是連連說錯。伯爵說「雪裡梅花雪裡開」時，溫
秀才道：「南老說差了，犯了兩個『雪』字，頭上多了一個『雪』字。」伯爵道：「頭上只小雪，
後來下大雪來了。」這和五十四回伯爵所云可以相互呼應。相較之下，七十六回寫行令穿插許多其
他談話內容，較五十四回來得生動活潑，繡像本改定者可能是根據六十七回的行令內容添寫五十四
回。除此之外，第四十六回〈元夜遊行遇雨雪　妻妾戲笑卜龜兒〉中，李銘、王柱所唱的《黃鐘・
醉花陰【引】》，也是藉「風花雪月」寫男女之情的曲子。參見繡像本七十六回，頁 908-910、詞
話本四十六回，頁 302-303。

呈現出花園對文人及俗人而言，有截然不同的樂趣；這指的不只是西門慶遊賞城外花園時的情景，也是西門慶自家花園中經常上演的戲碼。綜上所述可知，伯爵口中的「春光」含括兩重意涵：除了是應景的酒令之外，也意指不可告人的私密之事；此句酒令雖然違規，卻是點出正題的關鍵，道出「風花雪月」其實同時隱含四季更迭及男女歡愛之意。如此一來，這回敘述酒令及眾人遊賞，不只描繪了眾人當下的活動，也說明了西門慶花園的雙重指涉：書中正是藉由實際描述眾人在自家花園中賞玩風花雪月的景況，突顯四季更迭，時光流逝[88]；但花園中種種風花雪月之事，也令花園淪為享樂縱欲的處所。因此張竹坡評論此回「明說西門慶豪華不久，如世所云風花雪月者也」（張批本五十四回回評，頁797），除了意指西門慶的豪華景況，隨即會在季節推移中消逝，也可以解釋作西門慶沈溺於與諸花歡愛，終會導致貪慾喪命的結果。[89]

　　描寫西門慶花園的四季景況時，作者不只描繪景物，將應景的人物活動作為時令的點綴；也使人物活動與時令構成的氛圍相互交織，產生更深一層的寓意。例如第二十五回〈吳月娘春晝鞦韆　來旺兒醉中謗訕〉描寫清明時節西門家眾女子盪鞦韆的情景，就是以「消解春困」為由，使「鞦韆」含有春日／春意的雙重指涉：

　　　先是吳月娘花園中扎了一架鞦韆，這日見西門慶不在家，閒中率眾姊妹遊戲，以消春困。先是月娘與孟玉樓打了一回，下來教李嬌兒和潘金蓮打。李嬌兒辭說身體沉重，打不的，却教李瓶兒和金蓮打。打了一回，玉樓便叫：「六姐過來，我和你兩箇打箇立鞦韆。」分付：「休要笑。」當下兩箇玉手挽定綵繩，將身立于畫板之上。月娘却教蕙蓮、春梅兩箇相送。正是：紅粉面對紅粉面，玉酥肩並玉酥肩。兩雙玉腕挽復挽，四隻金蓮顛倒顛。

　　　那金蓮在上頭笑成一塊。月娘道：「六姐你在上頭笑不打緊，只怕一時滑倒，不是耍處。」說着，不想那畫板滑，又是高底鞋，趷不牢，只聽得滑浪一聲，把金

88　《金瓶梅》中的「風花雪月」不只是季節的代稱，書中也直接以這四種事物作為描寫的主題。除了將眾女子比作「花」，六十七回寫西門慶書房賞雪，二十四回則寫眾人元宵賞月。另外，七十七回寫西門慶「踏雪訪愛月」，二十一回寫「月娘掃雪烹茶」，都是同時寫「雪」與（作為象徵的）「月」；七十一回則寫「風」。因此張竹坡七十一回回評云：「篇末寫風。夫前酒令內寫風花雪月，但上半部寫花，寫月，寫雪，並未寫風。今一寫風，而故園零落矣。故特特寫風，非尋常泛寫也。然而此書亦絕無一筆泛寫之筆。」見張批本，頁1083。

89　另一個將風花雪月與死亡相連結的例子，在第八十七回，描繪金蓮之死，可以和此處的隱喻之意相互對看：「七魄悠悠，已赴森羅殿上；三魂渺渺，應歸枉死城中。好似初春大雪，壓折金線柳，臘月狂風，吹折玉梅花。」張竹坡在此批道「映伯爵之令」、「映東京之風」。見《第一奇書》，2533-2534。

蓮擦下來，早是扶住架子，不曾跌着，險些沒把玉樓也拖下來。月娘道：「我說六姐笑的不好，只當跌下來。」因望李嬌兒眾人說道：「這打鞦韆，最不該笑。笑多了，已定腿軟了，跌下來。咱在家做女兒時，隔壁周臺官家花園中扎着一座鞦韆。也是三月佳節，一日他家周小姐和俺一般三四箇女孩兒，都打鞦韆耍子，也是這等笑的不了，把周小姐滑下來，騎在畫板上，把身子喜抓去了。落後嫁與人家，被人家說不是女兒，休逐來家。今後打鞦韆，先要忌笑。」金蓮道：「孟三兒不濟，等我和李大姐打箇立鞦韆。」月娘道：「你兩箇仔細打！」教玉簫、春梅在傍推送。纔待打時，只見陳敬濟自外來，說道：「你每在這裡打鞦韆哩。」月娘道：「姐夫來的正好，且來替你二位娘送送兒。丫頭每氣力少。」這敬濟老和尚不撞鐘——得不的一聲，于是撥步撩衣，向前說：「等我送二位娘。」先把金蓮裙子帶住，說道：「五娘站牢，兒子送也。」那鞦韆飛在半空中，猶若飛仙相似。李瓶兒見鞦韆起去了，諕的上面怪叫道：「不好了，姐夫你也來送我送兒。」敬濟道：「你老人家到且性急，也等我慢慢兒的打發將來。這裡叫，那裡叫，把兒子手腳都弄慌了。」于是把李瓶兒裙子掀起，露着他大紅底衣，推了一把。李瓶兒道：「姐夫，慢慢着些，我腿軟了。」敬濟道：「你老人家原來吃不得緊酒。」金蓮又說：「李大姐，把我裙子又兜住了。」兩個打到半中腰裡，都下來了。却是春梅和西門大姐兩箇打了一回。然後，教玉簫和蕙蓮兩箇打立鞦韆。這蕙蓮手挽綵繩，身子站的直屢屢的，腳跐定下邊畫板，也不用人推送，那鞦韆飛起在半天雲裡，然後忽地飛將下來，端的却是飛仙一般，甚可人愛。月娘看見，對玉樓、李瓶兒說：「你看媳婦子，他到會打。」這裡月娘眾人打鞦韆不題。（繡像本，頁317-319）

丁乃非認為，如果盪鞦韆如張竹坡所言，代表月娘並未「率領眾妾勤儉宜家，督理女工」，反而「自己作俑為無益之戲」（張批本二十五回回評，頁 375），此一花園中的春日消遣，就不只是運動，還隱含了道德失序的意思；如此一來同音異義的「盪」與「蕩」二字，便暗指盪鞦韆的女性行為放蕩。盪鞦韆往復來回的運動形式，代表反覆跨越身體或地域（territories）不可見的疆界；而金蓮的「笑」，象徵她自其中獲得禁忌的歡愉；蕙蓮「飛仙一般」的姿態之所以道出她危險的處境，正是因為她地位低下，沒有資格獲得這種不受拘束的快樂。[90]進一步探究引文中的短詩「紅粉面對紅粉面，玉酥肩並玉酥肩。兩雙玉腕挽復挽，四隻金蓮顛倒顛」可以發現，書中不只賦予盪鞦韆一事道德失序或跨越疆

90　Ding, Nai-fei, *Obscene Things: The Sexual Politics in Jin Ping Mei*, 178-179.

界的寓意,也直接將盪鞦韆比作男女交歡:這首短詩前兩句描述金蓮及玉樓是「面對面」打立鞦韆,後兩句則是寫兩人「挽定綵繩」、「踩定畫板」;因此「四隻金蓮顛倒顛」一句,意指兩人在畫板上的小腳,也隨著鞦韆的韻律擺動。這首詩也出現在詞話本的〈欣欣子序〉中,但〈欣欣子序〉先寫出「佳人才子,嘲風咏月,何綢繆也。雞舌含香,唾圓流玉,何溢度也」,亦即男女約會時先是「嘲風咏月」,爾後才有「雞舌含香,唾圓流玉」之事;在此一語境中,「一雙玉腕縮復縮,兩隻金蓮顛倒顛」,就成了描述女子行房姿態的句子。[91]藉由這種修辭上的類比與轉化,也可以將盪鞦韆反覆擺盪的性質,比作男子行房時的「肆行抽送」 (繡像本,頁487)。

由這個角度解讀「春晝鞦韆」可知,月娘對一群全非黃花女兒的婢妾們說教,要她們小心別被「抓去身子喜」,在這個場合似乎顯得不恰當或犯忌[92];但她的話其實點明了「笑」與「打鞦韆/性交」之間的關係,是此回的畫龍點睛之筆。一開始玉樓就提醒金蓮「休要笑」,但金蓮在打鞦韆時不但「笑成一塊」,甚至笑得從鞦韆上跌下來;爾後月娘便說教了一番,強調「今後打鞦韆,先要忌笑」。金蓮的笑,意指她自打鞦韆/性交中獲得愉悅/快感,而月娘的說教,則道出自打鞦韆/性交中得到愉悅/快感,對女性而言是一種禁忌,違反此一成規的下場,是被「抓去身子喜」並「休逐來家」:「盪鞦韆」及「放蕩」都可能招致這兩種後果。與男子交歡對金蓮而言不只是需求,也是享受,但在月娘看來,金蓮樂在其中的表現,就是「浪」或「放蕩」。因此月娘不只在告誡眾人打鞦韆時要「忌笑」,也暗示以性愛取樂並不正當,申明「黃花女兒」的「身子喜」和「不浪」、「不放蕩」才能讓女性受到認可;金蓮「笑成一塊」之後自鞦韆上跌下來,暗示了她的笑/放蕩,會讓她有如被「抓去身子喜」一般,喪失月娘的認同。第七十五回〈因抱恙玉姐含酸 為護短金蓮潑醋〉中月娘與金蓮的衝突,印證了此處的寓意:

……金蓮道:「他(按:西門慶)不來往我那屋裡去,我成日莫不拿豬毛繩子套他

---

91 原文為:「……觀其高堂大廈,雲窗霧閣,何深沈也;金屏綉褥,何美麗也;鬢雲斜軃,春酥滿胸,何嬋娟也;雄鳳雌凰迭舞,何慇懃也;錦衣玉食,何侈費也;佳人才子,嘲風咏月,何綢繆也。雞舌含香,唾圓流玉,何溢度也。一雙玉腕縮復縮,兩隻金蓮顛倒顛,何猛浪也。既其樂矣,樂極必悲生。……故天有春夏秋冬,人有悲歡離合,莫怪其然也。」見欣欣子,〈金瓶梅詞話序〉,詞話本,頁6-7。

92 田曉菲認為,月娘開口便說教不但煞風景,而且在場女子不只全非黃花女兒,甚至不是以女兒身嫁給西門慶的;這代表月娘時時不忘她是以女兒身嫁來的正頭夫妻,也提醒讀者此處打鞦韆的大多數婦人,都是「漢子有一拿小米數兒」,一方面顛覆了本回的卷首詩詞中的優美意境,另一方面,這種對享樂的恐懼,也違背了打鞦韆「取樂」的本意。參見田曉菲,《秋水堂論金瓶梅》,頁79。

去不成！那個浪的慌了也怎的？」月娘道：「你不浪的慌，他昨日在我屋裡好好兒坐的，你怎的掀着簾子硬入來叫他前邊去，是怎麼說？漢子頂天立地，吃辛受苦，犯了甚麼罪來，你拿豬毛繩子套他？賤不識高低的貨，俺每倒不言語了，你倒只顧趕人。……一個使的丫頭，和他貓鼠同眠，慣的有些摺兒？不管好歹就罵人。說着你，嘴頭子不伏個燒埋！」金蓮道：「是我的丫頭也怎的？你每打不是！我也在這裡〔，〕還多着個影兒哩！皮襖是我問他要來。莫不只為我要皮襖開門來？也拿了幾件衣裳與人，那個你怎的就不說了？[93]丫頭便是我慣了他，是我浪了圖漢子喜歡，像這等的卻是誰浪？」吳月娘吃他這兩句觸在心上。便紫漲了雙腮說道：「這個是我浪了？隨你怎的說，我當初是女兒填房嫁他，不是趕來的老婆。那沒廉恥趕漢精便浪；俺每真材實料，不浪。」（繡像本，頁1055-1056）

月娘認為金蓮叫西門慶去她房裡，又放縱春梅和西門慶苟合，討西門慶喜歡，就是「浪的慌」；但金蓮反駁，如果她縱容春梅是「浪」，則月娘為了討好西門慶不管如意兒也是「浪」。月娘被說中心病，一時回答不出，因此搬出自己黃花女兒嫁西門慶的身分，證明自己「真材實料，不浪」。兩人的對罵圍繞著「浪」字展開，月娘將金蓮嫁來時不是「黃花女兒」，和她向西門慶索求歡愛的舉止聯繫在一起，將兩者都稱為「浪」；甚至可以說，月娘認為只要是「黃花女兒」出嫁就「不浪」。月娘在「春畫鞦韆」一回中點明的，就是這一層寓意：擅於以盪鞦韆／性交取樂的金蓮是「浪」，而身為「黃花女兒」，表面上不笑（或者說不熱中於男女交歡）的月娘才是「不浪」；「浪」字可以在七十五回中指涉「放蕩」，也可以作為二十四回中形容鞦韆「擺盪」的運動狀態。但「不浪」的月娘，才是在花園中扎鞦韆讓眾人取樂之人，因此無論在二十四回或七十五回，她只憑恃自己「黃花女兒」的身分，不顧周遭情況及情理就說教、發怒，便顯得空洞無力。「黃花女兒」和「正頭夫妻」的身分，只賦予她管束眾人的地位與權力，並不保證她的管束具有效力，甚至限制了她享受、取樂的念頭。

不同女性對盪鞦韆／性交的不同反應，也與她們的身體和權力關係密切：此回以「猶若飛仙相似」形容金蓮和蕙蓮，不但賦予她們輕巧靈活的特質，擅長盪鞦韆也意味著擅長男女交歡，她們就是因此受寵；李嬌兒一開始便「辭說身體沉重，打不的」，不只意指她無法盪鞦韆，也暗示身體沈重使她不若金蓮、蕙蓮吸引人，西門慶也極少進她房裡。

---

[93] 這裡指的是金蓮向月娘告發如意兒與西門慶私通，西門慶與她銀錢、衣服，月娘因之前勸西門慶不要娶瓶兒，和西門慶賭氣，這回不想得罪西門慶，因此說道：「你們只要栽派叫我說，他要了死了的媳婦子，你每背地都做好人兒，只把我合在缸底下。我如今又做傻子哩！你每說只顧和他說，我是不管你這閒帳。」見繡像本六十七回，頁912。

至於提議要打鞦韆的月娘，反而一回鞦韆都沒打，與她主張不要以鞦韆／性交取樂，要以黃花女兒的身分獲得權力及地位的看法相互呼應。李瓶兒所云「慢慢著些，我腿軟了」，則可和二十七回她對西門慶說的「親達達，你省可的擺罷」（繡像本，頁350）一句對看，預告了她因懷孕而「吃不得緊酒」。[94]田曉菲則認為，鞦韆忽起忽落的性質，暗喻蕙蓮與金蓮自受寵而驕至受辱而死，不過在轉瞬之間而已。[95]由此可知，書中錯綜描寫眾人打鞦韆，一方面是以寫實的筆法，使情景生動活潑，以「春天」及「花園」烘托眾妻妾「殊亦可人」（繡像本二十五回夾批，頁319）的嬌媚；另一方面則將象徵意義置入寫實的畫面之中，使花園中因春意而架設的鞦韆隱含性交之意，「春晝鞦韆」的描寫，也因此和妻妾們的身分、慾望與權力關係緊密交織。[96]

　　藉由建構時間及空間的隱喻，《金瓶梅》將過去、未來皆壓縮於當下的敘述之中，賦予「此時此地」多重含意；不但能連結小說人物一生的遭遇，也能使讀者將書中情境推及真實人生，化閱讀體驗為哲理思考。值得注意的是，由本章之析論可知，無論敘事的延展或壓縮，讀者閱讀的眼光一直是作者書寫的對象；空間形態如何呈現，亦與講述觀點密切相關。如同赫曼所論，理解現實世界的地理特徵與建構心靈投射地點所運用的心智模式並不相同，敘事正是建構心靈投射地點的主要方式之一，此類地點藉由故事世界中特殊的敘事觀點被標示出來。如此一來，敘事中的空間化（spatialization）及敘事觀點便難以分離，有其內在連結。[97]下一章將以敘事學中「視角」的觀念，進一步分析此一敘事策略。

94　盪鞦韆的順序則暗示眾人在書中出場的時間：金蓮和瓶兒都是「打到半中腰裡」就下來，接著「却是春梅和西門大姐兩箇打了一回」，關於她們的主要情節集中在全書的後二十回。

95　參見田曉菲，《秋水堂論金瓶梅》，頁79。

96　由花園中對兩處「藏春」之地的描寫可以發現，書中經常將春／溫暖／歡愛的意象，與冬／寒冷／空虛對比，這也和作者以「冷熱」架構全書的筆法可以相互呼應。前人對此著墨甚多，此處不再贅述。可參見史梅蕊，〈《金瓶梅》和《紅樓夢》中的花園意象〉，《金瓶梅西方論文集》，頁182-183；田曉菲，《秋水堂論金瓶梅》，頁72-73。

97　David Herman, *Story Logic: Problems and Possibilities of Narrative*, 301.

第四章 《金瓶梅》敘事視角[1]

　　本章將探討《金瓶梅》中敘事視角（narrative perspective）與敘事情境（narrative situation）的關係，並析論《金瓶梅》中以凝視（gaze）及偷窺（voyeur）的方式敘述事件時產生的美學效應及價值判斷。

　　藉由分析敘事視角及敘事情境，可以闡明《金瓶梅》如何借用既有的說書格套，創造新的藝術效果；以及巧妙展現同一事件的複雜面向。因此本章第一節將分別析論《金

---

[1] 本章採用「敘事視角」（narrative perspective）一詞，描述小說敘述事件時採取的觀點；它的定義較為寬泛，除關於敘事技術的「聚焦」（focalization）之意外，也可以指涉觀看者的感知角度，較為符合本文分析的範疇。敘事學中對敘事視角的分析，大致經歷四個階段：一、將敘事者視為觀察者，亦即將「誰說」等同於「誰看」，代表論者為華萊士‧馬丁（Wallace Martin）；二、區分敘事者與觀察者，亦即將「誰看」由「誰說」中區別出來，並排除觀看活動的意識型態，以「聚焦」一詞限制論述範疇，僅關注敘事技術。代表論者為熱奈特，及之後修正其理論的巴爾、雷蒙‧凱南等人。至此，論者分析的對象，皆集中於文本中的聚焦者（focalizor）及被聚焦的客體；三、擴充敘事視角分析的範疇，代表論者為史丹佐，他認為還須分析敘事事件的內部視角或外部視角，以及敘事者、被敘述之世界的特質；四、以認知科學觀點分析敘事視角，此一分析角度起於加恩提出的視覺心智模型，強調聚焦是對世界的觀看方式，因此所有講述故事的活動，都建立在人類心智「接受─加以概念化」的能力之上；近年來，藍加克爾（Roland W. Langacker）及泰爾米（Leonard Talmy）則明確指出視角分析的各種參數，諸如位置、距離、接受模式、觀看方向等。如此一來，敘事視角的分析就能統整化，化解熱奈特以降，為了區分敘事者及感知者而衍生的過於細密難解的分類，也能承載敘事創作及敘事處理歷程的其他面向，包括風格紋理，故事世界的時空配置，意識的呈現，以及敘事的主題。此外，敘事視角的分析也納入了讀者在閱讀過程中對文本的想像、接受及對小說世界的建構；就認知的角度而言，這些閱讀過程中的心智反應，正是「小說」此一文本型態之訊息傳遞不可或缺的要素。本文將考量中國傳統小說特有的敘事性質，兼採不同觀點分析敘事視角。關於敘事視角研究的歷程及反思，可參見 Mieke Bal, *Narratology: Introduction to the Theory of Narrative*, 101-102; Gérard Genette, *Narrative Discourse*, 189; *Narrative Discourse Revisted* (Ithaca: Cornell University Press, 1988), 64; David Herman, *Story Logic: Problems and Possibilities of Narrative*, 323-328; Manfred Jahn, "Windows of Focalization: Deconstructing and Reconstructing a Narratological Concept,' 241; 'More Aspects of Focalization: Refinements and Applications," 106-107; David Herman, "Cognitive Grammar and Focalization Theory," in Jannidis, Fotis, Matías Martínez, and John Pier, eds., *Point of View, Perspective, and Focalization: Modeling Mediation in Narrative* (Berlin, New York: Walter de Gruyter, 2009) 124-134。

瓶梅》中透過說書人及小說人物兩種不同的視角敘述事件時產生的美學效應：前者涉及中國傳統小說「以說書為背景」的敘事情境，後者則與敘事作品中敘事層次（narrative level）的轉換有關。敘事視角意指敘事者敘述事件時選擇的觀察點及觀察方式；而當敘事者採取某種敘事視角，向敘事對象陳述事件時，就會構成特定的敘事情境。「以說書為背景」便是中國傳統小說中重要的敘事情境之一：在這種寫作方式下，敘事者就是說書人，而敘事對象則是聽眾；採用說書的方式來說故事自有其歷史背景，以及美學和文化的考量，不但使作者得以合理地公開小說人物的私事，以看似客觀的立場評論小說中發生的事件，作者也能藉此塑造不同敘述層次之間的對比。[2]熱奈特所謂的敘事層次，意指同一部敘事作品中敘事情境的轉換，亦即從事敘事行為者可能會由敘事者轉換為小說中的其他人物，如此一來，在原有的敘事者及敘事對象構成的敘事情境（亦即「講述這部作品的敘事行為」）中，便會產生新的敘事情境，構成不同的敘事層次。[3]

本文雖然以「講述事件者的身分」作為將視角分類的標準，但這並非影響敘事視角及敘事效果的唯一因素。[4]以認知敘事學的角度而言，視角並非扁平的文學分析概念，而是藉由模擬視覺成像的過程，理解小說情境如何在讀者心智中概念化。因此，敘事視角與被認定的情境之間的距離、位置，決定了所述內容的詳略及性質；視角移動或靜止，影響讀者接受的模式；視角觀看的方向，則與所述內容的範疇有關。[5]正如熱奈特所言，敘事情境是一個複雜的整體，區分出敘事情境間的不同成分，只是為了配合闡釋時批評

2　本章參考王德威的說法，析論採取「說書」這種方式作為敘事情境的敘事特徵，後文將詳細引述。可參見 David Teh-wei Wang, "Story Telling Context in Chinese Fiction: A Preliminary Examination of It as a Mode of Narrative Discourse," *Tamkang Review* 15, no.1-4 (Nov. 1985): 133-150。

3　熱奈特認為可以用分析敘事層次的方法，說明一部敘事作品中敘事情境的特色。他對敘事層次的定義為 "any event a narrative recounts is at a diegetic level immediately higher than the level which the narrating act producing this narrative," 本章則就熱奈特之論述脈絡，簡要地說明敘事層次的意義。參見 Gérard Genette, *Narrative Discourse*, 228。

4　雖然傳統敘事理論亦以敘事者作為區分視角的標準，但本文著重於探討不同的敘事者及視角與敘事情境的關係，而非析論敘事者本身的性質。例如華萊士·馬丁，便以「敘事者是否介入角色內心」及「敘事者顯身或隱身」，作為將視角分類的基礎：在此一標準下的「全知視角」來自於敘事者介入角色內心且隱身，「限制視角」則是介入角色內心且顯身的第一人稱敘述敘事者，或者選擇隱瞞敘事內容的介入角色內心且隱身的敘事者。而「旁觀視角」則指無論顯身或隱身皆不介入角色內心的敘事者。參見 Wallace Martin, *Recent Theories of Narrative* (Ithaca and London: Cornell University Press, 1986) 130-146。這些區分顯然都是以敘事者的性質，決定視角的類型；但中國傳統小說中的說書人具備與西方的敘事者不同的特性，因此若用這套方法析論敘事者的特質，無法有效闡釋中國傳統小說的敘事特徵及美學效應。

5　David Herman, "Cognitive Grammar and Focalization Theory," 128-130.

論述無法面面俱到的需求，事實上分析作品時必須深入觀察各種要素間緊密交織的關係，而非片斷零散地以不同的分析條件切割文本。[6]傳統敘事學分析視角時，經常僅僅注重視角在不同主體間轉換的情形；本文將擴大論述範疇，並考量中國傳統小說的敘事特徵，著重分析運用不同視角時整體的敘事效果。

第二節探討《金瓶梅》中的凝視與偷窺。「敘事」就是陳述故事，而這活動的重點即在觀看／偷窺外在世界和內心世界；雖然所有陳述都是讀者賴以觀看／偷窺小說世界的途徑，但《金瓶梅》中人物的偷窺及對他人的監視可謂無所不在[7]，已構成特殊的敘事視角；作者也擅長運用這兩種視角調節敘事，使小說情節更曲折，更富張力。因此本章第二節將探討《金瓶梅》中採用凝視及偷窺的角度描述事件時，觀看者、觀看方式、觀看對象三者間的關係，一方面分析這兩種視角如何調節敘事，影響讀者的感知，並左右讀者的價值判斷；另一方面則分析評點者對故事世界的窺視，以及評點文字如何限定讀者身分並影響閱讀活動。

第一節　敘事視角與敘事情境

本節第一部分析論「說書」的情境設定對《金瓶梅》敘事內容的影響：此一敘事情境不只塑造「在公共場合講述故事」的情境，召喚聽眾（也召喚隱含讀者）的回應[8]，也使敘事者能用旁觀者的眼光敘述《金瓶梅》中的私事，或以教化的口吻夾帶出一些淫行穢事，免得招致宣淫之罵名；此即熱奈特所謂敘事者的「意識型態」功能。說書人也能使讀者處於類似聽眾的地位，因此能將小說的內容與聽書（或閱讀）的「此刻」相連結，便

6　雖然熱奈特將敘事情境分作敘述時間（time of the narrating）、敘述層次（narrative level）、「人稱」（"person"，引號為原文所加，意指敘事者——敘事對象——所講述的故事三者間的關係）三種不同的面向，但事實上敘事情境由敘述行為、主角、空間－時間限定（spatio-temporal determine）、同一敘事作品中其他敘事情境與此一情境間的關係等等緊密交織，如果將這些要項分而述之，便無法得知各種成分之間的相互影響。參見 Gérard Genette, *Narrative Discourse*, 215。

7　張竹坡已注意到這種現象，因此他認為「若要不知，除非莫為」二句是《金瓶梅》「一部的金鑰也」。參見《第一奇書》十二回夾批，頁 295。

8　此一現象可與熱奈特所謂敘事者與敘事對象「交流」（communication）的現象對看，王德威亦有類似的論點。熱奈特認為敘事者具有五種功能：「敘述功能」指敘事者講述的身分；「敘述文本的功能」意指敘事者重新組織文本為敘述話語的功能；「敘事情境本身」的功能則指敘事者悉心建立或維持他與敘述對象的接觸或對話，甚而產生感染力；敘事者尚有對故事的「見證功能」，以及對故事發表說教、評論的「意識型態」功能。參見 Gérard Genette, *Narrative Discourse*, 255-257; David Teh-wei Wang, "Story Telling Context in Chinese Fiction: A Preliminary Examination of It as a Mode of Narrative Discourse," 139。

於安排特殊的敘事效果，類似熱奈特所謂敘事者「敘述文本」的功能。說書人的敘事對象是聽眾，因此在小說中運用這種敘事情境，可以讓讀者感受到說書場上的熱鬧氣氛，具有滿足聽眾的好奇心及寓教於樂的娛樂功能；而當小說成為案頭讀物時，讀者也可以藉由反覆閱讀，細細體會說書人引用的詞曲在娛樂效果之外的隱含意義。

本節分析的敘事情境，借用了熱奈特 "Voice" 的概念：這指的是小說中的發音（enunciating）主體，在小說中從事敘述行為（narration）；它的敘述對象就是接受敘事者，它們與敘事行為產生的環境，共同構成敘事情境。敘事情境既然牽涉敘事主體及敘事的接受者，自然與敘事視角相關：只要開始敘述，就表示敘事主體選擇了某種敘述的角度，向接受敘事者陳述事件。熱奈特以 "Voice" 說明敘事主體「發聲」的過程及敘事情境的種種要素，將視角與敘事情境分而論之，以「聚焦」的概念取代視角[9]，其目的就是為了規避其他論者對敘事者及作者間的混淆，強調敘事者及作者、接受敘事者及讀者間的分別。[10]然而中國傳統小說以說書人為敘事者的情形，使上述區別顯得十分清楚：說書人（敘事者）的敘事對象是聽眾（接受敘事者），而說書人顯然不同於作者，聽眾亦非讀者；因此不需特意強調敘事視角與敘事情境二者間的區別。以下將視敘事視角為構成敘事情境的要素之一，並析論二者之間的關係。

本節第二部分則將析論《金瓶梅》中敘事層次的改換與敘事視角的關係，以及不同敘事層次間如何相互影響。如前所述，在敘事者（就《金瓶梅》而言是說書人）對敘事對象（《金瓶梅》敘事情境中的聽眾）講述故事時，有時會在故事之間插入另一個敘事者（通常是小說人物之一）所講述／觀看／演唱的事件或事物[11]，此時敘事視角便由說書人轉換為小說中的敘事者，並因而產生不同的敘事層次。《金瓶梅》中常以插入不同文體的手法，增加敘事層次的變化；此一敘事情境不只牽涉到第二敘事（second narrative）的敘事者（即小說中的敘事者）及其敘事視角，也涉及第二敘事的敘事對象如何與敘事者及講述內容互動，以及第二敘事與第一敘事之間的關係。

9　熱奈特將「聚焦」視為敘事作品中的「語式」（mood）之一。參見 Gérard Genette, *Narrative Discourse*, 189-194。

10　他認為「敘事主體」（narrating instance）並不等同於「書寫主體」（the instance of "writing"，引號為原文所加），敘事的接受者（the recipient of narrative）也不等同於讀者，因此虛構敘事中的敘事情境也不等同於書寫情境。熱奈特刻意強調這些區別的原因，在於他不願重蹈其他論者以 "point of view" 簡化問題的覆轍：亦即將敘事者的觀點直接視為作者的觀點，將敘事情境混同於書寫情境。參見 Gérard Genette, *Narrative Discourse*, 213。

11　熱奈特認為第二敘事可以用非語言（nonverbal）的表現方式呈現，而且通常是視覺；參見 Gérard Genette, *Narrative Discourse*, 231。其實這就涉及敘事視角的問題。

一、敘事情境的設定

如前所述，在《金瓶梅》的第一敘事中，說書人是敘事者，聽眾則是敘事對象，兩者構成王德威所謂「以說書為背景」（the storytelling context）的敘事情境：在中國傳統小說中（尤其是明清長篇小說），這不只是單純對說書活動的模擬，而是具有文化及美學考量的特殊敘事型態。[12]這種在公開場合敘事的背景，尤能與《金瓶梅》「講述一家之事」的內容構成對比，形成小說人物種種所為被公諸於世的語境；亦能與《金瓶梅》擅以偷窺寫人物破綻的特徵相互呼應：說書人不僅具有見證的作用，能詳細而客觀地敘述各種私密的情景，滿足聽眾／讀者一窺究竟的好奇心與偷窺欲；「以說書為背景」也使說書人無論講述時間跨度多長的故事（《金瓶梅》的時間跨度便長達數年），都能隨時回到他敘述故事的「此刻」，對聽眾發表評論[13]，將小說中的私人經驗加上道德評價，使其意義擴張為對人類普遍經驗的反映[14]，使讀者能循著說書人的講述，聯繫虛構的小說世界與真實的人生。

此一敘事情境的設定表面上看來是為了引起聽眾的迴響，但事實上這是作者調節敘事以召喚讀者回應的手法：它一方面使讀者及故事間保持適當的距離，可以隨時自故事情境中抽離，回到聽書的此刻評論小說人物，理解小說中隱含的哲理；相對地，「說書人」是街坊常見的賣藝人，而非高高在上的講述者，因此讀者可以採取和說書人完全不同的觀點閱讀小說，甚而質疑說書人的解釋；亦即說書人的身分，使他口中的「真相」、「哲理」皆非唯一解答，而存在讀者介入評論的空間。在繡像本評點中，這種態度尤為明顯。因此，雖然說書人不是為了講述敘事話語而存在的客觀敘事媒介，而帶有特定的道德教化色彩，但就帶有評點的文本而言，這種敘事視角並非僵化固著，實存於文本之上的評點文字，已然參與、轉化了小說的敘事過程，影響後世讀者的閱讀觀點。以下圖表，可以呈現出作者、讀者、評點者、說書人、聽眾等共同構成的敘事情境：

---

12 相較於繡像本，詞話本保留較多模擬說書的痕跡。如果跳脫早期研究者以「俗」為尚的論述環境，不以文化史料的角度看待詞話本，則詞話本作者在文中插入大量唱辭、戲曲、寶卷的部分意圖，可能就是讓讀者更接近聽眾的身分，使文本讀來更具說書場上的臨場感及娛樂效果。

13 《金瓶梅》中常以「看官聽說」、「有詩為證」、「正是……」等套語，插入說書人的評論。除「看官聽說」之外，《金瓶梅》中尚有許多如「且說」、「話分兩頭」、「話休饒舌」等說書人常用的套語，各有不同的用途。劉禾認為這些「說話人的口頭禪」出現頻繁，可謂以文字標記了敘述者和讀者間的關係。參見氏著，〈敘述人與小說傳統——論中西小說之異同〉，176。

14 David Teh-wei Wang, "Story Telling Context in Chinese Fiction: A Preliminary Examination of It as a Mode of Narrative Discourse," 137.

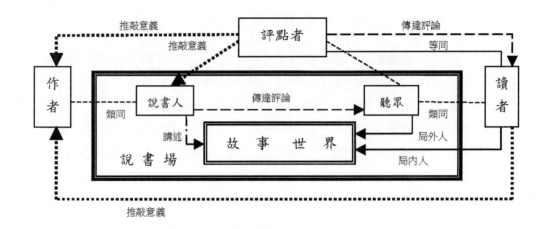

由這個圖表可以看出，「說書場」的情境設計，使讀者有兩種閱讀方式：一種是直接轉換立足點至故事世界，感知小說人物的經歷與活動，甚至將自己投射為小說人物，亦即化身為「局內人」；另一種則是處於類同於聽眾的位置，接收說書人的講述方式及價值觀，拉開自己與故事世界的距離，以「局外人」的角度評論故事世界。就文本的物質形態而言，評點者隨處出現的評論，對作者原意的推敲，以及對說書人的質疑或贊同，更強化了這種「局外人」的感受，使讀者在諸多訊息並存的閱讀體驗中，時時留意自己對故事世界的觀看角度與道德評價，而非全然沉浸故事世界之中。《金瓶梅》便常運用此一情境，將讀者帶離小說世界，轉往說書場上，不只能將私事公諸於世，也能提醒讀者回到現實，深入思考。由此可知，就《金瓶梅》而言，「說書場」不只是沿襲成規的舊套，而已然在講述行為與故事內容的相互對應中，賦予敘事情境不同的意義。

第七十八回〈林太太鴛幃再戰　如意兒莖露獨嘗〉中，作者便藉由說書人之口，描述西門慶與林太太交媾的景況，夾敘夾議地以說書的口吻對聽眾道出自己的觀點，強調在「說書場上」窺人隱私的敘事效果，也點出此段描寫真正的意涵：

> ……看看日落黃昏，又早高燒銀燭。玳安、琴童自有文嫂兒管待。三官兒娘子另是一所屋裏居住，自有丫鬟養娘伏侍，等閑不過這邊來。婦人又倒扣角門，僮僕誰敢擅入！酒酣之際，兩個共入裏間房內，掀開綉帳，關上窗戶，輕剔銀釭，忙掩朱戶。男子則解衣就寢，婦人即洗牝上床。枕設寶花，被翻紅浪，原來西門慶帶了淫器包兒來，安心要鏖戰這婆娘，早把胡僧藥用酒吃在腹中。那話上使着雙托子，在被窩中架起婦人兩股，縱麈柄入牝中。舉腰展力，一陣掀騰鼓搗，連聲响亮。婦人在下，沒口叫達達如流水。正是：招海旌幢秋色裏，擊天鼙鼓月明中。但見：

迷魂陣擺，攝魄旗開。迷魂陣上閃出一員洒金剛，色魔王能爭貫戰；攝魂旗下擁一個粉骷髏，花狐狸百媚千嬌。這陣上撲簌簌，鼓震春雷；那陣上鬧挨挨，麝蘭馥馥。這陣上腹溶溶，被翻紅浪精神健；那陣上刷剌剌，帳控銀鈎情意乖。這一個急展展，二十四解任徘徊；那一個忽剌剌，一十八滾難掙扎。鬥良久，汗浸浸釵橫鬢亂；戰多時，喘吁吁枕側衾歪。頃刻間腫眉膿眼；霎時下肉綻皮開。正是：幾番鏖戰貪淫婦，不是今番這一遭。（繡像本，頁1116）[15]

雖然閱讀常是單一讀者與文本交流的活動，但在說書人的描述之下，此段對床第之事的敘述，便形成「在眾多聽眾面前公開講述私事」的敘事情境[16]；說書人不只以旁觀者的角度敘事，這段引文中也穿插了不同的講述觀點，面面俱到地描繪人物心聲、現實場景及時空隱喻，使讀者由現實情景漸次進入想像空間，進而體會作者意欲傳達的哲理層次。小說的敘事視角由近而遠，正呼應了書中由現實情境轉為戲劇場景的改變，在增加觀看距離的同時，也將讀者拉離書中世界。「看看日落黃昏」一句起，至「僮僕誰敢擅入」一段，是模擬西門慶的觀點，道出他自家心聲，並引領讀者以他的角度思考：此處在「看看」二字之前，並沒有特定指涉觀者為誰，但「看看日落黃昏」、「又早高燒銀燭」，不只點出時間將晚，宜於結束酒宴，上床鏖戰，「又早」二字更寫出西門慶正因情急，才會認為銀燭高燒已久；寫玳安、琴童、三官兒娘子、僮僕等人各有去處，則直指西門慶內心忖度之事，令讀者隨他尋思，諸事既已安排妥當，當可放心與林太太私通。雖然說書人藉西門慶內心尋思的觀點，排除所有小說人物窺視的可能，刻意強調只有西門慶及林太太兩人獨處[17]，彷彿小說中無人知曉林太太房中之事，但事實上所有聽眾都隨著說書人窺視他們的舉動，成為此一場景的見證者：亦即雖然西門慶與林太太自以為行事隱密，但實際上他們的行為卻被毫無隱瞞的在眾人面前揭露，這也向讀者點出「若要人不知，除非己莫為」的意思。「酒酣之際」至「被翻紅浪」一段，則由說書人的角度，

---

[15] 此段文字在詞話本中篇幅較長，但與三十七回中同樣以戰爭描述性事的唱辭語多重複；繡像本保留了三十七回的唱辭，但此處則刪去許多重複之詞，使「攝魄」、「迷魂」、「骷髏」等意象更加突出。參見繡像本，頁487-488、詞話本，頁251、593-594。

[16] 黃衛總（Martin W. Huang）已經指出，當讀者獨自閱讀小說時，就類似私下窺視的偷窺者或竊聽者，能揭露小說人物的隱私，逾越公與私的界線。參見 Martin W. Huang, *Desire and Fictional Narrative in Late Ming Novel* (Massachusetts: Harvard University Asia Center, 2001) 90。但他僅論及讀者的閱讀活動，並未彰顯以說書為背景此一敘事情境公開私事的效果。

[17] 在第六十九回敘述西門慶第一次和林太太交歡時，敘事者特別詳細地描述西門慶進王招宣府的路徑，目的也是強調到達林太太的居所是如何曲折隱密。參見繡像本，頁947-948；張竹坡亦有夾批曰「一路寫得隱僻之至」，見《第一奇書》，頁1889。

引領讀者進入林太太臥房，講述此時此地的景象；雖然「繡帳」、「銀釭」、「朱戶」、「枕設寶花」、「被翻紅浪」等，都是描述臥房物質環境的套語，但置於此處，不但有助於情慾的想像，也使溫柔旖旎的臥房與後文「戰場」的比喻，構成強烈的對比。文中「男子」一詞明顯指稱西門慶，標明此刻說書人已帶領讀者跳脫西門慶講述心聲的角度，觀看的距離也由近而遠，漸次拉開，使讀者由西門慶身旁，退至說書場下，在旁綜觀全局。「原來西門慶帶了淫器包兒來」至「把胡僧藥用酒吃在腹中」是倒敘，說書人回頭交代西門慶來此之前的準備工作，講述的層面由此刻改為過去，顯示說書人截斷敘事，掌握時間序列的安排，介入程度逐漸增加；直至敘及「正是」及「但見」時，說書人定下時空觀點改換的轉折，化現實為隱喻，不但將前文描述的「臥房」轉換為「戰場」，也將「男子」及「婦人」化為「色魔王」和「粉骷髏」。「但見」一詞，正是說書人向聽眾報導當時情景的標記，顯示此段描寫皆出自於說書人的眼光；說書人不只以長詞這種韻文的型態，以及戰爭的比喻[18]，使說書場宛如戰場，令敘事情境更加逼真；這段描寫中也添入「撲簌簌」、「刷剌剌」、「喘吁吁」等狀聲詞，模擬聽書時的聽覺感受，增加聽／閱者的臨場感。這種口吻對讀者而言，能使私密的性事有如在場上搬演，增加了閱讀此段文字時的距離感及戲謔的效果；不只為讀者帶來類似聽眾的娛樂，在小說人物被說書人戲劇化的同時，小說的景況也離現實越來越遠。由此可見，由遠距視角觀看故事世界，有助於讀者置身事外，除了留心小說人物的行為以外，也將一部分的注意力放在說書人意欲呈現的觀點上：由說書人的口吻可知，他並非以客觀的角度敘述此事，而是將西門慶眼中的林氏由「綺閣中好色的嬌娘，深閨內施秘的菩薩」（繡像本六十九回，頁948），改敘作「攝魂旗下」的「粉骷髏」；亦即對讀者表明，雖然在西門慶眼中林太太是「色」的象徵，但在說書人看來，「色」與「死亡」正是一體兩面：無論是「嬌娘」或「菩薩」，都是取人性命的「送死之具」（繡像本七十九回眉批，頁1137）。[19]由此可知，說書人採取這種敘事方式為聽眾／讀者揭露此事的真正用意，不只是使讀者模擬西門慶的心理，身歷其境地看見兩人交媾的情景，增添閱讀趣味，更是以此事警示聽眾，為「西門慶貪欲喪命」埋下種子。

「以說書為背景」除了能塑造讀者聽書的臨場感，點出說書人意欲教化群眾的目的以外，《金瓶梅》中的說書人還具備旁觀者的身分，能以既世故又寫實的口吻，鉅細靡遺

18　詞話本中敘述：「有長詞一篇，道這場交戰」。見詞話本，頁593。

19　文龍亦對以「戰」形容男女之事有類似意見。他論及第二十九回潘金蓮湯邀午戰一事時云：「夫男女居室，常事也，戰則危事也。以男貪女愛，變而為性賭命換，此生死關頭也。」見《資料彙編》，頁440。

並客觀地描述情色場景[20]，道出種種不為人知之事，甚至運用不同的文體增加敘事的趣味。例如第十八回〈賂相府西門脫禍　見嬌娘敬濟銷魂〉中，就是以這種方式描寫「金蓮燒蚊」的情景：

> 說了一回，天色已晚。春梅掌燈歸房，二人上床宿歇。西門慶因起早送行，着了辛苦，吃了幾杯酒就醉了。倒下頭鼾睡如雷，齁齁不醒。那時正值七月二十頭天氣，夜裡有些餘熱，這潘金蓮怎生睡得着。忽聽碧紗帳內一派蚊雷，不免赤著身子起身來，執著燭滿帳照蚊。照一個，燒一個。回首見西門仰臥枕上，睡得正濃，搖之不醒。其腰間那話，帶著托子，聳垂偉長，不覺淫心輒起。放下燭臺，用纖手捫弄。弄了一回，蹲下身去，用口吮之。吮來吮去，西門慶醒了，罵道：「怪小淫婦兒！你達達睡睡，就摑捆死了。」一面起來，坐在枕上，亦發叫他在下儘著吮咂；又垂首玩之，以暢其美。正是：「怪底佳人風性重，夜深偷弄紫簫吹。」
> 又有蚊子雙關《踏莎行》詞為證：
> 我愛他身體輕盈，楚腰膩細，行行一派笙歌沸。黃昏人未掩朱扉，潛身撞入紗廚內。軟傍香肌，輕憐玉體，嘴到處，胭脂記。耳邊廂造就百般聲，夜深不肯教人睡。（繡像本，頁 227-228）

說書人描述此段情景時，並未加入自己的觀點，只是採取旁觀的角度，由「蚊子」這一小小物事切入，詳細描述金蓮與西門慶行房的情景；這正與前文所引，以戰爭增添娛樂效果的口吻相反：說書人藉由靜止不動的敘事視角，使讀者固定在近距觀看的位置之上，得以深入帳中靜靜細看，便能彷彿親眼看見金蓮如何「赤著身子」燒蚊，又如何四處張望，看見西門慶「腰間那話」之後「淫心輒起」。這種白描敘述，毫無保留地呈現閨閫之私，使原本不宜口述的「吹簫」之舉歷歷在目，盡入讀者眼簾。[21]更甚者，說書人藉由「忽聽」、「回首」、「不覺」等詞作為轉折，直接以金蓮的角度，講述她由「起身燒蚊」至「淫心輒起」的心理變化，使讀者在閱讀眼前實況之外，還窺見金蓮的內心。如此一來，讀者便能不受敘事者影響，近距離地觀看這番情景。雖然說書人在後文中以評論者的姿態，向聽眾／讀者說明，自己描述這些場景的真正用意並非窺視，而是為了點出「西門慶聽金蓮衽席睥睨之間言，卒至于（與月娘）反目，其他可不慎哉」（繡像本，頁 229）；但此處說書人不只在描述情景時介入甚少，他隨手拈來《踏莎行》一詞應景，

20　David Teh-wei Wang, "Story Telling Context in Chinese Fiction: A Preliminary Examination of It as a Mode of Narrative Discourse," 141.

21　繡像本在此有眉批云「閨閫之私，何所不有？但不堪說破耳。」見繡像本，頁 227。

將金蓮比作前文中她「照一個，燒一個」的惱人蚊子，也說明了這段描寫的主要用意並非道德教化，而是將性事作為敘事間的點綴。這不只能增添敘事的變化，讀者也能藉由此詞，看出西門慶雖然愛金蓮「身體輕盈，楚腰膩細」，但也因她口吮舌哂「造就百般聲」，「夜深不肯教人睡」而感到困擾。「嘴到處，胭脂記」一句，除了以蚊子「口中吸血」比喻金蓮的口上胭脂以外，也藉此將金蓮比作如同蚊子一般，是會「吸血」的粉骷髏。由此可知，這段以閒筆敘述的情景，並非張竹坡所云欲「寫其（金蓮）天性刻薄如畫」（《第一奇書》十八回夾批，頁464），而是先藉由引領讀者窺視「佳人吹簫」，寫出金蓮房中的夏夜情景，將小說人物「不足為外人道」之事，化為充滿俚俗意趣的點綴；再以應景的「蚊子雙關」改換文體，巧為譬喻。

《金瓶梅》中也藉由說書人經常與聽眾溝通的敘事情境，建立起虛構與真實之間的關連，使敘事能夠合理地由小說中的場景，轉換為讀者所處的「此刻」。這種敘事方式不但使說書人得以在敘事之中任意插入自己的評論，也使讀者能夠依循說書人的觀點，將小說人物的經歷與普遍的人生經驗相連結。例如第七十八回中，敘事者便如此描述西門慶飲酒時打瞌睡的情景：

> 西門慶在捲棚內，自有吳大舅、謝希大、常峙節，李銘、吳惠、鄭奉三個小優兒彈唱飲酒，不住下來大廳格子外往裡觀覷。看官聽說：明月不常圓，彩雲容易散，樂極悲生，否極泰來，自然之理。西門慶但知爭名奪利，縱意奢淫，殊不知天道惡盈，鬼錄來追，死限臨頭。到晚夕堂中點起燈來，小優兒彈唱，還未到起更時分，西門慶陪人坐的，就在席上鷁鷁的打起睡來。伯爵便行令猜枚鬼混他，說道：「哥，你今日沒高興，怎的只打睡？」西門慶道：「我昨日沒曾睡，不知怎得，今日只是沒精神，要打睡。」只見四個唱的下來，伯爵教洪四兒與鄭月兒兩個彈唱，吳銀兒與李桂姐遞酒。（繡像本，頁1133）

說書人還未述完眾人彈唱飲酒的熱鬧情景時，便以「看官聽說」截斷敘事，向聽眾道出「樂極悲生，否極泰來」的道理，以及預告西門慶即將死限臨頭，對讀者而言，這暗示了西門慶「打睡」並非只是「昨日沒曾睡」，而是「恙作矣」（繡像本七十九回眉批，頁1135）。「以說書為背景」的敘事情境，不只使西門慶之恙成為「明月不常圓，彩雲容易散」的註腳，藉由說書人的評論，讀者也會以現實世界的自然之理，看待小說人物的遭遇。因此對評點者而言，這段插入的文字不但不顯突兀，反而具有「熱鬧時忽下莊語，如火炕中一盆冰雪水」（繡像本七十八回眉批，頁1133）的效果：亦即說書人不只敘述、評論，其客觀的身分，也使讀者可以隨時抽離小說中的情境，以記取前車之鑑的心態，看待小說中的種種情事，因此說書人的敘述態度本身，就具有和小說情境相互對照的效果。這種敘

事時間（the narrating time）與故事時間之間的對照[22]，使讀者能隨著敘事者，一同將西門慶的一生壓縮在短短幾句話語當中，不但可以由西門慶在「死限臨頭」之際尚茫然不知地飲酒作樂的情景得到警示，當下的時空也剎時延伸到未來，跨足陰陽兩界，使讀者得知惡貫滿盈之下場。這是說書人和讀者共有的特權，是執迷不悟的小說主角及配角無從預知，更無法擺脫的宿命，啟迪讀者世事無常，福禍相倚之真理。

說書人以「講述」呈現故事的敘事情境時，可以降低書面敘述的複雜程度，略去一部分詮釋的過程，使故事更具寫實意味；但此一貼近現實的敘事情境，也使說書人不具貶低、嘲弄小說的思辨能力或社會地位，作者只是藉他之口，道出社會普遍認同的道德標準。[23]因此雖然說書人貌似對聽眾具有「教化」的功能，但對自認為具備解讀作者真意的理想讀者而言，有時說書人不見得完全可信。例如第五十九回中，繡像本評點者便以為說書人對「雪獅子攝死官哥」的判斷不盡正確：

> ……月娘道：「他的貓怎得來這屋里？」迎春道：「每常也來這邊屋裡走跳。」金蓮接過來道：「早時你說，每常怎的不攝他，可可今日兒就攝起來。你這丫頭也跟着他恁張眉瞪眼兒，六說白道的。將就些兒罷了，怎得要把弓兒扯滿了？可可兒俺每自恁沒時運來。」于是使性子抽身往房裡去了。看官聽說：潘金蓮見李瓶兒有了官哥兒，西門慶百依百隨，要一奉十，故行此陰謀之事，馴養此貓，必欲諕死其子，使李瓶兒寵衰，教西門慶復親于己。就如昔日屠岸賈養神獒害趙盾丞相一般。正是：花枝葉底猶藏刺，我心怎保不懷毒。
>
> 【眉批】此亦在有意無意之間，未必如言者之甚也。（繡像本，頁781）

此段中說書人並非以客觀的角度描述事件，而是向聽眾明指金蓮「諕死」官哥，甚至將金蓮比擬作屠岸賈，因此官哥之死是「陰謀之事」；雖然由前文種種跡象看來，說書人的判斷有憑有據，但繡像本評點者對「言者」——也就是「講述」故事的說書人——所云，仍不完全同意，反而以為說書人對金蓮刻意害死官哥的判斷過於武斷。評點者所謂的「有意無意之間」可以有兩種解釋：一是他認為金蓮畜養雪獅子，令其對紅絹裏肉「撲而攝食」的計謀變數甚多，不見得能順利進行，因此即使金蓮蓄心已久，若非「合當有

22　熱奈特將小說的敘事時間分作「事後」、「事前」、「同時」及「穿插」四種，敘事時間與故事時間之間的對照，能塑造出不同的意義。大部分現今的敘事作品都屬於「事後」敘事，亦即假設「故事」先發生，再由敘事者講述出來，造成「現今」與「當時」觀點的差距。參見 Gérard Genette, *Narrative Discourse*, 216-221。

23　David Teh-wei Wang, "Story Telling Context in Chinese Fiction: A Preliminary Examination of It as a Mode of Narrative Discourse," 137.

事」，官哥也不至於如此；何況金蓮「每常怎的不摳他，可可今日兒就摳起來」的解釋，其實合情合理，若視之為金蓮必置官哥於死地，亦有因人廢言之嫌。二是評點者認為，雖然說書人意欲如此看待此事，但說書人的觀點，不見得等於實情或作者的真意，可能只代表大部分人對此事的判斷，因此評點者不需全盤接受說書人的觀點，可以用自己的角度揣測事件背後的意義。第三十九回中也有類似的例子：

> 金蓮道：這個是他師父與他娘娘寄名的紫線瑣。又是這個銀脖項符牌兒，上面銀打的八個字，帶着且是好看。背面墜着他名字，吳什麼元？」棋童道：「此是他師父起的法名吳應元。」金蓮道：「這是個『應』字。」
> 【眉批】識字淺，方傳金蓮之神，知此則知前後寄詞題詩未免墮小傳說也。（繡像本，頁 510-511）

評點者所謂「墮小傳說」的「寄詞題詩」之事，指第十二回金蓮寫〈落梅風〉一詞向西門慶表達相思之意（繡像本，頁 142），以及八十二回金蓮寫〈寄生草〉與敬濟約下晚夕佳期之事（繡像本，頁 1185）。這幾處說書人並未特意現身評論，但評點者點出說書人前後矛盾的描述，將「寄詞題詩」之事視為說書人的套語，而非「傳金蓮之神」的描述。由此可知，雖然評點者閱讀時必須仰賴說書人的眼光觀看小說中發生之事，但並不完全依隨說書人的意識型態評論事件，或以為說書人所言即是評點者心中的事實；亦即將「說書人的敘事視角」與「小說中的真實景況」判然二分。如此一來，「以說書為背景」的敘事情境提供的便不只是單純的模仿或形式，藉由說書人似是而非或模稜兩可的觀點，熟悉此一講述模式的讀者，也能獲得更多想像、揣測的空間。

二、視角轉移與敘事層次

當小說人物或敘事者觀看／講述時，讀者便能透過他們的觀點閱讀小說中的各種場景，並藉此得到不同的體驗或價值判斷。小說評點中已經指出作者如何運用小說人物的「眼」、「耳」、「口」、「心」等轉換敘述角度，小說中「但見」、「只見」等套語以及敘事時文體的轉換，也能視作轉換敘事視角時的連接符號（coupling signs）。[24]上述種種

---

[24] 正如巴爾所云，所有傳達感知（按：指小說人物的感知）的動詞，都可以作為轉換聚焦時明確的連接符號。參見 Mieke Bal, *Narratology: Introduction to the Theory of Narrative*, 113。敘事層次的改動，也是轉換敘事聚焦的方式之一，亦即加恩所謂 "window shifting" 的概念，意指讀者可藉此由不同的「窗戶」窺見小說世界，他認為這可能涉及同一敘事觀點但觀察對象不同的轉換，或不同敘事觀點的轉換；如前所述，他的某些概念較適於以「綴合」理解，可見本書第二章第二節。參見 Manfred Jahn, "More Aspects of Focalization: Refinements and Applications," 101-105。陸大偉已列舉小說評點

都會造成視角的轉移，並產生新的敘事層次（熱奈特稱之為後設敘事（metadiegetic narrative）或第二敘事）。[25]《金瓶梅》中的第二敘事不但能作為第一敘事的伏筆，二者之間也經常形成對比。此外，人物的夢境或幻覺亦可視為有別於第一敘事的第二敘事，然而在《金瓶梅》中，相較於文體轉換或人物轉述有其明顯的轉換標記，此類敘事情境與第一敘事間的分際常被刻意消解，構成虛實相間的敘事效果。

第六十六回〈翟管家寄書致賻　黃真人發牒薦亡〉中「溫秀才觀看書信」的敘事情境，便以文體轉換構成第二敘事[26]，不只藉書信內容預留後文伏脈，將具有私人性質的「書信」置於說書的公開場合中，亦能令讀者意會寫信人、讀信人、旁觀者等不同身分間的微妙關係：

> 西門慶拆看書中之意，於是乘著喜歡，將書拿到捲棚內教溫秀才看。說：「你照此脩一封回書答他，……溫秀才接過書來觀看，其書曰：
> 寓京都眷生翟謙頓首，書奉即擢大錦堂西門四泉親家門下：……又久仰貴任榮修德政，舉民有五袴之歌，境內有三留之譽，今歲考績，必有甄陞。昨日神運都功，兩次工上，生已對老爺說了，安上親家名字。工完題奏，必有恩典，親家必有掌刑之喜。夏大人年終類本，必轉京堂指揮列銜矣。謹此預報，伏惟高照。不宣。
> 附云：此書可自省覽，不可使聞之於渠，謹密，謹密！……
> 溫秀才看畢，才待袖，早被應伯爵取過來，觀看了一遍，還付與溫秀才收了。說道：「老先生把回書千萬加意做好些，翟公府中人才極多，休要教他笑話。」溫秀才道：「貂不足，狗尾續。學生匪才，焉能在班門中弄大斧！不過乎塞責而已。」西門慶道：「溫老先他自有個主意，你這狗才曉的甚麼？」（繡像本，頁894-895）

引文中的書信內容，就是第二敘事；此一敘事情境中重要的是敘事對象與敘事內容之間的互動：它的敘事者是翟管家，翟管家預設的敘事對象是西門慶；但此信實際上的閱讀

中「從……眼中看出」、「從……口中說出」等點出敘事視角轉換的術語，可參見 David L. Rolston, "'Point of View' in the Writings of Traditional Chinese Fiction Critics," *Chinese Literature: Essays, Articles, Reviews* 15 (Dec. 1993): 136-141；他認為除了「但見」、「只見」等等，「話分兩頭」也有提醒讀者敘事視角轉換的作用；但「話分兩頭」其實多作為輪敘不同時序段落時的開頭，在「話分兩頭」之後，還是用說書人的視角觀看事件，因此與敘事視角轉換較無關連。關於輪敘的問題，可參見第二章。

25　參見 Gérard Genette, *Narrative Discourse*, 231-234。

26　在此需要說明的是，在中國傳統白話小說中，文體轉換的情況頗為多見，但不一定會構成第二敘事。例如說書人以賦、詩詞等不同文體描述事件時，講述角度並沒有改變，只能視作說書人以不同語氣敘述故事，而非第二敘事。

者不只西門慶，還有溫秀才及應伯爵兩個意料之外的敘事對象。敘事對象的改換不但能強調「誰在讀信」，埋下後文伏筆；此一作者刻意設計的敘事情境，也能解決此信內容不易以第一敘事表達的問題。溫秀才及應伯爵的觀看，正與書信固有的私人特質構成矛盾：西門慶「拆看書中之意」時，作者並未向讀者揭露書信的內容，直至溫秀才觀看之際，才由他眼中完整地將此信錄出；這不只使讀者和溫秀才、應伯爵一同成為觀看者，得以知悉所有信內的細節，讀者也能藉著行文脈絡意會，西門慶、應伯爵、溫秀才三人各有不同的觀看角度。對西門慶而言此書是「報喜」，由他「乘著喜歡」拿與溫秀才看的表現可知，他讀此信時眼中只見「親家必有掌刑之喜」一句，後文「可自省覽」、「謹密」等語，不過匆匆一瞥，並未留心；應伯爵在溫秀才「纔待袖」時便將信搶來看，但西門慶對此未置一詞，不僅表現出西門慶不甚忌憚他讀見此類實應「謹密」的消息，也寫出若溫秀才可以讀此書而應伯爵不能讀，西門慶「恐傷應二之心」[27]；伯爵一向不放過任何奉承機會，但此時讀信後並未道賀，只要溫秀才將回書「千萬加意做好些」以免教翟管家笑話，可見他閱讀此信只是囫圇吞棗，不過意欲以讀信顯出自己與西門慶親厚，才會一句道賀之詞都沒有。相較於西門慶、應伯爵鮮明的反應，此處雖由溫秀才之眼讀出書信，獨未寫出溫秀才讀信時是何眼光，有何反應，讀者必須至七十六回，方能由兩相對照中發現，此處表面上看來只會以「貂不足，狗尾續」、「焉能在班門中弄大斧」等語自謙的「腐儒」，才是真正細讀書信，特別關注翟管家信中「可自省覽」、「謹密」等語之人；而西門慶此刻所云「溫老先他自有個主意」的「主意」，正是「洩密」。此處不只以溫秀才所見，伏下洩密之脈；刻意省略溫秀才讀信時的反應，令讀者不知其心，也能與七十六回中西門慶「畫虎畫皮難畫骨，知人知面不知心」的論斷相互映照：六十

---

[27] 此事可與六十八回對照。第六十八回〈應伯爵戲啣玉臂　玳安兒密訪蜂蝶〉寫愛月對西門慶獻私通林太太之計，愛月云「我有句話兒，只放在爹心裡」，尚未說出口，應伯爵猛然闖入，愛月便噤聲不言；西門慶聽計後確實依愛月所言「休教一人知道，就是應花子也休對他題，只怕走了風」。直至六十九回中應伯爵特來問西門慶「麗春院驚走王三官」一事時，西門慶尚「混賴」此事「敢不是我衙門裡，敢是周守備府裡」、「只怕是京中提人」，正如繡像本評點者所云是「混賴得奇，恐傷應二之心」。應伯爵埋怨「哥，你是個人，連我也瞞着起來」一句，不只寫出應伯爵心中以為西門慶不會瞞他，也明明道出自己畢竟是幫閒，瞭解「他有錢的性兒」，知道「如今時年，尚個奉承的」，而非兩人如何深交；因此即便西門慶不欲他知道，他也只能就西門慶押走其他幫閒一事「一味諛奉，微帶三分譏刺」，顯出「兔死狐悲」（繡像本六十九回眉批）之意。將六十八回與翟管家下書一事相對可知，應伯爵在意的是自己與西門慶間親厚與否，因為這關係到他的生計，需時時留意，故作者常以此類閒筆點出伯爵的身分及心態；而西門慶對愛月所言可以守密，對翟管家的提醒則留心不足的情形，也再次強調出他並非行事不慎，實因接獲喜訊時過於得意忘形的景況。以上引文參見繡像本，頁 933-934、959、1007。

六回只是為溫秀才「畫虎畫皮」，使讀者「知人知面」；七十六回補寫出溫秀才是洩密之人時，才為溫秀才「畫骨」，使讀者知曉其心。只有將兩回合而觀之，才能看出為什麼西門慶說溫秀才是個「人皮包狗骨東西」（上述引文見繡像本七十六回，頁1087）。[28]此一特殊的敘事情境，也能恰到好處地為讀者揭示秘密：此信表面上是為了「寄書致賻」而寫，信中也表達了翟管家對瓶兒之喪「恨不能一弔為悵」；但「致賻」的意思和景況，可以由幹辦來西門慶家的描寫道出[29]，只有信中欲西門慶「謹密」之意，無法用場景描寫的方式言傳，書信不但能構成「只有西門慶可以得知」的條件，「眾人閱讀書信」的情境，也點出謹密之事如何遭洩。由此可知，此處作者以第二敘事改換敘事視角，以「讀信」塑造第二敘事的敘事情境，能使讀者「見溫秀才之所見」，讀出書信的細節。此舉能讓讀者意會敘事對象與敘事內容間微妙的互動，也為後文埋下伏筆，使前後文相映成趣。

　　小說人物對事件的轉述，也能構成不同的敘事層次：這意指說書人在第一敘事中講述過某個事件後，作者又安排某個人物對他人再次敘述同一事件。此舉不只能使事件藉人物的眼光、思想呈現不同的面向，也能藉由第二敘事的敘事情境，產生第一敘事及第二敘事之間共同的隱喻，使讀者看出眼前的敘事情境有何意涵。例如第七十二回〈潘金蓮摳打如意兒　王三官義拜西門慶〉中，便分別由敘事者眼中及潘金蓮口中，兩次描述「潘金蓮摳打如意兒」一事。敘事者描述的情形是秋菊向如意兒借棒槌時「這如意兒正與迎春搥衣，不與他」，於是金蓮「因懷著仇恨，尋不著這個縴頭兒」，便趁機罵起如意兒；但金蓮向玉樓轉述時卻說：

　　　　正罵着，只見孟玉樓從後邊慢慢的走將來，說道：「六姐，我請你後邊下棋，你
　　　　怎的不去，卻在這里亂些甚麼？」……（玉樓）說道：「你告我說，因為什麼起來？」

28　這段敘述也使七十回中西門慶對翟管家之言有一語雙關之效：翟管家怪罪西門慶洩密，使「老爺好不作難」，還是靠他「再三在老爺跟前維持」，才駁倒夏延齡的人情，使西門慶順利當上提刑。因此西門慶「連忙打躬」道：「多承親家盛情！我並不曾對一人說，此公何以知之？」（繡像本，頁968）此處「不曾對一人說」一句，是為了點出西門慶百思不解之貌；但對照後文西門慶罵溫秀才是個「人皮包狗骨東西」，虧他「把他當個人看」時，此處的「不曾對一人說」也可以解釋成「不曾對一『人』說」，亦即暗指溫秀才「不是個人」。

29　寫「致賻」是要顯出西門慶交遊廣闊，權大勢大，因此翟管家才會特意遣人送書及折賻儀銀。由前文特意描寫送書的府前承差幹辦，可見一斑：「西門慶即出廳上，請來人進來。只見是府前承差幹辦，青衣窄袴，萬字頭巾，乾黃靴，全付弓箭，向前施禮。」（繡像本，頁893），這些描述都是為了寫出送信者形容不同於一般家人小廝，是官邸氣象，和五十五回寫蔡太師家侍女「一箇箇都是宮樣粧束」（繡像本，頁721）是同一種筆法。由此可知，「致賻」一事的用意，已在送書者送上折賻儀銀之際敘完，並不需要特意道出書信內容。

> 這金蓮消了回氣，春梅遞上茶來，呷了些茶，便道：「你看教這賊淫婦氣的我手
> 也冷了，茶也拿不起來！我在屋裡正描鞋，你使小鸞來請我。我說且倘倘兒去，
> 捱在牀上也未睡着，只見這小肉兒百忙且搊裙子。我說你就帶著把我的裹腳搊搊
> 出來。半日只聽的亂起來，却是秋菊問他要棒搥使，他不與，把棒搥匹手奪下了。
> 說道：『前日拿個去不見了，又來要，如今緊等著與爹搥衣服哩。』……」（繡
> 像本，頁991）

金蓮對玉樓說的話，構成小說中的第二敘事；此段之所以要寫「玉樓走來」，正是為了
使玉樓成為「金蓮轉述適才情景」此一敘事情境中的敘事對象，使金蓮得以「益將未盡
之詞，如桶底脫，滑滴不留，全行流出矣」（文龍七十二回回評，《資料彙編》，頁 483）。
這個例子中的玉樓與前文中的溫秀才、應伯爵不同，在此處敘事對象是誰並不特別重要，
因為作者不過假借玉樓對事件經過的好奇，呈現「金蓮如何轉述此事」。[30]此段純以金
蓮的視角觀察適才發生之事，她在房中「只聽的亂起來」，沒有目睹現場的狀況；但她
却對玉樓說如意兒「把棒搥匹手奪下了」，這是只有視覺所及才能得知的景況，可見金
蓮是根據耳中所聞，推測眼中所見，由自己懷着仇恨的眼光想像秋菊借棒搥的場景，才
會將如意兒「不與棒搥」此一客觀的描述，加上「匹手奪下」這種情緒化的動作；因此
繡像本評點者在此有夾批曰「添言，妙」。雖然如意兒只說「要替爹搥褲子和汗衫兒」，
但在金蓮眼中如意兒是「緊等著與爹搥衣服」。此句中的「緊」字，寫出金蓮認為如意
兒是有心「掉攬替爹整理」衣服，把原本應當妻妾們做的事承攬在身上，才會認為只有
自己手邊事情緊要，就是「你爹身上衣服不着你恁個人兒拴束，誰應的上他那心」的意
思。由此可知，此事由敘事者敘畢，又再由金蓮口中向玉樓埋怨一遍的原因，就是強調
由金蓮的眼光看去，不只看見「不借棒搥」的如意兒，而是由「心眼」中看見「緊等著
與爹搥衣服」的如意兒。[31]想及這一層之後，金蓮埋怨的內容便由「此刻所見」延伸至

30　這類似熱奈特所謂第二敘事及第一敘事間的「因果關係」：亦即敘事者常借用內記事中
　　（interdiegetic，以小說人物為敘事者）聽眾的好奇心解釋事件的始末，以回應讀者的好奇
　　心；也可以稱之為第二敘事的解釋性（explanatory）功用。參見 Gérard Genette, *Narrative Discourse*, 232。

31　《金瓶梅》中常以此一筆法描寫金蓮。另一個例子可見第三十五回〈西門慶為男寵報仇　書童兒作
　　女粧媚客〉，寫金蓮向西門慶要拜錢，又不肯要「囂紗片子」，於是西門慶向李瓶兒取「雲絹衫」；
　　李瓶兒便親自拿與金蓮，說道：「隨姐姐揀，衫兒也得，裙兒也得，咱兩個一事包了做拜錢倒好，
　　省得又取去。金蓮道：「你的，我怎好要？」李瓶道：「好姐姐，怎生恁說話！」推了半日，金蓮
　　方纔肯了。此處金蓮只說「我怎好要」，但金蓮向玉樓轉述此事時，卻如此描述她眼中的瓶兒：「（李
　　瓶兒）賊人膽兒虛，自知理虧，拏了他箱內一套織金衣服來，親自來儘我，我只不要，他慌了」，
　　又是另一種觀點。見繡像本，頁 457。

「過去所見」，向玉樓道出她向來「看在眼裏」之事[32]：

> 大姐姐也有些不是，想着他把死的來旺兒賊奴才淫婦慣的有些摺兒？教我和他為
> 冤結仇，落後一染臢帶還垛在我身上，說是我弄出那奴才去了。如今這個老婆又
> 是這般慣他，慣的恁沒張倒置的。你做妳子行妳子的事。許你在跟前花黎胡哨！
> 俺每眼裏是放不下砂子的人。有那沒廉恥的貨，人也不知死的那里去了，還在那
> 屋裡纏。但往那里回來，就望著他那影作個揖，口裡一似嚼蛆的，不知說的什麼。
> 到晚夕要茶吃，淫婦就起來連忙替他送茶。又替他蓋被兒，兩個就弄將起來。就
> 是個久慣的淫婦！只該丫頭遞茶，許你去撐頭獲腦雌漢子？為什麼問他要披襖
> 兒，沒廉恥的便連忙舖裏拿了紬段來替他裁披襖兒？你還沒見哩：斷七那日，他
> 爹進屋裏燒紙去，見丫頭、老婆在炕上摳子兒，就不說一聲兒，反說道：「這供
> 養的餕食和酒，也不要收到後邊去，你每吃了罷。」這等縱容着他。這淫婦還說：
> 「爹來不來，俺每好等的。」不想我兩三步扠進去，諕得他眼張失道，就不言語
> 了。……看他如今別模改樣的，又是個李瓶兒出世了！（繪像本，頁991-992）

金蓮向玉樓重新敍述她「留心觀看」之事時，讀者也藉由此一敍事情境，得知金蓮看待
過去種種的眼光，將金蓮眼中的過去及現在連結在一起。金蓮的觀看與講述，不只是一
種敍事視角，也將感官上被動的「看」與「接收」，化為複雜的「知」與「重述」；書
中反覆提及的金蓮之「眼」，遂成為情感的容器，承載隨著知情而出現的嫉妒與憤怒，
亦是藉窺視、探聽，而重新賦予事件意義或獲得權力的隱喻。[33]金蓮所說的「在那屋裏
纏」，正是第六十五回寫西門慶伴靈歇宿之事：他親看着丫鬟擺下供養茶飯之後，便對
著李瓶兒之靈「行如在之禮」，舉筯請瓶兒用飯。這些舉止在金蓮遠遠看來，只見其形，
不聞其聲，因此是「口裡一似嚼蛆的，不知說的什麼」；但金蓮聽不清西門慶口裡說話，
卻能看見他「晚夕要茶吃，淫婦就起來連忙替他送茶。又替他蓋被兒，兩個就弄將起來」，
又能聽見西門慶對丫頭老婆說「這供養的餕食和酒，也不要收到後邊去，你每吃了罷」；
對照前文可知，這顯然不是她親眼所見，而是「打聽得知」（繪像本，頁912）；雖則如此，
她對玉樓說來卻恍如親見。這是因為她深信「如今年世，只怕睜著眼兒的金剛，不怕閉
著眼兒的佛」（繪像本，頁457），因此她不但「洗淨眼兒」看著眾人（繪像本，頁467），

---

32 第六十五回敍及：「老婆（如意兒）目恃得寵，腳跟已牢，無復求告於人，就不同往日，打扮喬模
喬樣，在丫鬟夥內，說也有，笑也有，早被潘金蓮看在眼裏。」見繪像本，頁883。

33 偷窺活動的詳細分析，可見本章第二節。「眼是情感的容器」此一譬喻的解釋，可參見《我們賴以
生存的譬喻》，頁100。

而且「眼裏是放不下砂子的人」,所以才能「知道的這等詳細」(七十二回玉樓語,繡像本,頁992)。因此雖然金蓮此刻所見是如意兒,但如意兒讓她想起蕙蓮、瓶兒,使她眼中的如意兒不只是如意兒,還是所有奪其寵愛者的縮影。是以雖然她認為如意兒是「一個賊活人妻淫婦」、「一個眼裡火爛桃行貨子」,但她知道如意兒在西門慶眼中「又是個李瓶兒出世」[34],是對她構成威脅的對象。

藉由這種聯想,金蓮的眼前事與過往相互連結[35],由她轉述時加油添醋的情形,也能說明她對爭棒搥一事的在意;金蓮的在意,使眼前的敘述與過往提及「棒槌」之處相互對照,金蓮與如意兒的爭執,也因此轉化為讀者眼中充滿諧謔之意的隱喻。張竹坡於三十八回〈王六兒棒槌打搗鬼 潘金蓮雪夜弄琵琶〉回評中云:「打韓二,必用棒槌,蓋為琵琶相映成趣。然則琵琶之恨,亦無非爭一棒槌耳」(張批本,頁569),文龍亦云「借棒槌起釁,象形也,又為婦女所必需之物,欲使人知爭之大有故也」(文龍七十二回回評,《資料彙編》,頁483),點出金蓮之「恨」正在於「爭棒槌」:王六兒用來打走韓二的「棒槌」不只是有形的棒槌,也暗指王六兒倚仗西門慶之勢,才能趕走韓二;亦即正因王六兒與西門慶之「棒槌」相好,才能以家中的「棒槌」打走韓二。由此可知,如意兒與金蓮所爭之「棒槌」如王六兒所持之棒槌一般,實是陽具之隱喻。因此春梅抱怨「借個棒搥使使兒,就不肯與將來」,罵如意兒「那個是外人也怎的!棒槌借使使就不與」,這些都是敘事者藉和金蓮「一條腿兒」的春梅之口(繡像本,頁1126),道出金蓮嫉妒如意佔住西門慶之意。而如意兒回嘴道「放著棒槌拿去使不是,誰在這里把住」,則寫出實是西門慶有意與她私通,而非她想要「把攔漢子」。這些話在春梅與如意兒對罵之際,是為了顯出二者互不相讓,乍看之下只是照實描述西門家中的「老婆舌頭」,寫出春梅眼中如意兒小氣,如意兒眼中的春梅則是等不得;但加上這層隱喻之後,這些話便不只寫出「兩人眼中對方如何」,而以「棒槌」將前後文相互連結、對照,道出了「旁觀者眼中爭棒槌者如何」:無論金蓮或如意兒說得如何理直氣壯,都不過是「為一個棒槌大嚷大鬧」;她們之間的利益衝突,也全來自於她們不見外地共用一根棒槌。[36]如此一來,金蓮的轉述便富含諧謔之意:它呈現了爭棒槌一事不只是「沒一些要緊,說來卻是婦人

---

34 第六十七回已道出西門慶心思。西門慶(對如意兒)說:「我兒,你原來身體皮肉也和你娘一般白淨,我摟着你,就如和他睡一般。」見繡像本,頁911。

35 這正是繡像本評點所云,金蓮「忽思前,忽慮後,忽恨張,忽怨李」之意。見繡像本七十二回眉批,頁992。

36 七十二回金蓮向西門慶說道:「前日你去了,(如意兒)同春梅兩個為一個棒搥,和我大嚷大鬧。」又七十四回如意兒向西門慶道:「前日爹不在,為個棒槌,好不和我大嚷了一場。」見繡像本,頁1001、1027。

極要緊心事」（繡像本二十三回眉批，頁 291-292）[37]，而且藉由金蓮「忽思前，忽慮後，忽恨張，忽怨李」的思緒，第二敘事便與過去連結，使「棒槌」一詞具有言外之意，此一敘事情境遂轉化為令讀者「讀之噴飯」（繡像本七十二回眉批，頁 991）的文字。綜上所述可知，作者藉由第一敘事及第二敘事之間的對比，在不同的敘事層次間共用同一隱喻，拓展小說的深度與廣度，不僅令前後情節相互呼應，文理更縝密，同時也使小說人物的轉述具有更豐富的意涵。

　　小說人物的夢境或幻覺，亦可構成第二敘事；就敘事特徵而言，夢境或幻覺與文體轉換、人物轉述不同之處有二：其一，開始敘述夢境或幻覺前，不見得會有明顯的轉換標記；再者，文體轉換或人物轉述的內容都牽涉錯時[38]，但夢境或幻覺是此刻發生之事，並未跳脫原本的敘事時間。上述二者使敘事時現實及夢境間轉換無痕，模糊了現實與夢境間的界線，夢境與現實便得以相互滲透。夢境原是不可盡信之幻影，但當夢境逼真至不僅難辨真假，甚而幻化成真，此一不可解的體驗，反而會成為神秘力量的有力註解，強調夢境確實是警示未來的預兆，也是現實的一部分。《金瓶梅》中兩次述及李瓶兒托夢西門慶，七十一回〈李瓶兒何家托夢　提刑官引奏朝儀〉敘及：

　　西門慶摘去冠帶，解衣就寢。王經、玳安打發了，就往下邊暖炕上歇去了。西門慶有酒的人，睡在枕畔，見滿窗月色，番來覆去。良久，只聞夜漏沉沉，花陰寂寂，寒風吹得那窗紙有聲。況離家已久。正要呼王經進來陪他睡，忽然聽得窗外有婦人語聲甚低。即披衣下牀，靸著鞋襪，悄悄啟戶視之。只見李瓶兒霧鬢雲鬟，淡粧麗雅，素白舊衫籠雪體，淡黃軟軟襪襯弓鞋，輕移蓮步，立于月下。西門慶一見，挽之入室，相抱而哭，說道：「冤家，你如何在這裡？」李瓶兒道：「奴尋訪至此。對你說，我已尋了房兒了。今特來見你一面，早晚便搬去了。」西門慶忙問道：「你房兒在于何處？」李瓶兒道：「咫尺不遠，出此大街迤東，造釜巷中間便是。」言訖，西門慶共他相偎相抱，上牀雲雨，不勝美快之極。已而整衣扶髻，徘徊不捨。李瓶兒叮嚀囑付西門慶道：「我的哥哥，切記休貪夜飲，早早回家。那廝不時伺害于你，千萬勿忘此言！」言訖，挽西門慶相送。走出大街上，見月色如畫，果然往東轉過牌坊，到一小巷，旋踵見一座雙扇白板門，指道：

---

[37]　作者擅以小事寫金蓮「爭強不伏弱」（繡像本九十六回，頁 1360）、總愛「掐箇先兒」（繡像本二十七回，頁 350）的性格，此句眉批亦因金蓮知曉西門慶與蕙蓮私通後，意欲指使蕙蓮，要蕙蓮「燒豬頭」而發。

[38]　此一錯時的情況通常是追敘，但如前例翟管家之書，便預告將要發生之事，屬於預敘。無論何者，皆屬錯時。

「此奴之家也。」言畢，頓袖而入。西門慶急向前拉之，恍然驚覺，乃是南柯一夢。
但見月影橫窗，花枝倒影矣。西門慶向褥底摸了摸，見精流滿席，餘香在被，殘
唾猶甜。追悼莫及，悲不自勝。正是：

> 玉宇微茫霜滿襟，疎窗淡月夢魂驚；
>
> 凄涼睡到無聊處，恨殺寒雞不肯鳴。

西門慶夢醒睡不著，巴不得天亮。比及天亮，又睡著了。次日早，……西門慶又
到相國寺拜智雲長老。……就起身從東街穿過來，要往崔中書家拜夏龍溪去。因
從造釜巷所過，中間果見有雙扇白板門，與夢中所見一般。悄悄使玳安問隔壁賣
荳腐老姬：「此家姓甚名誰？」老姬答道：「乃袁指揮家也。」西門慶于是不勝
嘆異。（繡像本，頁 980-981）

藉由描寫夢境的敘事手法，小說人物得以跨足陰陽兩界，進入原本無法感知的時空，以
恍如親見的體驗方式，得知在現實世界中不可能得知的訊息[39]；這正是張竹坡所云「必
用瓶兒夢中點出子虛等事，妙筆」（七十一回眉批，張批本，頁 1091）的意涵。引文中直接
以西門慶的視角描述夢境所見，不僅並未跳脫第一敘事的時間序列及空間環境，也不具
敘事層次間的轉換標記，刻意泯除了夢境及現實間的區別；除此之外，西門慶醒後的真
實體驗，亦是夢幻成真的佐證，使虛實之間更加曖昧難辨。引文自「見滿窗月色」一句
起，就是以西門慶的角度寫夢中所見：書中先以聽覺的描寫，道出輾轉難眠時，對耳中
所聞特別敏銳的情形，因此他能聽得「夜漏沈沈，花陰寂寂」、「寒風吹得那窗紙有聲」
一類的細微聲響，這正點出周遭令人略感不安的寂靜。此時「忽聽得窗外有婦人語聲甚
低」，他便「披衣下床，靸著鞋襪，悄悄啟戶視之」，這些細緻的動作描寫，使夢不只
是縹緲不可及的模糊印象，而是每個細節都清晰可見的實際情景。正因夢中種種歷歷在
目，西門慶「恍然驚覺」後，竟「精流滿席」，猶如瓶兒越過夢境與現實之界，現身房
內與他交歡。除了以細節塑造逼真氛圍，此夢無論敘事時間或空間環境，皆與現實世界
相合：西門慶與瓶兒相見、交歡、相送等事，確實可以在一夜之內發生，是以此夢的時
間跨度並未增加，不同於時間跨度極長的黃粱夢或南柯夢；二人「走出大街上，見月色
如畫」一句，更清楚地將夢境與現實的時間相互疊合，明確指出二者皆為深夜；此外，
無論是西門慶與瓶兒「相挽入室」，或二人「往東轉過牌坊，過一小巷，見一座雙扇白

39　這類似羅南所謂小說中「無法進入的空間框架」（inaccessible frames），但這是暫存的空間結構，
　　通常小說人物進入這個框架之中，得知某些原本不可能獲知的訊息後，它就成為已知狀態，並顯著
　　地影響後文發展。參見 Ruth Ronen, "Space in Fiction," 426。但就《金瓶梅》而言，夢中預言並未明
　　顯改變小說人物的行徑，而是影響讀者閱讀時的預期心理。

板門」，皆是何家內外實有之物，並非幻想之境。夢中李瓶兒自道「尋了房兒」，在「造釜巷中間」一段，不僅在後文即刻應驗，也接續西門慶第一次夢見瓶兒時的情景[40]，這使夢境顯得更加可信。就一般認知而言，夢境等同於虛構之物，不可盡信；但當夢境中的感官經驗可以滲透、延續至現實之中，應屬虛構的夢中情境又與已知現實如此雷同，就暗示了夢境其實是現實的延伸，夢中尚未實現的預言，在現實中具有同等效力。然而，西門慶雖然對夢境的應驗「不勝嘆異」，卻錯解了瓶兒「切記休貪夜飲，早早回家。那廝不時伺害于你」一語：自瓶兒第一次托夢提醒他花子虛可能伺機報復後，西門慶並非毫無警覺，除了「因想着李瓶兒夢中之言」，不留戀在外，就現實考量，他也認為「我居着官，今年考察在邇，恐惹是非」（引文見繡像本，頁 932）。亦即他以為不在花街柳巷留宿，便能逃過此劫，並未從根本反省自己作為，仍舊自不同女子身上求取感官刺激。是以夢境雖能警示小說人物未來命運的發展，亦與現實十分近似[41]，但若欲改變命運，還是需要自身見微知著的領悟，而非僅做表面功夫，或迷失在現實之中，對已然可見的預言過眼即忘。藉由夢境與現實的對應，讀者可以領會，預言不僅十分可信，還是即將應驗之事；此一預設的閱讀心理，使讀者具備先見之明，更能看出小說人物如何陷入當局者迷的境況。當小說人物無法因夢境有所醒悟時，預言警示的便非原應被提點的小說人物，而是小說之外，領悟夢境與現實的對比之後，從而省思人生的讀者。

　　由本節的分析可知，《金瓶梅》一方面藉由說書人與聽眾構成的公開情境，講述一家之私；另一方面透過文體改換、人物轉述、人物夢境等第二敘事，提供不同於第一敘事的敘述觀點。講述情境的設定與敘述觀點的改換，常能引領讀者自不同的角度窺人隱私，是以第二節將進一步分析小說人物及評點者的凝視／偷窺，這是《金瓶梅》有別於其他小說的敘事特徵。

第二節　凝視／偷窺

　　凝視／偷窺是被賦予特定意識型態的敘事視角[42]，這兩種講述事件的角度會影響讀

---

[40]　此是六十七回〈西門慶書房賞雪　李瓶兒夢訴幽情〉的餘波，當時西門慶在夢中問李瓶兒「姐姐，你往那去？對我說。」（繡像本，頁 914）後，李瓶兒未答，便頓脫而去。

[41]　《金瓶梅》中的夢有時直接涉及現實的一部分，有時則是現實情況的隱喻。例如六十二回應伯爵夢見玉簪折毀，僅留硝子石簪子，象徵確實是美玉的瓶兒死去，僅留下金玉其外，敗絮其中的金蓮；又如一百回，以周宣夢見旗竿折斷，象徵周守備戰死沙場。參見繡像本，頁 847-848、1411-1412。

[42]　本章所謂的「凝視」意指小說人物或評點者觀看人事物時含有意識型態的眼光，「偷窺」則是暗中凝視：雖然凝視也有注視（look）的意思，但沙特（Jean-Paul Sartre）、梅洛龐蒂（Maurice

者閱讀的方式，使讀者透過小說人物的眼光，觀看人物或事件，甚或將小說中講述的情境與自己的經驗以視覺連結起來，使閱讀也成為一種凝視／偷窺。如此一來，單一的作者意圖對敘事效果的影響，便隨著讀者的個別差異而轉為多樣化。《金瓶梅》的評點者十分關注讀者的個別差異，因為這牽涉閱讀《金瓶梅》時可能產生的風險，亦即「不正確的閱讀心得」；當「不正確的閱讀心得」廣為流傳時，不只會有害世道人心，也會危及評點者寫作評點文字的正當性；是以他們在評點文字中不斷陳述對讀者的諸多限定，以及對作者意圖的假設與辯護。在這個過程中，可以看出評點者如何建構自己凝視／偷窺小說世界的意識型態，如何將自己凝視／偷窺的行為合理化，甚而如何由凝視／偷窺中獲得樂趣；上述情形尤以評點者的「窺淫」反應為甚。[43]

Merleau-Ponty）、拉岡（Jacques Lacan）、傅柯（Michel Foucault）等人對凝視的論述，都意指個體注視世界時無可避免灌輸其中的觀點或眼光：雖然我們可由注視觀察事物，但是實際上我們對他人的注視，包含了價值判斷，而不只是視覺上的反應。由於我們生活在眾人之間，因此，我們同時是觀察者和被觀察者，他人具有價值判斷的凝視，也在潛意識中成為我們型塑個人行為時的判準。傅柯甚至認為，這種凝視無所不在，不僅每個人都在他人的眼光之中，而且每個人本身都是檢驗他人的「權力之眼」（the eye of power）。由於凝視的眼光會隨著凝視者的身分及凝視者所處的情境而改變，因此凝視具有許多不同的內涵：它可能帶有情色（erotic）及性別（sexual）的隱喻，也可能用以呈現不同階級、種族、國籍、宗教者的觀點，定義「凝視者」眼中的他人或世界，或者帶有羞恥、尷尬、害怕、歡愉等不同的情緒。參見 Dorothy Kelly, *Telling Glances: Voyeurism in the French Novel* (New Brunswick, N. J.: Rutgers University Press, 1992) 42-47; Norman K. Denzin, *The Cinematic Society: The Voyeur's Gaze* (London, Thousand Oaks, New Delhi: SAGE Publications, 1995) 44-49; Laura Mulvey, "Visual Pleasure and Narrative Cinema," in Anthony Easthope ed., *Contemporary Film Theory* (New York: Longman Publishing, 1993) 111-124。本節引用時取其「因觀看者意識型態不同而產生的不同理解」之意。

43 本章析論凝視／偷窺的觀點，部分參考科里（Mark Currie）對敘事視角的述評與闡釋。科里以布斯（Wayne Booth）對視角的分析為例，說明早期敘事學者對視角分析的態度，傾向於認為小說中關於視角的種種面向都受到作者支配，作者則透過控制（讀者的）「同情」（sympathy），呈現自己的觀點；因此「視角」問題與道德或意識型態無關，而是操作寫作技術的結果。布斯主張讀者不應與小說人物融為一體，亦即僅能「同情」小說人物，而不能對小說人物產生「認同」（identification）；他的觀點排除了讀者因為將自己投射到小說人物身上而產生的不同反應，只討論與敘事保持距離，經驗老到的評論者如何自敘事中獲得樂趣，並使文本具有明確而公開的意義。但自莫薇（Laura Mulvey）以來，對視角的分析，逐漸傾向注重不同讀者如何透過敘事建立個別的主體性（subjectivity）及閱讀樂趣，而非假設作者按照預先構想的計畫左右理想讀者，且所有讀者都作出相同的反應。參見 Mark Currie, *Postmodern Narrative Theory* (New York: St. Martin's Press Inc., 1998) 17-32。由此觀之，《金瓶梅》評點中宣稱讀者應該保持與小說世界的距離，對讀者加以諸多限定，以及對不同閱讀態度的批評，目的正是以作者意圖為名，賦予此書「正確」且單一的詮釋；但事實上作者意圖並不可考，甚至可以稱之為一種虛構的產物，評點者不過是受自己的意識型態驅使，試圖排除閱讀時的個別差異。

　　本節將以上述論點為基礎，先析論《金瓶梅》中以小說人物的凝視／偷窺為敘事視角時有何作用，再分析評點者如何以論述合理化「窺淫」的行為，以及「窺淫」如何為評點者帶來閱讀快感。

一、小說人物的凝視／偷窺

　　雖然《金瓶梅》中大都以說書人的視角敘述事件，但為了強調小說人物的觀點及立場，或轉換行文的氣氛，說書人也會藉助小說人物的角度「觀看」事件或場景，如此一來讀者便能透過小說人物凝視／偷窺小說世界。小說人物的「竊聽」也能揭露隱私，能以聽覺補出視覺不足之處，或製造不同的敘事效果，因此在《金瓶梅》中常與偷窺活動相連結。「偷窺」不但能營造氣氛、推動情節，小說人物也藉此掌握其他人物欠缺的訊息，獲得控制他人的權力，這種對他人的監視，在《金瓶梅》中十分頻繁。偷窺者常能見證秘密，點破小說人物不欲人知之事，也能使讀者因為隨著小說人物窺視，而感到「不亦樂乎」。[44]例如第八回〈盼情郎佳人占鬼卦　燒夫靈和尚聽淫聲〉中，便藉由「偷窺／凝視者」及「被偷窺／被凝視者」間身分的轉變，增添小說的諷刺意味及趣味性：

> 且說眾和尚見了武大老婆喬模喬樣，多記在心裡。到午齋往寺中歇晌回來，婦人正和西門慶在房裡飲酒作歡。原來婦人臥房與佛堂止隔一道板壁。有一個僧人先到，走在婦人窗下水盆裡洗手，忽然聽見婦人在房裡顫聲柔氣，呻呻吟吟，哼哼唧唧，恰似有人交姤一般。遂推洗手，立住腳聽。只聽得婦人口裡喘聲呼叫：「達達，你只顧搗打到幾時？只怕和尚來聽見，饒了奴，快些丟了罷！」西門慶道：「你且休慌！我還要在蓋子上燒一下兒哩！」不想都被這禿廝聽了箇不亦樂乎。落後眾和尚到齊了，吹打起法事來，一箇傳一箇，都知婦人有漢子在屋裡，不覺都手之舞之，足之蹈之。臨佛事完滿，晚夕送靈化財出去，婦人又早除了孝髻，換一身豔服，在簾裡與西門慶兩箇並肩而立，看着和尚化燒靈座。王婆舀漿水，點一把火來，登時把靈牌并佛燒了。那賊禿冷眼瞧見，簾子裡一個漢子和婆娘影影綽綽，並肩站立，想起白日裡聽見那些勾當，只顧亂打鼓擂鈸不住。被風把長老

44　黃衛總認為，《金瓶梅》著墨於小說人物的偷窺，與明代人口密度增加，城市中居住空間狹小、缺乏隱私的情形有關，因此維護隱私、防止竊聽，也為小說人物所關切。他分析了偷窺／竊聽他人的小說人物有何結局，認為偷窺／竊聽者可能會有好的結果（例如吳月娘掃雪烹茶，使偷窺此一情景的西門慶回心轉意），也可能致偷窺對象於死地（例如秋菊偷窺金蓮及陳敬濟偷情後向月娘告密，使金蓮被月娘逐出家門，終被武松殺害），甚至偷窺者本身也會因偷窺而死（例如西門慶偷窺藍氏，使他因淫心輒起，縱欲過度而死），參見 Martin W. Huang, *Desire and Fictional Narrative in Late Ming Novel*, 87-89。

的僧伽帽刮在地上，露出青旋旋光頭，不去拾，只顧擝鈸打鼓，笑成一塊。王婆便叫道：「師父，紙馬也燒過了，還只顧擝打怎的？」和尚答道：「還有紙爐蓋子上沒澆〔燒〕過。」西門慶聽見，一面令王婆快打發襯錢與他。長老道：「請齋主娘子謝謝。」婦人道：「乾娘說免了罷。」眾和尚道：「不如饒了罷。」一齊笑的去了。正是：隔墻須有耳，窗外豈無人！有詩為證：淫婦燒靈志不平，闍黎竊壁聽淫聲；果然佛法能消罪，亡者聞之亦慘魂。（繡像本，頁104）

此回描寫的是和尚「聽淫聲」，也就是和尚並未直接看見金蓮及西門慶行房，只聽見兩人交歡時的對話；這種手法能使「箇中光景，妙在隱顯之間」（繡像本三十四回眉批，頁442-443）：「顯」者是和尚竊聽的內容，「隱」者則是和尚結合竊聽內容與之前所見「喬模喬樣」的金蓮後所產生的想像，這不只使他竊聽時「不亦樂乎」，也讓讀者透過和尚，揣摩令人「迷了佛性禪心」、「心猿意馬」（繡像本，頁103）的金蓮「顫聲柔氣」的模樣，並隨之「不亦樂乎」。[45] 獨自閱讀的讀者與窗下竊聽的和尚類似，都是在不為人知之處享受偷窺／竊聽的樂趣；但小說中的竊聽者並不以此滿足，還在眾和尚到齊之後以耳語「一箇傳一箇」地散佈這個消息，使眾人「手之舞之，足之蹈之」。此句不只可以視為對眾人姿態的描寫，也是作者對《詩經》的戲擬：他將「情動於中而形於言」之「情」，轉化為竊聽者因凝視／竊聽而產生的性幻想，如此一來，眾和尚以言語口耳相傳此事，便成為「（情）形於言」的寫照；他們「吹打法事」、「擝鈸打鼓」的舉止，則好比在「嗟嘆」、「永歌」；傳遍眾人之後，他們就「手之舞之，足之蹈之」地「笑成一塊」。[46] 除此之外，作者還運用諧音和雙關的敘事技巧，賦予「還只顧擝打怎的」一句同時指涉「敲打鑼鼓」及「男女性交」的雙層意義，使和尚利用王婆口中的「紙馬也燒過了」一句開玩笑，由「紙馬」想到「紙爐蓋子」，暗指西門慶「燒蓋子」之事；又將金蓮的逐客令「免了罷」，換作閨房私語「饒了罷」，透露出西門慶與金蓮性虐待的細節已被眾人聽見。由竊聽引發的諧擬，使引渡亡者的燒靈儀式成為充滿黃色笑話的鬧劇，這種荒謬的情境，反襯出生者對亡者的不尊重，使武大的慘死在笑鬧中顯得更加淒涼，正是

---

45 作者直接點出偷窺者「不亦樂乎」之處，還有胡秀偷窺西門慶與王六兒行房：「兩箇一動一靜，都被胡秀聽了箇不亦樂乎」（繡像本，頁807），以及秋菊偷看金蓮與陳敬濟行房：「於是瞧了箇不亦樂乎，依舊還往廚房中去睡了」（繡像本，頁1202），可見《金瓶梅》中的偷窺者「不亦樂乎」的原因，皆是以窺淫滿足好奇心及性幻想。

46 語出《詩·大序》：「情動於中而形於言，言之不足故嗟嘆之，嗟嘆之不足故永歌之，永歌之不足，不知手之舞之，足之蹈之也。」見毛亨傳，鄭元箋，孔穎達等正義，《毛詩正義》，《十三經注疏》（臺北：藝文印書館，出版年不詳），頁13。

回末詩「亡者聞之亦慘魂」的寫照。[47]如此安排不只是為了博讀者一笑，和尚們也藉著講笑話，將自己比作和金蓮交歡的西門慶：「還只顧摼打怎的」一句，本是王婆意欲和尚停止「摼鈸打鼓」的話語[48]，但當和尚將此句比作金蓮對西門慶說的「達達，你只顧摼打到幾時」之後，就同時將「摼鈸打鼓」的自己與「摼打」金蓮的西門慶並陳；也可以說藉著這種諧擬，和尚便能將自己置換為西門慶。竊聽者與偷窺者類似，都能藉助聽覺／視覺，將被竊聽／被偷窺者視為滿足性慾的客體（object）[49]；在這個例子中，和尚一方面藉由竊聽，逾越臥房與佛堂之間的板壁，侵犯金蓮的隱私；一方面又利用笑話，將自己比擬作實際與金蓮交歡的西門慶；再加上初見金蓮時對她暗中窺視，將她的喬模喬樣記在心裡，可謂和尚同時以言語、聽覺、視覺三者侵犯金蓮，滿足自己的性幻想。作者之所以用「和尚聽淫聲」描述金蓮與西門慶交歡的場景，除了藉此與「燒夫靈」對比，構成荒謬可笑的景況之外，也和詞話本說書人所云，和尚有如「色中餓鬼」的評論有關[50]；因此以和尚為聚焦者講述此事時，就已經是以好色的角度竊聽／偷窺事件，賦予讀者性的暗示。如此一來，採用此一敘事視角，就能讓讀者與和尚一同體驗竊聽／偷

---

47 前文中亦以諧謔而戲劇化的筆法，描寫和尚窺見金蓮之後的反應：「眾和尚見了武大這個老婆，一箇箇都迷了佛性禪心，關不住心猿意馬，七顛八倒，酥成一塊。但見：班首輕狂，念佛號不知顛倒；維摩昏亂，誦經言豈顧高低。燒香行者，推倒花瓶；秉燭頭陀，誤拿香盒。宣盟表白，大宋國錯稱做大唐國；懺罪闍黎，武大郎幾念作武大娘。長老心忙，打鼓錯拿徒弟手；沙彌情蕩，罄搥打破老僧頭。從前苦行一時休，萬箇金剛降不住。」見繡像本，頁 103。周鈞韜指出，這段文字改寫自《水滸傳》第四十五回，可參見《金瓶梅素材來源》，頁 58-60；《水滸》，頁 773。他認為詞話本只改動《水滸傳》的少許文字，並將《水滸傳》「王押司念為押禁」一句改為「武大郎念為大父」，見詞話本，頁 62。繡像本將這句話改寫為「武大郎幾念作武大娘」，更為貼切：這不只使此句以諧音連結武大與金蓮，也精準地描寫出和尚滿心滿眼都是金蓮，因此七顛八倒，酥成一塊的情景。武大原為金蓮美貌而死，作者又將為武大辦的法事，寫作和尚偷看武大老婆的場合，這顯然也讓「亡者聞之亦慘魂」。

48 由王婆道出此句，也可以說先把和尚和王婆比作摼打及被摼打者，呼應了前文王婆所說的「由着老娘和那禿廝纏」（繡像本，頁 104）。

49 Laura Mulvey, "Visual Pleasure and Narrative Cinema," 114.

50 詞話本中有說書人評論和尚好色的一段文字，繡像本則無：看官聽說：世上有德行的高僧，坐懷不亂的少。古人有云：「一個字便是『僧』，二個字便是『和尚』，三個字是個『鬼樂官』，四個字是『色中餓鬼』。」蘇東坡又云：「不禿不毒，不毒不禿；轉毒轉禿，轉禿轉毒。」此一篇議論，專說這為僧戒行，住着這高堂大廈，佛殿僧房，吃着那十方檀越錢糧，又不耕種，一日三餐。又無甚事縈心，只專在這色慾上留心。譬如在家俗人，或士農工商，富貴長者，小相俱全，每被利名所絆；或人事往來，雖有美妻少妾在旁，忽想起一件事來關心，或探探甕中無米，囤內少柴，早把興來沒了，却輸與這和尚許多。有詩為證：色中餓鬼獸中狨，壞教貪淫玷祖風；此物只宜林下看，不堪引入畫堂中。見詞話本，頁 62。

窺帶來的性快感。

就小說結構而言，此回寫和尚竊聽金蓮，則是為了預告後文層出不窮的偷窺：金蓮是《金瓶梅》中主要的偷窺者，她聽籬察壁的行徑，是引起西門慶家中爭執的主要原因之一[51]；在寫金蓮偷窺他人前，作者先寫她被竊聽／偷窺，預先寫出《金瓶梅》中一部分偷窺者及被偷窺者的心理狀況。如前所述，竊聽／偷窺者能藉此獲得性快感，金蓮「只怕和尚來聽見」一句，道出了被偷窺者並非對此毫無所覺，而是在意識到可能有人偷窺的情形下，做此不欲人知之事。他們雖然不欲人知，卻又無法遏抑自己的慾望，因此即使知道可能被察覺，還是冒險一試。這種明知不可而為之的情境，對他們而言並不掃興，反而由於眾人環伺、時間緊湊，構成刺激的助興因素，使西門慶樂在其中，想要多享受一些箇中妙處，才會向金蓮說「你且休慌，我還要在蓋子上燒一下兒哩」。至此西門慶及金蓮都是以被偷窺者的身分，體驗被偷窺時隨之而來的刺激及緊張；但在完事之後，金蓮便「換一身艷服」，「在簾裡與西門慶兩箇並肩而立，看着和尚燒化靈座」，如此一來他們便由被偷窺者轉而為偷窺者，目的在於見證王婆「點一把火來，登時把靈牌并佛燒了」的情景，確定兩人此後可以「長做夫妻」（繡像本，頁69）；此時他們不只是偷窺／凝視和尚之人，被偷窺／凝視的和尚也「冷眼瞧見」他們「影影綽綽並肩站着」，因此西門慶及金蓮又再次成為被偷窺者。和尚因為偷窺，而知道自己被偷窺，這使他得以利用自己的這種身分，說出一語雙關的笑話，當眾戳破西門慶及金蓮的秘密。由此可知，此處偷窺者不只藉由偷窺滿足性慾，也是看穿真相之人，能使被偷窺者羞愧、尷尬，因此西門慶才會「令王婆快打發襯錢與他」，意圖解除眼前窘迫的景況。敘事者緊接著以「隔墻須有耳，窗外豈無人」一句總結此段[52]，這不只是「燒夫靈和尚聽淫聲」一段予讀者的啟示，也是作者描述西門家種種聽籬察壁之事的楔子：他在後文層出不窮的竊聽／偷窺中，一步步證實了此書以「節節露破綻」之處寫出「人情之可畏」的意圖。[53]

---

51 在第十回〈義士充配孟州道 妻妾玩賞芙蓉亭〉「收拾武松」一事，以芙蓉亭一會，寫西門家眾妻妾「如梁山之小合泊」聚合之後（參見張竹坡第十回回評，《張批本》，頁155），作者於第十一回開頭便道「話說潘金蓮在家恃寵生驕，顛寒作熱，鎮日夜不得個寧靜。性極多疑，專一聽籬察壁」（繡像本，頁129），不只強調金蓮性格，也以此為開端，寫西門家的妻妾爭執。

52 此句詞話本作「正是：遺踪堪入時人眼，不買胭脂畫牡丹」（詞話本，頁62），繡像本的改寫不但切合此回情境，也使「和尚聽淫聲」與後文諸多竊聽／偷窺之事連結在一起。

53 語出張竹坡〈讀法〉十四：「《金瓶》有節節露破綻處，如窗內淫聲，和尚偏聽見；私琴童，雪娥偏知道；而裙帶葫蘆，更屬險事；牆頭密約，金蓮偏看見；蕙蓮偷期，金蓮偏撞着；翡翠軒，自謂打聽瓶兒；葡萄架，早已照入鐵棍；才受贓，即動大巡之怒；才乞恩，便有平安之才；調婿後，西門偏就摸着；燒陰戶，胡秀就看見。諸如此類，又不可勝數。總之，用險筆以寫人情之可畏，而尤妙在既已露破，乃一語即解，絕不費力累贅。此所以為化筆也。」見《第一奇書》，[讀法]頁6-7。

　　偷窺者窺知秘密之後，也可能趁機利用被偷窺者不欲人知的心理要脅，藉此獲得權力或利益。這是金蓮經常挾制西門慶的手段，她第一次要脅西門慶在第十三回〈李瓶姐牆頭密約　迎春兒隙底私窺〉：

> 到晚夕，西門慶自外趕席來家，進金蓮房中。金蓮與他接了衣裳，問他。飯不吃，茶也不吃。趄趄着脚兒，只往前邊花園裡走。這潘金蓮賊留心，暗暗看着他。坐了好一回。只見先頭那丫頭在墙頭上打了個照面。這西門慶就躧着梯橙過牆去了。那邊李瓶兒接入房中，兩個廝會不題。
> 這潘金蓮歸到房中，番來復去，通一夜不曾睡。將到天明，只見西門慶過來，推開房門，婦人睡在床上，不理他。那西門慶先帶幾分愧色，挨近他床上坐下。婦人見他來，跳起來坐着，一手撮着他耳朵，罵道：「好負心的賊！你昨日端的那裡去來？把老娘氣了一夜！你原來幹的那繭兒，我已是曉得不耐煩了！趁早實說，從前已往，與隔壁花家那淫婦得手偷了幾遭？一一說出來，我便罷休。但瞞着一字兒，到明日你前脚兒過去，後脚我就嗥喝起來，教你負心的囚根子死無葬身之地！……」這西門慶聽了，慌的粧矮子，只跌脚跪在地下，……滿臉兒陪笑兒說道：「怪小淫婦兒，麻犯人死了。他再三教我稍了上覆來，他到明日過來與你磕頭，還要替你做鞋。昨日使丫頭替了吳家的樣子去了。今日教我稍了這一對壽字簪兒送你。」于是除了帽子，向頭上拔將下來，遞與金蓮。金蓮接在手內觀看，卻是兩根番石青填地，金玲瓏壽字簪兒，乃御前所製，宮裡出來的，甚是奇巧。金蓮滿心歡喜，說道：「既是如此，我不言語便了。等你過那邊去，我這裡與你兩箇觀風，教你兩個自在合搞。你心下如何？」那西門慶喜歡的雙手摟抱着說道：「我的乖乖的兒，正是如此，不枉的養兒——不在阿金溺銀，只要見景生情。我到明日梯己買一套粧花衣服謝你。」婦人道：「我不信那蜜口糖舌，既要老娘替你二人周旋，要依我三件事。」西門慶道：「不拘幾件，我都依。」婦人道：「頭一件不許你往院裡去；第二件，要依我說話；第三件，你過去和他睡了，來家就要告訴我，一字不許你瞞我。」西門慶道：「這個不打緊，都依你便了。」
> （繡像本，頁 167-169）

由引文可知，金蓮的偷窺，為她帶來威脅西門慶的籌碼，以及實質的財物：她是全家第

　　《金瓶梅》以「和尚偷窺」為諸多偷窺情事之楔子，一百回中則以「小玉偷窺普靜超渡冤魂」總結全書（繡像本，頁 1417），二者相互呼應，都是藉由偷窺看出人世真相。從另一個角度而言，讀者也正是藉由偷窺書中種種，看出人生真相。

一個知曉此事之人，但她並不以此為滿足，還想知道更多細節，於是警告西門慶「一一說出來，我便罷休。但瞞着一字兒，到明日你前腳兒過去，後腳我就哽喝起來」，以公諸秘密於世要脅西門慶。西門慶因此「跌腳跪在地下」、滿臉兒陪笑」，不只現場拿出瓶兒送的簪子討好金蓮，還告訴金蓮之後瓶兒會為她做鞋。雖然瓶兒所贈之物讓金蓮滿心歡喜，但她讓西門慶喜歡得要送她粧花衣服的原因，是因為她清楚西門慶與瓶兒偷情已是無可挽回的事實，與其盡力阻止，惹西門慶不高興，不如替他保守秘密，甚而為他把風，還能為自己固寵；此舉也讓西門慶答應金蓮，對她無所隱瞞，使她獲得更多消息來源。於是雖然實際上越牆和李瓶兒私通的是西門慶，但金蓮只要掌握西門慶的秘密（也就是弱點），就能藉由西門慶之口，逾越兩家的界線，刺探瓶兒的隱私。這不只寫出金蓮如何以「聽籬察壁心腸」獲知秘密，進而利用秘密固寵，還使讀者藉著西門慶的轉述，與金蓮一同窺視瓶兒的閨闈風情。[54]此後金蓮便常以同樣的手段窺知西門慶的秘密，並要西門慶不許對她隱瞞細節；獲知詳細情報，使她得到別的妻妾沒有的權力。二十三回〈賭棋枰瓶兒輸鈔　嘲藏春潘氏潛蹤〉中，她偷窺蕙蓮與西門慶交歡，聽見蕙蓮說自己是非，便對蕙蓮說出自己如何藉著所知較多，鞏固自己的地位：

> ……蕙蓮道：「娘再訪，小的並不敢欺心，到只怕昨日晚夕娘錯聽了。」金蓮道：「傻嫂子！我閑的慌，聽你怎的？我對你說了罷，十個老婆，買不住一個男子漢的心。你爹雖故家裡有這幾個老婆，或是外邊請人家的粉頭，來家通不瞞我一些兒，一五一十就告我說。你大娘當時和他一個鼻子眼兒裡出氣，甚麼事兒來家不告訴我？你比他差些兒。」說得老婆閉口無言，在房中立了一回，走出來了。走到儀門夾道內，撞見西門慶，說道：「你好人兒，原來昨日人對你說的話兒，你就告訴與人。今日教人下落了我怎一頓！我和你說的話兒，只放在你心裡，放爛了纔好。為甚麼對人說，乾淨你這嘴頭子就是個走水的槽，有話到明日不告你說了。」西門慶道：「甚麼話？我並不知道。」那老婆睄了一眼，往前邊去了。（繡像本，

54　此回後文云：自此為始，西門慶過去睡了來，就告婦人說：「李瓶兒怎的生得白淨，身軟如綿花，好風月，又善飲。俺兩箇帳子裡放着菓盒，看牌飲酒，常頑耍半夜不睡。」又向袖中取出一箇物件兒來，遞與金蓮瞧，道：「此是他老公公內府畫出來的，俺兩個點着燈，看着上面行事。」金蓮接在手中，展開觀看。有詞為證：「內府衙花綾裱，牙籤錦帶粧成。大青小綠細描金，鑲嵌斗方乾淨。女賽巫山神女，男如宋玉郎君。雙雙帳內慣交鋒，解名二十四，春意動關情。」金蓮從前至尾，看了一遍，不肯放手。就交與春梅：「好生收在我箱子內，早晚看着耍子。」見繡像本，頁169。張竹坡分析，作者運用許多不同的視角寫出「瓶兒春意」：一用迎春眼中，再用金蓮口中，再由手卷一影，再用金蓮看手卷效尤一影，總是不用正筆，純用烘雲托月之法。見張批本十三回回評，頁198。此回先寫迎春偷窺，再寫金蓮偷窺，也是以「偷窺」串接前後。

頁 300）

雖然金蓮對蕙蓮說「我聽你怎的」，事實上她就是以竊聽／偷窺得知蕙蓮說了什麼話；
但她不僅不承認，還推到西門慶身上，告訴蕙蓮西門慶「甚麼事兒來家不告訴我」。此
言一方面能抬高金蓮身分，顯示她並不在意蕙蓮與西門慶之事，只是西門慶有事不會瞞
她，使她握有知曉他人秘密的權力；另一方面也使蕙蓮轉而誤會西門慶任意傳話，因此
與西門慶賭氣。由此可知，金蓮先藉由偷窺，掌握西門慶的弱點，要脅他聽從自己的話，
從他身上得到更多情報；再以西門慶對她無所隱瞞，作為自己受寵的象徵，使自己較其
他妻妾的地位高出一截。

　　《金瓶梅》中的偷窺，也是勾合前後情節的關鍵，第二十回〈傻幫閒趨奉鬧華筵　癡
子弟爭鋒毀花院〉就是以偷窺起，以偷窺結，因此繡像本此回開頭，便引〈歸洞仙〉一
詞，描繪「偷窺／被偷窺」的景況[55]；二十一回〈吳月娘掃雪烹茶　應伯爵替花邀酒〉
又以偷窺開頭，接續上文。[56]這幾次偷窺的共同點在於，說書人都在偷窺發生之前，就
先告訴讀者被偷窺者的活動——也就是偷窺者想要知道的「真相」，然後再藉由偷窺者
的視角重新講述一次，彰顯出因偷窺造成觀看角度不同，對敘事有何影響。第十九回〈草
裏蛇邐打蔣竹山　李瓶兒情感西門慶〉中描述：

> 晌午前後，李瓶兒纔吃些粥湯兒。西門慶向李嬌兒眾人說道：「你每休信那淫婦
> 裝死兒嚇人。我手裡放不過他，到晚夕等我進房裡去，親看著他上簡吊兒我瞧，
> 不然吃我一頓好馬鞭子！賊淫婦，不知把我當誰哩！」眾人見他這般說，都替李
> 瓶兒捏著把汗。到晚夕，見西門慶袖著馬鞭子，進他房去了。玉樓、金蓮分付春
> 梅把門關了，不許一箇人來。都立在角門兒外兒悄悄聽着。（繡像本，頁245）

引文中西門慶所言有如對後文的預告，使眾人都想知道西門慶如何「親看着他上簡吊
兒」，如何讓李瓶兒「吃他一頓好馬鞭子」；因此眼看西門慶進瓶兒房裡，玉樓、金蓮
「都立在角門兒外兒悄悄聽着」，不想錯過好戲。此時說書人按下金蓮、玉樓一頭不敘，
先轉換敘事視角，講述瓶兒房中發生之事，直講到瓶兒所言讓西門慶「舊情兜起，歡喜
無盡」，要春梅「快放桌兒，後邊取酒菜兒來」時便收束此回，在下回開頭轉換敘事視
角，接上前文，輪敘金蓮及玉樓所聞之事：

55　詞曰：步花徑，闌干狹。防人覷，常驚嚇。荊刺抓裙釵，倒閃在荼蘼架。勾引嫩枝吖呀，討歸路，
　　尋空罅，被舊家巢燕，引入窗紗。見繡像本，頁249。
56　田曉菲已經論及二十回及二十一回的結構框架是窺視；參見《秋水堂論金瓶梅》，頁62、65-66。
　　本文則關注偷窺者的心理，以及作者如何以偷窺轉換敘事視角，增加敘事的變化。

　　且說金蓮和孟玉樓從西門慶進他房中去，站在角門首竊聽消息。他這邊門又閉着，止春梅一人在院子裡伺候。金蓮同玉樓兩箇打門縫兒往裡張覷，只見房中掌着燈燭，裡邊說話，都聽不見。金蓮道：「俺到不如春梅賊小肉兒，他倒聽得伶俐。」那春梅在窗下潛聽了一回，又走過來。金蓮悄問他房中怎的動靜，春梅便隔門告訴與二人說：「俺爹怎的教他脫衣裳跪着。他不脫，爹惱了，抽了他幾馬鞭子。」金蓮問道：「打了他，他脫了不曾？」春梅道：「他見爹惱了，纔慌了，就脫了衣裳，跪在地平上。爹如今問他話哩！」玉樓恐怕西門慶聽見，便道：「五姐，咱過那邊去罷。」拉金蓮來西角門首站立。此時是八月二十頭，月色纔上來。兩箇站立在黑頭裡，一處說話，等着春梅出來問他話。潘金蓮向玉樓道：「我的姐姐，只說好食菓子，一心只要來這裡。頭兒沒過動，下馬威早討了這幾下在身上。俺這箇好不順臉的貨兒，你若順順兒他倒罷了。屬扭孤兒糖的，你扭扭兒也是錢，不扭也是錢。想着先前吃小婦奴才壓枉造舌，我陪下十二分小心，還吃他奈何得我那等哭哩。姐姐，你來了幾時，還不知他性格兒哩！」（繡像本，頁249-250）

　　由引文可知，雖然金蓮和玉樓有心竊聽，但「打門縫兒往裡張覷，只見房中掌着燈燭，裡邊說話，都聽不見」，還得靠也是潛聽的春梅轉述房裡發生之事。此一敘事視角的位置，構成了竊聽／偷窺者與竊聽／偷窺對象之間的重重障礙，使事情的細節顯得模糊不清；竊聽／偷窺者得知的訊息有限，必須加上自己的揣測，才能勾勒出當時的情景：前文中讀者已知西門慶丟繩子要瓶兒上吊、瓶兒心裡思量自己遇人不淑，因而痛哭不願脫衣，被西門慶拖翻在地上等情事，較此處春梅轉述的清楚許多；相對之下，房中模模糊糊的情景、眾人對事實的轉述、揣度，層層遮掩了上一回讀者清楚所見之事。只知道大概的金蓮，便以自己的心思揣度現場景況，她不只先問瓶兒「脫衣了不曾」，將瓶兒的遭遇和自己私僕受辱的景況聯想在一起，還推測瓶兒「不知西門慶性格」，才會遭此「下馬威」。「玉樓恐怕西門慶聽見」一句，則寫出竊聽／偷窺者雖然想要得知他人不欲人知之事，但他們自己也擔心被竊聽／偷窺者發現，這是因為眼前西門慶對瓶兒暴力相向的舉止，正預告了她們一旦洩漏行蹤時可能遭遇的下場。因此四周昏暗的月色，不只映襯出玉樓竊聽／偷窺時的不安，也使隨她竊聽／偷窺的讀者，感受到暗中聽覷的緊張氣氛。此時竊聽／偷窺者內心混雜了好奇、緊張種種情緒，甚至可能以此為樂：

　　二人正說話之間，只聽開的角門響，春梅出來，一直逕往後邊走。不防他娘站在黑影處叫他，問道：「小肉兒，那去？」春梅笑着只顧走。金蓮道：「怪小肉兒，你過來，我問你話。慌走怎的？」那春梅方纔立住了腳，方說：「他哭着對俺爹說了許多話。爹喜歡抱起他來，令他穿上衣裳，教我放了桌兒，如今往後邊取酒

去。」金蓮聽了,向玉樓說道:「賊沒廉恥的貨!頭裡那等雷聲大雨點小,打哩亂哩。及到其間,也不怎麼的。我猜,也沒的想,管情取了酒來,教他遞。賊小肉兒,沒他房裡丫頭,你替他取酒去!到後邊,又叫雪娥那小婦奴才秘聲浪顙,我又聽不上。」春梅道:「爹使我,管我事!」于是笑嘻嘻去了。金蓮道:「俺這小肉兒,正經使着他,死了一般懶待動旦;若幹貓兒頭差事,鑽頭覓縫幹辦了要去,去的那快!現他房裡兩箇丫頭,你替他走,管你腿事!賣蘿蔔的跟著鹽擔子走,好箇閒嘈心的小肉兒!」玉樓道:「可不怎的!俺大丫頭蘭香,我正使他做活兒,他便有要沒緊的;爹使他行鬼頭兒,聽人的話兒,你看他走的那快!」

(繡像本,頁 250)

前文敘事者回頭輪敘玉樓及金蓮偷窺,直至此處方以「春梅出來,一直逕往後邊走」一句,重新接上十九回結尾西門慶要春梅「快放桌兒,後邊取酒菜兒來」的敘事時間。金蓮聽完春梅轉述「爹喜歡抱起他來,令他穿上衣裳」後,再次由自己的經驗,揣測西門慶「管情取了酒來,教他遞」。由此可知,十九回結尾先行截住,不寫西門慶及瓶兒之後如何,就是在此處改由金蓮之口道出可能的景況;由她氣憤的口氣可知,金蓮亟欲得知瓶兒遭遇,不只因為好奇及個性使然,還因為此事讓她聯想到自己從前私僕受辱的經歷,想藉著探知瓶兒受罰的輕重,比較自己和瓶兒受寵的程度。這不只讓西門慶打瓶兒及辱金蓮二事相互聯繫,也能改換講述方式,使二事「特犯而不犯」;因此繡像本評點者方云「又從經歷處着想,妙甚」(繡像本二十回夾批,頁 250)。此時運用這種筆法,強調的不是實際情形如何,而是金蓮內心如何推測,便能在寫瓶兒時同時寫金蓮,甚而將寫瓶兒之筆改作寫金蓮。藉由金蓮的推想,講述重點又再次轉移至取酒的春梅身上,亦即在敘完欲偷窺者(金蓮)的猜想後,寫出真正偷窺者(春梅)的特權,將「偷窺」的各種面向敘述得更加完整:春梅出來之後,聽見金蓮叫住她,反而「笑着只顧走」,是明知金蓮好奇後續發展,卻以知情者的姿態故意吊她胃口;因為她伺候西門慶及瓶兒,比其他人「聽得伶俐」,所以金蓮叫她不要取酒,她回答「爹使我,管我事」,這句話使她具備「得知眾人不知之事」的特權;再加上金蓮說她「正經使着他,死了一般懶待動旦;若幹貓兒頭差事,鑽頭覓縫幹辦了要去」可知,藉機竊聽／偷窺他人不知之事,偷窺者不只能滿足自己的好奇心,也會由於別人同樣好奇而有求於他,感到樂在其中。偷窺者的樂趣,還來自於得知秘密之後,就可以掌握被偷窺者的弱點,毫不客氣地拿此事說笑取樂:戲弄瓶兒的是小玉和玉簫,他們原本是家中的丫頭,照理說地位比身為妾的瓶兒低下;但她們竊聽／偷窺了西門慶羞辱瓶兒的景況,知道瓶兒「挨的好柴」、「告

的好水災」、甚至「叫的好達達」[57]，因此不只是西門慶給瓶兒下馬威，知道西門慶如何整治瓶兒的丫頭們，也因知情得到開玩笑的籌碼，所以就落井下石地一起奚落她，以此為樂。

　　敘完十九回回末至二十回開頭的偷窺之後，說書人在二十回回末及二十一回開頭，又敘述兩次不同類型的偷窺。雖然《金瓶梅》經常藉由偷窺者的視角，揭露被偷窺者的秘密——也就是原本隱而不顯的真相；但由偷窺得來的訊息並不見得全然可信。在二十回及二十一回中，敘事者便藉西門慶的偷窺串接情節，道出西門慶眼中的「真相」。二十回寫應伯爵拉西門慶至院內看李桂姐一事：

> ……來到李桂姐家，已是天氣將晚。……西門慶道：「怎麼桂姐不見？」虔婆道：「桂姐連日在家伺候姐夫，不見姐夫來。今日是他五姨媽生日，拿轎子接了與他五姨媽做生日去了。」原來李桂姐也不曾往五姨家做生日去。近日見西門慶不來，又接了杭州販紬絹的丁相公兒子丁二官人，……一連歇了兩夜。適纔正和桂姐在房中吃酒，不想西門慶到。老虔婆忙教桂姐陪他到後邊第三層一間僻靜小房坐去了。當下西門慶聽信虔婆之言，便道：「既是桂姐不在，老媽快看酒來，俺每慢慢等他。」……正飲酒時，不妨西門慶往後邊更衣去。也是合當有事，忽聽東耳房有人笑聲。西門慶更畢衣，走至窗下偷眼觀覷，正見李桂姐在房內陪着一箇戴方巾的蠻子飲酒。絲不的心頭火起，走到前邊，一手把吃酒桌子掀翻，碟兒盞兒打的粉碎。……老虔婆見西門慶打的不相模樣，還要架橋兒說謊，上前分辨。西門慶那裡還聽他，只是氣狠狠呼喝小廝亂打，險些不曾把李老媽打起來。……西門慶大鬧了一場，賭誓再不踏他門來，大雪裏上馬回家。（繡像本，頁261-262）

此處虔婆說李桂姐「往五姨家做生日去」之後，說書人先截斷敘事，道出李桂姐在家的事實，再接敘「當下西門慶聽信虔婆之言」，使讀者知情，小說人物不知情。當西門慶一步步接近後邊，聽見笑聲時，敘事的氣氛也隨著秘密將被揭穿而緊繃起來；這是因為

57　原文如下：……落後小玉、玉簫來遞茶，都亂戲他。先是玉簫問道：「六娘，你家老公公，當初在皇城內那衙門來？」李瓶兒道：「先生惜薪司掌廠。」玉簫笑道：「噎道你老人家昨日挨的好柴！」小玉又道：「去年許多里長老人好不尋你，教你往東京去。」婦人不省，說道：「他尋我怎的？」小玉笑道：「他說你老人家會告的好水災。」玉簫又道：「你老人家鄉里媽媽拜千佛，昨日磕頭磕勾了。」小玉又說道：「朝廷昨日差了四箇夜不收，請你老人家往口外和番，端的有這話麼？」李瓶兒道：「我不知道。」小玉笑道：「說你老人家會叫的好達達！」把玉樓、金蓮笑的不了。月娘罵道：「怪臭肉每，幹你那營生去，只顧傒落他的？」于是把箇李瓶兒羞的臉上一塊紅，一塊白，站又站不得，坐又坐不住，半日回房去了。見繡像本，頁255-256。

在西門慶偷窺之前，讀者已經對整體情境了然於胸，並且對接下來可能發生之事產生預測或期待。當西門慶偷窺李桂姐另外接客之際，不但印證了說書人所言，也使偷窺一事，成為得知真相的管道，使西門慶認為自己眼見為憑比聽信虔婆道聽途說來得可靠，於是虔婆「還要架橋兒說謊，上前分辨」時，西門慶不僅不願重蹈覆轍，還「險些不曾把李老媽打起來」，正因他氣的不只是桂姐另外接客，還氣虔婆撒謊，對自己大意被騙，也感到面上無光。因此在他「大雪裏上馬回家」之後，看見儀門「半掩半開」、「悄無人聲」時，他便想再次以偷窺得知真相：

> 話說西門慶從院中歸家，已一更天氣，到家門首，小廝叫開門，下了馬，踏着那亂瓊碎玉，到于後邊儀門首。只見儀門半掩半開，院內悄無人聲。西門慶心內暗道：「此必有蹊蹺。」于是潛身立于儀門內粉壁前，悄悄聽覷。只見小玉出來，穿廊下放桌兒。原來吳月娘自從西門慶與他反目以來，每月吃齋三次，逢七拜斗焚香，保佑夫主早早回心，西門慶還不知。只見小玉放畢香桌兒。少頃，月娘整衣出來，向天井內滿爐炷香，望空深深禮拜。……這西門慶不聽便罷，聽了月娘這一篇言語，不覺滿心慚感道：「原來一向我錯惱了他。他一篇都是為我的心，還是正經夫妻。」（繡像本，頁265-266）

作者以偷窺收束前回，又以偷窺另起下回，使不同的情景藉由同一視角連結在一起，形成對比：對此刻的西門慶而言，他才剛以偷窺揭穿不可告人之事，自然容易懷疑眼前所見「有蹊蹺」；此時說書人再次現身向讀者說明吳月娘燒香的原因，也和西門慶所見吻合，似乎偷窺和前一回相同，能讓西門慶再次得知「真相」。但事實上說書人是以「雲龍霧豹」之法，遮掩月娘燒香的真正目的：他借金蓮之口說出「一個燒夜香，只該默默禱祝，誰家一徑倡揚，使漢子知道了」（繡像本，頁269），批評月娘知道西門慶可能會偷窺，才刻意燒夜香讓西門慶看見。如此一來，偷窺不但不能讓偷窺者探知事實，反而使偷窺者將表象誤認為真，忽略即使眼見為憑之事，仍有表裏不一的可能[58]；而原本被窺

[58] 張竹坡曾論及自己如何為月娘燒香一事「定其真偽」：他認為此處才剛寫月娘和王姑子往來，便有月娘燒香一事，可見是王姑子所授之計；此計得逞之後，月娘便從此「好佛無已」。另外，月娘祝禱時云「不拘妾等六人之中，早見嗣息」，但月娘與西門合氣原由瓶兒起，則怨在瓶兒；即便怨不在瓶兒，也怨在挑撥離間的金蓮；如果全然不怨，便不會和西門慶合氣，因此無論如何不可能說出「不拘妾等六人」之語。加上後文她服藥拜求子息時，又對其餘五人不置一詞，甚至要薛姑子「休與人言」，因此張氏認為此回燒香祝禱是「假」。見《張批本》二十一回回評，頁319。然而月娘拜求子息是在瓶兒生子之後，因此已經不是為西門家「求嗣息」，而是為自己「求寵愛」，二者語境不同，不可一概論之。張竹坡向來深惡月娘，因此對其論斷亦不見得公允。此處月娘燒夜香雖然有刻意為之的可能，但她希望「夫主早日回心」的祝願並不虛偽，不過將自己想和西門慶和好的願

視的月娘，則反過來利用偷窺者自認可以得知真相的特權，隱藏自己別有用心的事實。這時西門慶眼見為憑的判斷，還不如並未偷窺月娘，只是聽取道聽途說的金蓮所言來得精闢。

綜上所述可知，作者除了寫出小說人物窺淫時不亦樂乎的心情，使讀者自閱讀之中獲得性快感之外，也以小說人物偷窺串接情節，不只寫出偷窺者既好奇又緊張的心理，使讀者隨之體驗又欲聽戲，又擔心被發現的氣氛；也道出偷窺者窺視真相之後，能獲得知曉他人秘密的特權。這不但使不知真相的人有求於他，使他樂在其中，偷窺者也得以掌握他人弱點，藉此得到好處或使人難堪。以偷窺筆法描寫被偷窺者的行為，妙在「若隱若現」，與「說書人直接告知讀者」相較，可知偷窺者得知的景況，有一部分是由推測得知，加入了偷窺者的觀點。此外，雖然偷窺者可以得知真相及被偷窺者「不欲人知之事」，但被偷窺者也可以利用偷窺者的眼光製造表象，呈現自己「所欲人知之事」。

二、窺淫的評點者[59]

如前所述，閱讀也是一種對小說世界的凝視／偷窺；在《金瓶梅》的評點中，評點者先假設說書人的話語並未完全呈現作者真意，需要評點者以旁觀者清的角度，藉由評點文字道出此書大旨及作書妙法；爾後再對讀者施以諸多限定，建構自己「正當」的閱讀身分，藉此將窺淫行為合理化。本章第一節已論及，說書的敘事情境，會使敘事者及作者、接受敘事者（聽眾）及讀者間產生清楚的區隔：亦即對讀者而言，小說虛構的部分不只是小說人物及情節，還包括虛構的敘事者及接受敘事者。這種設計讓自認為深諳傳統敘事技巧的評點者擺脫敘事接受者／聽眾被動的性質，而以理想讀者自詡，認為自己能看清文字的迷障；因此他們進而質疑文字所呈現的表象，專注於挖掘說書人的話語如何遮掩作者的真意，並解釋原本難以客觀評斷的作者意圖，指點其他讀者看出說書人話語背後的敘事技巧及作書大旨。藉此不僅能使《金瓶梅》洗脫「淫書」或「西門慶家帳簿」的惡名，也使評點的行為合理化；評點文字則藉由「隨讀隨批」的寫作型態，與小說內容一同構成文本。自這個角度而言，評點者的觀看也成為講述、評論小說的敘事視

望也暗暗寄託在燒香一事之中而已。

59 "scopophilia" 一字經常被譯為「窺淫癖」，意指藉由視覺得到性快感。莫薇援引佛洛伊德（Sigmund Freud）及拉岡（Jacques Lacan）的看法，解釋窺淫癖對觀影者及電影中的角色有何性別上的意義；此一分析是研究電影敘事視角之濫觴，但她僅以性別作為分析視角的準則，遭致不少批評。參見 Norman K. Denzin, *The Cinematic Society: The Voyeur's Gaze,* 42-43。因此本文雖以窺淫一詞描述《金瓶梅》評點者對小說情色描寫的窺視，但不將評點者窺視的慾望全然視作因滿足性慾而發，而關注評點者對閱讀活動（尤其是情色文字）的闡釋。

角之一，因為在評點文字依隨正文，化為讀者所見文本的一部分之際，評點者已然以自己的觀點重寫了作品，也藉著評點文字呈現出特定的意識型態。

瞭解上述觀點之後，再觀察文龍及張竹坡的批語，可知文龍視自己為「置身書外」之清醒局外人。他認為這是評點者得以道出作者真意的前提：

> 羨慕西門慶而思效之者，果何肺腸乎？凡人遇事，每欲前知。獨至自己身旁，此等顯而易見之事，大可前知，而又不知，果何故乎？或曰：當局者迷。西門慶一畜類耳，原不足語日後情事，即法語、巽言，亦冥思罔覽，是不足怪。獨怪夫看書之人，所謂旁觀者清，不能咀嚼世情之滋味，但貪圖片刻之歡娛，其愚且頑，不幾與西門慶相等哉！苟能離身題外，設想局中，旁人之是非，即可證我身之得失，目前之言動，即可定後日之吉凶。（文龍十一回回評，《資料彙編》，頁420）

> 善讀書者當置身於書外，勿留意於眼前，固早恍然於其間，而西門慶之必不可效法矣。（文龍四十七回回評，《資料彙編》，頁458）

> ……故善讀書者，當置身於書中，而是非羞惡之心不可泯，斯好惡得其真矣。又當置身於書外，而彰癉勸懲之心不可紊，斯見解超於眾矣。（文龍一百回回評，《資料彙編》，頁511）

> 作者道其所道，原未嘗向我道也。閱者但就時論事，就事論人，不存喜怒於其心，自有情理定其案，然後可以落筆。（文龍三十二回回評，《資料彙編》，頁443）

文龍與布斯類似，強調讀者應以「置身局外」的態度閱讀，和小說保持距離，才能「就時論事，就事論人」，並以「旁人之是非」證「我身之得失」。他認為倘若「是非羞惡之心」不泯，即使「置身於書中」，也可以正確地判斷書中人物之作為。要是不能保持這種態度，就可能成為「不能咀嚼世情之滋味，但貪圖片刻之歡娛」之人，他認為這樣的讀者既「愚」且「頑」，而且不只「同情」西門慶，還將自己投射於西門慶身上，因此「不幾與西門慶相等哉」。他提醒讀者「當置身於書外，勿留意於眼前」時，其實已經預設了只見「眼前」並非正確的解讀方式，而應該讀見文字背後有何深意：

> 看書要會看，莫但看面子，要看到骨髓裡去；莫但看眼前，要看往脊背後去，斯為會看書者矣。雖曰置此書於其側，亦何害哉？否則燒之，便可。（文龍二十七回回評，《資料彙編》，頁436）

至此文龍認為讀《金瓶梅》若「置身其中」，只看「面子」、「眼前」者為「不會看書」

的讀者,這些讀者不但不宜「日置此書於其側」,以免身受其害,甚至將此書「燒之」亦未為不可。所謂「看到骨髓裡去」或「看往脊背後去」,就是指看書時能夠秉持自己的見解和道德觀,如此一來,無論置身書中或書外,都能「以情理定其案」,無入而不自得。這番陳述貌似提醒其他讀者閱讀《金瓶梅》的方法,但其實也道出文龍認為自己正是文中所謂「會看書」之人。在點明「不會看書」者閱讀《金瓶梅》所犯的錯誤之後,文龍詳列了其餘「可讀」與「不可讀」《金瓶梅》之人:

> 年少之人,欲火正盛,方有出焉,不可令其見之。聞聲而喜,見影而思,當時刻防閒,原不可使看此書也。即才子佳人小說,內有雲雨一回,交歡一次云云,亦不宜使之寓目。只有四書五經、古文、《史記》,詳為講貫,以定其性情。迨至中年,娶妻生子,其有一琴一瑟,不敢二色終身者,此書本可不看,即看亦未必入魔。若夫花柳場中曾經翻過筋頭,脂粉隊裡亦頗得過便宜,浪子回頭,英雄自負,看亦可,不看亦可。至於閱歷既深,見解不俗,亦是統前後而觀之,固不專在此一處也,不看亦好,看亦好。果能不隨俗見,自具心思,局外不齒局中,事前已知事後,正不妨一看再看。看其不可看者,直如不看;並能指出不可看之處,以喚醒迷人,斯乃不負此一看。見不賢而內自省,見不善如探湯,此《詩》所以不刪淫奔之詞也。(文龍二十七回回評,《資料彙編》,頁 437)

藉由對讀者身分的限定,及對作者真意的詮釋,評點者將自己視為可以「一看再看」《金瓶梅》或「為妙文遞出金針」之人,將自己窺淫的行為合理化。文龍認為「年少之人」不可讀,「中年人」、「浪子回頭,英雄自負」者、「閱歷既深,見解不俗」又能「統前後而觀之」者,都是可讀可不讀;只有「不隨俗見,自具心思,局外不齒局中,事前已知事後」者,才能一看再看。由文龍自許作為「旁觀者」的陳述看來,他正是所謂「局外不齒局中」之人,亦即他文中認為可以「一看再看」的讀者,就是自己。由此可知,他將上述幾種人視為「不可讀」或「可讀可不讀」的一部分目的,其實是為了突顯自己能夠「指出不可看之處,以喚醒迷人」,如此一來他便有別於「不可讀」或「可讀可不讀」之人,評點《金瓶梅》及凝視/偷窺其中場景的行為,也因「為他人指迷」顯得合乎道德,而且極具正當性。

文龍還點出讀者應該「與作者心心相應,正不必嗤其肆口妄談」(文龍五十一回回評,《資料彙編》,頁 462),如此才能見微知著地察知作者如何「露其旨」[60];這表示評點者假設有一種詮釋能呈現出「作者的真意」,而他正能向讀者揭示箇中奧秘。在這種情形

60　文龍五十四回回評曰:閱者不能察其微,作者早已露其旨也。見《資料彙編》,頁 622。

下，評點者區分讀者類型的目的，除了意圖提醒讀者保持清醒外，還標榜評點者見識高人一等，使他能領悟作者真意，並強調閱讀得「正確」，才不會迷失。

張竹坡也如文龍一般，強調《金瓶梅》並非人人可讀：他認為《金瓶梅》「不可使婦女看見」，「不善讀書者」讀此，亦是「人自誤之」，因此只能「為千古錦繡才子作案頭佳玩」，不可「使村夫俗子作枕頭物」，也不能使「不會做文」的人讀。在這些限制背後，其實暗指張竹坡雖然自稱「不敢謂能探作者之底裡」，但他也認為自己既能聽見「作者叫屈不歇」（引文見〈讀法〉八十一、八十二、一零六，《第一奇書》，[讀法]頁48-52、58），應是「善讀書者」、「會做文者」或「錦繡才子」。透過這種對讀者身分的限定、排除，加上以「會做文字的人讀《金瓶梅》，純是讀《史記》」（〈讀法〉八十一，《第一奇書》[讀法]頁48）為前提，張竹坡便能以「為妙文遞出金針」、「不辜負作者千秋苦心」，作為自己評點《金瓶梅》——甚至「自做我之《金瓶梅》」——的合理解釋（引文見〈竹坡閒話〉，張批本，頁10-11）。綜上所述可知，文龍及張竹坡一方面視自己為旁觀者，分別以「指點迷津」及「點出文字之妙」為評點《金瓶梅》之前提，評點者自認為是讀者的導師，認定自己的識見高於讀者，使他們的凝視／偷窺具有「看穿社會真相」或「看穿作者真意」的隱喻[61]；另一方面，評點者也透過限制、排除讀者的多樣性，強化自己的正當立場[62]，為自己閱讀《金瓶梅》時的窺淫行為，建立合理的論述。[63]

---

[61] 偷窺者有時是「全知之眼」的隱喻，他們能藉著將「私」揭櫫於「公」，看穿社會隱而不顯的真相；由這個角度看來，偷窺者想要「透過窺視知曉」的慾望，便大於「透過窺視滿足性慾」。參見 Norman K. Denzin, *The Cinematic Society: The Voyeur's Gaze*, 3。此一論述與評點者的自我認知若合符節。如果中國傳統小說中「以說書為背景」是作者設計的「合理揭露私事」之形式，評點者便是詮釋此一揭露有何意義之人。

[62] 文龍及張竹坡建立上述閱讀觀點的基礎，在於他們先假設有一群需要指點的讀者，他們無論知識與道德都較為低下，因此有必要藉評點者之助，理解作者真意；但欣欣子在〈金瓶梅詞話序〉中，提供了完全不同的看法，他認為所謂作者的真意，正是為了讓這群讀者藉閱讀抒其胸臆。欣欣子云：「竊謂蘭陵笑笑生作《金瓶梅傳》，寄意於時俗，蓋有謂也。人有七情，憂鬱為甚。上智之士，與化俱生，霧散而冰裂，是故不必言矣。次焉者，亦知以理自排，不使為累。惟下焉者，既不出了於心胸，又無詩書道腴可以撥遣。然則，不致于坐病者幾希！吾友笑笑生為此，爰[整]平日所蘊者著斯傳，凡一百回。……使觀者庶幾可以一哂而忘憂也。（詞話本，頁5）」可見閱讀《金瓶梅》，原被視為智識「下焉者」用以「一哂而忘憂」的管道，旨在使讀者得到情緒的抒發，不見得需要評點者指導「作者真意」。由此可知，評點者對讀者身分的種種預設和限制，部分用意在於解釋自身閱讀行為之正當、合理，這些限制不見得合於作書大旨。

[63] 陳翠英已論及文龍對閱讀活動與批評主體的看法：陳文論述，文龍認為讀者應將閱讀賦予道德意識，亦分析了不同讀者各具其趣的閱讀反應。參見陳翠英，〈閱讀與批評：文龍評《金瓶梅》〉，《臺大中文學報》十五期，2001年12月，頁303-309。本文則關注文龍對閱讀的看法與「窺淫」之間的關係。

相對於文龍及張竹坡，繡像本評點者並未將自己視為旁觀者，也不為自己偷窺／凝視小說世界的人事物多加解釋，反而經常讓自己置身小說之中，直接以自己的眼光觀看小說人物：讀第六回西門慶與金蓮「吃鞋盃耍子」時，評點者感嘆西門慶「何福能消」（繡像本第六回眉批，頁 81）；讀十二回琴童與金蓮私通，則以為「琴童何脩而得此？為之不平」（繡像本十二回眉批，頁 146）；在十二回西門慶欲剪金蓮之髮與桂姐時，評點者指責西門慶道「燒琴煮鶴且不可，況剪美人之髮乎！剪而相贈猶不可，況因氣而相逼乎！為之痛惜」（繡像本十二回眉批，頁 154）；讀至九十八回韓愛姐所寄之束時，則嘆道「吾得此女，復有何求」，認為陳敬濟「何物癡兒堪消受此」（繡像本九十八回眉批，頁 1391）。由引文可知，評點者不只感嘆、痛惜書中女子遇人不淑，甚至認為西門慶、琴童、陳敬濟等書中人物皆不足以匹配她們；這暗指評點者認為自己才是可以「消受」書中女子之人：十九回描寫金蓮不信蔣竹山「一箇文墨人兒」也會「看人家老婆的腳」，評點者批道「鍾情文墨人為甚，惜金蓮未遇耳」（繡像本十九回眉批，頁 238），他彷彿文龍所謂置身小說世界的局中人，雖無法與小說人物交流，但卻是可以與書中女子相配的「文墨人兒」，絕非文龍所謂「置身於書外」的讀者。他對書中女子欣賞的態度，也構成他在評論書中情色場景時有別於另外兩位評點者的立場：雖然他也以道德感為閱讀《金瓶梅》時的中心思想，但在他的批語中更常顯現的是「情」、「淫」與「理」之間的衝突。[64]

因此在閱讀第二十七回〈李瓶兒私語翡翠軒　潘金蓮醉鬧葡萄架〉時，繡像本評點者及張竹坡皆透過凝視／偷窺情色描寫，各自呈現了對窺淫的觀照，也因而獲得不同的閱讀樂趣。繡像本評點者認為金蓮「朦朧星眼」、「四肢軃然於枕簟之上」、「向西門慶作嬌泣聲」等姿態極富吸引力，因此他在上述描寫旁評道「媚甚」，表明自己對金蓮眼神、肢體動作、聲音的欣賞之情。雖然他彷彿置身書中，對金蓮的媚態品頭論足，但他也置身書外，分析此回用筆之妙：他認為此回放筆寫二人淫慾無度的原因，並非單純描寫行房場景，而是為了映出西門慶對金蓮使瓶兒難堪的「一腔愛惱」。雖然二十七回之前已經敘及好幾次西門慶與金蓮行房的情景，但此回對性虐待的描寫較其他各回中更多：無論是西門慶「戲將他（金蓮）腳帶解下來，拴其雙足，吊在兩邊葡萄架兒上」[65]；或以玉黃李子打向金蓮「牝中」，「投肉壺」取樂；或將李子放於「牝內」，「不取出來，又不行事」，直到「睡了一箇時辰」之後才「摳出牝中李子」要金蓮吃下，都較其

64　參見楊玉成，〈閱讀世情：崇禎本《金瓶梅》評點〉，頁 9-10。

65　雖然《金瓶梅》中多次提及西門慶對小腳的欣賞，但只有此回描述他將金蓮的腳帶也解下來。即使對喜愛小腳的男性而言，裸露雙足也是一項禁忌，因為小腳除去遮蔽之後便不具美感或不耐看。參見高彥頤（Dorothy Ko）著，苗延威譯，《「纏足」——「金蓮崇拜」盛極而衰的演變》（Cinderella's Sisters: A Revisionist History of Footbinding）（臺北：左岸文化事業公司，2007），頁 310-311。

他各回來得更像虐待，而非交歡（引文見繡像本，頁 355-356）；西門慶甚至特地叫來春梅，要她見證他如何整治金蓮。[66]評點者讀出了此處西門慶性虐待的意圖，認為他不但以此為樂，也想藉此懲罰金蓮對瓶兒的譏刺。因此他在書中描述西門慶見金蓮「兩隻白生生腿兒蹺在兩邊，興不可遏」旁批道「映愛」，這除了可以解釋為西門慶對金蓮充滿誘惑的姿態感到著迷以外，也暗指西門慶對自己施行的性虐待感到不亦樂乎，自然也「映出」懂得西門慶喜愛金蓮何種情態的評點者亦「愛」金蓮之媚。評點者在西門慶向金蓮道「淫婦，我丟與你罷」旁，則批道「微映愛惱」，這是因為西門慶話語當中含有賜恩施捨的意味，不只將「丟與你」視為對金蓮的恩賜，也認為自己可以隨意控制金蓮，決定是否讓她享受交歡時的快感，因此這種大男人的口吻，透露了他操縱、擺佈金蓮的慾望，也透露出他認為性虐待可以懲罰金蓮，發洩心中的惱怒。對西門慶「微映愛惱」的話語，金蓮亦深知其意，因此她答道：「達達！快些進去罷，急壞了淫婦了，我曉的你惱我，為李瓶兒故意使這促恰來奈何我，今日經着你手段，再不敢惹你了」一方面表明自己知道西門慶的用意，一方面也以求饒滿足西門慶的優越感，因此西門慶笑道：「小淫婦兒！你知道就好說話兒了」（以上引文見繡像本，頁 357）西門慶雖然認為自己懲罰了金蓮，金蓮也貌似禁不起懲罰而求饒，但事實上兩人皆對這些性遊戲樂在其中，懲罰不盡然是懲罰，求饒也不盡然是求饒，因此不見得能達成西門慶原本想要整治金蓮的目的；但金蓮既然摸透他的心思，他也就認為已經達成洩憤的效果，因此評點者評道「數語金蓮雖若戲說，西門慶雖若戲應，然一腔愛惱，自針針相對，冷冷叫破，畫龍點睛之妙」（繡像本二十七回眉批，頁 357），亦即評點者不只投身其中，欣賞金蓮嫵媚的姿態，也置身局外，詮釋出當下兩人不同的情懷態度，因此方能「看破」其中玄機，點出此處的「戲語」，是此回種種描寫的關鍵，有「畫龍點睛」之妙。對他來說，閱讀《金瓶梅》時窺淫的樂趣在於「分明穢語，閱來但見其風騷，不見其穢，可謂化腐臭為神奇矣」（繡像本二十八回眉批，頁 359-360），包含了對人物意態及小說文字兩個層面的欣賞：評點者不但直接細玩金蓮「媚極」之處，以視覺所見的文字模擬二人交歡的快感；也透過對文字的想像，讀出原是「腐臭」之物的「穢語」，如何呈現淫穢場景之中令人傾心的「風騷」之意；這也意指只要文字能盡現小說人物之「風騷」，便是「化腐臭為神奇」之筆，因此即使敘事者講述的是「腐臭」的「淫事」，仍有其藝術價值與可觀之處。

　　在二十七回回評中，張竹坡將此回解讀為作者醜詆金蓮妖淫，指責西門慶治家無方

66　原文敘道：西門慶擡頭看見（春梅），點手兒叫他，⋯⋯春梅見婦人兩腿拴吊在架上，便說道：「不知你每甚麼張致！大青天白日裡，一時人來撞見，怪模怪樣的。」⋯⋯西門慶道：「小油嘴，看我投箇肉壺，名喚金彈打銀鵝，你瞧，若打中一彈，我吃一鍾酒。」見繡像本，頁 355-356。

的文字[67]，但內文夾批卻以欣賞描寫二人交歡文字傳神之處為樂，亦即在向讀者詳細解析作者文字精妙之處的過程中，評點者亦獲得窺淫的快感。張竹坡於二十七回後半全以夾批型態寫作，並時時圈點二人行房動作之關鍵字句，此一寫作方式顯示評點者以細讀的方式，逐字逐句批去，向讀者強調評點者著眼之處，清楚地標示出窺淫之際的樂趣所在。為便於論述，以下錄出《第一奇書》二十七回部分原文及圈點、夾批（文字下方加標橫線者，為張竹坡原文圈點之處；小字為張竹坡批語）：

……（西門慶）戲把他兩條腳帶，解下來，拴其雙足，吊在兩邊葡萄架兒上，如金龍探爪相似妙絕譬喻，使牝戶大張，紅鈎赤露，鷄舌內吐八字奇絕，惜為小說家李熟了也。西門慶先倒覆著身子，執麈柄抵牝口，賣了個倒入翎花，一手據枕下極力二字在此四字生出，極力而提之，提的陰中，淫氣連綿，如數鰍行泥淖中相似淫氣二字妙，惟當事者自竟也，婦人在下四字妙將上文無數氣力皆藏入四字內，沒口子呼叫達達不絕沒口子三字妙。蓋一口是一提，既沒口子，則亦無數提也。正幹在美處，只見春梅溫了酒來，一眼看見，把酒注子放下，一直走到假山頂上，臥雲亭，那里搭伏着棋桌兒，弄棋子耍子千百忙幹事處卻插敘春梅，與山洞春嬌插伯爵一樣，總映不快心事也。西門慶擡頭看見，點手兒叫他，不下來點手兒妙，一面幹着一面叫也，說道：「小油嘴！我拿不下你來，就罷了！」于是撇了婦人，大叉步從石磴上走到亭子上來是赤身赤腳者。……西門慶道：「小油嘴！看我投個肉壺，名喚金彈打銀鵝你瞧。臨時出此一名，奇絕若打中一彈，我吃一鍾酒。于是向水碗內，取了枚玉黃李子，向婦人牝中一連打了三個，皆中花心奇景，可見淫慾一道，無所不至也。這西門慶一連吃了三鍾，藥五香酒，旋令春梅斟了一鍾兒遞與婦人吃。又把一個李子放在牝內，不取出來，又不行事。此酒一吃，□竟奈何矣急的婦人春心沒亂，淫水直流，只是朦朧星眼，四肢軃然於枕簟之上，口中叫道：「好個作怪的冤家！捉弄奴死了！」鶯聲顫掉不寫幹事，卻淫極矣。……淫婦口裡磣死的言語，都叫出來又插一句，冷眼局外人之言，妙絕。這西門慶一上手，就是三四

67　回評云：「至於瓶兒、金蓮固為同類，又分深淺，故翡翠軒尚有溫柔濃豔之雅，而葡萄架事則極妖淫污辱之怨，甚矣，金蓮之見惡於作者也！」又云：「內寫西門慶心知金蓮妒寵爭妍，而不能化之，乃以色欲奈何之，如放李子不即入等情。自是引之入地獄，已亦隨之敗亡出醜，真小人之家法也。」見《張批本》二十七回回評，頁 407-408。

百回三四百回，兩隻手倒按住枕蓆，仰身竭力迎播掀幹，抽沒至脛，復送至根者，又約一百餘下一百餘下。婦人以帕在下抹拭，牝中之津，隨拭隨出，祍蓆為之皆濕。西門慶行貨子，沒稜露腦，往來逗遛不已為一送作身分，因向婦人說道：「我要要個老和尚撞鐘。」忽然仰身望前只一送一送。有此一送，方完此回，又生出下回未了淫情。那話攮進去了，直抵牝屋之上。牝屋者，乃婦人牝中深極處，有屋如含（按：原文作舍）苞花蕊；到此處，男子莖首，覺翕然暢美不可言一寫男子，又□一句，妙絕，文閒甚。婦人觸疼，急跨其身，只聽磕碴响了一聲，把箇硫黃圈子折在裡面，婦人則目瞑氣息，微有聲嘶，舌尖冰冷四字惟嘗者知之，四肢收軃於祍蓆之上一寫婦人。（《第一奇書》，頁711-717）

由引文可知，雖然張竹坡確實在評論小說的文字及敘事技巧，但並未如回評所言，點出金蓮「妖淫」之處，反而是以欣賞妙文的眼光，為讀者詳盡解釋西門慶及金蓮交歡的細節及其「妙絕」、「奇絕」之處。許多批語依據的不只是對字面的解讀，還加上自身的經驗與聯想，亦即將窺淫得到的樂趣與快感，暗中寄託於評論文字妙處的行為當中。張竹坡逐字逐句圈點、詳批的寫作型態，正是他實踐讀書時應「字字想來」的表現（〈讀法〉七十一，《第一奇書》，[讀法]頁45）；但這種行文方式運用在此處時，反而使評點文字具有詳細報導事件的臨場感。張竹坡認為將《金瓶梅》「連片念去」的讀者，必然無法瞭解此書何以為「妙文」；這些讀者既然看不出此書何以為「妙文」，則讀書時想必「止要看其妙事」。[68]但在他閱讀、評點情色描寫時，「妙文」及「妙事」之間便顯得模稜兩可：當張竹坡越想要詳細分析這些描寫的箇中妙處，就會將「妙事」的情景闡釋得越清楚，使他寫出的「妙文」看來更像引領讀者深入瞭解「妙事」的導讀。引文中他客觀地分析「極力」二字由「一手據枕下」生出，「婦人在下」四字能藏入「上文無數氣力」，「沒口子」三字能寫出「無數提」的情態；至於「點手兒妙，一面幹着一面叫也」、「是赤身赤腳者」則是作者筆下未到，由評點者自己道出的推測之語。這些批語貌似用以說明上述字句有何妙處，但細讀之後可知，評點者必須對現場景況模擬、想像，才能做出以上推論；至於「淫氣二字妙，惟當事者自竟也」、「四字惟嘗者知之」等句，更是只有將自己的經歷與小說描寫聯想在一起時，才會有感而發。即使不摻入自己的想像，只

68　〈讀法〉七十一：「……及如讀金瓶梅小說，若連片念去，便味如嚼蠟，止見滿篇老婆舌頭而已，安能知其為妙文也哉？夫不看其妙文然則止要看其妙事乎？是可一大揶揄。」見《第一奇書》，[讀法]頁45-46。

是以「妙絕譬喻」、「八字奇絕，惜為小說家孑熟了也」、「臨時出此一名，奇絕」等語讚賞書中運用的文學技巧，由於評點者描述的對象是「牝戶大張」、「紅鉤赤露，鷄舌內吐」、「投肉壺」等字句，這些批語在此一語境中，便成為評點者同時讚嘆遣詞用字及情色描寫的詞句，一語雙關地道出評點者「閱讀妙文」及「閱讀妙事」時獲得的快感。因此在張竹坡凝視／偷窺小說中的情色描寫的當下，以「為妙文遞出金針」指點讀者的閱讀策略雖能「變帳簿以作文章」，卻無法「洗淫亂而存孝弟」。[69]

由本章的分析可知，向讀者揭露小說人物隱私，是《金瓶梅》安排敘事視角的重要原則；敘事視角的轉換和微調、說書人參與與否、以及評點者的介入程度，皆能左右讀者與故事世界的距離，使讀者在時而貼近、時而抽離的閱讀歷程中，尋得具有個別差異的見解與省思。雖然由說書人及聽書人共同構成的敘事情境，是中國傳統小說因陳相襲的敘事模式，但《金瓶梅》巧妙地運用此一公開敘事情境與講述私事間的反差，使讀者閱讀時有如在場窺人隱私；敘事層次的轉換，讓讀者得以獲知在第一敘事中不易得知的訊息，更深入地瞭解人物關係的細微變化，以及小說人物看待事件的觀點；以「偷窺」的角度講述事件，則強化了讀者藉閱讀窺視秘密的感知。當讀者依循書中的講述觀點，窺見在真實世界中無從得知的他人隱私時，這些普遍存在的人性與欲望，便毫無遮掩地被呈現出來；它們指涉的不僅是小說人物的耽溺與迷障，更是要讓讀者在恍若親見及冷眼旁觀之間，將閱讀的領悟投射至自己的人生，藉觀照他人之不悟，開啟反求諸己之道途。

69　張竹坡於〈非淫書論〉中云：「我自作我的金瓶梅。我的《金瓶梅》上洗淫亂而存孝弟，變帳簿以作文章。」見《第一奇書》，[非淫書論]頁2。

第五章　餘　論

在總結全文之前，有必要再回顧一次金學的學術史脈絡，亦即歷來學者認識《金瓶梅》的角度，以考察本書的定位。

《金瓶梅》是一部極為寫實，也極能反映明末社會文化的作品。但其價值不僅在於保留文化史料，也在於它的藝術表現。因此，本書論述的核心概念，是視敘事技巧為轉換現實描寫為人生哲理的機制、關注《金瓶梅》在反映現實之基礎上所達成的藝術成就。這也是筆者對目前金學研究成果的反思：目前前人已建立了小說內容與時代、社會的關連，也探討了《金瓶梅》不同面向的思想主旨；但關注藝術技巧，可以開拓更進一步的詮釋空間。本書第一章已經指出，金學研究可以大致分為文獻學與文化研究、小說思想及藝術兩個方向：文獻學中的作者及版本研究，雖然大致確定了《金瓶梅》成書的年代，但由於缺乏進一步佐證的史料，因此僅能停留在推論的階段。文化研究聯結《金瓶梅》與時代環境，然而將《金瓶梅》視為反映當時社會的史料並詳考書中名物詞彙，容易聚焦於局部，不易論及整部小說之藝術價值。這些研究皆有利於讀者正確解讀《金瓶梅》，但若欲理解它的藝術價值，則需進一步瞭解《金瓶梅》的構思及敘事技巧。從事思想與主旨研究者，常以單一主題隲括全書旨趣，雖然能夠宏觀地掌握全局，然因《金瓶梅》內涵複雜，故易有所偏頗。迄今為止，研究《金瓶梅》之藝術者，多側重探討其有別於以往小說的美學觀念及題材選擇，亦即以《金瓶梅》彰顯人性醜惡及現實生活的特徵描述其藝術成就。

因此，本書關注《金瓶梅》如何運用敘事筆法，藉長篇小說的體制，賦予上述取材內容特有的藝術風貌。前人的研究方法，對《金瓶梅》研究有極大貢獻，然而它們的共同點在於析論基礎都是《金瓶梅》的「故事」，而非《金瓶梅》的「敘事話語」。這裡所謂的敘事話語，指的是小說事件經過作者刻意安排並加上修辭效果之後所呈現的樣貌。舉例而言，以人物論的方式，論證《金瓶梅》的藝術成就時，提綱挈領地描述「西門慶是浮浪子弟，因『發跡有錢』和『交通官吏』便稱霸一方，步步高升，在斂財之後他肆無忌憚地淫人妻女，貪贓枉法，殺人害命，無惡不作，最後因縱欲過度，暴病身亡」後，就可以將他「暴發暴亡」的歷史，視為《金瓶梅》「暴露當時社會的罪惡」的

表現。[1]如此能以《金瓶梅》的取材內容為論證基礎,讓我們清楚了解西門慶這典型惡霸大起大落的一生。但若欲瞭解《金瓶梅》作者在敘事藝術上的造詣,還須分析作者運用何種文學語言或文學技巧表述取材內容。本書將故事及敘事話語二分,並不代表以前者為論述基礎的研究方法不可取,相反的,前人對《金瓶梅》內容的析論,正是本書的研究起點:由前人論述可知,描摹世態、暴露社會黑暗,是《金瓶梅》最重要的內容特色;但這並非《金瓶梅》所獨創,話本小說早已觸及此一題材。因此就小說史的角度而言,《金瓶梅》的成就,在於以長篇小說的敘事體制,拓展描摹世態的深度及廣度。[2]作者選擇的文學載體,使他能在《金瓶梅》中運用小說特有的敘事技巧組織故事,這使敘事筆法成為除了取材內容之外影響小說面貌的關鍵,值得深入探索。

　　《金瓶梅》的藝術表現,不只是作者重新組織故事事件的結果,還是讀者以自身理解的敘事規約,以及對現實世界的認識,去詮釋文字的歷程。評點中論及的「文章章法」,以及評點者感悟式的評論文字,正是此一詮釋歷程的詳盡記錄。在《金瓶梅》中,無論敘事結構、敘事時空、敘事視角,都有特定並重複運用的敘事規則,諸如:透過敘事話語及故事間「錯時」的安排,重新組織故事的閱讀順序;以「針線」綴合前後片段,使其順暢相連;大量運用「應伏」及「對比」,自然接續前文未完的線索,或促使讀者聯想前後不相連的片段;以延展細節塑造擬真描寫,或以重複出現的細節壓縮隱喻;借說書既有的格套,講述小說人物的私事;運用轉述、夢境等敘事情境;大量以人物偷窺作為敘事視角。當讀者意識到這些特定的敘事技巧時,不只能體驗敘事的美學效應,也能進一步在組織、回顧、預期、對比、轉換身分、改變視角之際,透過解讀小說的不同方式,深思這些技巧如何改變閱讀歷程,以及引領自己思考何種人生哲理。

　　為了呈現藝術筆法與小說內容之間的關係,本書運用敘事理論及評點,整合《金瓶梅》之敘事原則。這部分的研究工作前人雖有著墨,但他們在分析小說的構思及筆法時,常將二者分而述之;本書則探索二者之間如何交相影響。如同熱奈特所言,區分敘事的「法則」如同敘事本身一般,僅能及於局部,帶有缺失,甚至只是輕率之舉,因此援引敘事理論探討傳統小說,一部分的目的在於更精確地描述小說的特色[3],但不是在還原作者的意圖,或尋求完整的詮釋體系。作者的創作情境,讀者詮釋敘事作品的語境,作者、敘事者及接受者之間複雜的修辭處理,都是敘事學者關注的面向[4];它們之間雖然有所區

1　參見黃霖,《金瓶梅考論》,頁3。

2　參見陳平原,《中國散文小說史》(上海:上海人民出版社,2004),頁338。

3　Gérard Genette, *Narrative Discourse*, 267-268.

4　David Herman ed., *Narratologies*, 2.

隔，但並非截然劃分。本書先梳理敘事研究中的基本層面，亦即敘事筆法之分析；再以此為出發點，探索不同面向之間的內在聯繫，以求更深入地開拓文本的意義。就目前的金學研究成果而言，以探討作者及作品本身的相關語境為多，本書更想釐清小說的敘事方式對敘事者及接受者產生的效應，亦即將關注的面向由「寫了什麼」轉為「怎麼寫」。以下將綜述此一研究方法的優點及限制，進而檢視本書的研究成果。

　　本書運用敘事理論的前提，在於輔助解釋評點概念，並開拓新的詮釋面向。敘事理論的某些部分雖能具體說明評點的內涵，但它們是因應不同文化環境及不同文本而產生的詮釋方法，關注的面向各有側重；因此本書在實際運用敘事理論時，僅引用能與評點相互呼應，或確實有助於詮釋《金瓶梅》者，作為輔助說明，主要還是以評點用語闡釋藝術筆法，取其貼切的優點。雖然論述用語以評點為主，但本書的章節架構，則大體依照敘事理論建立，原因是評點雖然貼近小說，語言精鍊，但有時流於籠統，而且並沒有一個既定的系統或規範。本書在區分章節時，一方面保留評點特意關注，但敘事理論並未探究之處；另一方面，也同時注重敘事理論已經觸及，評點論述不足的部分。

　　以下說明本書架構與評點和敘事學間的關係。經典敘事學的重要概念是「析論敘事話語」，偏重歸納作者的創作原則；後經典敘事學意在探討「重構故事世界」的歷程，特別關注詮釋者的心智反應；評點的內容同時涉及這兩個議題，因此二者可以相互發明。結合兩種敘事學關注的議題，以及傳統評點的特質，能使評點文字不只是對作者創作原則之提點，也有助於析論詮釋者和文本間的交流，藉此更清楚地說明《金瓶梅》的藝術特徵。

　　「析論敘事話語」的分析方法，偏重區辨小說「故事」及「敘事話語」的不同，以及作者如何重新組織、安排故事段落，因此適用於說明《金瓶梅》的結構。對傳統小說評論者而言，「結構」就如建築房屋一般，是一連串組合或拆解不同元素的過程；經典敘事理論中「錯時」及「延伸」的概念，能清楚說明這些段落的閱讀次序和實際時序之間的部分關係，但相鄰段落間的綴合，則是敘事理論較少論及，而評點特意關注的問題，這呈現出中國與西方對敘事美感的不同認知。

　　本書第二章循此，先探討事件的時序，再析論閱讀的次序。第一節分析評點原有的「輪敘」、「追敘」及「預敘」三種筆法，它們都與敘事理論中的「錯時」概念相關，能說明作者如何改換故事時序，組織事件的閱讀順序。第二節分析評點中「綴合」的概念，旨在析論相鄰事件如何透過特殊的筆法，不落痕跡地相互連接。第三節則以熱奈特對敘事「延伸」的分析，聯繫起「應伏」與「對比」兩種筆法：它們同樣具有將前文延伸至不相連的後文之中的效果，是作者引起讀者聯想，令讀者將敘事次序不相鄰的事件並列閱讀的特殊技巧；差別在於「應」與「伏」間有因果關係，而相互對比的段落間則無。

藉由上述分析可知，《金瓶梅》雖然大致以順時敘事講述故事，但當作者巧妙地運用輪敘、追敘、預敘等敘事筆法製造錯時，重新組織包羅萬象的現實生活之後，敘事時間及故事時間之間便因而產生對比，不但具有相互映照或延宕懸念的效果，也能涵容同一敘事時間內的諸多敘事線索。此外，藉由「穿針引線」、「金針暗度」、「伏脈」、「對比」等串接不同片段的敘事筆法，《金瓶梅》中的人物及事件之間會產生緊密的聯繫，各個人物及事件之間也經常得以呼應對比。這不只構成結構上「接續無痕」及「回返往復」的敘事特徵，也構成各個事件之間互為因果，錯綜影響的關係。這些敘事筆法本身，就是對現實世界的模擬，正如張竹坡所云：「天下事吉凶倚伏本是如此，又不特文字穿插伏線之巧也。」（張評本三十二回回評，頁 476）。它們不僅有助於呈現真實世界「共時異態」的樣貌[5]，也常同時指涉過去和未來，讓讀者在閱讀歷程中不斷累積資訊，改變思維。可見敘事筆法不只是藝術技巧，也是作者和讀者認知小說及真實世界的共同規則。

分析敘事結構，能釐清各個事件之間的組織關係；而欲了解閱讀每一個事件的當下有何感受，則須探討該事件的時空情境與閱讀體驗的交互作用。因此，本書第三章藉後經典敘事學中「重構故事世界」的概念，析論「延展敘事」及「壓縮敘事」兩種敘事技巧如何影響讀者詮釋，以及它們如何建構《金瓶梅》中時空情境的特徵。「重構故事世界」意指讀者在閱讀當下，能根據書中線索及自身生活經驗，感知到敘事作品中的場景、氣氛，並建立起閱讀所需的資訊網絡；由此可知，小說中和時間、空間相關的敘述，正是影響上述閱讀歷程的重要因素。巴赫金提出的「時空體」概念已經指出，時間和空間的敘述不可分割，最明顯的例子是，在描述空間中樣式、物件性質的改變時，就同時刻畫了時間的流動。此外，就文本型態而言，當敘事者藉掌握敘事的節奏或篇幅，改變不同段落佔據的運動空間及時間距離時，也會改變敘事場景的氣氛，予讀者不同的閱讀感受。《金瓶梅》藉「細節描述」達成「如實描寫」或「意涵衍生」之效：前者能延展敘事，創造逼真感及韻味，建構閱讀時可想像的時空氛圍；後者則以小說中的時空環境暗示讀者，在極短的篇幅內傳達言外之意，或意繁文簡地傳遞訊息，以壓縮敘事的方式，提供讀者解讀小說的途徑。

第三章首先論及「白描」、「細筆」、「閒筆」三種延展敘事的擬真描寫：「白描」勾勒人物之「形」，讀者透過己身的生活脈絡，由人物之「形」推及其「神」，體會文字之外的妙處；「細筆」描繪物質環境，一方面將鋪陳展示化為誇耀奢華，另一方面也藉物寫人，以相似的空間環境襯托人物心境的不同；「閒筆」則提點無關緊要之事，除了渲染氣氛，也能藉此看出作者閒閒講述的態度，這使讀者有意識地成為「局外人」。

5　亦可參見楊義，《中國古典小說史論》，頁 486。

運用這三種敘事技巧時，敘事者皆不直接發表評論，藉由貌似寫實的口吻，引發讀者回溯經驗並推想、揣測，令空間存在化為時間體驗；此一回溯自身感官／文化體驗的歷程，亦能使讀者察覺敘事間隱含的言外之意。第二節則分析，藉由建構時間及空間的隱喻，《金瓶梅》將過去、未來皆壓縮於當下的敘述之中，賦予「此時此地」多重含意；不但能連結小說人物一生的遭遇，也能使讀者將書中情境推及真實人生，化閱讀體驗為哲理思考。

　　值得注意的是，「擬真描寫」在《金瓶梅》中，已被賦予更深一層的內涵。雖然逼真的時空環境，使敘事者毋需多言，讀者便能藉著虛擬的經歷，在極短的閱讀時間之內，感同身受地理解盛極而衰及一切皆空的哲理；但藉由本章的分析可以發現，虛構的擬真描寫不只提供逼真的審美經驗。當讀者意識到作者刻意表現敘事技巧時，作者同時突顯了自身的存在，也或隱或顯地表達出他對書中人、事、物的評價。這能使讀者察覺，雖然眼前閱讀的故事貌似寫實，但卻非作者客觀描述的景象，即使沒有評論，也已經織入作者意欲傳達的價值觀。因此，一方面「如實描寫」的書中情景，可以藉由讀者的推敲、對照，被賦予更多抽象意義；另一方面，這也指引讀者，「逼真」的小說情境所指涉的真實世界，明顯可見的事實，同樣值得跳脫現況，再度深思，是否存在眼見之物以外的寓意。

　　小說中時空環境的樣貌，還取決於敘事者講述的角度；因此本書第四章著重分析《金瓶梅》的敘事視角。這個主題同時涉及「析論敘事話語」及「重構故事世界」兩個概念：就作者的角度而言，選擇講述事件的視角，也就同時決定敘事話語呈現出的特殊觀點；就評點者的角度而言，評點文字記錄了他們閱讀小說時如何轉換「局內人」及「局外人」的身分，此即他們穿梭故事及現實之間的痕跡，也呈現出他們如何界定閱讀性質及窺視故事世界，並藉想像去理解和詮釋文本。

　　第四章主要以敘事情境、敘事層次、敘事視角等敘事學中的概念，輔以偷窺及凝視理論，分析《金瓶梅》講述角度的特徵，補充評點對這方面論述的不足。首先，敘事情境有助於重新詮釋說書人及說書場對《金瓶梅》的影響。「說書場」是傳統小說長期沿用的講述情境，但在《金瓶梅》中，這不只是讀者熟習的舊套，而是巧妙地以說書場為背景，構成小說人物種種所為被「公諸於世」的語境，和《金瓶梅》「講述一家私事」的內容形成對比，亦能與《金瓶梅》擅以偷窺寫人物破綻的特徵相互呼應，一方面滿足聽眾／讀者一窺究竟的好奇心與偷窺欲，也便於說書人隨時回到他敘述故事的「此刻」，對聽眾發表評論，藉此聯繫虛構的小說世界與真實的人生。其次，敘事層次之間的對比，則能說明《金瓶梅》中經常透過人物之眼觀看，藉由人物之口轉述事件，以及運用人物夢境暗示未來的筆法，構成第二敘事與第一敘事之間的映照。分析「轉換視角」及「轉

述」間敘事層次的對比，具體說明了評點者所云「由某人口中說出，故妙」或「由某人眼中看出，故妙」的「妙處」為何；夢境則使小說人物得以跨足陰陽兩界，進入原本無法感知的時空，以恍如親見的體驗方式，得知在現實世界中不可能得知的訊息。最後，本章以凝視／偷窺理論，進一步分析視角隱含的意識型態，這使讀者得以探知《金瓶梅》中層出不窮的偷窺，如何使小說人物見證秘密、獲得權力，並構成勾連小說情節的關鍵。此一敘事視角能使讀者及評點者也成為偷窺者，評點中對情色文字的評論，呈現出評點者藉由「窺淫」獲得不同的閱讀樂趣，由此可知《金瓶梅》的文字能盡現小說人物之「風騷」，是「化腐臭為神奇」之筆，因此即使敘事者講述的是「腐臭」的「淫事」，仍有其藝術價值與可觀之處。

　　此處亦應先回顧本書提出的研究架構有何成效與限制，以及可以延伸的相關議題。歷來以敘事理論研究傳統小說，多偏重經典敘事學提出的研究範疇，亦即以熱奈特提出的理論架構，分析傳統小說的敘事特徵。雖然經典敘事學確能清楚梳理評點中的敘事概念，但評點文字裡還有更多評點者自身的閱讀體驗，人生感悟，無法置入此一架構之中。然而，這些感悟文字，確是長久以來傳統小說的讀者詮釋小說的重要依據，它們在許多零散的隻字片語中，體現了評點者和小說世界的交流歷程，相較於可以條列說明的理論文字，它們呈現出的是一種對小說美感的整體理解。後經典敘事學中，認知敘事學著重探求讀者的認知基礎和閱讀理解之間的關係，援引其中「重構故事世界」的概念，可以藉由轉換立足點的方法，更清楚地說明讀者體驗的問題。雖則如此，認知敘事學目前仍是一個觸角廣泛，研究議題間關聯鬆散的學門，若欲循此深入探討某些特定的問題，還需要更多證據支持。整體而言，敘事學有助於研究者重新認識傳統小說中敘事技巧運作的機制，以及各個敘事要素之間如何相互影響。《金瓶梅》有其呈現取材內容的特殊方式，而其他不同題材的小說，也有不同的敘事技巧及結構模式，若能深入辨別它們如何結合小說意欲呈現的主題，當可對傳統小說的藝術風貌有更全面的了解。

　　分析種種敘事特徵後可知，由於《金瓶梅》講述關於暴力情色、社會黑暗、心性放縱、道德崩壞等從前小說鮮少深入挖掘的議題，因此雖然小說沿用部分舊有的講述格套，但作者、說書人、聽眾、評點者、讀者及書中人物之間的種種關係，已然出現了新的張力。首先，「局內人」及「局外人」之分，經常左右讀者對《金瓶梅》的詮釋。在閱讀的過程中，《金瓶梅》貌似客觀、真實細膩的敘事風格，使讀者常因栩栩如生的細節、刻劃入骨的人情而置身書中，甚而將自己投射在書中人物身上，這便是身入「局內」，有如經歷五色眯目的繁華景況，親身體驗小說人物的處境及生活，領會小說人物的心境及感受。如此一來，敘事者毋須多言，讀者便能藉著虛擬的經歷，在極短的閱讀時間內，感同身受地理解盛極而衰及一切皆空的哲理。但讀者可能因以下三種理由，跳脫沉浸書

中世界的情境，成為文龍所謂的「局外人」：第一，作者經常刻意表現重複的敘事技巧，熟悉敘事規約的讀者，很容易意識到作者的存在及其對書中情境所持的評價，也會依循作者的暗示或引導探尋言外之意；第二，說書人講述故事的敘事情境，使讀者必須不時面對說書人跳離故事情節的評論，回到「聽書」的情境之中，也就是貼近現實的「此刻」；第三，帶有評點的文本型態，也使讀者閱讀時無法忽略評點者的意見，常須抽離書中，反思自己的道德態度及閱讀立場。在這種情況下，讀者不但能經由作者種種敘事技巧的引導，細思文本對照、隱喻、揭示、暗伏的諸多線索，在此中得出自身對文本及人生現實的詮釋；在評點者的眼中，以「局外人」的身分閱讀，還能以評論章法或指引「正確」閱讀方式為名，避開此書「誨淫」的道德危機。雖然出入小說內外，是閱讀傳統小說時常見的閱讀態度，但因《金瓶梅》取材特殊，當作者運用敘事技巧，引導讀者以不同眼光閱讀時，便會得出不同的人生思考及價值辯證。其次，分析《金瓶梅》敘事視角後可知，作者常將書中的人物置於「被眾人窺視」的位置，因此書中圍觀的群眾以及書外的讀者，皆是西門家興亡盛衰的見證者，圍觀的群眾甚至可以代替作者或說書人，道出盛極而衰的道理；如此一來，眾人不只成為藉由見證領悟哲理之人，由眾人「洞洞然易曉」此書寄寓之哲理的情形亦可知[6]，書中講述的故事，其實就是人世間普遍的真理。

6　語見〈欣欣子序〉，《詞話本》，頁6。

附　錄

附錄一：《金瓶梅詞話》、《新刻繡像批評金瓶梅》、《第一奇書》版本表

1.《金瓶梅詞話》、《新刻繡像批評金瓶梅》版本表

版本		明萬曆刊本金瓶梅詞話一百回			新刻繡像批評金瓶梅一百回			
種類		山西介休本	日本慈眼堂藏本	日本德山毛利氏棲息堂本	日本內閣文庫藏本（內閣本）	北京圖書館藏本（首圖本）	日本天理大學藏本（天理本）	北京大學圖書館藏本（北大本）
特徵	卷冊	十卷二十冊	二者合印五冊，每冊二十回		11冊（含圖一冊）	20卷20冊（含圖一冊）	11冊（含圖一冊）	26卷36冊
	行款	11行24字			11行28字	11行28字	10行22字	10行22字
	框高	全書21.5	--		全書25.6	20	20.8	20.8
	框寬	全書13.8			全書26.3	11.5	13.8	13.6
	插圖	X			圖兩百幅	每回收圖一幅，最後一回兩幅，共101幅	圖兩百幅	每回前有圖兩幅，刻工較精細，存刻工姓名
	題名	新刻金瓶梅詞話			封面作「新刻繡像批評原本金瓶梅」，版心題「金瓶梅」	卷首題「新刻繡像批評金瓶梅」，封面不存	版心題「金瓶梅」，封面不存	板心題「金瓶梅」，封面不存
	評語	無評語，有墨改痕跡	無評語及墨改痕，圈點與山西本不同		眉評、旁評	無眉評，有旁評	眉評、旁評	眉評、旁評
序跋	欣欣子序	O			X	X	X	X
	東吳弄珠客序	O			O	X	O	O

廿公跋	O（慈眼堂本無）	O	X	X	X
其他特徵	--	無魚尾。中央偏上是回數，下端是頁數，回數之上為卷數。	書口上端題「金瓶梅」，無魚尾，中央偏上是卷數、回數，下為頁數。各卷首題「新刻繡像金瓶梅卷之 X」。正文前有回目，缺五十一至五十五回。圖後有半葉為「回道人題」詞。	無魚尾。中央偏上是回數，下端是頁數。	卷首無題名。無魚尾。圖之刻工較細，偶有刻工姓名。評語與首圖本略有出入，較詳。
文字內容	開首諸回演武松事	1.刪去開首諸回演武松事，易以西門慶事。 2.諸回中念唱詞語一概刪去，白文亦有刪去者。 3.每回前附詩多不同。 4.為「說散本金瓶梅」，張竹坡本從此出。			
備註	山西介休本第五十二回缺 7、8 兩頁，另兩本不缺。樓息堂本第五回末頁十行文字與另兩個版本明顯不同；此外三種版本沒有差異	四種版本可分屬兩類。首圖本與內閣本相同處較多，北大本則與天理本接近。			

2.《第一奇書》版本表

版本名稱/別名	1.本衙刊本	2.影松軒本	3.目睹堂本	4.在茲堂本	5.皋鶴草堂本/姑蘇原版本	6.康熙乙亥本/無牌記本	7.四大奇書第四種/乾隆丁卯本	8.袖珍本/崇經堂本/玩花書屋藏本	9.無「翻刻必究」字樣的本衙藏本
扉頁題記	扉頁上端無題，框內右上方署「彭城張竹坡批評金瓶梅」，正中題「第一奇書」左下刻「本衙藏版，翻刻必究」	扉頁上端題「第一奇書」，框內右上方署「彭城張竹坡批評」，中間大字為「繡像金瓶梅」，左下方係「影松軒藏版」	封面正中題「金瓶梅」，右上方小字題「新刻繡像批評」，左下方書「目睹堂藏版」。藏於日本。	正中題「第一奇書」框內右上方刻「李笠翁先生著」，左下方書「在茲堂」，扉頁上端書「康熙乙亥年」	扉頁上端無題。正中分兩行書「第一奇書金瓶梅」，並有兩行小字「姑蘇原刻」，右上方小字「彭城張竹坡批點」，左下方刻「皋鶴堂梓行」	扉頁上端題「康熙乙亥年」，框內右上方署「李笠翁先生著」，正中題大字「第一奇書」。	扉頁上端題「金聖嘆批點」，正中刻「奇書第四種」，框內右上方署「彭城張竹坡原本」，左上方為「丁卯初刻」，左下方為「本衙藏版」	扉頁上端題「全像金瓶梅」，中題「第一奇書」，右上署「彭城張竹坡批評」，左下「本衙藏版」	扉頁上端題「全像金瓶梅」，正中題「第一奇書」，右上署「彭城張竹坡批評」，左下「本衙藏版」，無「翻刻必究」字樣
卷冊	不分卷，三十六冊	不分卷，二十冊	二十一冊	不分卷，二十冊	不分卷，二十冊	不分卷，三十冊	五十卷，兩回一卷	不分卷，二十四冊	不分卷，三十二冊

框高(cm)	26	21	正文 24.2	19.3	19.3	21	21.2	13	21
框寬(cm)	17	14	正文 15.2	14.5	14.5	14.8	13.2	9.3	13.6
版　心	書「第一奇書」	書「第一奇書」	書「第一奇書」	書「第一奇書」	書「第一奇書」	書「第一奇書」	「奇書第四種」，下為卷數，無回數	書「第一奇書」	書「第一奇書」
魚尾	無魚尾	無魚尾	--	--	--	無魚尾	--	有魚尾，下為回數、頁數，下為頁數「崇經堂」	有魚尾，下為回數，下為頁數
行　款	10行22字	10行22字	10行22字	11行22字	11行22字	11行22字	11行24字	11行25字	11行25字
圖	一冊，每回兩幅共兩百幅	一冊，每回兩幅共兩百幅	X	X	X	X	有圖，每回兩幅共兩百幅	有圖，每回兩幅共兩百幅	有圖，每回兩幅共兩百幅
謝頤序	O	O	弄珠客序(缺第四頁)	O	O	O	O	O	O
回　評	X	O		X	X	X	O	O	O
眉批、夾批、旁批	O	X	--	O	O	O	無眉批，偶有旁批	無眉批，有旁批、夾批	O
凡　例	X	X	X	O	O	O	X	X	X
目　錄	X	O	X	O	O	O	O	O	O
雜錄小引	O	O	X	O	O	O	O	O	O
雜　錄	O	O	X	O	O	O	O	O	O
趣　談	O	O	X	O	O	O	O	O	O
苦孝說	O	O	X	O	O	O	O	O	O
寓意說	O	O	X	O	O	O	O	O	O
冷熱金針	O	X	X	O	O	O	X	X	X
非淫書論	X	X	X	O	O	O	X	O	X
大　略	O	O	X	O	O	O	O	O	O
房　屋	O	O	X	O	O	O	O	X	X
讀　法	O	O	X	O	O	O	O	O	O(106則)
備　註	第一奇書中刻工最精者。另有同板，但有回評的版本。	刊刻時間晚於康熙乙亥本及在茲堂本。	缺第一冊。目錄缺第十二頁。第一回無總評。	--	--	刊刻於清康熙三十四年乙亥(1695)	每回開始為詩、詞，然後插入張竹坡之回評，後用「說話」轉入正題。	同巾箱小字本。	--

(附　錄欄項目：凡例、目錄、雜錄小引、雜錄、趣談、苦孝說、寓意說、冷熱金針、非淫書論、大略、房屋、讀法)

說　明
1. 謝頤序除四大奇書第四種本後署「時乾隆歲次丁卯清明上浣秦中覺天者謝頤題於皋鶴書舍」外，皆署「康熙歲次乙亥清明中浣秦中覺天者謝頤題於皋鶴堂」。四大奇書第四種本序內「今天下失一《金瓶梅》」之「失」改為「知」。
2. 附錄中〈雜錄〉包括：西門慶家人名數、西門慶家人媳婦、西門慶淫過婦女、潘金蓮淫過人目；〈大略〉即〈竹坡閒話〉，〈房屋〉即〈西門慶房屋〉，〈讀法〉共一百零八則。

附錄二：金學研究與中國現實主義思潮之流變

本文將「採取現實主義角度評價《金瓶梅》」此一研究方法，置於學術史及思想史的脈絡中，梳理造成各時期金學研究者對「現實主義」理解不同的意識型態背景；並藉由具體分析相關金學研究論文，探討此一方法對金學研究產生的影響。

一、金學研究與五四時期的「現實主義」

在 1933 年及 1934 年，鄭振鐸及吳晗分別於〈《金瓶梅》的著作時代及其社會背景〉、〈談《金瓶梅詞話》〉兩篇金學研究的重要著作中，論及《金瓶梅》是「很偉大的寫實小說」，是「一部現實主義作品」。[1]鄭、吳二氏之研究取徑，奠基於五四時期引介西方文藝思潮的知識分子，對現實主義的普遍肯定。由於五四時期崇尚科學、實證，能與科學精神之內涵結合的現實主義，便在文藝思潮中佔據領導地位。陳獨秀、茅盾、郁達夫、梁啟超等人，皆曾為文論及科學與現實主義之間的關連，在於「即真即美」：因為具有現實主義特徵的作品，和科學一樣以「求真」為最終目標，能夠冷靜、客觀地分析社會的問題，揭露人生的真相。對五四時期的知識分子而言，在文藝上崇尚現實主義，可謂將現實主義視為科學方法在文藝上的表現，二者同為解決社會問題的途徑。[2]

由於推崇現實主義具有改革文學的實際目的，在現實主義傳入中國的初期，陳獨秀對現實主義的詮釋，便已和西方現實主義思潮有所區隔。陳獨秀並非因為現實主義具備「反資本主義特質」或者得以「反撥浪漫主義」推崇其價值，而是以現實主義為「變古之道」之一，能推倒陳腐的古典文學，使人心社會劃然一新。陳獨秀所謂的現實主義雖然與其原意不盡相同，但指涉的範圍仍然相當廣泛：凡是以求真為目的，能夠表現科學性和客觀性者，皆屬現實主義文學的一部分。

但是在 1927-1929 年出現革命文學論爭後，知識分子對現實主義的認知，便逐漸出現分歧。受到蘇聯革命勝利後的文藝論戰影響，郭沫若、成仿吾等創造社作家相信，以馬克思主義為指導思想，能建立美好的未來。其實此一主張本身，理想主義、浪漫主義的色彩遠大於現實主義；但在唯物觀的制約下，當時的主流文學家視之為現實主義的一

---

[1] 二文皆已收入胡文彬，張慶善選編，《論金瓶梅》（北京：文化藝術出版社，1984）。引文見頁 50、11。

[2] 參見俞兆平，《寫實與浪漫—科學主義視野中的「五四」文學思潮》（上海：上海三聯書店，2001），頁 72-81。

部分，也使當時的文藝思潮與蘇聯相同，進入由「批判現實主義」轉為「社會主義現實主義」的過渡期。主張革命文學的作家與五四時主張批判現實主義的作家根本上的差異，即前者以為，文學寫作應以無產階級的立場為出發點；僅僅表現社會生活並不足夠，唯有將階級的期望或經驗，透過形象化的組織化為文學，並注重文學宣傳及認識的功能，才能稱之為優秀的文學作品，也才能稱之為對現實主義理解正確的文學作品。此際魯迅、茅盾及馮雪峰等人是主張革命文學者主要論爭的對象，因為較諸階級鬥爭，他們更重視生活和藝術創造本身，而且認為文學服務的人生，指稱的是民族思想的啟蒙與更新，而非有明確政治目的的階級革命。因此，承認「超越階級觀」的「客觀真實」存在與否，以及認為現實主義的功能究竟是「暴露黑暗」或是「表現階級」，成為推崇革命文學的作家與五四時期著重「反映生活的現實主義」的作家間論爭的焦點：不僅是創作方法意義上的對立，更是文藝性質與功能意義上的對立，涉及不同文學家的政治立場問題。[3]

　　上述對現實主義理解的分歧，在鄭振鐸及吳晗對《金瓶梅》的研究中，皆可略窺一斑。在當時文藝思潮的影響下，鄭振鐸相當推崇《金瓶梅》中「真實」的特質，甚而認為《金瓶梅》「偉大似更過於《水滸》，《西游》、《三國》，更不足和它相提並論」；正因為他認為除了《金瓶梅》以外，其他小說中的英雄並不真實，可謂早已遠離生活，因此價值不若《金瓶梅》。[4]鄭文也認為，《金瓶梅》揭露了中國社會的黑暗面：

> 在《金瓶梅》裡所反映的是一個真實的中國的社會。這社會到了現在，似還不曾成為過去。要在文學裡看出中國社會的潛伏的黑暗面來，《金瓶梅》是一部最可靠的研究資料。[5]

由引文可知，鄭振鐸不僅認為在《金瓶梅》中可以看出「中國社會潛伏的黑暗面」，而且這個社會「還不曾成為過去」。以強調《金瓶梅》中的「寫實」能夠「暴露黑暗」此一角度而言，鄭氏的觀點比較接近五四時期「反映生活的現實主義」；鄭氏評價《金瓶梅》中「潛伏的黑暗面」時，也對社會表現出啟蒙的精神和意圖。因此在他的論述中，除了評論《金瓶梅》本身的內容外，更將《金瓶梅》中「充滿了罪惡的畸形的社會」與自己身處的社會現況相連結[6]，最後作出以下論斷：

3　參見《社會主義現實主義理論在中國的接受與轉換》，頁 15-24。

4　參見鄭振鐸，〈談《金瓶梅詞話》〉，《論金瓶梅》，頁 49。

5　〈談《金瓶梅詞話》〉，《論金瓶梅》，頁 49。

6　鄭文中舉例道：「於不斷記載著拐、騙、奸、淫、擄、殺的日報上的社會新聞裡，誰能不嗅出些《金瓶梅》的氣息來。鄆哥般的小人物，王婆般的『牽頭』，在大都市裡是不是天天可以見到？西門慶般的惡霸土豪，武大郎、花子虛般的被侮辱者，應伯爵般的幫閒者，是不是已絕跡於今日的社會上？

《金瓶梅》的社會是並不曾僵死的；《金瓶梅》的人物們是至今還活躍於人間的，《金瓶梅》的時代，是至今還頑強的在生存著。我們讀了這部被號為「穢書」的《金瓶梅》將有怎樣的感想與刺激？……然而這書是三百五六十年前的著作！到底是中國社會演化得太遲鈍呢？還是《金瓶梅》的作者的描寫，太把這個民族性刻畫得入骨三分，洗滌不去？像這樣的墮落的古老的社會，實在不值得再生存下去了。難道便不會有一個時候的到來，用青年們的紅血把那些最齷齪的陳年的積垢，洗滌得乾乾淨淨？[7]

在論證《金瓶梅》中的社會「不曾僵死」後，鄭振鐸關注的是讀者讀了《金瓶梅》後「將有怎樣的感想與刺激」，以及「中國社會的演化」和「民族性」。鄭文以史料為基礎，推論《金瓶梅》的成書時代，目的即為論證社會現實與小說內容的關連，強調其寫實的特徵及價值；在五四崇尚以「反映人生的現實主義」改革文學，進而改革社會之際，他選擇突出此一特徵，就是希望文學評論能夠在社會上產生一定的效應，進而改善「古老的墮落的」社會的積習與弊病。在鄭振鐸眼中，寫實的價值，並非藝術上的選擇與判斷，而建立在他對社會改革與民族啟蒙的理想之上。因此他評論的文字除了具有學術上的參考價值外，也流露出一部分對革命的期待。

較之鄭振鐸的評論，吳晗在一年後發表的文章，更具階級批判的意識，與主張革命文學者較為接近。為了論證《金瓶梅》為現實主義小說，吳晗詳考《金瓶梅》的成書與〈清明上河圖〉的關係，並以史籍記載與小說內容相互參照，論證《金瓶梅》反映了晚明社會的實況，成書年代在萬曆年間。證明社會現實與小說內容的關連後，他進一步論述：

《金瓶梅》是一部現實主義小說，它所寫的是萬曆中年的社會情形。它抓住社會的一角，以批判的筆法，暴露當時新興的結合官僚勢力的商人階級的醜惡生活。……透過西門慶的社會聯繫，告訴了我們當時封建階級的醜惡面貌，和這個階級的必然沒落。[8]

吳晗雖然也提及《金瓶梅》暴露了「醜惡生活」，但是鄭振鐸認為《金瓶梅》寫的是整個「古老的墮落的社會」，吳晗則將焦點置於「結合官僚勢力的商人階級」上，而且認

楊姑娘的氣罵張四舅，西門慶的謀財娶婦，吳月娘的聽宣卷，是不是至今還如聞其聲，如見其形？那西門慶式的黑暗的家庭，是不是至今到處都還像春草似的滋生蔓殖著？」見《論金瓶梅》，頁50。

7　〈談《金瓶梅詞話》〉，《論金瓶梅》，頁50-51。
8　吳晗，〈《金瓶梅》的著作時代及其社會背景〉，《論金瓶梅》，頁41。

為《金瓶梅》宣告了這個階級「必然沒落」。在以階級為論述對象的基礎上，吳晗關注小說中所反映「地主剝削農民」；但這在《金瓶梅》全書中，並非主要內容。也就是說，在評論《金瓶梅》時，吳晗並非以小說的內容為主要根據，而是先以自身的意識型態闡釋小說主旨，預設論述立場。在上述情形之下，才會出現「在《金瓶梅》書中沒有說到那時代的農民生活，但在它的描寫市民生活時，卻已充分告訴我們那時農村經濟的衰頹和崩潰的必然前景」這樣的見解[9]，這也是他在後文援引「地主擁有大部分田產」、「皇庄破壞農業生產」等史料，以證實上述推論的原因。對吳晗而言，《金瓶梅》之所以屬於現實主義小說，已經不全然因為它具有寫實的特質，而是透過《金瓶梅》和史實之間的比對，不僅能論證階級之間的差異與消長，也能藉此推論因階級差異而爆發革命的必然性。[10]

綜上所述可知，由於五四時期改革文學及社會的實際需要，切中時弊的現實主義，成為鄭振鐸及吳晗評論《金瓶梅》時主要的思想背景，也實際影響了二者的推論。而對文藝性質認知不同的知識分子對現實主義理解上的歧異，也使時代相近的鄭、吳二文中，出現對《金瓶梅》不同的觀照。

二、「社會主義現實主義」對金學研究的影響

前文已述及，五四時期至三〇年代對「現實主義」的理解，使左翼作家間出現意見分歧；因此當時的文藝工作者，相當關注由蘇聯引介的「社會主義現實主義」，是否能夠解決左翼文學理論上的歧異[11]；此一理論亦引發了金學研究中對現實主義特質的爭

9　吳晗，〈《金瓶梅》的著作時代及其社會背景〉，《論金瓶梅》，頁41。

10　吳晗論及：「西門慶所處的就是這樣一個時代，他代表他所屬的那個新興階級，利用政治的和經濟的勢力，加緊地剝削著無告的農民。在生活方面，因此就表現出兩個絕對懸殊的階級，一個是荒淫無恥的專務享樂的上層階級，……在這集團下的農民，……在他們面前只有兩條道路：一條是轉死溝壑，一條是揭竿起義。……這樣的一個時代，這樣的一個社會，農民的忍耐終有不能抑止的一天。不到三十年，火山口便爆發了！張獻忠李自成的大起義，正是這個時代這個社會的必然發展。這樣的一個時代，這樣的一個社會，才會產生《金瓶梅》這樣的一部作品。」由引文可知，「農民階級如何被壓迫」為其理解《金瓶梅》的重要根據，此一推論的目的，是為了證明階級差異「必然」能推動「起義」。見〈《金瓶梅》的著作時代及其社會背景〉，《論金瓶梅》，頁44-47。

11　1930年「左聯」成立的目的，就是希望能夠透過組織，整合不同的文學觀點。陳順馨認為，當時左翼文學的理論問題有三：一、如何融合傾向性、真實性、主觀性與客觀性，解決世界觀與創作方法的矛盾，文學應該為人生或為革命而作？表達進步的社會共識時，如何防止創作公式化？二、表現無產階級現實主義之際，如何保留資本主義時期現實主義暴露和諷刺的功能？三、浪漫主義、現實主義、革命文學間的矛盾如何統一？參見《社會主義現實主義理論在中國的接受與轉換》，頁31-32。

論，尤以李長之及李希凡對《金瓶梅》的評論為最，他們各自代表了當時所謂右派和左派的觀點。

自三〇年代以降，「社會主義現實主義」逐漸在現實主義的詮釋上佔據領導地位。但實際上在三〇年代至五〇年代初期，相關理論的引介仍然相當有限。雖然文藝工作者對理論本身並不熟悉，但是社會主義現實主義的精神實質，已經透過四五〇年代左翼文學的理論說明、權威論述和政策規定表達甚多，並且落實到文學理論和創作實踐中。[12]毛澤東於 1942 年發表的〈在延安文藝座談會上的講話〉，就明顯吸收了社會主義現實主義思想，代表了現實主義中左派的觀點。毛澤東認為文學應該寫「工農兵生活」以及「生活的光明面」，注重塑造「先進人物」和「英雄典型」；由於毛看重文學的功能和社會效應，因此他認為文學對生活的摹寫、加工並不足夠，而應該使文學作品「比普通的實際生活更高，更強烈，更有集中性，更典型，更理想」。[13]這些看法都與三〇年代引介的社會主義現實主義，內容十分近似。例如「文學應該以『寫真實』為藝術方法的基礎，但『真實』不應該是日常生活瑣碎的重複，而應表現在『英雄典型人物』的創造上」；以及「文學應以『革命浪漫主義』為主要組成部分，並利用幻想和邏輯推理，達到表現社會主義憧憬」等社會主義現實主義對文學的詮釋[14]，都透過〈講話〉，成為對當代中國文學創作、文學評論最具影響力的指標。〈講話〉及 1950 年起在文藝界發動的一連串批判活動[15]，可謂共同以社會主義現實主義限定了文學的政治社會功能，以及文學應該「寫什麼」、「怎麼寫」，形成了一統的文學規範；學習社會主義現實主義也在五〇年代初期的文學界蔚為風潮。

由於政治、經濟的因素[16]，毛澤東在 1956 年 4 月 28 日擬定了「藝術問題上百花齊放，科學問題上百家爭鳴」的政策，鼓勵知識分子發表各種學術思想。在「雙百」較為自由、開放的政策下，以秦兆陽為首的部分文學界人士，才又開始對社會主義現實主義

12　例如即便到了五〇年代初期，文藝領導者周揚都還認為，由於中國作家對馬列主義的修養、生活經驗及藝術造詣仍然不足，造成此一文藝主張在中國的發展不夠成熟。參見《社會主義現實主義理論在中國的接受與轉換》，頁 83；洪子誠，《1956：百花時代》（濟南：山東教育出版社，1998），頁 170-172。

13　參見洪子誠，《中國當代文學史》（北京：北京大學出版社，1999），頁 12-13。

14　參見《社會主義現實主義理論在中國的接受與轉換》，頁 83。

15　自 1950 年至 1957 上半年，文藝界的批判運動有：對電影《武訓傳》的批判（1950-1951），對蕭也牧等的創作的批評（1951），對俞平伯《紅樓夢研究》和胡適的批判（1954-1955 年），對胡風集團的批判（1955 年）。參見《中國當代文學史》，頁 36-38。

16　毛澤東認為政治上推行社會主義相當順利，應該將工作的重點轉移到經濟及文化上；由於此舉需要大量知識分子的投入，因此毛決定推動「雙百」政策。參見《1956：百花時代》，頁 1-4。

此一一統的文學規範展開反思，重新思考追求文學中生活真實與藝術真實的重要性，並且質疑是否有必要以社會主義限定現實主義的詮釋。[17]然而 1957 下半年反右派運動開始，秦兆陽等人的論調被批為右派，崇尚社會主義現實主義者又佔了上風。[18]

　　觀點接近當時右派的李長之，便是在「雙百」對社會主義現實主義反思的背景下，於 1957 年 4 月《文藝報》第三期上發表了〈現實主義和中國現實主義的形成〉。這篇文章將中國文學中的現實主義分為廣義及狹義兩種，《金瓶梅》便是「狹義的現實主義」下的產物。[19]他認為《金瓶梅》的價值在於：

> 在《金瓶梅》裡，才開始寫出了具有特定歷史階段（封建社會崩潰期）的時代特徵的人物，才開始寫出了在那樣腐爛的封建社會典型環境下一些人物的必然活動。……我不是說這部作品沒有缺點，例如理想成分的極端稀薄，對農民起義的輕描淡寫，對人民的積極力量彷彿看得無足輕重，以及過多的色情描寫等，如果專就其中的某一方面論，也可以說它是自然主義的作品，然而它的現實主義的成就還是主要的，而且在揭露現實的深刻性上和描寫規模的宏大上遠遠超過了以前的現實主義的作品。[20]

李長之以「寫出了典型環境下一些人物的必然活動」評價《金瓶梅》的觀點，與恩格斯（Friedrich Engels）對現實主義的經典詮釋：「據我看來，現實主義的意思是，除了細節的真實外，還要忠實地表達典型環境中的典型人物」[21]，相當接近。李長之根據此一論證

---

17 在這次反思進行之前，胡風已於 1954 年發表過《意見書》，將「追求生活的真實與藝術的真實」視為現實主義「根本性質的前提」，因此質疑在「現實主義」上又加上「社會主義」的必要，然而胡風隨即遭到批判與整肅。因此「政策鬆綁」，成為百花時代對社會主義現實主義重新反思的主要因素；但卻非唯一因素。當時蘇聯文學的「解凍」，使蘇聯文學批評開始重視真實性，對中國的文學批評也直接造成影響。參見洪子誠，《當代文學概說》（南寧：廣西教育出版社，2000），頁 27-30；《1956：百花時代》，頁 172-174。

18 參見《1956：百花時代》，頁 178-179。

19 李長之所謂「狹義的現實主義」，亦即：「……它不是指作品中對現實的一般關係說，也不是指現實主義作品的共同點說，而是指特定的歷史階段的產物。具體地說，是帶有鮮明的、近代的，亦即具有在資本主義社會中才可能產生的觀察方法和描寫方法的產物，並且指作為一個流派看，它能更鮮明地區別於浪漫主義流派的作品。它也能區別於社會主義現實主義，它雖然可能真實地、具體地、歷史地反映現實，但是它不可能根據正確的科學世界觀，用社會主義精神來教育人民。」見李長之，〈現實主義和中國現實主義的形成〉，《文藝報》1957 年第三期（1957 年 4 月），頁 11。

20 〈現實主義和中國現實主義的形成〉，頁 11。

21 見《社會主義現實主義理論在中國的接受與轉換》，頁 36。李長之於後文中亦論及：「嚴格的現實主義之包括細節真實、典型環境下的典型性格的真實，既區別於一般的現實主義，又不同於社會

文學作品是否為現實主義的判準，認為《金瓶梅》能夠深刻揭露現實，而且描寫規模宏大，因此「遠遠超過了以前的現實主義的作品」。李長之還認為，《三國》、《水滸》中的人物雖然也是「由現實人物中概括出來的藝術形象」，但「究竟不完全是現實中容易遇到的人物，甚而無寧帶有半神話的性質」，不若《金瓶梅》的主要人物「確是封建社會的地主惡霸家庭中真正的現實人物」；而且這些人物是「創造性地前無古人，後無來者」，《水滸》、《三國》則是在「人物創造上還不免有類型的痕跡」。[22]由此可知，李長之相當重視《金瓶梅》中揭露現實、反映現實的成就，也希望跳脫「類型化的英雄人物」的窠臼。他並不以《金瓶梅》為社會主義現實主義的作品，對現實主義範圍的認定也比較廣闊，肯定非社會主義現實主義的現實主義的存在，不以社會主義現實主義為唯一的文學評論規範。這些觀點的形成，與「雙百」時代對社會主義現實主義權威地位的反思，十分相關。[23]

隨著反右派運動開始，李長之的觀點於 1957 年第三十八期《文藝報》刊登的〈《水滸》和《金瓶梅》在我國現實主藝文學發展中的地位〉一文中，遭到李希凡的批評。[24]李希凡認為李長之否定《水滸》、《三國》等書為現實主義的理由，可以分作兩個問題研究：一、現實主義人物創造問題；二、反映時代的範圍問題。對人物創造問題，李希凡的意見是：

> ……真正的現實主義作品，不排斥理想也不排斥誇張（不能把帶有一些理想色彩的作品，都稱作浪漫主義），……像毛主席所說的：「文學作品反映出來的生活卻而且應該說比普通的實際生活更高，更強烈，更有集中性，更典型，更理想」。如果文學典型失去了這種高度概括的藝術魅力，只是一些「現實中容易遇到的人物」，它也就不會有強烈地打動人心喚起人們美感的作用。[25]

由引文可知，李希凡是以毛澤東的〈講話〉，作為判斷文學作品是否為現實主義的標準。因此他認為「真正的現實主義作品」應該不排斥「理想」及「誇張」，而《水滸》中「洋

主義現實主義。」見〈現實主義和中國現實主義的形成〉，頁 13。

22　〈現實主義和中國現實主義的形成〉，頁 11。

23　實際上由於李長之在此一反思運動中的看法與秦兆陽等人較為接近，因此亦被批評為右派分子。見《中國當代文學史》，頁 46。

24　李希凡於文章中開宗明義寫道，自己是「讀了《文藝報》第三號上李長之的〈現實主義和中國現實主義的形成〉，很想寫一些意見來參加討論」。見李希凡，〈《水滸》和《金瓶梅》在我國現實主藝文學發展中的地位〉，收入《論金瓶梅》，頁 273。

25　〈《水滸》和《金瓶梅》在我國現實主藝文學發展中的地位〉，《論金瓶梅》，頁 278。

溢著人民對於英雄的美的理想」，符合毛澤東對文學應該寫「生活的光明面」，「注重
塑造先進人物和英雄典型」的規範，因此具有「高度概括的藝術魅力」，能夠喚起美感
的作用。這裡所謂的「典型人物」，並不包括「現實中容易遇到的人物」，而應該是「比
生活更高，更強烈，更理想」的「英雄典型」。李希凡對現實主義的詮釋，實際上就等
同於社會主義現實主義，而且他所謂的現實主義，並不包括李長之所謂反映現實的現實
主義。因此他才會質疑李長之既然已經看到《金瓶梅》「理想成分的極端稀薄」，卻仍
然認為《金瓶梅》「現實主義成就還是主要的」的情形：「不能不使人懷疑，李長之所
注目的我國文學現實主義的主要傳統，究竟是什麼了」。在上述背景下，李希凡不僅認
為《金瓶梅》沒有「銘刻人心的鮮明典型」，而且它對「腐化、墮落」表現出「欣賞」
的態度，不符合「偉大現實主義作品」的特徵，亦即不具有暴露黑暗時能夠「喚起人們
對於不合理制度的正義的反抗」的寫作目的。即使《金瓶梅》具備恩格斯所謂細節真實
的特徵，也因為它「沒有烘托出幾個成功的典型」，因而細節描寫無法增加作品的「藝
術魅力」。[26]

　　相對於鄭振鐸及吳晗雖然對現實主義理解不同，但皆以《金瓶梅》為現實主義作品
的共識，雙百時代對現實主義的理解，分歧更大；因此李長之及李希凡評論《金瓶梅》
時，才會對「《金瓶梅》是不是現實主義作品」出現相悖的看法。李希凡對李長之的批
判，可以作為這個現象的總結：「李長之所以這樣貶低《三國演義》和《水滸》的價值，
抬高《金瓶梅》的現實主義成就，這也不簡單是具體作品評價上的分歧，而是對於現實
主義文學和中國現實主義文學傳統的理解和看法上，和一般人有所不同。」[27]這段話很
清楚地指出，評價《金瓶梅》是否具有現實主義的成就，其實是雙百時代知識分子表達
自己質疑或贊同社會主義現實主義此一意識型態的途徑之一，而不只是「具體作品評價
上的分歧」；而且在李希凡將李長之分為和「一般人」不同的一方時，也可以看出這種
「分歧」背後的政治意涵[28]，以及當時左派又逐漸抬頭的政治氣候。[29]

26　以上引文見〈《水滸》和《金瓶梅》在我國現實主藝文學發展中的地位〉，《論金瓶梅》，頁278-279、
　　281、283、285-286。

27　〈《水滸》和《金瓶梅》在我國現實主藝文學發展中的地位〉，《論金瓶梅》，頁283。

28　實際上就目前所見，1957年1月發表的兩篇與現實主義相關的金學研究論文，看法都與李長之比
　　較接近，亦即認為《金瓶梅》是「暴露黑暗」的「現實主義作品」；因此李長之並非李希凡所謂的
　　「和一般人不同」。參見李西成，〈《金瓶梅》的社會意義及其藝術成就〉，原刊《山西師院學報》
　　1957年1月號，後收入《論金瓶梅》頁186-203；張鴻勛，〈試析《金瓶梅》的作者、時代、取材〉，
　　原刊《蘭州大學學生科學論文集》（人文），1957年1月，後收入《論金瓶梅》，頁83-93。不過
　　這兩篇文章各有其不同的寫作目的，在現實主義上的著墨不若李長之及李希凡二人。而且李長之及
　　李希凡的文章不僅在內容上政治意味較為濃厚，他們發表的刊物《文藝報》，在雙百時代也較有政

三、金學研究中的「現實主義」與「自然主義」之爭

　　1957 年對社會主義現實主義的爭辯因毛澤東提出「兩結合」告一段落後[30]，文化大革命等各種政治運動接踵而來，使中國的金學研究在 1964-1978 年呈現一片空白；直至 1979 年，朱星、黃霖等人才又開始發表相關論文。[31] 進入八零年代以後，文學界出現對現實主義的反思與檢討，此一思潮也在金學研究中造成影響，形成「《金瓶梅》究竟是現實主義或自然主義」的爭論。在此一爭論中，徐朔方是以《金瓶梅》為自然主義的代表，其餘大部分論者皆認為《金瓶梅》是現實主義，或者「帶有一點自然主義的現實主義」。

　　如前所述，由於五〇年代以降，社會主義現實主義一直在文學政策上佔有主導的地位，此一主張贊同的又是「有前提的真實」；也就是「合於政治思想傾向的真實」；因

　　策上的代表性，參見《1956：百花時代》，頁 135；因此在文章的性質及解讀方面也較易引起政治上的聯想及爭議。

29　在此要補充說明的是，雖然李希凡認為《金瓶梅》不符合毛澤東對現實主義的定義，但是毛澤東本身對《金瓶梅》卻相當推崇。毛有關《金瓶梅》的言論，集中在 1957 年至 1962；1961 年 12 月 20 日〈在政治局常委和各大區第一書記會議上的講話〉中，提了他大部分的觀點：「你們看過《金瓶梅》沒有？我推薦你們看一看，這本書寫了明朝真正的歷史。暴露了封建統治，暴露了統治和被壓迫的矛盾，也有一部分寫得很仔細。《金瓶梅》是《紅樓夢》的祖宗，沒有《金瓶梅》就寫不出《紅樓夢》。《紅樓夢》寫的是很仔細很精細的歷史。但是，《金瓶梅》的作者不尊重女性。」雖然毛在 1962 年 8 月中央工作會議核心小組的一次談話中也指出：「《金瓶梅》沒有傳開，不只是因為它的淫穢，主要是只暴露黑暗，雖然寫得不錯，但人們不喜歡看。」但 1957 年毛澤東確實對推廣、印行《金瓶梅》有所作為，認為「各省委書記可以看看」，因此中宣部、文化部會與出版部門協商之後，在當時任文化副部長的鄭振鐸主持下，以文學古籍刊行社的名義，按 1933 年 10 月，「古佚小說刊行會」集資影印的影印本，重新影印了兩千部；發行對象是各省省委書記、副書記、以及同一級別的正、副各部部長以上職務的領導。這種小範圍的開禁，多少解除了當時對《金瓶梅》的顧慮。毛於 1955 年也提及出版金瓶梅刪節本的構想，然因政治運動未果；60 年代毛向周揚重提此事，因此點校者於 1960、61 年中，分兩次交來全稿。但之後因批判「全盤繼承論」及文化大革命，又遭擱置，文革中校稿亦被抄沒，直至 1977-78 年，人民文學出版社才繼續刪節本的出版工作。雖然毛澤東對《金瓶梅》的讚賞與推廣仍然受政治活動左右，但他對《金瓶梅》的評價，也使部分研究者認為毛與「金學研究的高潮」是分不開的。參見陳晉主編，《毛澤東讀書筆記解析》（廣州：廣東人民出版社，1996），頁 1417-1419；蔡瓊，〈毛澤東論《金瓶梅》及其對研究的意義〉，《毛澤東思想論壇》1994 年第二期，頁 63-65；孟進厚，陳昌恆，〈論毛澤東對《金瓶梅詞話》的評價〉，《華中師範大學學報》1997 年第六期（1997 年 11 月），頁 106-111。

30　此一論爭直到毛澤東於 1958 下半年提出「革命現實主義與革命浪漫主義相結合」的口號才平息下來。參見《1956：百花時代》，頁 179-180。

31　參見吳敢，〈20 世紀《金瓶梅》研究的回顧與思考（上）〉，《棗莊師專學報》2000 年第一期（2000 年 2 月），頁 5。

此胡風及秦兆陽等人重視文學「反映生活及藝術真實」，和質疑社會主義現實主義時，便遭到批判，使得「文學的真實性」在文革結束之前，一直有其政治意涵及規範，而且在知識分子間，是諱莫如深的論題。隨著文革結束，1979 下半年開始，文藝性刊物上出現了大量關於文藝真實性問題的討論，強調文學反映真實生活的重要性。[32]這些討論一方面解除五〇年代以來政治對文學的限制，並且重新確定文學的性質，平反某些被誤解的觀點；另一方面也可將這些「反思」解釋為現實主義文學解除文革期間的政治束縛，回歸到五四傳統。[33]

雖然在反思現實主義的潮流下，文學似乎掙脫了文革時期的束縛；但是一直要到八〇年代末期，自然主義、形式主義等社會主義現實主義曾經排斥的創作手法，才開始為文藝界所接納。[34]其實早在社會主義現實主義成為主導思潮之前，知識分子便已對自然主義存有某種程度的偏見。對於二〇年代的梁啟超、茅盾、郁達夫而言，寫實主義（不同於現實主義或社會主義現實主義）和自然主義是很接近的，都有「僅能客觀而赤裸地描述（或者暴露）現象，無法展現人的『靈性』和自由意志」的問題。至三〇年代瞿秋白譯介恩格斯論及現實主義的信件時，則接受恩格斯的看法，將左拉（通常被歸為自然主義作家）的作品視為「曲解階級鬥爭的現實動力」的「更加調和的現實主義」。上述兩種批評，說明自然主義只「反映客觀現實」，無法「體現主觀意志」的「缺陷」。[35]至五〇、六〇年代社會主義現實主義當道時，自然主義更被視為「在揭示生活的『本質』上存在缺陷」。[36]

孫遜於 1980 年發表的〈論《金瓶梅》的現實主義成就及其嚴重缺陷〉，大部分立論基礎可謂與當時反思現實主義的潮流相呼應；但也可以看出，受到前述對自然主義之批評，以及某部分社會主義現實主義的影響，他仍然將自然主義視為遜於現實主義的文學主張。在上述背景之下，他認為：

> 如果說，藝術的生命在於真實，……在這方面，《金瓶梅》正以它「無條件的、直率的真實」，為我們複製、再現了整整一個時代，從而顯示了我國古代現實主義文學所已取得的高度成就。[37]

---

[32] 參見張德祥，《現實主義當代流變史》（北京：社會科學文獻出版社，2002），頁 208-212。

[33] 參見《社會主義現實主義理論在中國的接受與轉換》，頁 386。

[34] 參見《社會主義現實主義理論在中國的接受與轉換》，頁 391。

[35] 參見《寫實與浪漫──科學主義視野中的「五四」文學思潮》，頁 87-92、109-110。

[36] 見《中國當代文學史》，頁 21。

[37] 孫遜，〈論《金瓶梅》的現實主義成就及其嚴重缺陷〉，《學術月刊》1980 年第 11 期（1980 年 11 月），頁 65，。

孫遜強調的「無條件的、直率的真實」，正與社會主義現實主義當道時「有條件的真實」形成對比，表現了當時文藝界對真實性的重視。他在〈論《金瓶梅》的思想意義〉一文中，也有類似的看法，而且對現實主義的理解及對《金瓶梅》的評論，更接近五四時期的吳晗。[38]孫遜也重新肯定李長之受到批評的觀點，認為《金瓶梅》是「我國第一部以現實生活為題材的小說」，而將《三國演義》、《水滸傳》、《西遊記》歸為「歷史小說和神魔小說」[39]；這些觀點都與當時文藝界反思的思潮十分相關。但是在〈論《金瓶梅》的現實主義成就及其嚴重缺陷〉文末，他以「嚴重自然主義傾向」，指出《金瓶梅》的「缺陷」：

> 自然主義用生物學的觀點來看待人和一切社會現象。在他們筆下，不管是什麼階級的什麼樣的人，都是庸俗的、醜惡的；似乎人類沒有任何美好的理想，有的只是獸性和瘋狂；生活中也沒有任何詩意，有的只是罪惡和黑暗。因而他們的作品雖也暴露了舊社會的黑暗，但作品中表現出來的頹喪情緒和庸俗趣味卻容易腐蝕人們的靈魂。《金瓶梅》的嚴重缺陷正表現於此。[40]

在這段文字中，自然主義被描述為雖然「暴露了舊社會的黑暗」，但也表現出「頹喪情緒」和「庸俗趣味」的一種文學思潮；因此孫遜在後文論及，具有這種特徵的《金瓶梅》帶來了「深刻的教訓」，也「啟示我們」，「現實主義並不排斥理想，相反它需要用理想去照徹現實」。雖然孫遜也認為現實主義「不一定要寫理想人物」，但是他更認同現實主義應該表現「對美好人生的希望與追求」。[41]

　　孫遜站在現實主義立場上對自然主義及《金瓶梅》的批判，與1957年李希凡站在社會主義現實主義的立場上對《金瓶梅》的批判，其實相當接近；只是此時孫遜先肯定《金瓶梅》反映真實的成就，再將李希凡所謂《金瓶梅》「失去了愛憎分明的理想的熱力，

38　孫遜在該文中評論道：「《金瓶梅》是一部具有深刻思想內容的現實主義文學巨著。它以真實的筆觸，廣闊地展示了它所屬的那個時代的風貌，深刻而全面地暴露了晚明社會的黑暗與罪惡；……無可辯駁地證明了；這個社會已經爛透了，一切都無可挽救了；它以及附屬於它的階級，它們除了滅亡，不會有也不配再有更好的命運。這一切，都正是《金瓶梅》所取得的傑出的成就，也是現實主義在我國文學發展中的勝利。」見孫遜，〈論《金瓶梅》的思想意義〉，原刊於《上海師範學院學報》（社會科學版）1980年第三期，後收入《復旦學報》（社會科學版）編輯部編，《金瓶梅研究》（上海：復旦大學出版社，1984），頁31-39；引文見頁38。

39　以上引文見〈論《金瓶梅》的現實主義成就及其嚴重缺陷〉，頁65。

40　見〈論《金瓶梅》的現實主義成就及其嚴重缺陷〉，頁71。

41　以上引文見〈論《金瓶梅》的現實主義成就及其嚴重缺陷〉，頁72。

失去了現實主義者的詩的生命」的「缺陷」[42]，歸因於《金瓶梅》的「嚴重自然主義傾
向」。由此可知，在孫遜眼中，雖然《金瓶梅》表現了「無條件的真實」，但他還是認
為優秀的現實主義作品中的「真實」是「有條件的」，亦即應該表現出對理想的追求。
此後意圖論證《金瓶梅》是現實主義作品的論者，多數也都提及了《金瓶梅》「缺乏理
想」或者「描寫繁瑣」的自然主義傾向；但其中只有少數論者與孫遜相同，對《金瓶梅》
的自然主義傾向持批評的態度[43]，多數論者都認為《金瓶梅》根本不是自然主義的著作
[44]，或者試圖以「瑕不掩瑜」的角度，調和《金瓶梅》中自然主義與現實主義的關係[45]。
但是無論是否直接在文中批評自然主義，這些論點都存在共通之處，亦即論者皆對自然
主義抱持負面看法，認為只有論證《金瓶梅》在現實主義上的表現，才能肯定《金瓶梅》
的價值；因此才會意圖透過列舉《金瓶梅》中「批判現實」，甚或「表現理想」的證據，
批評或否認《金瓶梅》的自然主義傾向。

　　徐朔方是少數正面宣稱《金瓶梅》為自然主義作品的論者之一。但實際上他的論點
與上述以《金瓶梅》為現實主義作品的論者十分接近，亦即對《金瓶梅》中「反映社會
的貢獻」，抱持肯定的態度。但是徐朔方也認為：

> 以描寫反面人物為主的《金瓶梅》，誠然不能要求它大量描寫積極向上的事物，
> 但是只要作者有心，……不是也可以令人耳目一新嗎？……《金瓶梅》自然主義
> 傾向的主要表現是它的客觀主義，即由於過分重視細節描寫而忽視了作品的傾向
> 性。……對社會黑暗的詳盡描寫不等於是暴露。暴露應該同批判的態度結合在一
> 起。在同一枝生花妙筆下，批判的立場越是鮮明正確，暴露也就越深刻有力。……
> 除客觀主義之外，《金瓶梅》自然主義的另一個重要表現是它的描寫很少由表及
> 裡，深入本質。……《金瓶梅》的這些描寫，……算得上社會病態和怪現象的羅

42　見〈《水滸》和《金瓶梅》在我國現實主藝文學發展中的地位〉，《論金瓶梅》，頁 287。

43　例如杜維沫，〈談談《金瓶梅詞話》成書及其他〉，原刊《文獻》第七輯，1981 年 3 月；後收入
　　《論金瓶梅》，頁 67-75。

44　例如孟昭璉，〈《金瓶梅》對中國小說思想的變革〉，收入杜維沫，劉輝編，《金瓶梅研究集》
　　（濟南：齊魯書社，1988），頁 120-136；周中明，〈現實主義，不容抹煞——評《金瓶梅》是「自
　　然主義的標本」說〉，收入氏著，《金瓶梅藝術論》（臺北：貫雅文化事業公司，1990），頁
　　92-125；于承武，〈史筆〉，收入氏著，《金瓶梅平議》（北京：文津出版社，1992），頁 67-78
　　等。

45　例如鄭慶山，〈現實主義還是自然主義？〉，收入氏著，《金瓶梅論稿》（瀋陽：遼寧人民出版社，
　　1987），頁 16-31。

列，卻不能算是本質的揭露。[46]

徐朔方對「積極向上」、「傾向性」、「立場」、「本質」的重視，以及對「過分重視細節描寫」的批判，其實和其他論者對自然主義的批評相當類似，甚至可以說他的立場和孫遜、杜維沫等批評《金瓶梅》有其「缺陷」的論者並無二致。從這個角度看來，八〇年代金學研究中的現實主義與自然主義之爭，與五四時期及五〇年代性質並不相同，因為在八〇年代的思潮背景下，論者對現實主義的理解已經逐漸取得共識；但是，雖然他們認同能夠「反映現實、表現理想並進行批判」的現實主義，卻都認為「無法表現理想」的自然主義是一種「缺陷」。也就是說他們心目中的現實主義其實和社會主義現實主義相同，有其必須遵守的要件，並非毫無限制的真實。因此雖然他們透過真實性的辯論及確立，掙脫了文革時期政治對文學的限制，甚而可以說在精神上有回歸五四的現象，使藝文界處於較為開放的氛圍中；但在金學研究的實踐上，論者卻仍然保持著重現實主義而輕自然主義的意識，使八〇年代金學研究中所謂現實主義及自然主義之爭，其實並未出現對立的意見，反而一面倒地呈現出對自然主義的批判。

八〇年代金學研究中現實主義及自然主義的論爭始於文革後思想的開放，也因九〇年代初期中國文藝界對各種文學思潮更開放，接受度更高的態度而結束。在此一論爭中，評價《金瓶梅》時「改革社會」或「表達政治立場」的實用目的，已較五四時期及五〇年代明顯減少；但是綜上所述可知，歷史背景使論者產生對文學思潮既有的成見與判斷，迄今仍左右金學的研究與評論；肯定或否定《金瓶梅》中現實主義的表現，以及鑑定《金瓶梅》中有無自然主義的成分，始終是評論《金瓶梅》藝術價值的準則。

---

46 見徐朔方，〈論金瓶梅〉，原刊《浙江學刊》1981 年第一期，後收入《論金瓶梅》，頁 137-157；引文見頁 145-153。

徵引書目

一、原著

笑笑生著，《明萬曆本金瓶梅詞話》，東京：大安株式會社，1963。

張竹坡，《第一奇書》康熙乙亥年張竹坡評在茲堂本《金瓶梅》，臺北：里仁書局，1980。

蘭陵笑笑生著，王汝梅、李昭恂、于鳳樹點校，《張竹坡批評金瓶梅》，濟南：齊魯書社，1991。

───，齊煙、汝梅點校，《新刻繡像批評金瓶梅》，臺北：曉園出版社，1990。

二、《金瓶梅》研究專著

Carlitz, Katherine. *The Rhetoric of Chin p'ing mei.* Bloomington: Indiana University Press, 1986.

Ding, Nai-fei. *Obscene Things: The Sexual Politics in Jin Ping Mei.* Durham: Duke University Press, 2002.

于承武，《金瓶梅平議》，北京：文津出版社，1992。

中國金瓶梅學會編，《金瓶梅研究》第一輯，南京：江蘇古籍出版社，1990。

───，《金瓶梅研究》第二輯，南京：江蘇古籍出版社，1991。

───，《金瓶梅研究》第四輯，南京：江蘇古籍出版社，1993。

方明光，《紅樓夢金瓶梅比較論稿》，武漢：湖北教育出版社，2003。

尹恭弘，《金瓶梅與晚明文化──金瓶梅作為笑書的文化考察》，北京：華文出版社，1997。

孔繁華，《金瓶梅的女性世界》，鄭州：中州古籍出版社，1991。

王汝梅，《金瓶梅探索》，長春：吉林大學出版社，1990。

王利器主編，《國際金瓶梅研究集刊》第一集，成都：成都出版社，1991。

田曉菲，《秋水堂論金瓶梅》，天津：天津人民出版社，2005。

吉林大學中國文化研究所編，《金瓶梅藝術世界》，長春：吉林大學出版社，1991。

朱一玄編，《金瓶梅資料滙編》，天津：南開大學出版社，2002。

吳紅，胡邦煒，《金瓶梅的思想藝術》，成都：巴蜀書社，1987。

李時人，《金瓶梅新論》，上海：學林出版社，1991。

沈天佑，《紅樓夢金瓶梅縱橫談》，北京：北京大學出版社，1990。

周中明，《金瓶梅藝術論》，臺北：貫雅文化事業公司，1990。

周鈞韜，《金瓶梅素材來源》，鄭州：中州古籍出版社，1991。

孟超，《金瓶梅人物論》，北京：光明日報出版社，1986。

孟暉，《潘金蓮的髮型》，南京：江蘇人民出版社，2005。

孟慶田，《紅樓夢和金瓶梅中的建築》，青島：青島出版社，2001。

胡衍南，《飲食情色金瓶梅》，臺北：里仁書局，2004。

胡文彬，張慶善選編，《論金瓶梅》，北京：文化藝術出版社，1984。

侯會，《食貨金瓶梅：從吃飯穿衣看晚明人性》，桂林：廣西師範大學出版社，2007。

孫志剛，《金瓶梅敘事形態研究》，北京：中國社會科學出版社，2013。

孫述宇，《金瓶梅的藝術》，臺北：時報文化出版公司，1981。

孫述宇，《金瓶梅——平凡人的宗教劇》，上海：上海古籍出版社，2011。

徐朔方編，沈亨壽等譯，《金瓶梅西方論文集》，上海：上海古籍出版社，1987。

張亞敏，《金瓶梅的藝術美》，北京：教育科學出版社，1992。

曹煒，《金瓶梅文學語言研究》，廣州：暨南大學出版社，2004。

曹煒、甯宗一，《金瓶梅的藝術世界》，臺北：文史哲出版社，2002。

梅節，《金瓶梅詞話校讀記》，北京：北京圖書館出版社，2004。

———，《瓶梅閒筆硯——梅節金學文存》，北京：北京圖書館出版社，2008。

章一鳴，《金瓶梅詞話和明代口語辭彙語法研究》，上海：上海古籍出版社，1997。

曹之翁編著，《金瓶梅詩諺考釋》，蘭州：甘肅教育出版社，2003。

許仰民，《金瓶梅詞話語法研究》，北京：中華書局，2006。

許建平，《金學考論》，石家莊：河北教育出版社，1999。

陳東有，《金瓶梅文化研究》，臺北：貫雅文化事業公司，1992。

陳詔，《金瓶梅小考》，上海：上海書店出版社，1999。

傅憎享，《金瓶梅隱語揭秘》，天津：百花文藝出版社，1993。

《復旦學報》社會科學版編輯部編，《金瓶梅研究》，上海：復旦大學出版社，1984。

程自信，《金瓶梅人物新論》，合肥：黃山書社，2001。

黃吉昌，《金瓶梅新論》，北京：中國社會科學出版社，2007。

黃霖，《金瓶梅考論》，瀋陽：遼寧人民出版社，1988。

———，《黃霖說金瓶梅》，北京：中華書局，2005。

———，《金瓶梅講演錄》，桂林：廣西師範大學出版社，2008。

黃霖編，《金瓶梅資料彙編》，北京：中華書局，2004。

黃霖、王國安編著，《日本研究《金瓶梅》論文集》，濟南：齊魯書社，1989。

楊彬，《崇禎本〈金瓶梅〉研究》，北京：文物出版社，2011。

葉桂桐，《論金瓶梅》，鄭州：中州古籍出版社，2005。

褚半農，《金瓶梅中的上海方言研究》，上海：上海古籍出版社，2005。

劉敬林，《金瓶梅方俗難詞辨釋》，北京：線裝書局，2008。

劉輝，《金瓶梅論集》，臺北：貫雅文化事業公司，1992。

劉輝、杜維沫編，《金瓶梅研究集》，濟南：齊魯書社，1988。

潘承玉，《金瓶梅新證》，合肥：黃山書社，1999。

蔡國梁，《金瓶梅社會風俗》，天津：百花文藝出版社，2002。

鄭劍平，《金瓶梅語法研究》，成都：巴蜀書社，2003。

鄭慶山，《金瓶梅論稿》，瀋陽：遼寧人民出版社，1987。

霍現俊，《金瓶梅發微》，北京：中國社會科學出版社，2002。

魏子雲，《小說金瓶梅》，臺北：臺灣學生書局，1988。

———，《金瓶梅的問世與演變》，臺北：時報文化出版公司，1980。

———，《金瓶梅原貌探索》，臺北：臺灣學生書局，1985。

三、敘事學研究專著

Abbott, H. Porter. *The Cambridge Introduction to Narrative*. Cambridge: Cambridge University Press, 2002.

Bal, Mieke. *Narratology: Introduction to the Theory of Narrative*. Toronto: University of Toronto Press, 1985.

——— ed. Narrative Theory: Critical Concepts in Literary and Cultural Studies Vol. Ⅰ. London: Routledge, 2004.

Barthes, Roland. *S/Z*. New York: The Noonday Press, 1974.

Chatman, Seymour. *Story and Discourse: Narrative Structure in Fiction and Film*. Ithaca: Cornell University Press, 1978.

Cobley, Paul. *Narrative*. London: Routledge, 2001.

Currie, Mark. *Postmodern Narrative Theory*. New York: St. Martin's Press Inc., 1998.

Genette, Gérard. *Narrative Discourse*. Ithaca: Cornell University Press, 1980.

———. *Narrative Discourse Revisted*. Ithaca: Cornell University Press, 1988.

Herman, David ed., *Narratologies*. Columbus: Ohio University Press, 1999.

———. *Story Logic: Problems and Possibilities of Narrative*. Lincoln: University of Nebraska Press, 2002.

———. *Basic Elements of Narrative*. Chichester: Wiley-Blackwell Publishing, 2009.

Herman, David, Manfred Jahn, and Marie-Laure Ryan, eds., *Routledge Encyclopedia of Narrative Theory*. London: Routledge, 2005.

Jannidis, Fotis, Matías Martínez, and John Pier, eds., *Point of View, Perspective, and Focalization: Modeling Mediation in Narrative*. Berlin, New York: Walter de Gruyter, 2009.

Martin, Wallace. *Recent Theories of Narrative*. Ithaca and London: Cornell University Press, 1986.

Olsen, Greta ed., *Current Trend in Narratology*. Berlin, New York: Walter de Gruyter, 2011.

Prince, Gerald. *Narratology: The Form and Functioning of Narrative*. Berlin, New York, Amsterdam: Mouton Publishers, 1982.

Richardson, Brian ed., *Narrative Dynamics*. Columbus: Ohio State University Press, 2002.

Stanzel, F. K. *A Theory of Narrative*. London: Cambridge University Press, 1984.

申丹，王麗亞，《西方敘事學：經典與後經典》，北京：北京大學出版社，2010。

四、其他參考資料

Clunas, Craig. *Fruitful Sites: Garden Culture in Ming Dynasty China*. Durham: Duke University Press, 1996.

Dannenberg, Hilary P. *Coincidence and Counterfactuality: Plotting Time and Space in Narrative Fiction*. London: University of Nebraska Press, 2008.

Denzin, Norman K. *The Cinematic Society: The Voyeur's Gaze*. London: SAGE Publications, 1995.

Eagleton, Terry. *Literary Theory*. Oxford: Blackwell Publishers Inc., 1996.

Easthope, Anthony ed., *Contemporary Film Theory*. New York: Longman Publishing, 1993.

Epstein, Maram. *Competing Discourses: Orthodoxy, Authenticity, and Engendered Meanings in Late Imperial Chinese Fiction*. Massachusetts: Harvard University Asia Center, 2001.

Furst, Lilian R. ed., *Realism*. New York: Longman Publishing, 1992.

Gu, Ming Dong. *Chinese Theories of Fiction.* Albany: State University of New York Press, 2006.

Huang, Martin W. *Desire and Fictional Narrative in Late Ming Novel*. Massachusetts: Harvard University Asia Center, 2001.

Kelly, Dorothy. *Telling Glances: Voyeurism in the French Novel*. New Brunswick, N. J.: Rutgers University Press, 1992.

Plaks, Andrew. *Archetype and Allegory in the Dream of the Red Chamber*. New Jersey: Princeton University Press, 1976.

Plaks, Andrew H. ed., *Chinese Narrative: Critical and Theoretical Essays*. New Jersey: Princeton University Press, 1977.

———. *The Four Masterworks of the Ming Novel: Ssu ta ch'i-shu*. New Jersey: Princeton University Press, 1987.

———. *Traditional Chinese Fiction and Fiction Commentary: Reading between the Lines*. California: Stanford University Press, 1997.

Rolston, David L. ed., *How to Read the Chinese Novel*. Princeton, N.J.: Princeton University Press, 1993.

Tuan, Yi-Fu. *Space and Place.* Minneapolis: University of Minnesota Press, 1977.

毛亨傳,鄭元箋,孔穎達等正義,《毛詩正義》,《十三經注疏》,臺北:藝文印書館,出版年不詳。

巴舍拉（Gaston Bachelard）著,龔卓軍等譯,《空間詩學》,臺北:張老師文化事業公司,2003。

巴赫金（M. M. Bakhtin）著,白春仁、曉河譯,《小說理論》,石家莊:河北教育出版社,1998。

王平,《中國古代小說敘事研究》,石家莊:河北人民出版社,2001。

王靖宇,《中國早期敘事文論集》,臺北:中央研究院文哲所籌備處,1999。

王實甫著,王季思校注,《西廂記》,臺北:里仁書局,1995。

艾伯克隆比（Stanley Abercrombie）著,趙夢琳譯,《室內設計哲學》,臺北:建築情報雜誌社,2002。

克朗（Mike Crang）著,王志弘等譯,《文化地理學》（*Cultural Geography*）,臺北:巨流圖書公司,2003。

吳忱,《水滸後傳》紹裕堂刊本影本,《古本小說集成》第二百七十冊,上海:上海古籍出版社,1990。

吳展成,《燕山外史》,臺北:文景出版社,1973。

吳敬梓著,《儒林外史》臥閒草堂原刊本影本,《古本小說集成》第二十一冊,上海:上海古籍出版社,1990。

沈華柱,《對話的妙悟——巴赫金語言哲學思想研究》,上海:上海三聯書店,2005。

沈德符,《萬曆野獲編》,北京:中華書局,1997。

周振甫,《周振甫著作別集:小說例話》,南京:江蘇教育出版社,2005。

林崗,《明清之際小說評點學之研究》,北京:北京大學出版社,1999。

俞兆平,《寫實與浪漫——科學主義視野中的「五四」文學思潮》,上海:上海三聯書店,2001。

施耐庵、羅貫中原著,李泉、張永鑫校注,《彩畫本水滸全傳校注》,臺北:里仁書局,1994。

洪子誠,《1956:百花時代》,濟南:山東教育出版社,1998。

———,《中國當代文學史》,北京:北京大學出版社,1999。

范勝田主編,《小說例話》,杭州:浙江古籍出版社,1989。

孫述宇，《小說內外》，Hong Kong: Oxford University Press, 2010。

高辛勇，《形名學與敘事理論》，臺北：聯經出版事業公司，1977。

高彥頤（Dorothy Ko）著，苗延威譯，《「纏足」——「金蓮崇拜」盛極而衰的演變》（*Cinderella's Sisters: A Revisionist History of Footbinding*），臺北：左岸文化事業公司，2007。

張世君，《明清小說評點敘事概念研究》，北京：中國社會科學出版社，2007。

張德祥，《現實主義當代流變史》，北京：社會科學文獻出版社，2002。

章培恆、王靖宇編，《中國文學評點研究論集》，上海：上海古籍出版社，2002。

陳平原，《中國散文小說史》，上海：上海人民出版社，2004。

陳東有主編，《現實與虛構：文學與社會、民俗研究》，南昌：江西人民出版社，2006。

陳晉主編，《毛澤東讀書筆記解析》，廣州：廣東人民出版社，1996。

陳順馨，《社會主義現實主義理論在中國的接受與轉換》，合肥：安徽教育出版社，2000。

陳慶浩編著，《新編石頭記脂硯齋評語輯校》，臺北：聯經出版事業公司，1986。

陳曦鍾，侯忠義，魯玉川輯校，《水滸傳會評本》，北京：北京大學出版社，1981。

陳曦鐘，宋祥瑞，魯玉川輯校，《三國演義會評本》，北京：北京大學出版社，1986。

楊義，《中國古典小說史論》，北京：中國社會科學出版社，2004。

———，《文學地圖與文化還原——從敘事學、詩學到諸子學》，北京：北京師範大學出版社，2011。

趙毓林編，《晚清小說期刊：新小說》卷一，第一號，上海：上海書店，1980。

趙毅衡，《苦惱的敘述者——中國小說的敘述形式與中國文化》，北京：十月文藝出版社，1994。

葉朗，《中國小說美學》，臺北：里仁書局，1987。

雷可夫（George Lakoff）、詹森（Mark Johnson）著，周世箴譯注，《我們賴以生存的譬喻（*Metaphors We Live By*）》，臺北：聯經出版事業公司，2006。

熊秉真，余安邦合編，《情欲明清：逐欲篇》，臺北：麥田出版社，2004。

魯迅，《中國小說史略》，《魯迅全集》第九卷，北京：人民文學出版社，2005。

賽托（Michel de Certeau）等著，方琳琳、黃春柳譯，《日常生活實踐：Ⅰ、實踐的藝術》南京：南京大學出版社，2009。

譚帆，《中國小說評點研究》，上海：華東師範大學出版社，2001。

五、期刊及學位論文

Jahn, Manfred. "Windows of Focalization: Deconstructing and Reconstructing a Narratological Concept," *Style* Vol.30:2, Summer 1996.

———, "More Aspects of Focalization: Refinements and Applications," in John Pier ed., *GRAAT 21 (Recent Trends in Narratological Research)*, 1999.

Patron, Sylvie. "Describing the Circle of Narrative Theory: A Review Essay," *Style* Vol. 39:4, Winter 2005.

Riffaterre, Michael. "Choronotopes in Diegesis," in Mihailescu, Calin-Andrei and Hamarneh, Walid ed. *Fiction Updated: Theories of Fictionality, Narratology, and Poetics*. Toronto: University of Toronto Press, 1996.

Rolston, David L. "'Point of View' in the Writings of Traditional Chinese Fiction Critics," *Chinese Literature: Essays, Articles, Reviews* 15, Dec. 1993.

Roy, David T. "The Use of Songs as a Means of Self-Expression and Self-Characterization in the *Chin P'ing Mei*," *Chinese Literature: Essays, Articles, Reviews* 20, Dec. 1998.

Ruth, Ronen. "Space in Fiction," *Poetics Today* 7:3, 1986.

Wang, David Teh-wei. "Story Telling Context in Chinese Fiction: A Preliminary Examination of It as a Mode of Narrative Discourse," *Tamkang Review* 15, no.1-4, Nov. 1985.

王平,〈《金瓶梅》敘事的「時間倒錯」及其意義〉,《北方論叢》2002 年第四期。

王汝梅,〈《金瓶梅》繡像評改本:華夏小說美學史上的里程碑〉,《吉林大學社會科學學報》第四十七卷第六期,2007 年 11 月。

石麟,〈張竹坡批評《金瓶梅》寫作技巧探勝〉,《湖北師範學院學報(哲學社會科學版)》2002 年第一期。

朴炫玧,《張竹坡評點《金瓶梅》之小說理論》,國立政治大學中國文學研究所碩士論文,1994。

吳敢,〈20 世紀《金瓶梅》研究的回顧與思考(上)〉,《棗莊師專學報》2000 年第一期(2000 年 2 月)。

———,〈二十世紀《金瓶梅》研究回顧與思考(中)〉,《棗莊師專學報》2000 年第六期(2000 年 12 月)。

李長之,〈現實主義和中國現實主義的形成〉,《文藝報》1957 年第三期(1957 年 4 月)。

李欣倫,《金瓶梅之身體感知與性別辯證:一個跨文本與漢字閱讀觀的建構》,國立中央大學中國文學研究所博士論文,2009。

孟進厚,〈談《金瓶梅》的敘事技巧〉,《棗莊師專學報》1998 年第二期。

孟進厚,陳昌恆,〈論毛澤東對《金瓶梅詞話》的評價〉,《華中師範大學學報》1997 年第六期(1997 年 11 月)。

孫遜,〈論《金瓶梅》的現實主義成就及其嚴重缺陷〉,《學術月刊》1980 年第 11 期(1980 年 11 月)。

荒木猛,〈關於崇禎本《金瓶梅》的補筆〉,《徐州師範大學學報(哲學社會科學版)》第三十七卷第三期(2008 年 5 月)。

張軍,沈怡,〈《金瓶梅》與《紅樓夢》的時空敘事藝術比較〉,《重慶大學學報》2002 年第三期。

郭玉雯,〈《紅樓夢》與《金瓶梅》的藝術筆法〉,《文史哲學報》第五十期(1999 年 6 月)。

———,〈《金瓶梅》的藝術風貌——由〈七發〉論及其諷諭意義與美學特色〉,《文史哲學報》第四十四期(1996 年 6 月)。

陳平原,〈中國小說中的文人敘事——明清章回小說研究(上)〉,《鄭州大學學報(哲社版)》1996 年第五期。

陳翠英,〈閱讀與批評:文龍評《金瓶梅》〉,《臺大中文學報》十五期(2001 年 12 月)。

楊玉成,〈閱讀世情:崇禎本《金瓶梅》評點〉,《國文學誌》第五期(2001 年 12 月)。

劉禾,〈敘述人與小說傳統——論中西小說之異同〉,《幼獅學誌》二十卷第四期(1989 年 10 月)。

蔡瓊,〈毛澤東論《金瓶梅》及其對研究的意義〉,《毛澤東思想論壇》1994 年第二期。

羅德榮,〈張竹坡寫實理論的美學貢獻〉,《天津社會科學》1995 年第六期。

國家圖書館出版品預行編目資料

《金瓶梅》敘事藝術

鄭媛元著. – 初版. – 臺北市：臺灣學生，2014.09
面；公分（金學叢書第 1 輯；第 6 冊）

ISBN 978-957-15-1621-9 (精裝)

1. 金瓶梅 2. 研究考訂

857.48   103011442

《金瓶梅》敘事藝術

著　作　者：鄭　　媛　　元
主　　　編：吳　敬　、　胡　衍　南　、　霍　現　俊
出　版　者：臺 灣 學 生 書 局 有 限 公 司
發　行　人：楊　　　雲　　　龍
發　行　所：臺 灣 學 生 書 局 有 限 公 司
　　　　　　臺北市和平東路一段七十五巷十一號
　　　　　　郵 政 劃 撥 帳 號：00024668
　　　　　　電　話：(02)23928185
　　　　　　傳　眞：(02)23928105
　　　　　　E-mail：student.book@msa.hinet.net
　　　　　　http://www.studentbook.com.tw

定價：　精裝 16 冊不分售
　　　　新臺幣 20000 元

二 〇 一 四 年 九 月 初 版

金學叢書 第一輯